KB077427

출입통제구역

BLUE MOON

출입통제구역

BLUE MOON
잭 리처 컬렉션

리 차일드 지음
정세윤 옮김

오픈하우스

일러두기

1. 본문의 각주는 모두 역자 주이다.
2. 외국 인명, 지명은 외래어표기법을 따르되 일부는 관용적인 표기를 따랐다.
3. 책·신문·잡지명은 『 』, 영화·연극·TV·라디오 프로그램명은 「 」, 시·곡명은 〈 〉,
   음반·오페라·뮤지컬명은 《 》로 묶어 표기했다.

나와 같은 종족인
제인과 루스에게

1

미국 지도상에서 그 도시는 작아 보였다. 지도 위 1센티미터 공간을 가로지르는, 빨간 실처럼 보이는 도로 근처의 아주 작은 점일 뿐이었다. 하지만 실제 그 도시의 인구수는 50만 명이나 되었다. 면적은 260제곱킬로미터가 넘었다. 가구 수는 거의 15만이었다. 공원 부지만 8제곱킬로미터 이상이었다. 매년 5억 달러의 예산을 썼고, 세금과 수수료, 공과금을 통해 이 예산과 거의 같은 금액을 모금했다. 경찰 관련 인력만 1,200명이 될 정도로 규모가 큰 도시였다.

큰 도시인만큼 범죄 조직도 둘이나 있었다. 서쪽은 우크라이나인들이 장악했다. 동쪽은 알바니아인들의 구역이었다. 두 조직 사이의 경계선은 마치 의회 선거구처럼 자기들에게 유리하도록 빡빡하게 그어져 있었다. 명목상으로는 도시의 남북을 가르는 중앙로를 따라 반으로 나눈 것인데, 과거 사례에 비추어 특수한 상황임이 인정될 때는 일부 지역들이 지그재그로 튀어나왔다가 들어가기도 하면서 경계선이 다시 설정되었다. 사소한 영역 다툼들이 생겼고 앙금도 쌓였다. 하지만 결국 합의가 이루어졌다. 그 합의는 효과가 있는 것처럼 보였다. 서로가 상대방의 구역을 건드리지 않았고, 오랫동안 둘 사이에 문제가 될 만한 접촉은 없었다.

5월의 어느 아침이었다. 우크라이나인들의 두목이 중앙로에 있는 차고에 주차를 한 뒤 알바니아인들의 구역으로 들어섰다. 혼자였다. 나이는 쉰살이었고 체격은 고대 영웅을 본떠 만든 청동 조각상처럼 큰 키에 몸이 건장하고 탄탄했다. 그는 자신을 '그레고리'라고 불렀다. 미국인들이 그나마 원어에 제일 가깝게 발음할 수 있는 이름이었다. 비무장 상태였고, 그걸 증명하기 위해 딱 붙는 청바지와 티셔츠를 입고 있었다. 주머니는 비었다. 숨긴 게 없었다. 그는 왼쪽으로 돈 다음 오른쪽으로 돌아 안쪽으로 깊이 들어갔다. 향하는 곳은 뒷길 블록이었다. 그는 알바니아인들이 목재소 뒤에 붙어 있는 몇 개의 사무실에서 조직을 운영한다는 사실을 알고 있었다.

그가 경계선을 넘는 순간부터 내내 미행이 붙었다. 그가 왔다는 사실은 이미 퍼져 있었다. 목재소에 다다른 그는 인도와 목재소 사이에서 반원을 이룬 채 말없이 가만히 서 있는 여섯 명의 인물과 맞닥뜨렸다. 방어 대형을 이룬 체스의 말들 같았다. 그는 멈춰 서서 양 옆구리에서 팔을 들어 올렸다. 그리고 천천히 360도를 돌았다. 팔은 여전히 넓게 벌린 채였다. 딱 붙는 바지와 딱 붙는 티셔츠에는 튀어나오거나 불룩한 부분이 없었다. 칼도 총도 없었다. 그는 여섯 명 앞에서 비무장으로 서 있었다. 그 여섯 명은 당연히 비무장이 아니었다. 하지만 그는 걱정하지 않았다. 알바니아인들은 정당한 이유 없이 공격하지 않을 것이다. 그는 그 사실을 알고 있었다. 예의는 지켜야 한다. 매너에는 매너로 대해야 한다.

말없이 서 있던 여섯 명 중 하나가 앞으로 나섰다. 막아서려는 태도가 반, 이야기를 들으려는 자세가 반이었다.

그레고리가 말했다. "디노와 할 얘기가 있다."

디노는 알바니아인들의 두목이었다.

남자가 말했다. "무슨 얘기입니까?"

"정보가 있다."

"어떤 정보를 말씀하시는지?"

"디노가 알아야 할 정보지."

"전화번호를 알려드리죠."

"직접 만나서 해야 할 얘기다."

"지금 당장 말입니까?"

"그렇다."

남자는 잠시 말이 없었다. 그러더니 몸을 돌려 셔터 아래 출입구로 허리를 숙여 들어갔다. 남은 다섯 명은 빈자리를 메우기 위해 간격을 좁혔다. 그레고리는 기다렸다. 다섯 남자는 경계심 반, 호기심 반으로 그를 쳐다보았다. 전례 없는 일이었다. 평생 한 번 있을까 말까 한 상황이었다. 유니콘을 보는 것 같았다. 라이벌 조직의 두목이 바로 여기 있다. 이전의 교섭은 중립 지대에서 이루어졌었다. 시내에서 멀리 떨어진, 고속도로 반대편에 있는 골프장이었다.

그레고리는 기다렸다. 5분이 지나자 출입구를 통해 남자가 돌아왔다. 출입구는 열어둔 채 남자가 몸짓했다. 그레고리는 앞으로 나가 허리를 숙여 안으로 들어갔다. 갓 베어낸 소나무 냄새가 났고 톱이 돌아가는 소리가 들렸다.

남자가 말했다. "도청 장치가 있는지 몸수색을 해야겠습니다."

그레고리는 고개를 끄덕이고 티셔츠를 벗었다. 상체는 두껍고 단단했으며 털투성이였다. 도청 장치는 없었다. 남자는 티셔츠의 솔기를 살펴보고는 돌려주었다. 그레고리는 티셔츠를 입고 손가락으로 머리를 매만졌다.

남자가 말했다. "이쪽으로 오시죠."

남자는 물결무늬 외장재로 마감된 창고 깊숙한 곳으로 그레고리를 안내했다. 나머지 다섯 명이 따라왔다. 평평한 금속 문 앞에 다다랐다. 문 너머는 회의실처럼 차려진 창문 없는 공간이었다. 흰색 테이블 네 개가 마치 장애물처럼 끝에서 끝까지 붙어 있었다. 가장 먼 테이블의 가운데에 디노가 앉아 있었다. 그레고리보다 한두 살 아래였다. 키는 더 작았지만 그레고리보다 더 뚱뚱했다. 머리카락은 짙은 색이었고, 얼굴 왼쪽에 칼자국이 있었다. 눈썹 위로 조금 짧게, 광대뼈에서 턱까지는 그보다 조금 더 길게 나 있어서 마치 느낌표를 거꾸로 찍은 듯한 모양이었다.

그레고리와 얘기했던 남자가 의자를 하나 당겨와 디노 반대편에 놓아주었다. 그러고는 빙 돌아가서 디노 오른쪽에 충실한 부관처럼 앉았다. 나머지 다섯은 두셋으로 갈라져서 그들과 나란히 앉았다. 그레고리는 무표정한 얼굴 일곱을 마주 보며 책상 반대편에 혼자 있었다. 처음에는 아무도 입을 열지 않았다. 마침내 디노가 물었다. "어쩐 일로 여기까지 어려운 걸음을 하셨습니까?"

매너에는 매너로 대해야 한다.

그레고리가 말했다. "새 경찰청장이 곧 취임할 거요."

"알고 있소." 디노가 말했다.

"내부 승진 인사지."

"알고 있소."

"우리 두 조직 모두를 소탕하겠다고 공언했다는군."

"알고 있소." 디노가 세 번째로 말했다.

"청장 사무실에 내 끄나풀이 있소."

디노는 아무 말도 하지 않았다. 몰랐던 사실이었다.

그레고리가 말했다. "내 끄나풀이 서랍 안에 숨겨진 하드디스크에서 극비 파일을 찾았소."

"무슨 파일을?"

"우리 두 조직을 전부 쓸어버리는 작전 계획."

"어떤 계획입니까?"

"세부 내용은 부족하오." 그레고리가 말했다. "극히 개략적인 계획이라. 하지만 걱정할 필요는 없소. 시간이 갈수록 세부 내용들이 채워질 거요. 청장은 계속해서 내부 정보를 받고 있으니까."

"어디서 말입니까?"

"내 끄나풀이 한참 고생한 끝에 다른 파일을 찾아냈소."

"다른 파일이라니?"

"명단이오."

"무슨 명단?"

"경찰이 가장 신뢰하는 비밀 정보원 명단." 그레고리가 말했다.

"그리고?"

"거기에 네 명의 이름이 있었소."

"그리고?"

"그중 둘은 우리 쪽 사람이오." 그레고리가 말했다.

아무도 입을 열지 않았다.

마침내 디노가 물었다. "그들을 어떻게 했소?"

"상상하는 대로."

다시 아무도 입을 열지 않았다.

디노가 물었다. "이 이야기를 왜 하는 거요? 나하고 무슨 관계가 있다고?"

"명단에 있는 다른 둘은 당신 쪽 사람이니까."

침묵이 흘렀다.

그레고리가 말했다. "우리 둘 다 궁지에 몰렸소."

디노가 물었다. "그들이 누구요?"

그레고리가 이름을 댔다.

디노가 말했다. "이걸 왜 나에게 알려주는 거요?"

"협정을 맺었으니까." 그레고리가 말했다. "나는 약속을 지키는 사람이오."

"내가 무너지면 당신은 엄청난 이득을 볼 텐데. 도시 전부가 당신 손아귀에 들어올 테니."

"협정으로 얻는 이익만으로 충분하오." 그레고리가 말했다. "현재 상황으로 만족해야 한다는 사실을 갑자기 깨달았소. 당신네 조직을 이끌 만한 사람을 내가 어디서 구하겠소? 내 조직을 맡길 사람도 못 찾는 판국에."

"그건 나도 마찬가지인 것 같소."

"그러니 나중에 싸우더라도 지금은 협정을 지켜야 하오. 이런 망신스러운 소식을 전하게 되어 유감이군. 하지만 나 또한 망신당한 꼴이지, 당신 앞에서. 그러니 믿어주시오. 우리 둘 다 궁지에 몰려 있소."

디노가 말없이 고개를 끄덕였다.

그레고리가 말했다. "물어볼 게 하나 있는데."

"얼마든지."

"끄나풀이 내가 아니라 당신네 사람이었다면, 지금 내가 한 것처럼 나에게 알려줬겠소?"

디노는 오랫동안 침묵을 지켰다.

그러고는 입을 뗐다. "당연히. 같은 이유에서. 우리는 협정을 맺었소. 그리고 명단에 양쪽 사람이 다 있었다면, 둘 다 서둘러야 망신을 피할 테니까."

그레고리가 고개를 끄덕이고는 일어섰다.

디노의 오른팔이 그레고리를 안내하기 위해 일어났다.

디노가 물었다. "이제 우린 안전한 거요?"

"내 쪽은 그렇소." 그레고리가 말했다. "장담할 수 있소. 오늘 아침 6시에 그렇게 했으니까. 시 화장터에 사람이 하나 있소. 우리에게 빚이 있는. 그가 오늘 아침 일찍 기꺼이 불을 지펴줬소."

디노는 고개를 끄덕이고 아무 말도 하지 않았다.

그레고리가 물었다. "당신 쪽도 안전하겠소?"

"그렇게 될 거요." 디노가 말했다. "오늘 밤이면. 폐차장에 사람이 하나 있소. 그자도 우리에게 빚이 있지."

디노의 오른팔이 창고 안쪽부터 셔터의 낮은 출입구를 거쳐 5월 아침의 밝은 햇살 아래까지 그레고리를 안내했다.

그때 잭 리처는 110킬로미터 밖, 주간고속도로 위를 달리는 그레이하운드 버스 안에 있었다. 그는 버스 뒤 왼쪽 창가 좌석에 앉아 있었다. 옆자리는 비었다. 승객은 전부 29명이었다. 다양한 사람들이 적당히 섞여 있었고 별다른 건 없었다. 다만 특별한 상황이 하나 있었는데 조금 흥미로웠다. 통로 건너 한 칸 앞에 어떤 남자가 고개를 숙인 채 잠들어 있었다. 잿빛 머리카락은 이발이 필요할 만큼 덥수룩했고, 잿빛 피부는 마치 몸무게가 많이 빠져서 그런 것처럼 축 처졌다. 일흔 살은 되어 보였다. 푸른색의 반팔 지퍼 재킷을 입었다. 튼튼한 면직물이었다. 방수도 될 것이다. 재킷 주머니 밖으로 두툼한 봉투의 한쪽 끝이 비어져 나왔다.

리처가 알아볼 수 있는 봉투였다. 전에 본 적이 있었다. 가끔 ATM이 고장 나면 은행 지점으로 들어가 카드를 제시하고 창구에서 직접 현금을 받아야 한다. 은행원은 필요한 액수를 물어볼 것이다. 만일 ATM에 대한 신뢰도가 바닥이라면 안전을 위해 보통 필요한 금액보다 두세 배쯤 되는 돈 뭉치를 찾을 것이다. 거액을. 그런 경우 창구 직원은 봉투가 필요한지 물어본다. 리처는 혹시 몰라서 가끔 봉투를 달라고 한다. 그러면 지금 잠자고 있는 남자의 주머니에서 삐져나온 바로 저런 봉투를 받는다. 똑같은 두꺼운 종이, 똑같은 규격, 똑같은 무게로 된 봉투다. 지폐 종류에 따라 몇백, 또는 몇천 달러가 들어 있다.

봉투를 본 건 리처만이 아니었다. 리처 바로 앞에 있던 남자도 보았다. 분명했다. 그는 큰 관심을 보였다. 건너편을 아래로 계속해서 훑어보았다. 기름으로 떡이 진 머리카락에 가느다란 염소수염을 기른 호리호리한 청년이었다. 20대 정도였고 청재킷을 입었다. 애송이나 마찬가지였다. 남자는 훑어보고, 머리를 굴리고, 계획을 세웠다. 입술을 핥으면서.

버스는 계속 굴러갔다. 리처는 창밖을, 봉투를, 봉투를 보고 있는 남자를 번갈아 쳐다보았다.

그레고리는 중앙로의 차고에서 차를 몰고 나와 우크라이나인 구역으로 돌아갔다. 그의 사무실은 전당포 건너편의 보석금보증사무소 옆에 있는 택시 회사 뒤쪽에 있었다. 전부 그레고리의 소유였다. 그는 차를 세우고 안으로 들어갔다. 최측근들이 기다리고 있었다. 전부 넷이었다. 서로 닮았고, 그레고리와도 닮았다. 피가 섞인 혈족은 아니지만, 우크라이나의 같은 마을, 같은 교도소 출신이었다. 어떤 면에서는 그게 더 낫다.

네 사람은 전부 그레고리를 바라보았다. 얼굴은 넷, 크게 뜬 눈은 여덟, 하지만 질문은 단 하나였다.

그레고리는 대답했다.

"대성공이다." 그가 말했다. "디노는 완전히 넘어갔어. 당나귀처럼 멍청하더군. 브루클린 브리지도 팔아먹을 수 있겠어. 내가 댄 이름 둘은 이제 죽은 목숨이야. 디노가 오늘 안으로 처리할 거다. 기회가 왔어. 우리에겐 24시간이 있어. 놈들의 옆구리는 텅 비었고."

"알바니아놈들은 이제 두목 손아귀에 들어온 거나 마찬가지입니다." 그레고리의 오른팔이 말했다.

"우리 애 둘은 어디로 보냈나?"

"바하마요. 우리한테 빚이 있는 카지노 사장이 있습니다. 호텔도 가지고 있죠."

고속도로 갓길의 녹색 교통표지판이 도시가 가까워졌음을 알려주었다. 오늘의 첫 정류장이다. 리처는 염소수염 남자가 계획을 짜는 모습을 바라보았다. 두 가지 알 수 없는 게 있었다. 돈을 가진 남자는 여기서 내릴 생각일까? 아니면 내리지는 않겠지만 몸을 천천히 움직이며 뒤척거리다가 갑자기 놀란 듯 잠에서 깰까?

리처는 지켜보았다. 버스는 고속도로 출구로 나왔다. 그리고는 최근에 내린 비로 젖은 평지를 지나 남쪽으로 4차선 도로를 탔다. 차는 부드럽게 움직였다. 타이어에서 쉭쉭 소리가 났다. 돈을 가진 남자는 여전히 자고 있었다. 염소수염 남자는 계속 그를 응시하고 있었다. 리처는 남자가 계획을 다 짰다고 생각했다. 그 계획이 얼마나 대단할지 궁금했다. 봉투를 재빨리 슬쩍해서 숨긴 다음, 버스가 서자 마자 내리는 게 최선일 것이다. 남자가 정류장을 조금 앞두고 깨더라도 처음에는 비몽사몽일 것이다. 심지어 봉투가 없어진 사실도 눈치채지 못할 수 있다. 적어도 바로 즉시는. 그리고 그 사실을 알더라도 어떻게 된 일인지 곧바로 파악할 수 있을까? 봉투가 바닥에 떨어졌다고 생각할 것이다. 좌석과 그 아래, 그리고 앞좌석 아래를 살펴보느라 시간이 걸릴 것이다. 자다가 그렇게 되었다고 생각하기 때문이다. 그런 다음에야 의아한 듯 주위를 두리번거릴 것이다. 그때쯤이면 버스가 정차하고 승객들은 자리에서 일어나 버스에서 내리거나 새 승객이 버스에 탈 것이다. 통로는 혼잡할 것이다. 봉투를 훔친 남자는 아무 문제없이 빠져나갈 수 있다. 그것이 최선의 계획이다.

남자는 그걸 알까?

리처는 답을 결코 알 수 없게 되었다.

돈을 가진 남자가 너무 일찍 잠에서 깼다.

버스가 속도를 줄이더니 브레이크의 끽 소리와 함께 신호등 앞에 섰다. 남자가 갑자기 고개를 홱 쳐들었다. 그는 눈을 깜빡이더니 주머니를 쓰다듬었다. 그러고는 아무도 보지 못하게 봉투를 안쪽으로 더 깊이 밀어 넣었다.

리처는 등을 뒤로 기댔다.

염소수염 남자도 등을 뒤로 기댔다.

버스가 움직였다. 도로 양쪽은 봄의 옅은 녹색이 뿌려진 들판이었다. 농기계와 가정용 차량을 판매하는 첫 번째 상가 지구가 나타났다. 번쩍거리는 기계들이 각종 깃발과 만국기 아래 넓은 구역에 걸쳐 줄지어 서 있었다. 다음으로는 사무용 건물 단지와 교외의 대형 슈퍼마켓이 나왔다. 그다음에는 도시가 나타났다. 도로가 4차선에서 2차선으로 줄었다. 앞쪽에는 고층 건물들이 있었다. 하지만 버스는 임대료 비싼 건물들을 멀리 뒤로한 채 좌회전해서 우회하더니 1킬로미터도 채 가지 않아 터미널에 도착했다. 그날의 첫 번째 기착지였다. 리처는 좌석에 머물러 있었다. 그의 표는 종점까지였다.

돈을 가진 남자가 일어섰다.

남자는 고개를 약간 숙여 바지를 추켜올리고 재킷을 끌어 내렸다. 이 노인이 하는 모든 행동은 버스에서 내리려는 준비였다.

남자가 통로로 나와서 앞쪽으로 느릿느릿 발을 움직였다. 가방은 없었다. 맨몸이었다. 잿빛 머리카락, 푸른색 재킷. 한쪽 주머니는 불룩하고 다른 한쪽은 비었다.

염소수염 남자는 새 계획을 짰다.

갑자기 떠오른 생각이었다. 리처는 남자가 머리를 굴리는 소리를 들을 수 있었다. 계획이 무르익어가고 있었다. 연속되는 가정을 통해 결론이 내려졌다. 버스 터미널이 시내의 목 좋은 곳에 세워지는 경우는 없다. 출구는 허름한 거리나 다른 건물들의 뒤쪽으로 나 있을 것이다. 공터나 무인 주차장일 수도 있다. 사각지대인 길모퉁이와 텅 빈 인도가 있을 것이다. 20대 남자가 70대 노인을 공격할 만한 곳이다. 등 뒤에서 내려치는 것이다. 간단한 노상강도다. 늘 일어나는 일이다. 식은 죽 먹기다.

염소수염 남자는 벌떡 일어나 서둘러 통로로 나왔다. 돈을 가진 남자를 2미터 정도 뒤에서 따라갔다.

리처는 자리에서 일어나 둘의 뒤를 따라갔다.

2

돈을 가진 남자는 자기가 어디로 가야 할지 알고 있었다. 확실했다. 자신의 위치를 확인하려고 두리번거리지 않았다. 그는 터미널의 출입구로 나와 동쪽으로 방향을 돌리고 걷기 시작했다. 주저하지 않았다. 하지만 발걸음을 재촉하지도 않았다. 그는 어깨가 축 처졌다. 늙고 피곤하고 기운이 다 빠지고 풀이 죽어 보였다. 열의도 없었다. 똑같이 흥미 없는 두 지점 사이의 경로에 있는 것 같았다.

염소수염은 여섯 발짝쯤 뒤에서 망설이듯 느린 걸음으로 속도를 조절하며 노인을 뒤따라갔다. 쉽지 않아 보였다. 그는 팔다리가 길었는데, 초조와 기대로 흥분해 있었다. 그는 노인을 바로 처리하고 싶었다. 하지만 위치가 좋지 않았다. 너무 평지인 데다 탁 트여 있었다. 인도는 폭이 넓었다. 앞쪽에는 네거리 신호등이 있었는데 차량 석 대가 신호 대기 중이었다. 세 명의 운전자가 지루한 듯 신호등을 보고 있었다. 보행자들도 있을 것이다. 전부 목격자가 될 수 있다. 기다리는 게 낫다.

돈을 가진 남자는 도로 경계석에서 발걸음을 멈췄다. 통행 신호를 기다리고 있었다. 바로 앞쪽을 향하고 있었다. 낡은 건물 세 채가 있었고, 건물 사이에 좁은 도로가 있었다. 골목보다는 넓었지만 그늘졌고, 3층과 4층 건물의 벽이 도로 양쪽을 에워싸고 있었다.

더 나은 장소다.

신호가 바뀌었다. 돈을 가진 남자는 체념하듯 신호에 따라 터덜터덜 길을 건넜다. 염소수염이 여섯 발짝 뒤에서 따라갔다. 리처는 염소수염과의 간격을 약간 좁혔다. 때가 왔음을 감지했다. 염소수염이 영원히 기다리지는 않을 것이다. 완벽을 기하다가 때를 놓치지는 않을 것이다. 두 블록 안에서 일이 벌어질 것이다.

그들은 의식하지 못한 채 간격을 두고 따로따로 계속 걸었다. 첫 번째 블록은 앞과 양옆은 괜찮아 보였지만 뒤가 아직 트여 있었다. 그래서 염소수염은 망설였다. 그사이에 돈을 가진 남자는 교차로를 건너 두 번째 블록으로 들어섰다. 두 번째 블록은 상당히 으슥했다. 양쪽 끝이 모두 그늘이졌다. 판자로 창을 막은 건물들, 문을 닫은 간이식당, 먼지투성이 유리창이 달린 세무사 사무실이 있었다.

완벽했다.

결단을 내릴 시간이었다.

리처는 염소수염이 바로 거기서 실행에 나설 것이라고 짐작했다. 그리고 그 전에 뒤를 포함해 주위를 불안하게 둘러보리라고 생각했다. 그래서 그는 교차로 모퉁이의 눈에 띄지 않는 곳에 숨었다. 하나, 둘, 셋. 주위를 둘러보는 데는 그 정도 시간이면 충분했다. 그런 다음 모퉁이에서 나왔다. 염소수염이 이미 초조하게 서두르면서 넓은 보폭으로 여섯 발짝의 거리를 점점 좁혀나가고 있는 게 보였다. 리처는 달리는 걸 좋아하지 않지만 이번에는 그래야 했다.

너무 늦게 왔다. 염소수염이 돈을 가진 남자를 거칠게 떠밀었다. 노인은 귀에 거슬리는 둔탁한 소리와 함께 손, 무릎, 머리를 앞으로 한 채 쓰러졌다. 염소수염은 그 위를 덮치더니 아직 움직이는 주머니 속으로 미끄러지 듯 능숙하게 손을 집어넣어 봉투를 꺼냈다. 그때 리처가 도착했다. 195센 티미터에 110킬로그램의 움직이는 덩어리가, 쭈그린 자세에서 막 몸을 일 으키던 호리호리한 염소수염에게 돌진했다. 리처가 어깨를 비틀어 내리치 며 염소수염에게 부딪히자 그는 자동차 충돌 테스트에 쓰는 더미dummy처 럼 공중에서 허우적거리다가 곤두박질쳐 절반은 인도에, 절반은 배수로에 몸이 걸친 상태로 낙하했다. 그의 몸은 꼼짝도 하지 않았다.

리처는 그에게 가서 봉투를 회수했다. 봉투는 밀봉되어 있지 않았다. 처 음부터 그랬다. 리처는 봉투를 보았다. 돈뭉치의 두께는 2센티미터 정도 였다. 돈뭉치의 맨 위와 아래는 100달러짜리 지폐였다. 돈뭉치를 휙휙 넘 겨보았다. 다른 지폐들도 모두 100달러짜리였다. 1만5천 달러쯤 되었다. 2만 달러 정도일 수도 있었다.

리처는 뒤를 돌아보았다. 노인이 고개를 들고 있었다. 공황 상태에 빠진 채 두리번거리는 중이었다. 얼굴에 긁힌 자국이 있었다. 넘어지면서 생긴 상처였다. 코피도 났다. 리처는 봉투를 들어 올렸다. 노인이 봉투를 쳐다보 았다. 일어나려고 했지만 그럴 수 없었다.

리처는 노인 쪽으로 걸어갔다.

그가 말했다. "어디 부러진 데는 없습니까?"

노인이 말했다. "어떻게 된 일이오?"

"움직일 수 있습니까?"

"그런 것 같소."

"그럼 돌아누워 보십시오."

"여기서?"

"바닥에 등을 대시고," 리처가 말했다. "그래야 일으켜 세울 수 있습니다."

"어떻게 된 일이오?"

"먼저 좀 살펴봐야겠습니다. 구급차를 불러야 할 수도 있습니다. 휴대폰 있으십니까?"

"구급차는 안 되오." 노인이 말했다. "의사도 안 되고."

노인은 심호흡하고 이를 악물었다. 악몽에 시달리듯 몸을 꿈틀대며 버둥거린 끝에 등을 대고 돌아누웠다.

그러고는 숨을 내쉬었다.

리처가 말했다. "아픈 데가 어디입니까?"

"온몸이 다."

"그냥 아픈 정도입니까, 아니면 더 심합니까?"

"보통인 것 같소."

"알겠습니다."

리처는 노인의 등 아래 양쪽 어깨뼈 사이에 손바닥을 대고 몸을 앞으로 접어 앉은 자세로 만든 다음 그의 발이 도로로 내려가고 엉덩이가 경계석에 걸쳐지도록 이리저리 밀었다. 그게 노인에게 더 편한 자세가 될 것 같았다.

노인이 말했다. "배수로에서 놀지 말라고 어머니가 늘 말씀하셨는데."

"우리 어머니도 그러셨죠." 리처가 말했다. "하지만 지금 우리는 놀고 있는 게 아니니까요."

리처는 봉투를 건넸다. 노인은 그걸 받아 들더니 다섯 손가락으로 봉투 전체를 꽉 쥐었다. 진짜인지 확인하는 것 같았다. 리처는 노인 옆에 앉았다. 노인은 봉투 안을 들여다보았다.

"어떻게 된 일이오?" 노인이 다시 말했다. 그가 손가락으로 염소수염을 가리켰다. "저놈이 날 공격했소?"

오른쪽으로 6미터쯤 떨어진 곳에 염소수염이 얼굴을 바닥으로 한 채 꼼짝하지 않고 있었다.

"저놈이 어르신을 버스에서부터 따라왔습니다." 리처가 말했다. "주머니의 봉투를 본 거죠."

"당신도 버스에 있었소?"

리처는 고개를 끄덕였다. 그가 말했다. "정류장에서 어르신 바로 뒤에 내렸습니다."

노인은 봉투를 다시 주머니 안에 집어넣었다. 그가 말했다. "진심으로 감사하오. 내가 얼마나 고마워하는지 모를 거요. 말로 다하지 못할 정도요."

"별말씀을요." 리처가 말했다.

"내 목숨을 구해줬소."

"아닙니다."

"보답을 해야 할 것 같은데."

"안 그러셔도 됩니다."

"하지만 난 그럴 수가 없소." 노인이 말했다. 그는 주머니에 손을 댔다. "이건 꼭 치러야 할 대금이오. 중요한 돈이지. 전부 필요해요. 미안합니다. 용서하시오. 이러면 안 되는데."

"괜찮습니다." 리처가 말했다.

오른쪽으로 6미터쯤 떨어진 곳에서 염소수염이 땅에 손과 무릎을 짚고 몸을 일으켰다.

노인이 말했다. "경찰을 부르면 안 되오."

염소수염이 뒤를 돌아보았다. 그는 놀란 듯 몸을 떨고 있었다. 하지만 이미 6미터쯤 떨어져 있었다. 놈을 잡아야 할까?

리처가 말했다. "왜 경찰을 부르면 안 됩니까?"

"이렇게 많은 현금을 가지고 있는 이유를 물을 테니까요."

"대답하고 싶지 않은 질문입니까?"

"어쨌든 안 되오."

염소수염은 비틀비틀 일어나더니 도망쳤다. 멍투성이에 힘이 다 빠져 휘청거리며 제대로 몸을 가누지도 못했지만 그래도 빠르게 줄행랑을 쳤다. 리처는 도망가게 내버려 두었다. 오늘 달리기는 할 만큼 했다.

노인이 말했다. "이제 가야 하오."

그는 상당한 충격으로 뺨과 이마에 찰과상이 났고, 윗입술과 코에서는 피가 흐르고 있었다.

"정말 괜찮겠습니까?" 리처가 물었다.

"괜찮아질 거요." 노인이 말했다. "난 시간이 별로 없소."

"일어설 수 있는지 봅시다."

노인은 일어설 수 없었다. 몸에 힘이 다 빠졌거나 무릎에 이상이 생긴 것 같았다. 둘 다일 수도 있었다. 리처는 노인이 일어나도록 부축했다. 노인은 도로를 등지고 구부정한 몸으로 배수로 위에 섰다. 발을 끌면서 안간힘을 써 몸을 돌렸다.

그는 경계석 위로 올라갈 수 없었다. 발을 올리려고 했지만 15센티미터 위로 무릎을 옮기는 것조차 무리였다. 타박상으로 인한 통증 때문임이 분명했다. 슬개골 쪽의 바지 천이 심하게 찢어져 있었다.

리처는 그의 뒤에 서서 손으로 노인의 팔꿈치 아래를 받치고 그를 들어 올렸다. 그는 마치 달에 있는 것처럼 가뿐하게 위로 올라섰다.

리처가 물었다. "걸을 수 있겠습니까?"

그는 걸으려고 했다. 조심스럽고 꼼꼼하게 조금씩 발걸음을 옮기려 애썼다. 하지만 오른발을 뗄 때마다 움찔거리며 날카롭고 짧게 신음했다.

"어디까지 가십니까?" 리처가 물었다.

노인은 재보듯 주위를 둘러보았다. 위치를 확인하고 있었다.

"세 블록 더." 노인이 말했다. "거리 반대쪽이오."

"경계석이 많습니다." 리처가 말했다. "오르내릴 일이 많다는 뜻입니다."

"갈 수 있소."

"해보십시오." 리처가 말했다.

노인은 아까처럼 동쪽으로 발걸음을 뗐다. 균형을 잡으려는 듯 두 손을 조금 앞으로 뻗은 채, 기어가듯 천천히 발을 끌었다. 움찔거림과 신음이 크고 분명했다. 더 심해질 것이다.

"지팡이가 필요하겠습니다." 리처가 말했다.

"필요한 거야 많지." 그가 말했다.

리처는 오른쪽으로 돌아서 노인의 옆으로 갔다. 그의 팔꿈치를 자신의 손으로 받쳐 그가 체중을 싣게 했다. 지팡이나 목발과 같은 역할이었다. 뉴턴 물리학에서 말하는 양력이 노인의 어깨로 전달되게 하는 것이다.

"다시 해보십시오." 리처가 말했다.

"나와 함께 가면 안 되오."

"왜 안 됩니까?"

그가 말했다. "이미 충분히 도와줬소."

"그게 이유가 아닐 텐데요. 차마 그렇게까지 신세를 질 수는 없다고 말할 수도 있었습니다. 정중하지만 모호하게 말이죠. 하지만 훨씬 단호하게 말씀하셨습니다. 함께 가면 안 된다고. 왜죠? 어디로 가시는 겁니까?"

"말할 수 없소."

"제 도움 없이는 못 가실 겁니다."

노인은 숨을 들이마셨다가 내쉬었다. 그리고 마치 무언가 말하려고 연습하듯 입술을 움직였다. 그는 손을 들어 이마와 뺨, 코에 난 상처들을 만졌다. 움찔거림이 심해졌다.

그가 말했다. "내가 오른쪽 블록까지 가서 길을 건너게 도와주시오. 그런 다음 몸을 돌려 집으로 가시오. 그게 당신이 내게 해줄 수 있는 최선이오. 진심입니다. 그래 준다면 고맙겠소. 이미 감사하고 있지만 말이오. 이해해 주길 바랍니다."

"그럴 수 없습니다." 리처가 말했다.

"난 누구도 데려가면 안 되오."

"누가 그렇게 말했습니까?"

"말할 수 없소."

"어차피 제가 그쪽으로 가고 있었다고 생각하십시오. 어르신은 저하고 헤어진 다음 문 안으로 들어가고 저는 계속 걸어가면 됩니다."

"내가 어디로 가는지 아는 모양이군요."

"이미 알고 있었습니다."

"어떻게?"

리처는 미국 전역 동서남북에 있는 온갖 도시의 규모와 역사를 알고 있었다. 그 도시들의 리듬과 문법, 그리고 현재 상황도. 그가 지금 있는 곳은 미시시피 동부에 있는 수십만 개의 블록 중 하나로 건자재 도매업체, 전문 소매업체, 단순 제조업, 변호사, 해운업체, 부동산 중개업체, 여행사 등을 상대하는 백오피스*가 있었다. 뒤쪽 대지에는 저렴한 공동주택 단지도 있을 것이다. 이곳은 19세기 말부터 20세기 초까지 활기와 분주함이 최고조에 다다랐다. 그러다 세월이 흐르면서 점차 쇠락해 갔다. 시설들은 문을 닫고 식당들은 폐업했다. 하지만 몇몇 곳은 다른 데보다 더 오래 버텼다. 몇몇 곳은 가장 오래 버텼다. 어떤 습관과 취향은 쉽게 변하지 않는 법이다.

"여기서 세 블록 더 가서 길을 건너면," 리처가 말했다. "바가 있습니다. 어르신이 가시려고 하는."

노인은 아무 말도 하지 않았다.

"돈을 갚으러," 리처가 말했다. "점심시간 전에 바에서. 지역의 사채업자일 겁니다. 제 생각엔 그렇습니다. 1만5천 아니면 2만 달러. 어르신은 곤경에 처해 있습니다. 차를 팔았을 겁니다. 현금으로 최고가를 낼 사람을 찾았을 테고요. 아마 컬렉터였을 겁니다. 어르신 같은 보통 사람에게는 그저 오래된 차였을 뿐이었겠지만. 어르신은 차를 몰고 구매자가 있는 곳까지 갔다가 버스를 타고 돌아왔을 겁니다. 구매자의 거래은행에 들러 창구 직원이 봉투에 넣어준 돈을 가지고요."

"당신은 누구요?"

"바는 공공장소입니다. 저도 다른 사람들처럼 갈증이 나는군요. 커피도 팔 겁니다. 저는 다른 테이블에 앉겠습니다. 모르는 척하십시오. 바에서 다

---

* back office. 거래 체결과 직접적인 관련 없이 그 이후의 과정이나 기타 지원 따위를 맡아 후방에서 업무를 도와주는 곳.

시 나가려면 도움이 필요할 겁니다. 무릎이 더 뻣뻣해질 테니까."

"당신은 누구요?" 남자가 다시 말했다.

"제 이름은 잭 리처입니다. 헌병 출신이고, 상황을 감지하는 훈련을 받았습니다."

"쉐보레 카프리스였소. 빈티지 스타일이었지. 오리지널 그대로였고 상태도 완벽했소. 주행 거리도 극히 적었고."

"저는 차에 대해서는 잘 모릅니다."

"요즘 빈티지 카프리스가 인기가 많소."

"얼마 받았습니까?"

"2만2천5백 달러."

리처는 고개를 끄덕였다. 생각보다 많은 액수였다. 뻣뻣한 새 지폐가 단단하게 묶여 있을 것이다.

리처가 말했다. "빚은 그게 전부입니까?"

"12시까지는." 노인이 말했다. "이후부터는 더 올라가지."

"그러면 빨리 가셔야겠습니다. 시간이 꽤 걸릴 것 같으니까요."

"고맙소." 노인이 말했다. "내 이름은 애런 셰빅이오. 평생 못 갚을 신세를 졌소."

"낯선 사람의 친절은," 리처가 말했다. "세상을 살 만하게 만듭니다. 그에 관한 희곡을 쓴 이도 있습니다."

"테네시 윌리엄스." 셰빅이 말했다. "『욕망이라는 이름의 전차』."

"지금 전차가 있다면 좋을 텐데요. 5센트 내고 세 블록 갈 수 있다면 싼 거니까요."

그들은 걷기 시작했다. 리처는 느리고 짧게 발을 떼었고, 셰빅은 새가 모이를 쪼듯 휘청거리며 깡충대듯 걸었다. 뉴턴의 물리학에 따라 한쪽 발로만.

3

바는 블록 한가운데 있는 평범하고 오래된 벽돌 건물 1층에 있었다. 중앙에는 낡은 갈색 문이, 양옆에는 더러운 유리창이 있었다. 문 위에는 탁탁 소리를 내는 녹색 네온으로 된 아일랜드식 이름의 간판이 걸려 있었다. 창문에는 반쯤 꺼진 네온으로 된 하프와 토끼풀, 그 밖의 먼지투성이 문양이 있었다. 문과 창문에 모두 맥주 브랜드 광고가 걸려 있었는데, 리처가 아는 브랜드도 있었고 아닌 것도 있었다. 그는 셰빅이 바 건너편 경계석에서 내려가 길을 건너 바 앞쪽 경계석으로 올라가 문으로 가는 것을 도와주었다. 머릿속 시계가 12시 20분 전을 가리켰다.

"제가 먼저 들어가겠습니다." 리처가 말했다. "어르신은 나중에 들어오십시오. 그렇게 하는 게 더 나을 겁니다. 우리가 만난 적이 없는 것처럼요. 아시겠습니까?"

"얼마나 나중에?" 셰빅이 물었다.

"1~2분 정도," 리처가 말했다. "숨 좀 돌린 다음에요."

"알겠소."

리처는 문을 당겨 열고 안으로 들어갔다. 조명은 흐릿했고, 흘린 맥주와 소독약 냄새가 났다. 바는 꽤 컸다. 동굴처럼 깊지는 않았지만, 일반 상점보다는 컸다. 낡은 중앙 통로 양쪽에는 4인용 테이블이 길게 늘어서 있었고 사각형의 바는 안쪽 왼편에 있었다. 바 뒤에는 뚱뚱한 남자 바텐더가 있었다. 면도를 나흘은 안 한 듯했고, 어깨에는 수건을 사원증처럼 걸고 있었다. 손님은 네 명이었는데 다른 테이블에 따로따로 앉아 있었다. 다들 몸이 구부정하고 멍한 모습이었다. 마치 셰빅처럼 늙고 피곤하고 지치고 두들겨 맞은 듯 보였다. 그들 중 둘은 목이 긴 술병을 잡고 있었고, 다른 둘은 반쯤 비어 있는 잔을, 마치 누가 빼앗아 갈까 두려운 듯 방어적으로 잡고 있었다.

그들 중 누구도 악덕 사채업자처럼 보이지 않았다. 어쩌면 바텐더가 사업을 하는 것인지도 모른다. 대리인이나 중개인, 또는 소개자로. 리처가 걸어가서 바텐더에게 커피를 청했다. 바텐더가 커피는 없다고 했다. 아쉽기는 했지만 놀랄 일도 아니었다. 바텐더의 말투는 공손했지만, 리처는 그가 리처만 한 덩치에 단호한 행동을 보이는 낯선 손님과 얘기해본 적이 없었을 것이라는 느낌을 받았다. 보통 사람이었다면 빈정대듯 대꾸했을 것이다.

리처는 커피 대신 국산 맥주를 한 병 시켰다. 맥주병은 차갑고 매끄러웠으며 이슬이 맺혀 있었고 주둥이에는 거품이 화산처럼 분출하고 있었다. 그는 거스름돈 중에서 1달러를 바 위에 놓고 가장 가까이에 있는 4인용 테이블로 발걸음을 옮겼다. 우연히도 테이블은 오른쪽 맨 구석이었다. 잘된 일이었다. 비스듬히 등을 대고 앉아서 방 전체를 한눈에 볼 수 있기 때문이다.

"거긴 안 돼요!" 바텐더가 소리쳤다.

"왜 안 됩니까?" 리처가 마주 소리쳤다.

"예약석입니다!"

다른 손님 넷이 고개를 들었다가 돌렸다.

리처는 바로 돌아가서 1달러 지폐를 집어 들었다. 싸가지 없는 바텐더에게 줄 팁은 없지. 그는 대각선으로 가로질러 반대편 앞쪽 테이블로 갔다. 창문 아래였다. 구조는 같았지만, 방향은 아까와 정반대였다. 지금은 모퉁이를 등지고 실내 전체를 볼 수 있었다. 리처는 맥주를 한 모금 마셨다. 대부분 거품이었다. 그때 셰빅이 다리를 절며 들어왔다. 그는 오른쪽 맨 구석에 있는 빈 테이블을 힐끗 보더니 놀라서 발을 멈췄다. 그가 방을 둘러보았다. 바텐더를, 네 명의 손님을, 리처를 쳐다보고는 다시 구석 테이블을 보았다. 테이블은 아직 비어 있었다.

셰빅은 테이블을 향해 발걸음을 재촉하다 중간에 멈춰 섰다. 그는 방향을 바꿔 테이블 대신 바를 향해 다리를 절며 걸어갔다. 그가 바텐더에게 뭐라고 말했다. 리처는 셰빅의 말을 듣기에는 너무 먼 곳에 있었다. 하지만 뭔가 묻고 있는 것이라는 짐작은 갔다. 아무개는 어디 있나? 분명 뒤쪽 맨 구석에 있는 빈 4인용 테이블을 쳐다보고 물었을 것이다. 빈정거리는 대답을 들은 것 같았다. 셰빅은 움찔하며 물러서더니 빈 테이블로 발걸음을 돌렸다. 다음으로 뭘 해야 할지 생각할 수 있는 곳이다.

리처의 머릿속 시계가 12시 15분 전을 가리켰다.

셰빅은 절룩거리며 빈 테이블로 다가가서는 망설이며 잠시 서 있었다. 그러고는 마치 책상 뒤에 있는 임원용 좌석이 아니라 앞에 있는 방문객용 좌석에 앉은 것처럼 구석을 마주하고 좌석 끝에 걸터앉았다. 그는 문 쪽을 바라보며 자세를 똑바로 하고 반쯤 몸을 돌리고 있었다. 만나려고 했던 사람이 들어오면 바로 공손하게 일어설 준비를 하고 있는 것 같았다.

아무도 들어오지 않았다. 바는 여전히 조용했다. 기분 좋게 맥주를 마시는 소리, 약한 숨소리, 바텐더의 수건이 잔에 스치는 소리가 들렸다. 셰빅은 문을 응시했다. 시간은 계속 흘러갔다.

리처가 일어나서 바로 갔다. 셰빅의 테이블에서 가장 가까운 곳에 섰다. 팔꿈치를 바에 대고 새로 주문하려는 듯한 표정으로 바텐더를 쳐다보았다. 그가 몸을 돌리더니 갑자기 급한 일이라도 있는 듯 반대쪽 구석으로 가버렸다. 팁이 없으니 서비스도 없다. 리처가 예상한 대로였다. 바랐던 바이기도 했다. 바텐더가 몰라야 하니까.

리처가 셰빅에게 속삭였다. "무슨 일입니까?"

"그가 여기 없소." 셰빅도 속삭이며 대답했다.

"흔히 있는 일입니까?"

"그 사람은," 셰빅이 말했다. "언제나 이 테이블에 온종일 앉아 있소."

"돈을 빌린 적이 몇 번 있었습니까?"

"세 번."

바텐더는 저쪽에서 여전히 바쁘게 일했다.

셰빅이 속삭였다. "지금부터 5분이 지나면 내 빚은 2만2천5백 달러가 아니라 2만3천5백 달러가 되오."

"연체료가 천 달러라고요?"

"하루당이오."

"어르신 탓이 아니잖습니까." 리처가 속삭였다. "그자가 나타나지 않는 다면 말입니다."

"이 사람들은 정상이 아니오."

셰빅이 문을 응시했다. 바텐더는 있지도 않았던 일을 마치고는 바 뒤쪽에서 대각선으로 가로질러 앞쪽으로 뒤뚱거리며 걸어왔다. 그는 적대적인 태도로 턱을 세우고 있었다. 주문을 받기는 하겠지만 그대로 따를 생각은 없는 듯했다.

그는 리처 앞 1미터쯤에 멈춰 서서 기다렸다.

리처가 말했다. "뭡니까?"

"필요한 게 있으신지?" 바텐더가 말했다.

"더는 없소. 당신이 저리로 갔다가 돌아오게 만들고 싶었소. 운동이 필요한 것 같더군. 이제 운동을 마친 것 같으니 됐소. 어쨌든 고맙소."

바텐더가 리처를 빤히 쳐다보았다. 그는 상황을 재고 있었다. 별로 좋지 않았다. 카운터 아래 야구 방망이나 총이 있을 수 있지만 결코 잡지 못할 것이다. 리처는 팔만 뻗으면 닿을 거리에 있었다. 대꾸했다가는 말다툼이 일어날 것이다. 그러고는 싸움으로 이어지겠지. 확실했다. 결국 벽에 걸린 전화기가 그를 구해주었다. 바텐더 뒤에서 전화기가 울렸다. 구식 벨소리였다. 낮고 구슬픈 듯한 벨소리가 길게 울렸다. 그리고 또 울렸다.

바텐더가 몸을 돌려 전화를 받았다. 전화기는 클래식한 디자인이었다. 커다란 수화기에 달린 꼬불꼬불한 코드가 바닥에 닿을 정도로 길게 늘어져 있었다. 바텐더가 귀를 기울이고는 전화를 끊었다. 그는 셰빅이 있는 뒤쪽 구석 테이블 쪽으로 턱을 쭉 내밀었다.

그가 소리쳤다. "오늘 저녁 6시에 다시 와요!"

"무슨 소리요?" 셰빅이 말했다.

"방금 들었잖아요!"

바텐더는 또 있지도 않은 일을 하려고 가버렸다.

리처는 셰빅의 테이블에 앉았다.

셰빅이 말했다. "6시에 다시 오라니 무슨 뜻일까요?"

"어르신이 기다리는 사람이 늦는 모양입니다. 상황을 알려주려고 전화한 거겠죠."

"모를 일이군." 셰빅이 말했다. "내 12시 기한은 어떻게 하고?"

"어르신 탓이 아닙니다." 리처가 다시 말했다. "기한을 놓친 건 그 사람이지 어르신이 아니잖습니까."

"그자는 내 빚이 천 달러 늘었다고 할 거요."

"그자가 나타나지 않은 거면 그렇게 되지 않습니다. 그가 나타나지 않은 건 다들 알잖습니까. 바텐더가 전화를 받았습니다. 증인이지요. 어르신은 여기 왔고 상대방은 안 왔고."

"천 달러를 더 구할 방법이 없소." 셰빅이 말했다. "갖고 있지도 않고."

"기한이 연기되었으니 그런 걱정은 마십시오. 분명한 암시를 준 겁니다. 계약의 묵시적 조건처럼 말이죠. 어르신은 제시간에 적절한 장소에서 정해진 금액을 지불하려 했습니다. 상대방이 받으러 나타나지 않은 거죠. 관습법상의 원칙입니다. 어떤 변호사라도 주장할 수 있는."

"변호사는 안 되오." 셰빅이 말했다.

"변호사도 걱정되십니까?"

"비용을 댈 수 없소. 특히 빚이 천 달러 더 늘어난다면 말이오."

"그렇지 않습니다. 상대방은 천 달러를 더 요구할 수 없습니다. 어르신은 제시간에 여기 왔잖습니까. 그들은 안 왔고."

"그들은 정상이 아니오."

바텐더가 멀리서 쳐다보고 있었다.

리처의 머릿속 시계가 정확히 정오를 알렸다. 리처가 말했다. "여기서 여섯 시간을 더 기다릴 수는 없습니다."

"아내가 걱정할 거요." 셰빅이 말했다. "집에 가서 얘기해야 하오. 그러고 나서 다시 돌아와야겠소."

"어디 사십니까?"

"여기서 1.5킬로미터쯤 떨어진 곳이오."

"괜찮다면 함께 가드리겠습니다."

셰빅은 오랫동안 말이 없었다. 그러고는 입을 뗐다. "아니. 그렇게까지 할 수는 없소. 당신은 이미 충분히 해줬소."

"정중하지만 모호한 말이군요."

"당신을 더 이상 곤란하게 해서는 안 되겠다는 뜻이오. 당신도 해야 할 일이 있을 텐데."

"대체로 저는 일을 피하는 편입니다. 젊은 시절에 말 그대로 엄격한 규율 속에서 살아온 것에 대한 반작용이죠. 덕분에 특별히 갈 곳은 없지만, 가려고 하면 어디든 갈 수 있습니다. 1.5킬로미터쯤이야 기꺼이 돌아갈 수 있는 거리지요."

"아니. 그런 부탁을 할 수는 없소."

"제가 말한 규율은 헌병 시절 얘기입니다. 거기서 상황을 감지하는 훈련을 받았습니다. 단순히 물리적 실마리뿐만 아니라 사람들에 관한 것들도요. 사람들이 어떻게 행동하고 무엇을 믿는지에 관한 것들이죠. 인간의 본성 같은 것 말입니다. 대부분은 엉터리지만 가끔 쓸모 있는 것들도 있습니다. 지금 어르신은 주머니에 2만 달러를 넣고서 빈민가를 1킬로미터 이상 걸어가야 합니다. 걱정되시겠죠. 원래 지금쯤이면 없어야 할 돈이니까. 그리고 잃어버리기라도 하면 그야말로 큰일이죠. 이미 오늘 한 번 강도를 당했습니다. 그리고 사실 집까지 걸어가는 게 두려워 죽을 지경이실 겁니다. 어르신이 두려워하지 않게 제가 도와드릴 수 있다는 사실도 알고 계시고요. 그리고 어르신은 강도를 당해 다치기까지 해서 잘 걸을 수도 없고 그 또한 제가 도와드릴 수 있다는 사실을 알고 계십니다. 그러니 제게 집까지 데려다 달라고 부탁해야 하는 게 맞습니다."

셰빅은 잠자코 있었다.

"하지만 어르신은 신사입니다." 리처가 말했다. "보답하고 싶으시겠죠. 그러니 제가 어르신을 댁까지 모셔서 부인을 만나면 최소한 점심이라도 대접해야 한다고 생각하실 겁니다. 하지만 먹을 게 없겠죠. 창피할 겁니다. 하지만 그러실 필요 없습니다. 저는 어르신이 사채업자에게 시달렸다는 걸 알고 있습니다. 몇 달 동안 점심도 제대로 못 드셨겠죠. 피부가 축 처진 걸 보니 몸무게가 10킬로는 빠지신 것 같군요. 그러니 가는 길에 샌드위치를 사 갑시다. 미국 정부 발행 10센트짜리 동전 몇 개면 충분합니다. 제 돈은 미국 정부에게서 받은 거니까 어르신이 낸 세금이나 마찬가지입니다. 댁에서 이야기나 좀 나누다가 다시 이리로 돌아오면 됩니다. 어르신이 빚을 갚고 나면 저는 가던 길을 가겠습니다."

"고맙소." 셰빅이 말했다. "진심이오."

"천만에요." 리처가 말했다. "진심입니다."

"어디로 가던 길이오?"

"아무 데나요. 보통은 날씨에 따라 다릅니다. 따뜻한 곳이 좋죠. 코트 살 돈이 굳으니까."

바텐더가 여전히 멀리서 힐끗힐끗 보고 있었다.

"가시죠." 리처가 말했다. "여기 있다간 목말라 죽겠습니다."

4

애런 셰빅이 바의 가장 끝 구석 자리 테이블에서 만나기로 했던 사람은 마흔 살의 알바니아인으로 이름은 피스닉이었다. 그는 우크라이나인들의 두목인 그레고리가 그날 아침 언급했던 두 사람 중 하나였다. 따라서 그는 집에서 디노에게 호출을 받았다. 그날 바에서 해야 할 일을 시작하기 전에 목재소에 들르라는 지시였다. 디노의 말투에는 특이한 점이 없었다. 사실 쾌활하고 열정적으로 들렸고, 칭찬과 인정이 담겨 있는 것 같았다. 기회가 더 생겼거나 보너스를 주려는 것일 수도 있다. 아니면 둘 다거나. 승진시켜 주거나 조직에서 새로운 자리를 맡게 될지도 모른다.

일은 그렇게 굴러가지 않았다. 피스닉이 허리를 굽혀 셔터의 출입구로 들어서자, 갓 베어낸 소나무 향이 났다. 톱이 윙윙거리는 소리도 들렸다. 그는 기분 좋은 느낌으로 뒤쪽에 있는 사무실로 향했다. 1분 뒤, 그는 나무 의자에 덕트 테이프로 결박되었다. 갑자기 소나무 향이 관 냄새처럼 느껴졌고 톱 소리는 고통의 신음처럼 들렸다. 먼저 그들은 6밀리미터 구경의 콘크리트용 비트가 장착된 디월트DeWalt 무선 전동 드릴로 그의 무릎을 뚫어버렸다. 그런 다음 고문을 계속했다. 피스닉은 그들에게 아무 말도 하지 않았다. 할 얘기가 없었기 때문이다. 그의 침묵은 참을성 강한 자의 자백으로 받아들여졌다. 그들의 문화에서는 그랬다. 그의 강인함은 약간 마지

못해 나온 듯한 찬탄을 받았다. 하지만 그렇다고 드릴을 멈추지는 않았다. 피스닉은 리처와 셰빅이 바를 떠나던 때와 거의 같은 시간에 죽었다.

셰빅의 집으로 가는 길은 처음 절반은 바가 있던 곳과 똑같은 나머지 블록들을 통과하는 것이었다. 하지만 이후로는 한때 4만 제곱미터의 목초지였을 것 같은 풍경이 펼쳐졌다. 2차대전이 끝나고 군인들이 전역해 귀향하자 목초지를 개발하여 그 자리에 소형 주택들을 일렬로 지었다. 주택들은 전부 단층집이었지만 목초지의 높낮이에 따라 일부는 높이가 달랐다. 70년이 지나면서 주택들의 지붕이 여러 번 바뀌었는데, 똑같은 건 하나도 없었다. 위쪽으로 추가로 얹은 것도 있었고, 돌출지붕과 새로운 플라스틱 슬라이드 지붕을 만든 곳도 있었다. 잔디밭을 관리한 집도, 잡초가 우거지게 내버려 둔 집도 있었다. 하지만 그 외에는 전후戰後 획일성의 망령이 개발지 전체에 걸쳐 자리하고 있었다. 부지 면적은 작고, 도로와 인도는 좁았으며, 우회전 차선도 좁아서 1948년형 포드, 쉐보레, 스튜드베이커, 플리머스 자동차의 핸들을 최대한 꺾어야 돌아가게 구획되었다.

리처와 셰빅은 가는 길에 주유소에 딸린 간이식당에 들러 치킨 샐러드 샌드위치 세 개, 감자튀김 세 봉지, 소다수 세 캔을 샀다. 리처는 오른손으로 음식 봉지를 들고 왼손으로 셰빅을 부축했다. 둘은 절룩거리면서 느릿느릿 걸어 건물들을 지나갔다. 셰빅의 집은 주택 단지 안쪽 깊이 자리하고 있었는데, 도로보다 조금 넓은 정도의 유턴 지점이 있는 막다른 골목이었다. 마치 구식 온도계 끝부분에 있는 동그란 부분 같았다. 집은 왼쪽에 있었다. 때 이르게 피기 시작한 장미가 둘러싸고 있는 울타리 뒤였다. 집은 1층짜리 주택이었고, 다른 집들과 똑같은 골조, 똑같은 정사각형 대지에 아스팔트 지붕과 밝은 흰색 판자벽을 갖추고 있었다. 집은 잘 관리되어 있기는 했지만, 최근에는 손을 보지 않은 것 같았다. 유리창은 먼지투성이였고 잔디는 웃자라 있었다.

리처와 셰빅은 겨우 두 사람이 나란히 걸어갈 정도의 폭을 가진 콘크리트 진입로를 절룩거리며 걸어 올라갔다. 셰빅이 열쇠를 꺼냈다. 하지만 자물쇠에 꽂기도 전에 눈앞에서 문이 열렸다. 여자가 서 있었다. 셰빅 부인은 아무것도 묻지 않았다. 부부 사이에는 분명한 유대감이 있었다. 부인은 머리카락이 세었고 등이 굽었다. 셰빅처럼 최근에 몸무게가 빠졌고 나이도 비슷해 보였다. 하지만 고개는 꼿꼿이 세웠고 눈에는 흔들림이 없었다. 눈빛이 아직 살아 있었다. 그녀는 남편의 얼굴을 응시했다. 이마와 뺨에 난 찰과상을, 입가에 말라붙은 핏자국을 쳐다보았다.

"넘어졌어." 셰빅이 말했다. "경계석에서 발을 헛디뎠지. 무릎이 깨졌어. 고맙게도 이분이 날 도와줬지."

여자의 시선이 이해할 수 없다는 듯 잠시 리처에게 옮겨갔다가 다시 남편에게 돌아갔다.

그녀가 말했다. "좀 닦아야겠어."

그녀는 등을 돌렸고 셰빅은 현관으로 들어섰다.

셰빅의 아내가 "당신…" 하고 입을 떼다 다물었다. 낯선 사람 앞에서 말을 꺼내기가 꺼려졌을 것이다. '돈은 갚았어?'라고 말하려던 게 분명했다. 하지만 어떤 문제들은 극히 사적이다.

셰빅이 말했다. "복잡해졌어."

잠시 침묵이 흘렀다.

리처는 간이식당에서 산 음식봉지를 들어 올렸다.

"점심을 사 왔습니다." 그가 말했다. "이런 상황에서는 상점에 다녀오기 힘들 것 같아서요."

셰빅 부인은 여전히 이해하지 못하겠다는 듯 리처를 다시 쳐다보았다. 그러고는 조금 괴롭고 창피하고 민망한 표정이 되었다.

"이분은 다 알아, 마리아." 셰빅이 말했다. "헌병 출신이라 다 꿰뚫어 보더라고."

"당신이 말했어?"

"이분이 스스로 알아냈어. 광범위한 훈련을 받았대."

"뭐가 복잡해진 건데?" 그녀가 물었다. "무슨 일이 생겼는데? 당신을 때린 건 누구고? 이 사람이야?"

"누구?"

그녀는 리처를 똑바로 쳐다보았다.

"점심을 들고 있는 이 사람." 그녀가 말했다. "이 사람도 그들 중 하나야?"

"아니야." 셰빅이 말했다. "절대 아니야. 그들과는 아무 관계 없어."

"그런데 왜 당신을 따라왔어? 아니면 호송한 거야? 꼭 교도관처럼 보여."

셰빅이 말하기 시작했다. "나를," 그러고는 잠시 멈추더니 말을 바꿨다. "내가 헛디뎌서 넘어졌을 때 이분이 마침 지나가던 참이었어. 나를 도와 일으켜 줬지. 내가 걷지 못하니까 부축해서 쭉 함께 와 줬어. 따라온 게 아니야. 호송한 것도 아니고. 집까지 함께 온 거야. 나 혼자서는 도저히 무리였거든. 적어도 지금은. 무릎을 다쳐서 그래. 간단한 얘기야."

"간단한 게 아니라 복잡하다며."

"안으로 들어가자." 셰빅이 말했다.

셰빅의 아내는 잠시 가만히 서 있다가 몸을 돌려 앞장섰다. 집 안은 밖에서 봤을 때와 똑같았다. 낡았지만 관리가 잘된 집이었다. 하지만 최근에는 손보지 않았다. 방은 작고 현관은 좁았다. 그들은 거실에서 발을 멈췄다. 2인용 소파 하나와 안락의자 두 개가 있었다. 콘센트와 전선은 있었지만 TV는 없었다.

셰빅 부인이 말했다. "뭐가 복잡해졌는데?"

"피스닉이 안 나타났어." 셰빅이 말했다. "보통은 온종일 거기 있는데 오늘은 없었어. 그러고는 6시에 다시 오라고 전화로 알려줬어."

"그럼 돈은 지금 어디 있어?"

"내가 아직 가지고 있어."

"어디에?"

"주머니에."

"피스닉이 우리에게 천 달러를 더 내라고 할 셈인 거구나."

"이분 생각에는 그렇지 않대."

여자는 다시 리처를 쳐다보더니 남편에게로 시선을 돌리고 말했다. "닦아줄게." 그러고는 리처를 보고 부엌 쪽을 가리키며 말했다. "점심은 냉장고에 넣어두세요."

부엌은 좀 휑했다. 리처는 냉장고로 가서 문을 열었다. 냉장고 안은 깨끗했고 거의 비어 있었다. 유통 기한이 6개월은 지난 듯한 오래된 병들 몇 개뿐이었다. 리처는 점심 봉지를 냉장고 가운데 선반에 놓고 거실로 돌아와 기다렸다. 벽에는 가족사진이 잡지처럼 무리 지어 걸려 있었다. 그중에 제일 오래된 것은 장식 액자 세 개 안에 든 흑백사진이었는데 세월이 흐르며 낡아 황갈색이 되었다. 첫 번째 사진은 딱 봐도 군인인 남자가 집 바로 앞에 서서 찍은 것이었다. 그의 옆에는 리처 짐작에 새색시인 듯한 여자가

서 있었다. 남자는 빳빳한 카키색 군복을 입고 있었다. 일병이었다. 2차대전에 나갔다기에는 너무 젊었다. 전쟁이 끝난 후 3년 정도 독일에 주둔했을 것이다. 그러고는 한국전쟁 때 다시 소집되었겠지. 여자는 종아리 정도까지 내려오는 풍성한 꽃무늬 드레스 차림이었다. 둘 다 미소를 짓고 있었다. 그들 뒤에 있는 판자벽이 햇빛에 빛나고 있었다. 발치의 흙은 거칠었다.

두 번째 사진에서는 발치에 1년 정도 자란 잔디가 보였다. 부부는 팔에 아기를 안고 있었다. 미소도 같았고, 판자벽도 똑같이 빛나고 있었다. 아빠는 이제 군복을 벗고 허리 위까지 올라오는 나일론 바지에 흰색 반소매 티셔츠를 입고 있었다. 엄마는 꽃무늬 드레스가 아니라 얇은 스웨터와 종아리 길이의 바지 차림이었다. 아기는 얼굴만 빼고 온몸이 숄에 싸여 있었다. 아기의 얼굴은 엷고 흐릿하게만 보였다.

세 번째 사진은 8년쯤 뒤의 모습이었다. 뒤의 판자벽은 페인트로 반쯤 초벌 칠한 상태였다. 발치의 잔디는 무성하고 빽빽했다. 여덟 살이 더 많아진 남자는 살이 좀 붙었다. 허리는 약간 굵었고 상체도 좀 두툼해졌다. 이마가 살짝 벗어졌고 머리카락도 좀 빠지기 시작했다. 여자는 전보다 더 예뻐졌지만 1950년대 사진 속 여자들 모습이 대부분 그렇듯 좀 지쳐 보였다.

그들 앞에 서 있는 여덟 살짜리 여자아이는 마리아 셰빅인 게 거의 확실했다. 얼굴형이나 시선으로 보아 그랬다. 그녀는 자랐고, 부모는 나이 들어 죽었다. 그리고 그녀는 집을 물려받았다. 리처가 짐작하기에는 그랬다. 다음 그룹의 사진들을 보니 그 짐작이 맞았다. 이제는 색바랜 코닥 컬러 사진이었지만 찍은 위치는 똑같았다. 똑같은 잔디, 똑같은 벽. 일종의 전통이었다. 첫 번째 사진은 스무 살쯤 된 셰빅 부인이었다. 그 옆에는 훨씬 곧은 자세에 탄탄한 몸의 셰빅이 서 있었다. 마찬가지로 스무 살쯤 되어 보였다. 그들의 얼굴은 윤곽이 뚜렷하고 젊었으며 그림자가 드리워져 날카로워 보였다. 행복하게 활짝 미소를 짓고 있었다.

다음 사진에서 부부는 팔에 아이를 안고 있었다. 그 옆에서 대각선 아래쪽으로 이어지는 사진들 속에서 아이는 부쩍 자라 아장아장 걷기 시작하더니, 네 살, 여섯 살, 그리고 여덟 살이 되었다. 아이 사진 위의 셰빅 부부는 부풀리고 덥수룩한 1970년대 헤어스타일에 꽉 끼는 탱크톱과 풍성한 소매의 옷을 입고 있었다.

그다음 아래 줄 사진에서 소녀는 10대가 되고, 고등학교를 졸업하고, 아가씨가 되었다. 사진이 새것일수록 사진 속 아가씨는 나이가 들어갔다. 지금은 쉰 살쯤 되었을 거라고 리처는 추측했다. 그 세대를 뭐라고 부르더라. 초기 베이비붐 세대의 첫 아이들. 그 세대도 이름이 붙여져야 한다. 다른 세대들은 다 있으니까.

"여기 계셨네요." 셰빅 부인이 리처 뒤에서 말했다.

"사진들을 보고 있었습니다." 그가 말했다.

"그래요." 그녀가 말했다.

"따님이 있군요."

"그래요." 그녀가 다시 말했다.

그러고는 셰빅이 왔다. 입술의 피는 닦아냈고 찰과상에는 노란색 약이 발라져 반짝이고 있었다. 머리카락은 빗질했다.

그가 말했다. "식사합시다."

부엌에는 작은 식탁이 있었다. 모서리는 알루미늄으로 만들어졌고 라미네이트 상판은 수십 년의 세월이 흐르는 동안 수없이 닦이면서 이제는 칙칙하고 빛이 바랬지만 한때는 반짝반짝 빛나고 멋졌을 것이다. 한 세트로 된 플라스틱 의자 세 개가 있었다. 아마 마리아 셰빅이 어린아이였을 때 샀던 의자일 것이다. 처음으로 의자에 앉아서 식사할 수 있게 된 것을 기념해서 샀던 것이겠지. 나이프와 포크를 쓰고, 건네 달라고 부탁하고, 고맙다고 말할 수 있을 정도의 나이가 된 것을 기념하여. 오랜 세월이 지난 지금, 그녀는 리처와 남편에게 앉으라고 말하고 있다. 그러고는 봉지에서 꺼낸 샌드위치를 사기 접시에 놓고, 사기 그릇에 감자튀김을 담고, 칙칙한 유리 텀블러에 소다수를 따랐다. 그리고 천으로 된 냅킨을 가져왔다. 그녀는 자리에 앉아서 리처를 쳐다보았다.

"우리가 한심해 보이시겠죠." 그녀가 말했다. "이런 상황까지 내몰리게 된 게요."

"그렇지 않습니다." 리처가 말했다. "운이 너무 없으셨던 거겠죠. 아니면 아주 절박하던가요. 막다른 골목에 몰리신 게 확실합니다. TV도 파셨죠. 물론 다른 것들도요. 집도 담보로 잡히셨고. 하지만 그것만으로는 부족했겠죠. 다른 방법을 찾아야만 했을 겁니다."

"그래요." 그녀가 말했다.

"그래야 할 충분한 이유도 있었을 테고요."

"그래요." 그녀가 다시 말했다.

그녀는 더 이상 아무 말도 하지 않았다. 그녀와 남편은 천천히 식사했다. 한 번에 빵 한 조각, 감자튀김 하나, 소다수 한 모금. 마치 새로운 음식을 음미하듯. 아니면 소화가 안 될까 걱정하듯이. 부엌은 조용했다. 지나다니는 차량도, 길거리에서 나는 소리도, 어떤 소음도 없었다. 벽에는 지하철 역사에서 볼 수 있는 오래된 서브웨이 타일이 있었고 서브웨이 타일이 없는 곳은 벽지가 발라져 있었다. 벽지는 제일 첫 번째 사진에 나온 셰빅 부인 어머니의 드레스처럼 꽃무늬였지만 훨씬 옅었고 윤곽도 뚜렷하지 않았다. 바닥은 리놀륨이었는데, 예전에는 하이힐 때문에 구멍이 나 있었지만 발걸음에 닳아서 이제는 다시 매끄러워졌다. 가전제품들은 전부 한 번교체했을 것이다. 닉슨이 대통령이었을 때쯤이었을 것이다. 하지만 아직조리대는 교체한 적이 없을 거라고 생각했다. 조리대는 옅은 노란색 라미네이트였는데, 병원의 심박 측정기에서 볼 수 있는 것 같은 가느다란 물결모양이 있었다.

셰빅 부인은 샌드위치를 다 먹었다. 소다수도 다 마셨다. 기름으로 축축해진 손가락으로 마지막 남은 감자튀김 조각을 가볍게 들어 올렸다. 냅킨을 입술에 눌렀다. 그녀가 리처를 쳐다보았다.

그녀가 말했다. "고마워요."

리처가 말했다. "별말씀을요."

"피스닉이 천 달러를 더 요구할 수 없다고 생각하시는군요."

"요구해서는 안 된다고 봅니다. 요구하지 않으려고 하는 것과는 다르지요."

"내 생각엔 내야 할 것 같은데요."

"가서 그 사람과 이야기해보겠습니다. 괜찮으시다면 어르신들을 대신해서요. 저는 그런 대화를 수없이 해봤습니다."

"당신이야 자신만만하시겠죠. 하지만 남편 말로는 당신은 그저 지나가던 사람일 뿐이라더군요. 내일이면 여기 없겠죠. 하지만 우리는 여기서 계속 살아야 해요. 그러니 돈을 내는 게 더 안전해요."

애런 셰빅이 말했다. "우린 그 돈이 없잖아."

셰빅의 아내는 대답하지 않았다. 그녀는 손가락에 낀 반지들을 만지작거렸다. 무의식적인 행동일 것이다. 금으로 된 가느다란 결혼반지와 아주 작은 다이아몬드가 박힌 반지였다. 리처는 그녀가 전당포 생각을 하고 있다고 추측했다. 전당포는 버스 정류장 근처나 빈민가에 있을 것이다. 하지만 천 달러를 더 마련하려면 금반지와 작은 외알 다이아몬드 반지만으로는 부족할 것이다. 아마 위층 서랍장에 아직 어머니의 물건들을 간직하고 있을 것이다. 머리핀이나 펜던트, 은퇴 기념 시계 같은 삼촌이나 이모들의 유품들도 있을 것이다.

그녀가 말했다. "이야기를 해야 한다면 우리가 할게요. 피스닉이 상식적인 사람일 수도 있으니까요. 천 달러를 더 요구하지 않을지도 몰라요."

남편이 말했다. "그 사람들은 상식 같은 게 없어."

리처가 셰빅에게 물었다. "그렇게 생각할 만한 직접적인 근거가 있습니까?"

"간접적인 것들뿐이오." 셰빅이 말했다. "피스닉은 처음부터 여러 가지 불이익들에 대해 말했소. 그가 휴대폰에 저장해둔 사진들과 짧은 동영상들이 있더군. 나에게 그것들을 보게 했소. 그걸 본 뒤로는 절대 지불을 미룰 수 없게 되었소. 지금까지는."

"경찰에 가볼 생각은 안 했습니까?"

"물론 했소. 하지만 이건 자발적으로 맺은 계약이오. 우리는 그들의 돈을 빌렸소. 그들의 조건을 승낙했고, 거기에는 경찰을 부르지 않는다는 조항도 있었소. 피스닉의 휴대폰에서 그 조항을 어겼을 때의 벌칙도 보았소. 결국 우리는 경찰을 부르는 건 너무 위험하다고 생각하게 되었소."

"현명한 판단입니다." 리처는 이렇게 말했지만 진심은 아니었다. 피스닉에게 필요한 것은 계약에 대한 존중이 아니다. 목구멍에 쑤셔 박아줄 주먹 한 방이다. 그런 다음에는 제일 구석 자리에 있는 식탁 위에 얼굴을 처박아 주는 것이다. 하지만 리처는 셰빅 부부처럼 일흔 살이 아니고, 몸이 쇠약하거나 돈에 쪼들리는 상태도 아니다. 그러니 이 부부는 자신들의 판단대로 하는 것이 현명하다.

셰빅 부인이 말했다. "6시가 되면 알게 되겠죠."

그들은 오후 내내 그 화제를 피했다. 일종의 묵시적인 합의. 대신 그들은 과거 이야기를 나누었다. 보통의 정중한 대화처럼. 셰빅 부인은 그 집을 물려받은 게 맞았다. 부모는 군인 월급을 모은 돈으로, 아직 완공되지도 않은 상태에서 집을 샀다. 전쟁 후 중산층을 덮친 부동산 광풍에 휩쓸렸던 탓이었다. 사진 속 잔디처럼, 집을 산 지 1년 후 그녀가 태어났다. 그녀는 그 집에서 자랐다. 부모님이 돌아가신 해에 남편을 만났다. 소꿉친구였던 남편은 숙련된 기계 기술자였다. 필수 직업이라 베트남전에도 징집되지 않았다. 부모님처럼 결혼 1년 만에 딸이 태어났다. 딸은 2세대가 그렇듯 그 집에서 자랐다. 학교 성적이 좋았고 취업도 했다. 결혼하지 않아 손자를 안겨주지는 않았지만 괜찮았다. 리처는 이야기가 현재로 가까워질수록 그들의 어조가 달라지는 걸 눈치챘다. 말할 수 없는 이야기가 있는 것처럼 우울하고 억눌린 듯한 느낌이 심해졌다.

리처 머릿속 시계가 5시를 가리켰다. 그가 1.5킬로미터를 걸어가는 데는 15분 정도가, 보통 사람이라면 20분 정도가 걸리겠지만 셰빅의 경우에는 꼬박 한 시간이 걸릴 것이다.

"시간이 다 됐습니다." 리처가 말했다. "출발하시죠."

5

다시 리처는 셰빅을 도와 바 건너편 경계석을 내려가고, 길을 건너고, 바 앞쪽 경계석 위로 올라가고, 바의 문 쪽으로 가는 인도를 건넜다. 이번에도 그가 먼저 들어갔다. 같은 이유에서였다. 낯선 사람이 표적보다 바로 앞에 들어가면 바로 뒤에 들어가는 것보다 둘 사이를 무의식적으로 연결할 가능성이 열 배는 줄어든다. 인간의 본성이 그렇다.

여전히 바 뒤에는 뚱뚱한 바텐더가 있었다. 손님은 이제 아홉 명이었다. 한 쌍으로 된 손님 둘, 혼자 온 손님 다섯이 각각 테이블에 앉아 있었다. 혼자인 손님 중 하나는 여섯 시간 전에도 같은 자리에 있었던 사람이다. 다른 하나는 여든 살쯤 된 할머니였다. 투명한 액체가 든 잔을 부드럽게 잡고 있었다. 물은 아닐 것이다.

안쪽 제일 끝 구석 자리의 4인용 테이블에는 남자가 한 명 있었다.

덩치가 크고 나이는 마흔 살쯤이었다. 얼굴이 창백해서 어둠 속에서 빛이 나는 것처럼 보일 정도였다. 눈동자도 옅은 색, 속눈썹도 옅은 색, 눈썹도 옅은 색이었다. 머리카락은 옥수수수염 색이었는데 번들거릴 정도로 짧게 깎았다. 테이블 가장자리에 허옇고 굵은 손목을 얹었고, 검은색 장부 위에 놓인 손은 허옇고 큼직했다. 검은색 정장과 흰색 셔츠를 입고 검은색 실크 넥타이를 맸다. 셔츠의 목 부분에 문신이 하나 비어져 나와 있었다.

글자였다. 외국어 알파벳이었다. 러시아어는 아니었다. 다른 나라 글자였다.

리처는 주문하지 않고 자리에 앉았다. 1분쯤 뒤에 셰빅이 절룩거리며 들어왔다. 그는 다시 한번 뒤쪽 제일 끝 구석 자리를 슬쩍 쳐다보았다. 그러고는 다시 한번 놀라서 발을 멈췄다. 그는 다리를 끌며 걸어 들어와 리처 옆의 빈 4인용 테이블에 앉았다.

셰빅이 속삭였다. "저자는 피스닉이 아니오."

"확실합니까?"

"피스닉은 피부색이 어둡고 머리카락은 검은색이오."

"전에 본 적이 있는 사람입니까?"

"처음 보는군. 언제나 피스닉이 있었소."

"나올 수 없게 된 모양이군요. 그래서 그런 전화를 한 겁니다. 6시 전에 나올 수 없어서 대신할 사람을 구해야 했겠죠."

"그런 것 같소."

리처는 아무 말도 하지 않았다.

"왜 그러시오?" 셰빅이 작은 목소리로 말했다.

"정말 처음 보는 사람입니까?"

"왜 그러시오?"

"그렇다면 저 사람도 어르신을 본 적이 없을 테니까요. 가지고 있는 건 장부에 있는 이름뿐일 테고."

"무슨 뜻이오?"

"제가 어르신 역할을 하는 겁니다. 어르신 대신에 저자에게 가서 돈을 지불하고 세부 내용들을 다 정리해드릴 수 있습니다."

"돈을 더 요구한다면?"

"설득을 해볼 수 있겠죠. 사람들은 대부분 결국에는 옳은 일을 하게 됩니다. 제 경험상으로는 그렇습니다."

셰빅은 아무 말도 하지 않았다.

"확실하게 해둘 게 있습니다." 리처가 말했다. "그렇지 않으면 제가 바보 같아 보일 테니까요."

"뭘 말이오?"

"이게 정말 마지막입니까? 2만2천5백 달러만 내면 다 정리되는 거죠?"

"우리가 진 빚은 그게 전부요."

"돈 봉투를 주십시오." 리처가 말했다.

"이건 미친 짓이오."

"그동안 힘들었잖습니까. 이제 그만 짐을 내려놓으십시오."

"마리아 말이 맞소. 당신은 내일이면 여기 없을 거잖소."

"어르신께 문제를 남겨두고 떠나지는 않습니다. 저자는 제 말에 동의하거나 하지 않거나 둘 중 하나일 겁니다. 동의하지 않더라도 어르신께 더 나빠질 일은 없습니다. 하지만 결정은 어르신이 하는 겁니다. 어느 쪽이라도 상관없습니다. 저는 말썽거리를 찾아다니는 사람이 아닙니다. 평온한 삶을 좋아하니까요. 어르신이 공연히 저기까지 걸어갔다가 돌아오는 수고를 하지 않아도 된다는 뜻입니다. 무릎 상태가 여전히 좋지 않아 보이니까요."

셰빅은 가만히 앉아서 오랫동안 입을 열지 않았다. 그러고는 리처에게 봉투를 주었다. 주머니에서 꺼내 아래쪽에서 은밀하게 밀어 건넸다. 리처는 봉투를 받았다. 2센티미터 정도의 두께였다. 무거웠다. 리처는 주머니에 봉투를 넣었다.

"그대로 앉아 계십시오." 리처가 말했다.

리처는 자리에서 일어나 안쪽 제일 구석 자리로 걸어갔다. 그는 자신을 20세기에 태어나 21세기에 사는 현대인이라고 생각했다. 하지만 그의 머릿속에는 활짝 열린 일종의 출입구가 있다는 사실도 알고 있었다. 그 출입구는, 모든 생물체가 포식자나 적수가 될 수 있으므로 누가 우월한 동물이고 누가 굴복해야 하는지를 즉시 정확하게 파악하고 판단해야 했던, 수십만 년 전 과거 인류의 원시 시대로 이어지는 웜홀이다.

안쪽 테이블에서 그가 만나게 될 것은 하나의 도전이리라. 문제가 생길 것인가. 말로 끝나지 않고 물리적인 충돌로 이어질 것인가. 엄청난 도전은 아니다. 중요한 것과 사소한 것 사이의 중간쯤 될 것이다. 저기에 앉아 있는 자는 싸움 기술에 그다지 능하지 않을 게 거의 확실하다. 미 육군에서 복무했다면 얘기가 다르겠지만. 대중 앞에 선보인 적은 없지만, 미 육군은 세상에서 가장 더러운 싸움을 가르치는 곳이다. 남자는 덩치가 크고 나이도 리처보다 많이 아래로 보였다. 그는 이 블록 주변을 몇 차례 어슬렁거린 것 같았다. 별로 겁먹은 것 같지는 않았다. 이기는 데 익숙해 보이는 놈이었다. 리처의 뇌 속에서 원시 시대와 관련된 부분이 무의식적으로 어떤 정보를 떠올리고 경고 신호를 깜빡였지만, 발걸음을 멈추게 하지는 못했다. 리처 앞에 있는 남자는 나름대로 본능적인 계산을 하며 그를 내내 쳐다보았다. 누가 더 우월한 동물인가? 그는 자신만만해 보였다. 자기 쪽이 가능성이 크다고 좋아하는 것 같았다.

리처는 여섯 시간 전에 셰빅이 앉아 있던 의자에 앉았다. 방문객용 의자 쪽이다. 임원용 의자 쪽에 앉아 있는 남자는 가까이서 보니 첫인상보다는 나이가 좀 더 들어 보였다. 40대 중반쯤 된 것 같았다. 장년에 더 가까웠다. 중후하게 보일 나이지만, 유령처럼 창백한 피부 때문에 그 중후한 인상은 반감되었다. 창백한 피부는 단연 눈에 띄는 특징이었다. 여기에 문신이 더해졌다. 서툴고 고르지 못한 문신이었다. 교도소에서 새긴 것이다. 미국 교도소는 아닐 것이다.

남자는 장부를 집어 들어 펼치더니 자기 쪽 테이블 가장자리에 세웠다. 그는 장부를 힘겹게 훑어 내려갔다. 카드 게임을 하는 사람이 카드를 가슴 쪽에 너무 가깝게 들고 있는 것 같았다.

그가 말했다. "이름이?"

"당신 이름은?" 리처가 말했다.

"내 이름은 중요하지 않아."

"피스닉은 어디 있소?"

"피스닉은 교체됐어. 그자와 했던 거래가 무엇이든 간에 이제 나와 하면 돼."

"그걸로는 부족하오." 리처가 말했다. "이건 중대한 거래요. 중요한 재정 문제지. 피스닉은 내게 돈을 빌려줬고 나는 그 돈을 갚아야 하오."

"방금 말했잖아. 피스닉과 어떤 거래를 했든 이제는 나와 하면 된다고. 피스닉의 고객은 이제 내 고객이야. 당신이 피스닉에게 돈을 빌렸다면 이제 나에게 빌린 거야. 이건 복잡한 과학이 아니라고. 이름이?"

리처가 말했다. "애런 셰빅."

남자는 눈을 가늘게 뜨고 장부를 내려다보았다.

그가 고개를 끄덕였다. 그가 말했다. "이게 마지막 지불인가?"

"영수증을 줄 수 있소?" 리처가 물었다.

"피스닉이 당신에게 영수증을 줬나?"

"당신은 피스닉이 아니오. 나는 당신 이름도 모르잖소."

"내 이름은 중요하지 않아."

"나에게는 중요하오. 내가 누구에게 돈을 지불하는지 알아야 하니까."

남자는 뼈처럼 허연 손가락으로 번들거리는 머리 옆쪽을 톡톡 쳤다.

"당신 영수증은 여기 있어." 그가 말했다. "당신이 알아야 할 건 그게 다야."

"피스닉이 내일 나를 쫓아올 수도 있소."

"두 번이나 말했잖아. 당신은 어제는 피스닉의 것이었지만 오늘부터는 내 거라고. 내일도 내 거고. 피스닉은 과거야. 가버렸어. 상황이 변했다고. 빚이 전부 얼마지?"

"모르겠소." 리처가 말했다. "피스닉이 말해주는 액수대로요. 그에게는 공식이 있었소."

"무슨 공식?"

"수수료, 벌금, 부가금에 대한 공식. 합하면 거의 백 달러쯤 될 거요. 여기에 관리 비용으로 5백 달러가 더해지고. 그것이 그의 규칙이었소. 나로서는 계산해낼 방법이 없었소. 내가 속임수를 쓴다고 피스닉이 생각하게 만들고 싶지 않았소. 그가 말해주는 액수를 주는 게 더 나았지. 그게 더 안전하니까."

"그게 얼마라고 생각하나?"

"이번에 낼 돈?"

"당신의 최종 지불액."

"내가 속임수를 쓴다고 생각하게 만들고 싶지 않소. 당신이 피스닉의 사업을 인수했다고 해도 말이오. 같은 규칙이 적용된다고 생각하오."

"둘 다 말해봐." 남자가 말했다. "당신이 계산한 액수, 그리고 피스닉의 공식에 따른 액수를 말이야. 사정을 좀 봐주지. 차액을 나눌 수도 있어. 일종의 소개비로."

"내 계산엔 8백 달러요." 리처가 말했다. "하지만 피스닉은 내가 말한 것처럼 아마 1천4백 달러를 불렀을 거요. 백 달러쯤의 수수료에 관리 비용 5백 달러를 더해서 말이오."

남자는 눈을 가늘게 뜨고 장부를 내려다보았다.

그가 완전히 동의한다는 듯 천천히 점잔 빼며 고개를 끄덕였다.

"하지만 사정은 봐줄 수 없어." 그가 말했다. "그렇게 결심했어. 1천4백 달러 전부 받도록 하지."

그는 장부를 덮고 테이블 위에 평평하게 놓았다.

리처는 주머니에 손을 집어넣었다. 봉투 안에 엄지손가락을 넣고 셰빅의 돈다발에서 1천4백 달러를 떼어냈다. 그는 남자에게 돈을 건넸다. 창백한 얼굴의 남자는 숙달된 손가락으로 재빨리 돈을 다시 세고는 반으로 접어 자기 주머니에 집어넣었다.

"이제 됐소?" 리처가 물었다.

"전액 지불 완료." 남자가 말했다.

"영수증은?"

남자는 다시 머리 옆쪽을 손으로 톡톡 쳤다.

"잃어버렸어." 그가 말했다. "다음번에 주지."

"다음번 언제?" 리처가 말했다.

"당신이 돈을 빌려야 할 때."

"그렇지 않기를 바라는데."

"당신 같은 패배자는 언제나 그러지. 어디서 나를 찾아야 할지는 알 거야."

리처는 잠시 가만히 있었다.

"좋소." 리처가 말했다. "알겠소. 믿어보겠소."

리처는 그 자리에 한참을 앉아 있었다. 그러고는 자리에서 일어나 앞을 보며 느린 발걸음으로 문을 나가 인도까지 천천히 걸어갔다.

1분 뒤에 셰빅이 절룩거리며 뒤따라 나왔다.

"할 얘기가 있습니다." 리처가 말했다.

6

셰빅은 아직 휴대폰을 가지고 있었다. 살 사람도 없는 구형 폴더폰이기도 하고, 해지하려 해도 위약금을 내야 하기 때문에 계속 쓰고 있다고 했다. 그리고 정말 휴대폰이 필요할 때도 있었다. 리처는 지금이 그런 때 중하나라고 말했다. 택시를 부르라고 했다. 셰빅은 택시비를 낼 돈이 없다고 했다. 리처는 지금 딱 한 번은 낼 수 있다고 말했다.

도착한 택시는 낡아빠진 포드 크라운빅이었다. 오렌지색 페인트가 두껍게 칠해져 있었다. 운전석 기둥에는 경찰차에 사용되는 경광등이 달려 있었고, 지붕에는 택시 표시등이 끈으로 묶여 있었다. 시각적으로 멋진 차는 아니었다. 하지만 기능은 이상 없었다. 택시는 삐걱거리고 덜컹대면서 셰빅의 집까지 1.5킬로미터를 달려가서 멈췄다. 리처는 셰빅이 집 문으로 이어지는 좁은 콘크리트 진입로 위에 내려서는 것을 도왔다. 셰빅이 열쇠를 자물쇠에 집어넣기도 전에 아까처럼 문이 열렸다. 셰빅 부인이 그를 응시했다. 얼굴에는 말없는 의문이 떠올라 있었다. 택시? 무릎 때문에? 그러면 이 사람은 왜 또 같이 돌아왔어?

그리고 무엇보다 '천 달러 더 내야 해?'라는 질문이 있었다.

"또 복잡해졌어." 셰빅이 말했다.

그들은 부엌으로 돌아왔다. 난로는 차가웠다. 저녁 식사는 없었다. 그들은 그날 이미 한 끼를 먹었다. 모두 식탁에 앉았다. 셰빅은 자기 쪽 이야기를 했다. 피스닉은 없었다, 다른 사람이 대신 와 있었다, 커다란 검은색 장부를 가진 불길할 정도로 창백한 낯선 사람이었다. 그리고 리처가 중재 역할을 하겠다고 제의했다는 얘기였다.

셰빅 부인이 리처 쪽으로 시선을 돌렸다.

리처가 말했다. "그자는 우크라이나인이 분명합니다. 목에 교도소에서 새긴 문신이 있었어요. 분명 키릴 문자였습니다."

"피스닉이 우크라이나인 같지는 않은데요." 셰빅 부인이 말했다. "피스닉은 알바니아 이름이에요. 내가 도서관에서 찾아봤어요."

"그자 말로는 피스닉은 교체되었다고 했습니다. 피스닉과 거래를 하던 사람들은 이제 자기와 거래해야 한다고 했어요. 피스닉의 고객은 이제 자기 고객이라고. 피스닉에게 빚이 있다면 이제 자기에게 빚진 거라고 하더군요. 같은 얘기를 여러 차례 반복했습니다. 복잡할 게 없다면서."

"천 달러를 더 내라고 하던가요?"

"장부를 가슴께까지 당겨서 보던 게 이상했습니다. 처음에는 왜 그런지 몰랐죠. 내가 장부 내용을 보는 걸 바라지 않았던 것 같습니다. 이름을 묻기에 애런 셰빅이라고 했습니다. 장부를 내려다보더니 고개를 끄덕거리더군요. 그 점이 이상했습니다."

"뭐가 이상한 거죠?"

"장부가 어르신 이름이 있는 'S' 페이지에서 우연히 펼쳐질 확률이 얼마나 될까요? 26분의 1입니다. 가능은 하지만 극히 드물겠죠. 그래서 저는 그자가 장부를 숨긴 이유는 그 안에 무엇이 있는지를 나에게 보여주고 싶지 않아서가 아니라, 그 안에 무엇이 없는지를 보여주고 싶지 않아서라고 생각했습니다. 장부 안에는 아무것도 없었으니까요. 그건 빈 장부였습니다. 나는 그렇게 짐작했습니다. 그리고 그가 증명했습니다. 나에게 빚이 얼마냐고 물어보더군요. 그는 몰랐습니다. 피스닉의 이전 자료를 가지고 있지 않았어요. 그 장부는 피스닉의 오래된 장부가 아니었습니다. 새로 산 빈 장부였어요."

"그게 다 무슨 의미죠?"

"통상적인 내부의 조직 재편이 아니라는 뜻입니다. 그들은 피스닉을 벤치에 앉히고 대타를 내보낸 게 아닙니다. 외부로부터의 적대적 인수죠. 이제 완전히 새로운 관리자가 들어온 겁니다. 그자의 말을 되짚어 보았습니다. 그자가 쓴 용어를요. 분명했습니다. 누군가가 강제로 끼어든 겁니다."

"잠깐만요." 셰빅 부인이 말했다. "라디오에서 들었어요. 지난주였던 것 같아요. 새 경찰청장이 취임한다더군요. 청장 말로는 우리 동네에 라이벌 관계인 우크라이나인 갱단과 알바니아인 갱단이 있다고 했어요."

리처는 고개를 끄덕였다.

"그렇게 된 거군요." 리처가 말했다. "우크라이나인들이 알바니아인들 사업 일부에 밀고 들어온 겁니다. 어르신은 이제 새로운 사람들을 상대하게 될 겁니다."

"그들이 천 달러를 더 요구할까요?"

"그들은 지난 일이 아니라 앞날을 생각하고 있습니다. 피스닉의 오래된 채권을 손절할 준비를 하고 있어요. 전부 또는 일부를. 그래야 하기 때문입니다. 다른 수가 없어요. 그들은 채무자가 누군지 모릅니다. 아무런 정보도 없고요. 그러니 손절할 수밖에 없지 않겠습니까? 채권은 그들의 돈이 아닙니다. 그들이 원하는 건 새 고객이에요. 그게 전부입니다. 새 고객이 앞으로 그들의 필요를 채워주기를 원하는 겁니다."

"그자에게 돈을 지불했나요?"

"그는 빚이 얼마인지 물었고, 저는 과감하게 1천4백 달러라고 말했습니다. 그는 빈 장부를 내려다보더니 엄숙하게 고개를 끄덕이며 동의하더군요. 그래서 1천4백 달러를 지불했습니다. 그러자 그는 나에게 가도 좋다고 말하며, 전부 상환되었다고 확인해 주었습니다."

"남은 돈은 어디 있죠?"

"여기 있습니다." 리처가 말했다. 그는 주머니에서 봉투를 꺼냈다. 아까보다는 조금 얇아졌다. 하지만 아직 2만1천1백 달러가 들어 있었다. 그는 봉투를 식탁 한가운데에 놓았다. 셰빅과 그의 아내는 봉투를 응시하면서 아무 말도 하지 않았다.

리처가 말했다. "세상일이란 알 수 없습니다. 일단 블루 문*이 뜨면 모든 일이 잘 풀립니다. 지금처럼요. 누군가가 전쟁을 시작했는데 어르신들은 피해는커녕 반대로 이익을 얻은 겁니다."

셰빅이 말했다. "다음 주에 피스닉이 나타나서 이 돈에다 7천 달러를 더 요구한다면 그렇지 않을 거요."

"그런 일은 없습니다." 리처가 말했다. "피스닉은 교체되었어요. 목에 교도소 문신을 새긴 우크라이나인 조폭이 등장한 걸로 봐서는 피스닉은 죽은 게 거의 확실합니다. 아니면 손발이 묶였든지요. 피스닉은 다음 주에 나타나지 않을 겁니다. 그 후에도요. 그리고 어르신들의 빚은 새로 온 자

---

* 보름달은 한 달에 한 번 뜨므로 분기별로 세 번 뜨게 된다. 그런데 서양의 옛 기록에 따르면 대략 3년에 한 번씩 4월에서 6월에 걸쳐 보름달이 세 번이 아닌 네 번 뜰 때가 있고, 이렇게 보름달이 네 번 뜨는 분기에 세 번째로 뜨는 달을 '블루 문(blue moon)'이라고 부른다. 따라서 블루 문을 보는 건 3년에 한 번 정도이므로 '매우 드문 경우'를 비유하는 말이 되었다.

가 모두 정산했습니다. 그가 그렇게 말했어요. 두 분은 이제 숲 속에서 빠져나온 겁니다."

오랫동안 침묵이 흘렀다.

셰빅 부인이 리처를 쳐다보았다.

"고마워요." 그녀가 말했다.

그때 셰빅의 휴대폰이 울렸다. 셰빅은 절룩거리며 현관 복도로 가 전화를 받았다. 리처는 수화기에서 나오는 희미한 기계음 같은 소리를 들었다. 남자 목소리 같았다. 내용은 알아들을 수 없었다. 이야기가 다소 길게 이어졌다. 셰빅의 대답이 들렸다. 10미터 밖에서도 크고 명료하게 들렸다. 지치고 풀죽은 목소리로 담담하게 중얼거리듯 동의하는 것 같았다. 그러고는 질문임이 분명한 말을 했다.

셰빅이 말했다. "얼마죠?"

희미한 기계음이 대답했다.

셰빅이 휴대폰을 닫았다. 잠시 서 있다가 절룩거리며 부엌으로 돌아와 다시 식탁에 앉았다. 그는 팔짱을 꼈다. 봉투를 쳐다보았다. 응시하는 것도, 그저 보는 것도 아니었다. 달콤쌉쌀한 시선이었다. 아니, 그것도 아니었다. 이 모든 것들과 전부 관계없는 시선이었다.

그가 말했다. "4만 달러를 더 내라는군."

셰빅의 아내는 눈을 감고 손을 얼굴 위에 대고 꽉 눌렀다.

리처가 말했다. "누가 말입니까?"

"피스닉은 아니오." 셰빅이 말했다. "그 우크라이나인도 아니오. 둘 다 아니오. 완전히 다른 문제요. 애초에 그것 때문에 돈을 빌려야 했던 거요."

"협박을 받은 겁니까?"

"아니, 그런 게 아니오. 그렇게 간단했으면 좋겠소. 우리가 갚아야 할 빚이 있다는 사실만 말할 수 있소. 그중에 겨우 하나의 기한이 오늘 닥친 거요. 이제 우리는 4만 달러를 더 구해야 하오." 그는 다시 봉투를 응시했다. "당신 덕분에 일부는 지금 마련했군요." 그는 머릿속으로 계산했다. "산술적으로 우리는 1만8천9백 달러를 더 구해야 하오."

"언제까지 말입니까?"

"내일 아침."

"가능하시겠습니까?"

"18센트도 마련할 형편이 안 되오."

"왜 그렇게나 빨리?"

"기다릴 수 없는 일이란 게 있기 마련이오."

"어떻게 하실 생각입니까?"

셰빅은 대답하지 않았다.

그의 아내가 얼굴에서 손을 뗐다.

"빌려야죠." 그녀가 말했다. "다른 방법이 없잖아요?"

"누구에게서요?"

"교도소 문신을 한 남자에게서요." 그녀가 말했다. "선택의 여지가 없어요. 빌릴 수 있는 데서는 다 빌렸으니까요."

"갚을 수는 있습니까?"

"나중 일은 나중에 걱정해야죠."

아무도 입을 열지 않았다.

리처가 말했다. "더 이상 도와드릴 수 없어 유감입니다."

셰빅 부인이 그를 쳐다보았다.

"도와줄 수 있어요."

"제가 말입니까?"

"도와주셔야 해요."

"어떻게요?"

"교도소 문신을 한 남자는 당신을 애런 셰빅이라고 생각해요. 가서 우리 대신 돈을 좀 빌려다 주시겠어요?"

7

그들은 30분 넘게 이 문제를 논의했다. 리처는 셰빅 부부와 줄다리기했다. 몇몇 사실들은 일찌감치 정리됐다. 확정된 내용들이 있었다. 장애 요소들이었다. 그들은 돈이 반드시 필요했다. 의문도 논의도 필요 없었다. 아침까지 반드시 돈이 필요했다. 여유도 융통성도 끼어들 여지가 없었다.

부부는 절대로 이유를 밝히지 않았다.

평생 모은 예금은 일찌감치 사라졌다. 집도 날아갔다. 부부는 노년층을 위한 역담보대출을 받았다. 여생을 그 집에서 살 수는 있지만 소유권은 이미 은행에 넘어갔다. 대출금은 일시금으로 받아 이미 다 써버렸다. 추가 대출도 받을 수 없었다. 신용카드는 한도까지 써버렸고 해지되었다. 사회보장연금을 담보로도 돈을 빌렸다. 생명보험을 해약하고 유선전화도 해지했다. 돈 될 만한 것은 죄다 팔았고 이제 차까지 날아갔다. 남은 것이라고는 소지품뿐이었다. 부부의 것과 가족의 유품을 합해서 반 돈짜리 금으로 된 결혼반지 다섯 개, 작은 다이아몬드 반지 세 개, 유리에 금이 간 금장 손목시계가 있었다. 리처는 평생 가장 운수 좋은 날에 세상에서 가장 마음이 따뜻한 전당포 주인을 만나게 된다면 그것들 전부를 2백 달러에 사줄 것이라고 상상했다. 그 이상은 안 쳐줄 것이다. 운이 나쁜 날에는 백 달러도 못 받을 것이다. 땡전 한 푼도 더 보태주지 않을 것이다.

그들 말로는 5주 전에 피스닉에게서 돈을 빌렸다고 했다. 이웃 사람을 통해 그 이름을 들었다고 했다. 추천받은 건 아니었고 그에 관한 안 좋은 소문 때문에 알게 된 것이었다. 다른 이웃의 사돈의 팔촌이 어떤 바에서 조폭에게 돈을 빌렸다는 섬뜩한 이야기였다. 예상대로 그 이름은 피스닉이었다. 셰빅은 세부적인 내용과 소문에 근거해 조사 범위를 좁혔다. 예상되는 구역 안의 모든 바를 하나하나 확인했다. 바텐더들을 만나 창피를 무릅쓰고 피스닉이라는 사람을 아는지 물어보았다. 네 번째 바에서 빈정거리는 태도의 뚱뚱한 바텐더가 엄지손가락으로 구석 자리 테이블을 홱 가리켰다.

리처가 말했다. "그래서 어떻게 됐습니까?"

"아주 쉬웠소." 셰빅이 말했다. "그의 테이블로 다가가서 서 있었지. 그가 나를 살펴보더니 앉으라고 손짓하기에 앉았소. 처음에는 좀 돌려 말하다가 본론으로 들어가서 말했소. 돈이 필요한데 당신이 빌려준다는 사실을 알고 있다고. 얼마나 필요한지 묻기에 알려줬소. 피스닉이 계약 조건을 설명하더군. 그가 사진들을 보여줬소. 동영상도. 피스닉에게 계좌번호를 알려줬소. 20분 만에 입금되더군. 추적 불가능한 어떤 곳에서 델라웨어의 어떤 회사를 통해 계좌로 송금되었소."

"돈 가방을 생각했는데요." 리처가 말했다.

"상환은 현금으로 해야 했소."

리처는 고개를 끄덕였다.

"일거양득이군요." 그가 말했다. "사채업과 돈세탁이 동시에 이루어지는 겁니다. 불법 송금을 하고 아무 문제없는 현찰로 수금하는 거죠. 최고 이율은 덤이고. 대부분의 돈세탁은 그 과정에서 일정 비율을 얻기보다는 손실을 보기 마련인데 이자들이 바보는 아닌 것 같습니다."

"우리 경험상으로도 그렇소."

"어르신 생각에 우크라이나인들이 더 나을 것 같습니까, 아니면 더 나
쁠 것 같습니까?"

"더 나쁠 것 같소. 이미 정글의 법칙이 적용되고 있는 걸 보면."

"그러면 어떻게 갚을 생각입니까?"

"그건 나중에 걱정할 문제요."

"더 이상 팔 것도 없잖습니까."

"뭔가 생기겠지."

"꿈에서나 나타날 겁니다."

"아니, 현실에서. 우리는 뭔가를 기다리고 있소. 그게 곧 온다고 믿을 만
한 이유가 있소. 그때까지는 버텨야 하오."

그들은 무엇을 기다리고 있는지 절대 말하려 하지 않았다.

20분 후, 리처는 가뿐하게 바 건너편 경계석을 내려가 네 걸음 만에 빠
르게 길을 건너 바 앞쪽 경계석 위로 올라간 다음 바의 문을 당겨 열었다.
바깥이 더 어두워졌기 때문에 바 내부는 아까보다 더 밝아 보였다. 손님들
이 더 많아져서 더 시끄러워졌다. 손님 중에는 4인용 테이블에 빽빽하게
앉은 남자 다섯이 있었다. 과거 이야기를 나누는 것 같았다.

창백한 피부의 남자는 아직 안쪽 구석 자리에 있었다.

리처는 그에게 걸어갔다. 창백한 남자는 내내 리처를 쳐다보고 있었다.
리처는 발걸음을 조금 늦췄다. 빌리는 사람과 빌려주는 사람 사이에는 따
라야 할 관행이 있다. 그는 자기 생각에 우호적인 발걸음으로, 순전히 무

의식적인 동작으로, 누구도 위협하지 않겠다는 듯 걸어갔다. 리처는 아까 그 의자에 앉았다.

창백한 남자가 말했다. "애런 셰빅, 맞지?"

"그렇소." 리처가 말했다.

"왜 이렇게 빨리 돌아왔지?"

"돈을 빌려야 하오."

"벌써? 다 갚았잖아?"

"일이 생겼소."

"내가 말했지." 남자가 말했다. "루저들은 언제나 돌아온다고."

"기억나오." 리처가 말했다.

"얼마가 필요한가?"

"1만8천9백 달러." 리처가 말했다.

창백한 남자는 고개를 저었다.

"안 돼." 그가 말했다.

"왜죠?"

"지난번의 8백에 비하면 엄청나게 뛴 금액이니까."

"1천4백 달러였소."

"6백은 수수료와 비용이지. 원금은 8백뿐이고."

"그건 그때고, 지금은 이 액수만큼 필요하오."

"갚을 능력은 되고?"

"전에도 늘 갚았소." 리처가 말했다. "피스닉에게 물어보시오."

"피스닉은 교체되었다니까." 창백한 남자가 말했다.

더 이상의 얘기는 없었다.

리처는 기다렸다.

그러다가 창백한 남자가 말했다. "도울 방법이 있을 것도 같군. 당신이 알아들으면 내가 리스크를 감수하지. 그 리스크는 대출금에 반영될 거야. 이 시나리오에 동의하나?"

"그렇소." 리처가 말했다.

"말해둘 게 있어. 나는 큰 단위 금액으로 거래하는 사람이야. 그러니 2만으로 해. 그중 1,100은 수수료로 선공제할 거야. 당신은 딱 필요한 액수만 받게 되는 거지. 이자율을 알고 싶나?"

"그렇소." 리처가 다시 말했다.

"피스닉이 있던 때와는 상황이 달라졌어. 우리는 지금 혁신의 시대에 살고 있으니까. 우린 변동 이율이라는 걸 운용해. 수요와 공급 같은 것에 따라 이자율을 올리거나 내리는데, 채무자에 대한 평가도 근거로 하지. 신용이 있는 사람인가? 믿을 수 있나? 이런 질문들을 통해서 말이야."

"그럼 나는 어떻소?" 리처가 물었다. "높은 이율이오? 아니면 낮은 이율이오?"

"우선 최고 이율로 시작할 생각이야. 최악의 위험으로 보는 거지. 솔직히 나는 당신이 그다지 마음에 들지 않아, 애런 셰빅. 느낌이 안 좋아. 오늘밤에 2만을 빌려 가고 일주일 뒤에 2만5천을 가지고 와. 그다음부터 이자율은 계속 일주일 또는 일주일 중 며칠 단위로 25퍼센트가 유지될 거야. 여기에 연체료로 하루 또는 그 일부마다 천 달러가 추가되지. 첫 번째 반환기일 이후에는 내가 요구하는 즉시 전액을 돌려줘야 해. 상환을 거절하거나 못할 때는 불쾌한 일들을 각양각색의 방법으로 당하게 될 거야. 사전에 이 점을 명심해둬. 그렇게 하겠다는 말을 당신 입으로 직접 들어야겠군. 이건 서면으로 작성하고 서명할 수 있는 그런 종류의 일이 아니야. 당신이 봐야 할 사진들이 있어."

남자는 휴대폰을 가볍게 터치했다. 메뉴, 앨범, 슬라이드쇼로 들어가더니 휴대폰을 수직이 아닌 수평 방향으로 뉘어 리처에게 넘겼다. 적절한 방법이었다. 사진들의 피사체는 모두 누워 있었기 때문이다. 그들은 낡고 축축하며 흰색 페인트가 회색으로 바랜 방 안에서 철제 침대에 덕트 테이프로 결박당해 있었다. 몇몇은 숟가락으로 눈알을 파냈고, 어떤 사람들은 전기톱으로 살을 깊고 깊게 썰었다. 다리미로 지진 사람도 있었고, 디월트 무선 전동 드릴로 살을 뚫어버린 사람도 있었다. 노랑과 검정 색상의 디월트 드릴이 뚫린 살 안에 3분의 2가 박힌 채로 무거운 윗부분이 흔들리며 증거라도 되는 듯 사진에 찍혀 있었다.

정말 끔찍했다.

하지만 리처가 살아오며 봤던 장면 중 최악은 아니었다.

휴대폰에 저장된 사진 중에서는 가장 끔찍했겠지만.

리처는 휴대폰을 돌려줬다. 남자는 자기가 원하는 화면이 나올 때까지 다시 휴대폰의 메뉴를 가볍게 터치했다. 이제 진지하게 사업 얘기를 할 때다.

그가 말했다. "계약 조건을 이해했나?"

"그렇소." 리처가 말했다.

"그 조건에 동의하고?"

"그렇소." 리처가 말했다.

"계좌번호는?"

리처는 세빅의 계좌번호를 알려주었다. 남자는 휴대폰에 계좌번호를 입력한 다음, 화면 아래에 있는 완료 버튼을 터치했다.

그가 말했다. "돈은 20분 안에 계좌로 입금될 거야."

그러고는 메뉴들을 터치하더니 갑자기 휴대폰을 카메라 모드로 하고 들어 올려 리처의 사진을 찍었다.

그가 말했다. "고맙군, 미스터 셰빅. 거래해서 즐거웠어. 정확히 일주일 뒤에 봐."

그러고는 뼈처럼 허연 손가락으로 짧은 머리를 톡톡 쳤다. 아까와 같은 몸짓이었다. 뭔가를 기억하라는 듯한, 위협을 암시하는 동작이었다.

그러거나 말거나. 리처는 생각했다.

리처는 일어나서 문밖으로 걸어 나가 어둠 속으로 들어섰다. 경계석에는 차 한 대가 있었다. 검은색 링컨이었다. 시동은 꺼졌고, 운전석에는 남자 하나가 있었다. 남자는 좌석에 등을 기대고 머리에는 쿠션을 댔다. 팔꿈치도 무릎도 넓게 벌리고 있었다. 어디서나 볼 수 있는 리무진 운전기사가 휴식을 취하는 듯한 모습이었다.

차 밖에는 두 번째 남자가 뒤쪽 펜더에 몸을 기댄 채 서 있었다. 운전기사와 똑같은 복장이었다. 바에 있던 남자와도 똑같았다. 검은색 정장, 흰색 셔츠, 검은색 실크 넥타이. 유니폼 같았다. 다리를 꼬고 팔도 꼬고 있었다. 그저 대기하고 있을 뿐이었다. 구석 자리 테이블에 있던 남자가 태양 아래서 한 달만 태우면 저런 모습이 될 것 같았다. 희지만 빛나지는 않았다. 옅은 색 머리카락을 두피가 보일 정도까지 짧게 깎았다. 코는 부러졌고 눈썹에는 흉터 자국이 있었다. 싸움꾼은 아니군. 리처는 생각했다. 많이 두들겨 맞은 게 분명해.

남자가 말했다. "당신이 셰빅?"

리처가 말했다. "댁은 누구요?"

"당신이 방금 돈을 빌렸던 사람들."

"말하는 걸 보니 내가 누구인지 이미 알고 있군."

"당신을 집까지 태워다 주지."

"싫다면?" 리처가 말했다.

"거래의 일부야." 남자가 말했다.

"무슨 거래?"

"당신이 어디 사는지 알아야 해."

"왜?"

"보험이지."

"직접 찾아보시지."

"그렇게 해봤어."

"그런데?"

"전화번호부에 안 나오더군. 당신 명의의 부동산도 없고."

리처는 고개를 끄덕였다. 셰빅 부부는 유선전화를 해지했다. 집의 소유권은 이미 은행에 넘어갔다.

남자가 말했다. "그러니 직접 확인해야 해."

리처는 아무 말도 하지 않았다.

남자가 물었다. "부인은 집에 있나?"

"왜?"

"당신 집 찾아가는 김에 부인도 잠깐 봐야 하니까. 우리는 고객들과 가깝게 지내는 걸 좋아하거든. 고객의 가족들과 안면을 익히는 것도. 아주 도움이 돼. 이제 차에 타."

리처는 고개를 저었다.

"뭔가 잘못 생각하나 본데." 남자가 말했다. "이건 선택할 수 있는 문제가 아니야. 계약의 일부지. 당신은 우리 돈을 빌렸어."

"저 안에 있는 우유처럼 허연 자네 친구가 계약은 설명해 줬어. 계약 조건을 상당한 세부 내용까지 포함해 전부 알려줬지. 관리 비용, 변동 이율, 벌칙까지. 어떤 건 심지어 시각 자료까지 곁들여서 보여주더군. 설명이 끝나자 그는 내게 계약 조건을 승낙할 건지 물었어. 승낙한다고 했지. 그 시점에서 계약은 체결된 거야. 그런 다음에 차에 태워 집으로 간다든지, 가족을 만난다든지 하는 추가 조건을 덧붙일 수는 없어. 체결 전이었다면 승낙했을 수도 있지. 계약은 양방향 도로야. 협상과 합의에 좌우되지. 일방적으로 성립할 수는 없어. 그게 기본 원칙이야."

"말재주가 좋군."

"가진 게 이것뿐이라." 리처가 말했다. "가끔 너무 말만 앞서는 게 아닌가 싶기는 해."

"뭐라고?"

"당신은 나에게 태워다 주겠다고 제안할 수는 있어. 하지만 내가 그걸 받아들여야 한다고 우길 수는 없지."

"뭐라고?"

"들었잖아."

"좋아. 태워다 주겠다고 제안하지. 마지막 기회야. 차에 타."

"부탁을 해."

남자는 아주 오랫동안 가만히 있었다.

그가 말했다. "부탁인데, 차에 타."

"좋아." 리처가 말했다. "그렇게 정중하게 부탁한다면야."

8

억지로 인질이 된 사람을 승용차로 가장 안전하게 이동시키는 방법은, 인질에게 안전벨트를 채우지 않고 직접 운전하게 시키는 것이다. 링컨에 있던 놈들은 그렇게 하지 않았다. 전통적인 차선책을 택했다. 뒤쪽에서 공격할 대상이 없는, 빈 조수석의 뒷좌석에 리처를 앉혔다. 리처와 이야기했던 남자는 운전석 뒤의 자리, 즉 리처 옆에 약간 비스듬하게 앉아 리처를 주시했다.

운전자가 말했다. "어디로 가지?"

"유턴해." 리처가 말했다.

운전자는 도로 폭이 넓은 곳에서 유턴했다. 오른쪽 앞바퀴가 반대쪽 경계석에 올라타며 덜컹대다 다시 내려오며 쾅 하고 부딪혔다.

"다섯 블록 직진." 리처가 말했다.

운전자는 차를 몰았다. 바 구석에 있던 남자의 축소 버전이었다. 그자만큼 창백하지는 않았다. 백인은 분명한데 아주 새하얗지는 않았다. 마찬가지로 옅은 금빛 머리카락을 번들거릴 정도로 짧게 깎았다. 왼손 손등에 칼자국이 있었다. 방어흔일 것이다. 가늘고 긴 흐릿한 문신이 오른손 소매 끝동 위로 비어져 나왔다. 귀는 크고 분홍색이었는데 머리 양쪽에서 위로 삐죽 튀어나왔다.

차의 타이어는 깨진 아스팔트와 여기저기 흩어진 자갈 위를 타다닥 소리 내며 달렸다. 직진으로 다섯 블록을 지나자 네거리 신호등이 나타났다. 셰빅이 건너려고 기다리던 신호등이었다. 그들은 오래된 세상을 나와 새 세상으로 들어섰다. 평탄하고 탁 트인 지역이었다. 콘크리트와 자갈길이었다. 인도는 넓었다. 어둠 속에서는 모든 게 달라 보였다. 앞쪽에 버스 터미널이 있었다.

"직진." 리처가 말했다.

운전자는 녹색 신호에 움직였다. 버스 터미널을 지나갔다. 임대료 비싼 건물들을 뒤로하고 상당히 먼 거리를 돌아갔다. 8백 미터쯤 가자 버스가 중심가를 벗어났던 지역이 나왔다.

"오른쪽으로," 리처가 말했다. "고속도로 쪽으로 나가는 방향."

중앙로라고 부르는 도심 2차선 도로가 보였다. 그러다가 4차선으로 넓어지면서 국도 번호가 나타났다. 그러고는 대형 슈퍼마켓이 보였다. 앞쪽에는 사무용 건물 밀집 지역이 있었다.

"대체 어디로 가는 거야?" 뒷좌석의 남자가 말했다. "여긴 아무도 살지 않아."

"그래서 마음에 들었지." 리처가 말했다.

도로는 상태가 좋았다. 타이어는 그 위를 낮은 소리를 내며 지나갔다. 앞쪽에는 차가 없었다. 뒤에는 있을지도 모른다. 알 수 없었다. 뒤를 돌아보는 위험을 감수할 수 없었다.

리처가 말했다. "왜 내 아내를 만나고 싶어 하는지 다시 말해봐."

뒷좌석의 남자가 말했다. "그게 도움이 되거든."

"어떻게?"

"은행 대출을 갚는 건 신용 등급, 평판, 공동체 내에서의 위치를 걱정하기 때문이지. 하지만 당신에겐 이런 게 다 사라져버렸어. 밑바닥까지 떨어졌지. 그럼 지금 당신이 걱정하는 게 뭐겠어? 우리에게 돈을 갚게 만드는 게 뭐지?"

그들은 사무용 건물 단지를 지나갔다. 여전히 차량은 없었다. 멀리 앞쪽에 중고차매장이 있었다. 어두운색 철조망이 달빛 아래에서 회색으로 빛나고 있었다.

"협박처럼 들리는군." 리처가 말했다.

"딸도 있으면 좋지."

차는 여전히 없었다.

리처는 남자의 얼굴을 쳤다. 기습이었다. 근육의 갑작스러운 폭발이었다. 어떤 경고도 없었다. 좁은 공간에서 끌어낼 수 있는 최대한의 속도와 회전으로 만들어낸 파일 드라이버*였다. 남자의 뒷머리가 뒤쪽 창틀에 세게 부딪혔다. 코피가 뿌려져 나와 유리창에 튀었다.

리처는 다시 자세를 잡고 운전자를 쳤다. 같은 힘으로. 결과도 같았다. 좌석 너머로 몸을 기울이면서 손을 둥글게 말아 크게 휘두른 훅이 운전자의 귀를 정통으로 가격하자 머리가 옆으로 꺾이며 유리창에 튕겼다. 곧바로 두 번째 잽이 같은 부위를 강타했고, 세 번째 펀치에 운전자는 의식을 잃었다. 몸이 운전대 앞으로 쓰러졌다.

리처는 뒷좌석의 발밑 공간으로 몸을 웅크렸다.

1초 뒤, 차는 시속 65킬로미터의 속도로 중고차매장의 철망에 충돌했다. 리처는 거대한 충격음과 귀신 울음 같은 끼익 소리를 들었다. 만국기

---

* pile driver, 상대의 목과 정수리에 충격을 주는 격투기 기술.

와 장식용 깃발 아래 길게 늘어선 중고차매장의 차들 중 거의 끝에 있는 차에 충돌하는 순간 에어백이 터졌고, 그는 앞쪽 좌석 뒤에 부딪혔다. 좌석은 앞으로 쓰러지면서 그 앞의 쭈그러지는 에어백 안으로 무너졌다. 링컨이 앞쪽 차의 어슴푸레하게 빛나는 측면에 강하게 충돌했다. 링컨의 앞유리창이 산산조각 났고 차 뒷부분이 공중으로 떠올랐다가 땅에 부딪혔다. 엔진이 정지하면서 차가 멈추고 조용해졌다. 만신창이가 된 후드 아래에서 증기가 시끄럽고 맹렬하게 쉭쉭 대는 소리만 들릴 뿐이었다.

리처는 몸을 펴고 다시 좌석 위로 올라갔다. 그는 모든 진동과 충격을 등으로 받아냈다. 자신이 인도 위를 걷던 셰빅이 된 것 같은 느낌이었다. 온몸이 뒤흔들리고 아팠다. 일반적인 통증인가, 아니면 나쁜 상황인가? 일반적인 통증 같았다. 머리와 목, 어깨, 다리를 움직여보았다. 부러진 데는 없었다. 찢어진 곳도 없었다. 그리 나쁘지는 않군.

두 남자는 그렇지 않았다. 운전자는 에어백에 얼굴을 부딪쳤다. 그러고는 자기 뒤쪽에서 창처럼 던져진 남자의 몸이 그의 뒷머리를 강타했다. 뒷좌석의 남자는 박살 난 앞유리창을 통과해, 구겨진 후드 위에 얼굴을 아래로 하고 허리부터 꺾여서 접힌 상태였다. 제일 가까이에서 보이는 건 발뿐이었다. 그는 움직이지 않았다. 운전자도 마찬가지였다.

리처는 차 문을 억지로 열고 기어 나왔다. 뒤틀린 철판에서 끼익 소리가 났다. 다시 억지로 문을 닫았다. 뒤쪽에는 지나가는 차량이 없었다. 앞쪽에도 아무것도 없었다. 흐릿하게 깜빡이는 전조등뿐이었다. 2킬로미터는 되는 곳일 것이다. 전조등은 그들 쪽으로 다가오고 있었다. 시속 100킬로미터로 달린다면 1분이면 올 거리다. 링컨이 부딪힌 차는 포드 미니밴이었다. 측면 전체가 안쪽으로 찌그러져서 바나나처럼 구부러졌다. 앞유리창에는 '사고 이력 없음'이라는 배너가 걸려 있었다. 링컨은 완전히 엉망이 되었다. 앞유리창까지 전체가 콘서티나* 처럼 찌그러졌다. 신문에 실리는 교통사고 예방 공익광고에 나오는 것 같은 모습이었다. 그 차 위에 널브러진 남자가 있다는 점만 달랐다.

앞쪽의 전조등은 점점 더 가까이 다가왔다. 그리고 그 뒤로 시내를 향하는 차들이 점점 더 많아졌다. 중고차매장의 철망은 만화에서처럼 쩍 벌어졌다. 찢어져 구부러진 철망이 완전히 둥글게 말려버렸다. 차의 후류에 뒤쪽으로 날려간 듯한 모습이었다. 벌어진 틈은 2미터가 넘었다. 철망의 한쪽이 거의 날아가 버린 셈이다. 리처는 철망에 무음 경보기와 연결된 동작 감지 센서가 있을지도 모르겠다고 생각했다. 경찰서와도 연결되었을 수 있다. 보험 회사에서 요구했을 것이다. 철망 안쪽에는 도난당할 위험이 있는 물건들 천지니까.

가야 할 시간이다.

리처는 점점 굳고 쑤시고 쓰라리고 욱신거리지만 어쨌든 움직이기는 하는 몸뚱이를 움직여 철망 구멍 사이로 빠져나왔다. 도로에서 먼 쪽으로 갔다. 도로와 나란히 비틀거리며 걸어가는 대신, 직선으로 비쳐오는 전조등의 범위를 벗어나 흙먼지가 두껍게 쌓인 들판과 공터를 지나갔다. 멀리서 차들이 달리고 있었다. 어떤 차는 느리게, 어떤 차는 빠르게. 아마 경찰일 것이다. 아닐 수도 있다. 그는 첫 번째와 두 번째 사무용 건물 단지의 사각지대를 우회했다. 그런 다음 방향을 바꿔 대형 슈퍼마켓의 주차장으로 향했다. 주차장을 통과하면 이어지는 도심이 목적지였다.

---

* concertina, 아코디언처럼 생긴 작은 악기.

그레고리는 그 소식을 응급실 청소부를 통해 거의 실시간으로 들었다. 우크라이나인 네트워크였다. 청소부는 담배를 피우러 나와서 곧바로 그 소식을 전했다. 그레고리의 부하 두 명이 환자 이송용 카트에 실려 왔다. 구급차의 조명이 번쩍이고 사이렌이 울렸다. 둘 중 하나는 상태가 안 좋았고 하나는 더 안 좋았다. 아마 둘 다 죽을 것이다. 포드 중고차매장에서 차 사고가 있었다는 얘기가 돌았다.

그레고리는 최측근들을 호출했다. 10분 뒤 그들은 택시 회사 뒤쪽에 있는 사무실의 책상 주위에 전부 모였다. 그레고리의 오른팔이 말했다. "확실한 사실은 우리 부하 두 명을 오늘 저녁 일찍 바에 배치했다는 겁니다. 이전 알바니아인 사채업자의 고객 중 한 명의 주소를 확인하기 위해서였습니다."

"주소 확인에 시간이 얼마나 걸린다고." 그레고리가 말했다. "한참 전에 끝났어야 했다. 이건 완전히 다른 일이야. 별개의 사건인 게 분명해. 주소 확인일 리가 없어. 그 포드 중고차매장 근처에 대체 누가 살고 있겠나? 그런 놈은 없다. 우리 애들이 그 채무자를 집으로 데려가 주소를 적었겠지. 사진도 찍고. 그런 다음에 포드 중고차매장으로 간 거다. 왜? 분명 이유가 있다. 그리고 차는 왜 들이박았지?"

"그 방향으로 추격을 당했을 수도 있습니다. 아니면 미끼에 낚였던가요. 그런 다음 충돌해서 도로에서 벗어났겠죠. 그쪽에는 밤에 차가 거의 없습니다."

"디노 짓이라고 생각하나?"

"왜 꼭 이 둘이었는가를 생각해봐야 합니다. 그 애들은 바를 나가자마자 바로 미행당했습니다. 그게 이치에 맞습니다. 디노 짓이라면 그래야 하니까요. 우리는 그놈의 사업을 훔쳤습니다. 어떤 식으로든 반응을 보일 거라고 예상했어요."

"그놈이 눈치챈 다음에는 그렇겠지."

"그게 지금인 것 같습니다."

"그놈이 보일 반응은 어느 정도일까?"

"지금 이 정도겠죠." 오른팔이 말했다. "두 사람에 두 사람. 우리는 사채업을 유지합니다. 명예로운 퇴각이 되겠죠. 디노는 현실적인 사람입니다. 선택지가 많지 않아요. 경찰이 주시하는 마당에 전쟁을 시작할 수는 없습니다."

그레고리는 아무 말도 하지 않았다. 방 안은 조용했다. 앞쪽 사무실에 있는 택시 무선에서 나오는 낮은 말소리뿐이었다. 그 소리는 닫힌 문을 지나 들려와서 그저 배경 소음일 뿐이었다. 아무도 그 소음에 주의를 기울이지 않았다. 주의를 기울였더라도 들린 것은 택시 기사 하나가 어떤 노부인을 슈퍼마켓에 내려줬고, 그녀가 쇼핑하는 대기 시간 동안 가외 수입을 벌기 위해 남자 하나를 시내 동쪽에 있는 오래된 단지 내 주택까지 태워다 줬다는 얘기뿐이었을 것이다. 남자는 걷고 있었지만 태도가 세련되었고 현찰을 냈다. 아마 차가 고장 났을 것이다. 그의 집까지는 왕복 각 6킬로미터였다. 그 정도면 노부인이 베이커리 코너에서 빵을 고르고 있는 시간 동안에 충분히 갔다 올 수 있다. 아무 문제도 손해도 없다.

그 시간에 디노는 그 소식을 훨씬 빨리 들었지만, 불완전하고 단편적인 것들이었다. 이야기를 다 짜 맞추는 데 한 시간이 걸렸다. 여기에는 차 사고에 관한 것은 포함되지 않았다. 피스닉과 그 공범자를 처리하는 데 시간이 대부분 걸렸다. 조직 재편은 한참 나중에 이루어졌다. 뒤늦게서야 떠올랐기 때문이다. 디노는 피스닉의 사업을 인수하기 위해 대타를 바에 보냈다. 대타는 저녁 8시가 조금 지나서야 바에 도착했다. 그는 가자마자 우크라이나인 덩치들이 거리에 있는 것을 보았다. 그들은 바를 지키고 있었다. 링컨 타운카 한 대와 남자 둘이었다. 그는 몰래 뒤로 돌아가 화재 비상구를 통해 들어가서 바 안쪽을 훔쳐보았다. 우크라이나인 하나가 제일 뒤쪽 구석 자리 테이블에서 어떤 덩치 큰 남자와 이야기하고 있었다. 남자는 행색이 초라하고 가난해 보였다. 채무자가 분명했다.

그 장면을 보고 대타는 마음을 바꾸어 물러났다. 그는 전화 한 통을 했다. 전화를 받은 사람이 다른 사람에게 전화했다. 그 다른 사람이 또 다른 사람에게 전화했다. 그렇게 계속 전화가 이어졌다. 나쁜 소식은 천천히 전해지기 때문이다. 디노는 한 시간 뒤에 그 소식을 들었다. 그는 목재소로 최측근들을 호출했다.

그가 말했다. "가능한 시나리오가 둘 있다. 첫 번째는 경찰청장의 명단이 사실이고 우크라이나놈들이 혼란을 틈타 수상쩍게도 때맞춰 우리의 사채업에 밀고 들어왔다는 것이다. 두 번째는 만일 그 명단이 사실이 아니라면 놈들은 이걸 오래전부터 계획했고 사실은 우리를 속여 장애물을 제거했다는 것이다."

디노의 오른팔이 말했다. "반드시 첫 번째 시나리오여야 합니다."

디노는 한참 동안 침묵을 지켰다.

그러다가 입을 열었다. "유감스럽지만 우린 첫 번째 시나리오인 척해야 한다. 선택의 여지가 없어. 전쟁을 시작할 수는 없다. 지금은 안 돼. 놈들이 사채업을 하게 내버려 둬야 해. 되찾을 방법이 현실적으로 없다. 하지만 명예롭게 퇴각해야 한다. 둘에는 둘로 갚아야 해. 그 이하는 안 돼. 놈들 중 둘을 죽여야 무승부다."

그의 오른팔이 말했다. "어떤 놈들로 할까요?"

"아무나 상관없다." 디노가 말했다.

그러다가 마음을 바꿨다.

"아니다. 신중하게 골라." 그가 말했다. "우리에게 이익이 되는 놈으로."

9

리처는 셰빅의 집 앞에서 택시에서 내려 좁은 콘크리트 진입로를 걸어 갔다. 벨을 누르기도 전에 문이 열렸다. 뒤쪽의 불빛을 받고 셰빅이 서 있 었다. 손에는 휴대폰을 들고 있었다.

"돈은 한 시간 전에 들어왔소." 그가 말했다. "고맙소."

"천만에요." 리처가 말했다.

"늦었군요. 우리는 당신이 돌아오지 않으리라고 생각했소."

"조금 돌아서 와야 해서 그랬습니다."

"어디를?"

"안으로 들어가시죠." 리처가 말했다. "할 얘기가 있습니다."

이번에는 거실에 모였다. 벽에는 사진들이 걸려 있었고 TV는 선만 남 았다. 셰빅 부부는 안락의자에, 리처는 2인용 소파에 앉았다.

그가 말했다. "어르신과 피스닉 사이에서 일어났던 일들과 거의 비슷 했습니다. 그자가 제 사진을 찍은 것만 빼고요. 결과적으로는 잘된 일입니 다. 어르신 이름에 제 얼굴. 나중에 다소 혼란을 야기할 수는 있겠지만 별 문제는 아닙니다. 제가 진짜 고객이었다면 그 상황이 마음에 들지 않았을 겁니다. 눈곱만큼도요. 해골 손가락이 어깨 위에 얹혀 있는 느낌일 겁니 다. 무력감을 느끼게 되겠죠. 아무튼 그런 다음 밖으로 나왔는데 두 놈이 더 있었습니다. 그들이 절 직접 차에 태우고는 어디서 누구와 사는지 알아내려고 하더군요. 아내가 있는지도. 해골 손가락이 하나 더 얹히는 거죠."

"무슨 일이 있었소?"

"우리 셋은 다른 합의를 봤습니다. 어르신의 이름이나 주소와 어떤 식으로도 연결되지 않게요. 사실 놈들은 무슨 일이 일어났는지 상당히 혼란스러울 겁니다. 저는 이 일에 의혹을 좀 남겨두고 싶었습니다. 놈들의 윗선들은 이게 모종의 메시지인지 의심할 겁니다. 하지만 그 메시지를 누가 보냈는지는 확신할 수 없을 겁니다. 알바니아인들 짓이라고 생각할 가능성이 아주 큽니다. 어르신이 아니란 건 확실하죠."

"그자들에게 무슨 일이 일어난 거요?"

"놈들은 제가 보내는 메시지의 일부였습니다. 여기는 '미국'이다, 키이우*의 지하 격투장에서 연습게임이나 뛰던 피라미를 보내지 마라, 적어도 진지하게 받아들여라, 존중을 보여라."

"그들은 당신의 얼굴을 봤소."

"기억 못 할 겁니다. 놈들은 사고를 당했습니다. 크게 다쳤지요. 한두 시간은 아무런 기억도 나지 않을 겁니다. 그걸 역행성 기억상실이라고 합니다. 외상을 입은 후에 매우 흔하게 나타납니다."

"그럼 모든 일이 다 잘 풀린 거요?"

"꼭 그렇지는 않습니다."

"또 뭐가 있소?"

"이자들은 정상적인 사람들이 아닙니다."

"우리도 알아요."

---

* Kiev, 우크라이나의 수도.

"돈은 어떻게 갚을 생각이십니까?"

그들은 대답하지 않았다.

"어르신들은 지금으로부터 일주일 뒤에 2만5천 달러를 갚아야 합니다. 늦어서는 안 됩니다. 끔찍한 사진들을 보셨죠. 피스닉보다 더한 놈들입니다. 계획을 세워야 해요."

셰빅이 말했다. "일주일은 긴 시간이오."

"꼭 그렇지는 않습니다." 리처가 다시 말했다.

셰빅 부인이 말했다. "좋은 일이 생길 거예요."

더는 말이 없었다.

리처가 말했다. "어르신들이 뭘 기다리는지 말씀해주셔야만 합니다."

당연히 딸에 관한 일이었다. 셰빅 부인이 이야기하는 동안 그녀의 시선은 벽에 걸린 사진들 위를 맴돌았다. 딸의 이름은 마거릿이었는데, 어릴 때부터 메그라고 줄여 불렀다. 매력과 에너지로 가득한 밝고 행복한 아이였다. 메그는 다른 아이들을 사랑했다. 유치원을 사랑했고 초등학교를 사랑했다. 책 읽기와 글쓰기, 그림 그리기를 좋아했다. 내내 미소를 띤 채 재잘거렸다. 누군가에게 어떤 일이라도 하게끔 설득할 수 있었다. 어머니 말로는 에스키모에게 얼음도 팔 수 있을 아이였다.

중학교도 고등학교도 사랑했다. 인기가 많았다. 다들 메그를 좋아했다. 연극에 출연하고 합창단에서 노래도 부르고 육상부와 수영부 활동도 했다. 고등학교를 졸업하고 대학에는 가지 않았다. 학습 능력이 좋았지만 가장 큰 장점은 아니었다. 사교성이 뛰어난 사람이었다. 밖으로 돌아다니고, 미소 짓고, 재잘거리며 사람들을 매료시켰다. 솔직하게 말하자면, 그녀는 사람들을 자기 뜻에 따르게 했다. 어떤 목적을 가지는 걸 좋아했다.

메그는 홍보 업계의 밑바닥부터 경력을 시작했다. 그러고는 도시 내의 여러 PR 회사들을 옮겨 다니며 지역 기관에서 예산이 나오는 일은 무엇이든 했다. 그녀는 열심히 일했고, 이름이 알려지기 시작했고, 승진했다. 서른이 되자 아버지가 기계 기술자로 벌던 것보다 더 많은 돈을 벌게 되었다. 10년이 지나 마흔이 되었어도 여전히 잘나갔지만, 자신이 달려온 궤도가 느려지고 있다는 것을 느꼈다. 가속이 무뎌졌다. 그녀는 자기 위의 천장을 볼 수 있었다. 자리에 앉아서 생각했다. 이게 다인가?

아니다. 그녀는 그렇게 결심했다. 최후의 대승리를 원했다. 그냥 크게 이기는 정도가 아니라 압도적 승리를. 그녀는 자신이 잘못된 곳에 있음을 알았다. 옮겨가야 했다. IT 업계의 돈이 몰려 있을 샌프란시스코로. 복잡한 일을 설명해야 하는 곳으로. 조만간 거기로 가야 한다. 아니면 뉴욕이나. 하지만 그녀는 머뭇거렸다. 시간이 흘러갔다. 그러던 중 놀랍게도 샌프란시스코가 그녀에게 왔다. 비유하자면 그렇다는 것이다. 나중에 그녀는 부동산 업계 사람들과 기술 분야 회계 담당자들에 의해 부추겨지는, 무한히 진행되는 게임이 있다는 사실을 알게 되었다. 그 게임의 상품은 제2의 실리콘밸리가 될 지역을 정확하게 파악하는 것이었다. 그래야 일찍 뛰어들 수 있으니까. 몇 가지 이유로 그녀의 고향이 그 요건을 모두 갖추고 있었다. 지역 재생 사업, 적합한 인력과 건물들, 전력, 그리고 인터넷 속도까지. 선발대가 이미 냄새를 맡으며 돌아다니고 있었다.

메그는 친구의 친구의 지인의 지인을 통해, 신생 벤처기업 설립자와 면접을 볼 수 있는 기회를 얻었다. 그들은 도심의 커피숍에서 만났다. 설립자는 캘리포니아에서 온 스물다섯 살의 애송이였다. 외국에서 태어난 컴퓨터 천재로, 의료 소프트웨어와 앱 관련 사업을 구상하고 있었다. 셰빅 부인은 그게 정확히 뭔지는 모른다고 인정했다. 사람들을 부자로 만들어 줄 것이라고만 알았다.

메그는 채용 제안을 받았다. 홍보와 지역 문제 담당 수석 부사장이었다. 이제 갓 걸음마를 뗀, 설립 등기의 잉크도 채 마르지 않은 스타트업이어서 급여는 그리 높지 않았다. 전에 받던 것보다 조금 많은 정도였다. 하지만 엄청나게 큰 이점들이 있었다. 스톡옵션, 거액의 연금, 보장성 높은 의료보험, 유럽산 쿠페 자동차. 샌프란시스코식으로 피자와 캔디, 마사지도 무료로 제공되었다. 그녀는 이 모든 게 마음에 들었다. 하지만 지금까지는 스톡옵션이 최고의 장점이었다. 언젠가 그녀는 말 그대로 억만장자가 될 것이다. 그래서 이 모든 일이 일어난 것이다.

처음에는 아주 잘되어 갔다. 메그는 회사가 잘 굴러갈 수 있게 최선을 다했고, 창업 첫해에는 두세 번 정도 업계의 정상을 차지할 수 있을 것처럼 보였다. 하지만 그렇지 않았다. 거리가 멀었다. 두 번째 해도 마찬가지였다. 여전히 화려하고 빛나며 최첨단을 달리는 차세대 기대주였지만, 실제로 이루어진 일은 아무것도 없었다. 세 번째 해는 더 나빠졌다. 투자자들이 신경을 곤두세우기 시작했다. 현금 유입이 줄어들었다. 하지만 그들은 안간힘을 다해 버텼다. 사옥의 두 개 층을 세를 줬다. 피자나 캔디는 더이상 없었다. 마사지 테이블은 접어서 밖으로 내보냈다. 그들은 좁은 사무실에 나란히 앉아, 여전히 강한 의지와 자신감으로 어느 때보다도 열심히 일했다.

그러다 메그가 암에 걸렸다.

더 정확하게 말하자면, 메그는 자신이 암에 걸린 건 지난 6개월 사이였다는 사실을 알게 되었다. 너무 바빠서 병원에 갈 시간이 없었고, 몸무게가 빠지는 건 일을 너무 열심히 해서라고 생각했다. 하지만 그렇지 않았다. 진단 결과는 좋지 않았다. 악성이었고 이미 상당히 진행되어 있었다. 새로운 치료법만이 희망이었다. 실험적이고 비쌌지만 임상 시험 결과는 고무적이었다. 효과가 있을 것 같았다. 성공률이 높아지고 있었다. 의사는 선택의 여지가 없다고 말했다. 메그는 모든 일정을 취소하고 바로 다음 날 아침 치료 예약을 잡았다.

그것이 문제의 시작이었다.

세빅 부인이 말했다. "보험에 문제가 있었어요. 가입자 번호가 승인되지 않았죠. 그 애는 화학 요법 대기 상태였고, 사람들은 성과 이름과 생년월일, 사회보장번호를 물어보며 우왕좌왕했어요. 악몽이었죠. 전화로 보험 회사에 문의했지만 어떻게 된 일인지 아는 사람이 없었어요. 보험 회사는 그 애의 가입 이력을 보고 고객이라는 걸 알고 있었죠. 하지만 코드가 승인이 나지 않았어요. 에러 메시지만 떴죠. 컴퓨터 문제라고 했어요. 심각한 건 아니라고. 다음 날이면 고칠 수 있다고 했어요. 하지만 병원에서는 기다릴 시간이 없다고 하더군요. 서류에 서명하라고 했어요. 보험이 되지 않으면 우리가 치료비를 부담한다는 내용이었죠. 병원 측에서는 그저 기술적인 문제일 뿐이라고 하더군요. 컴퓨터 문제는 늘 일어난다면서요. 곧 해결될 거라고 했어요."

"그런데 그렇게 되지 않은 거군요." 리처가 말했다.

"두 번의 치료를 받는 동안 주말이 지나갔어요. 그리고 월요일이 되자 알게 되었죠."

"무엇을 말입니까?" 리처는 알 것 같았지만 물어보았다.

셰빅 부인은 고개를 젓고 한숨을 쉬면서 마치 말이 생각나지 않는다는 듯 얼굴 앞에서 손사래를 쳤다. 할 얘기는 다 했다는 듯한 몸짓이었다. 애런이 팔꿈치를 무릎에 대고 몸을 앞으로 기울이며 이야기를 이어 나갔다.

"회사 설립 3년 차 때였소." 그가 말했다. "투자자들이 불안해하던 때였지. 생각보다 상황이 더 나빴소. 상상 이상으로. 사장은 그걸 숨기고 있었소. 메그까지 포함해 모두에게. 무대 뒤에서 모든 게 무너지고 있었소. 비용을 처리하지 못하고 있었던 거요. 단 한 푼도. 직장 보험도 갱신하지 않았고 고액 보장 보험료도 내지 않았소. 그저 모른 척하고 있었던 거요. 메그의 가입자 번호가 승인되지 않았던 건 보험 증서가 취소되었기 때문이었소. 네 번째 화학 요법을 받는 날에서야 우리는 보험 처리가 되지 않는다는 사실을 알게 되었소."

"따님 잘못이 아닙니다." 리처가 말했다. "확실합니다. 사기나 계약 위반입니다. 보상받을 방법이 있을 겁니다."

"두 가지가 있소." 셰빅이 말했다. "정부에서 운영하는 무과실 피해자 보상 기금, 또 하나는 보험업 협회에서 운영하는 무과실 피해자 보상 기금. 둘 다 이런 상황을 대비해 마련된 것들이오. 당연히 우리는 바로 그리로 찾아갔소. 그들은 곧바로 자신들 사이의 책임 비율을 산정하는 작업에 착수했고, 그 절차가 끝나면 우리가 지금까지 낸 치료비를 환급해 주고, 앞으로 쓰게 될 비용을 처리해줄 거요. 우리는 지금 그 결정을 기다리고 있소."

"하지만 메그의 치료를 중단할 수는 없었겠군요."

"그 치료는 필수적이었소. 하루에 두 번 또는 세 번 받았지. 화학 요법, 방사선 치료, 간호와 섭식, 온갖 종류의 검사와 실험 요법까지. 생활보호

급여도 받을 수 없었소. 법적으로는 여전히 직장이 있는 데다 고액의 급여를 받고 있기 때문이오. 언론에서도 관심을 두지 않았소. 이야깃거리가 없으니까. 자식에게 무엇인가가 필요해서 부모가 자발적으로 돈을 낸 거잖소. 헤드라인으로 뽑을 게 없겠지. 그 서류에 서명하지 말았어야 했는지도 모르겠소. 다른 길이 있었을지도 모르니까. 하지만 어쨌든 우린 서명했소. 이젠 너무 늦은 일이오. 병원에서는 치료비를 내라고 하오. 응급 상황도 아니라 손실 처리가 안 된다는군. 의료 기기들은 백만 달러가 넘소. 방사선 치료에 사용되는 원재료도 구매해야 하고. 병원에서는 치료비를 선불로 내라고 하오. 이런 경우에는 즉시 현금 결제를 해야 한다고 하더군. 아니면 치료를 해주지 않는 거지. 우리가 할 수 있는 게 없었소. 누군가 도와줄 때까지 버티는 수밖에. 그때가 내일 아침일 수도 있소. 일주일이 가기 전에 일곱 번의 기회가 있는 거요."

"어르신들은 변호사가 필요합니다." 리처가 말했다.

"그럴 돈이 없소."

"솟아날 구멍은 어디에나 있습니다. 무료 변론을 하는 변호사를 찾을 수 있을 겁니다."

"이미 세 사람이나 만나봤소." 셰빅이 말했다. "공익 변호를 하는 사람들이었소. 풋내기들이었지. 우리보다 더 가난하더군."

"일주일이 가기 전에 일곱 번의 기회가 있다," 리처가 말했다. "컨트리송 제목 같군요."

"우리에겐 그게 전부요."

"그것도 계획이라면 계획이지요."

"고맙소."

"대안은 있습니까?"

"없소."

"돈을 안 갚고 시치미 떼는 방법도 있습니다. 저는 멀리 떠날 테니 그들이 찍은 사진은 아무 소용이 없을 겁니다."

"떠난다고요?"

"저는 어디서든 일주일 이상 머물지 않습니다."

"놈들이 우리 이름을 알고 있소. 발각될 게 분명하오. 예전 서류가 어딘가 남아 있을 거요. 꼭 전화번호부가 아니더라도."

"변호사들 얘기를 해 주십시오."

"무료 변론을 하는 사람들이오." 셰빅이 말했다. "잘해 봐야 얼마나 잘하겠소?"

"그것도 컨트리송 제목 같군요."

셰빅은 대답하지 않았다. 셰빅 부인이 고개를 들었다.

"세 명이었어요." 그녀가 말했다. "젊고 친절했지요. 공익법률센터라더군요. 최선을 다해줬어요. 목적도 훌륭하고요. 그건 분명해요. 하지만 법은 너무 느리게 움직이죠."

리처가 말했다. "경찰이 대안일 수 있습니다. 지금부터 일주일 안에 상황이 달라지지 않으면 경찰서에 가서 그간의 사연을 모두 얘기하십시오."

셰빅이 말했다. "경찰이 우리를 얼마나 잘 보호해줄 수 있겠소?"

"어느 정도는요." 리처가 말했다.

"얼마나 오래?"

"아주 오래는 아닐 겁니다." 리처가 다시 말했다.

"우린 이미 막다른 골목까지 몰린 상태예요." 셰빅 부인이 말했다. "상황이 달라지지 않는다면 우리는 이 사채업자들이 더 필요하게 될 거예요. 다음 청구서가 날아왔을 때 누구에게 도움을 청하겠어요? 경찰에 가게 되면 더 이상 돈을 구할 방법이 없어요."

"알겠습니다." 리처가 말했다. "경찰은 안 되고, 기회는 일곱 번. 메그일은 안타깝습니다. 진심입니다. 쾌유하길 바랍니다."

리처는 자리에서 일어섰다. 작은 상자 모양의 공간에서 자신이 거대하게 느껴졌다.

세빅이 말했다. "가시려고?"

리처는 고개를 끄덕였다.

"시내에 호텔 방을 잡겠습니다." 그가 말했다. "내일 아침에 여기 잠깐 들를 수도 있습니다. 떠나기 전에 작별 인사를 드리려고요. 들르지 못하더라도 만나게 되어 좋았습니다. 어르신들의 문제에 행운이 함께하기를 바랍니다."

리처는 반은 비어 있는 방에 조용히 앉아 있는 그들을 뒤로하고 떠났다. 직접 문을 열고 나가 좁은 콘크리트 진입로를 내려가 도로로 향했다. 주차된 차들과 어둠 속에 조용히 있는 집들을 지나 계속 걸었다. 그리고 중심가가 나오자 시내로 향했다.

10

중앙로의 서쪽에는 특별한 블록이 있었다. 인도를 앞으로 면한 레스토랑 두 개가 나란히 있었고, 블록 북쪽에 세 번째 레스토랑이, 남쪽에 네 번째 레스토랑이, 블록 뒤쪽으로 다음 도로를 앞으로 면한 다섯 번째 레스토랑이 있었다. 다섯 레스토랑 모두 장사가 잘됐다. 항상 붐볐다. 늘 와글거렸다. 도시의 맛집들이 이곳에 빽빽하게 몰려 있는 셈이었다. 식자재 도매상과 식탁보와 냅킨 생산업체는 이곳을 좋아했다. 한자리에 고객사 다섯 군데가 있기 때문이다. 배달이 쉬웠다.

수금도 쉬웠다. 중앙로의 서쪽은 우크라이나인 구역이었다. 그들은 시계처럼 규칙적으로 들러 보호비를 걷어갔다. 한자리에 고객사 다섯 군데였다. 그들은 그걸 마음에 들어 했다. 금전 등록기가 가득 차고 다른 비용을 처리하기 전인 늦은 저녁에 들렀다. 걸어서 들어왔다. 언제나 2인 1조로 함께 들렀다. 검은색 정장과 검은색 실크 넥타이 차림에 창백하고 무표정한 얼굴로. 아무런 말도 없이. 그 불법성을 법적으로 입증하기는 어려웠다. 심지어 몇 년 전 처음으로 보호비를 뜯기 시작했을 때도 실제로는 아무 말도 하지 않았다. 주관적이고 미학적인 의견을 말한 후에 염려하고 동정하듯 중얼거렸을 뿐이었다. "좋은 데 자리 잡으셨네. 무슨 일이 생기기라도 하면 안 될 텐데." 정중한 대화였다. 그 대화 후에는 백 달러가 건네진다. 하지만 그들은 고개를 저으며 사양한다. 두 번째 백 달러가 더해지면 그제야 고개를 끄덕이며 받는다. 첫 번째 만남 이후 현금은 봉투에 넣어 안내 데스크에서 건네진다. 한마디도 오가지 않는 게 보통이다. 법적으로는 자발적인 행위다. 어떠한 명시적인 요구도 없다. 강요도 없다. 블록을 한 번 돌면 천 달러가 들어온다. 거의 합법적이다. 사실상 거저먹는 장사다. 당연히 경쟁이 붙는다. 당연히 거물이 이긴다. 평온한 생활을 원하는 고참 조직원들이었다.

바로 그날 저녁, 그 고참들은 평온한 생활을 하지 못하게 되었다.

그들은 중앙로의 경계석에 차를 세우고, 바로 그쪽 인도에 면한 두 레스토랑부터 수금을 시작했다. 그런 다음 블록을 시계 반대 방향으로 돌면서 북쪽에 있는 세 번째 레스토랑, 뒤쪽 도로에 있는 네 번째 레스토랑, 그리고 남쪽에 있는 다섯 번째 레스토랑에 들렀다. 수금을 마친 다음 계속 걸었다. 마지막 길모퉁이에서 꺾어 블록을 다 돈 다음, 차로 돌아갈 생각이었다.

그들이 한 일은 그게 다였다. 중요한 건 눈에 띄지 않았다. 앞쪽에 있는 다음 블록에 견인차 한 대가 정면을 반대쪽으로 하고 후진등이 보이는 상태로 주차되어 있었다. 그리고 견인차와 거의 같은 위치의 반대쪽 인도에 검은색 레인코트를 입은 남자 하나가 그들 쪽으로 빠르게 걸어오고 있었다. 저게 뭐지? 그들은 묻지 않았다. 그들은 평온하게 살고 싶어 하는 고참 조직원들이었다.

그들은 차 후드 주위에서 갈라져 한 사람은 운전석으로, 다른 하나는 조수석으로 갔다. 각자 차 문을 열었다. 완전히 동시는 아니었지만 거의 비슷했다. 그들은 아직 선 채로 턱을 들어 블록에 수상쩍은 사람이 있는지 마지막으로 살펴보았다.

그들은 견인차가 곧바로 그들 쪽을 향해 천천히 후진하는 걸 보지 못했다. 레인코트를 입은 남자가 먼 쪽 인도를 내려와 비스듬히 그들 쪽으로 곧장 다가오는 걸 못 봤다.

그들은 좌석으로 미끄러지듯 들어갔다. 엉덩이, 무릎, 발 순으로. 하지만 문을 닫으려는 순간 한쪽 그늘 속에서 형체 하나가 별안간 나타났고, 반대쪽에서는 레인코트를 입은 남자가 다가왔다. 둘 다 22구경 소형 반자동 권총을 들고 있었다. 두 권총 모두에 길고 굵은 소음기가 달려 있었다. 그들의 허리께쯤 위치한, 좌석에 앉은 두 사람의 머리 가까이에서 여러 발이 발사될 때 픽, 픽, 픽 소리만 났다. 차에 있던 두 남자는 총에서 멀어지며 안쪽으로 고꾸라졌다. 그들의 박살 난 머리가 마치 자리다툼을 하는 것처럼 대시보드의 시계 근처에서 부딪혔다.

그러고는 차 문이 닫혔다. 견인차가 후진으로 다가왔다. 그늘 속에 있던 형체와 레인코트 남자가 견인차 쪽으로 달려갔다. 견인차 기사가 차에서 뛰어내렸다. 셋은 함께 차를 견인차에 매달았다. 그러고는 견인차에 올라탔다. 견인차는 느리고 조용하게 움직였다. 흔히 볼 수 있는 광경이었다. 고장 난 차가 앞바퀴는 도로에 대고 꽁무니는 공중으로 들어 올려진 채 견인차에 매달려 꼴사납게 질질 끌려가고 있었다. 차창 높이 위로는 아무것도 보이지 않았다. 중력 덕분이었다. 차 안에 있던 두 사람은 모두 좌석 발밑 공간에 축 처져 늘어진 상태로 포개져 있을 것이다. 사후 경직이 일어나려면 몇 시간 더 걸린다.

견인차는 곧바로 폐차장으로 향했다. 그들은 매달린 차를 내려, 기름 범벅이 된 흙 위에 놓았다. 거대한 포크레인이 다가왔다. 포크레인 앞쪽에는 버킷* 대신 대형 스피어**가 달려 있었다. 포크레인이 차를 들어 올려서 압축기 쪽으로 옮겼다. 차 크기보다 약간 더 큰, 뚜껑 부분이 열려 있는 네모난 강철 상자 속에 포크레인이 차를 내려놓았다. 포크레인이 후진해서 물러났다. 강철 상자의 뚜껑이 접히며 내려왔다.

엔진이 굉음을 토하고 유압기가 덜커덩거리는 소리를 냈다. 상자의 면들이 그 뒤에서 150톤의 압력을 받자 삐걱대고 신음하고 긁히고 찢어지면서 안쪽으로 무자비하게 쭈그러들었다. 그러고는 움직임을 멈춘 다음, 쌕쌕거리는 소리를 내며 시작 지점으로 되돌아왔다. 그리고 피스톤 하나가 한 면당 길이가 1미터 정도 되는, 우그러뜨려진 이 금속 정육면체를 밖으로 밀어냈다. 밀려 나온 정육면체는 육중한 철제 격자판 위에 잠시 놓였다. 흘러나오는 액체들을 완전히 빼내기 위해서였다. 가솔린과 오일, 브레이크액, 에어컨 가스 같은 것들. 물론 이번에는 다른 종류의 액체도 있었다. 그런 다음 첫 번째 포크레인의 자매품이 다가왔다. 스피어 대신에 집게가 달려 있었다. 포크레인이 정육면체를 들어 올리더니 수백 개의 다른 정육면체들이 쌓여 있는 벽으로 가져가 그 위에 놓았다.

레인코트를 입은 남자는 그제야 디노에게 전화했다. 완벽한 성공이었다. 둘에는 둘. 명예로운 무승부였다. 그들은 사채업과 식당가를 효과적으로 교환했다. 단기적으로는 손해지만 장기적으로는 이익일 것이다. 미래를 위한 첫걸음이다. 먼저 방어한 다음 확장에 나서는 것이다. 무엇보다도 세력 지도가 재편될 수 있다는 증거다.

디노는 기쁜 마음으로 잠자리에 들었다.

---

* bucket, 포크레인 앞에 달린 양동이처럼 생긴 것.
** spear, 지게차 앞에 달린 물건을 올려놓게 되어 있는 한 쌍으로 된 긴 막대.

리처는 슈퍼마켓 주차장에서 운 좋게 택시를 찾을 수 있게 되어 기뻤다. 시간을 아낄 수 있게 된 것도 기뻤던 이유 중 하나였다. 셰빅 부부가 걱정하고 있으리라 생각했기 때문이다. 힘이 덜 들게 된 것도 다행이었다. 특히 그 당시에는 온몸이 멍들고 쑤셨기 때문이다. 하지만 결과적으로는 별로 좋아진 게 없었다. 온몸이 여전히 욱신거렸다. 시내로 걸어 돌아가는 건 고통스러웠다.

그의 방향 감각에 따르면 이미 알고 있는 경로로 가는 게 최선이었다. 바 뒤쪽을 지나 버스 터미널을 통과해 중앙로로 가는 것이다. 중앙로에서 남쪽으로 조금 가면 한두 블록 안에 체인 호텔이 여럿 모여 있을 것이다. 리처는 도시들을 잘 알았다. 몸이 원하는 속도보다 빠르게 걸으면서 자세에 신경을 썼다. 통증과 고통을 전부 찾아내고, 그것들과 싸우고 쫓아내면서, 그에 굴복하지 않으려 고개는 쳐들고, 어깨는 뒤로 하고, 팔에는 힘을 빼고, 등은 꼿꼿하게 세웠다.

바 바깥쪽의 거리에는 아무것도 없었다. 주차된 차도, 무례한 조폭들도 없었다. 리처는 물러서서 탁한 유리창 안쪽을 들여다보았다. 지저분한 하프와 토끼풀 네온을 지나쳤다. 창백한 남자는 여전히 안쪽 구석 자리에 있었다. 여전히 빛을 내고 있었다. 함께 있는 사람은 아무도 없었다. 나락까지 떨어진 불운한 고객도 없었다.

리처는 계속 움직였다. 갈수록 걷기가 좀 나아졌다. 네거리 신호등이 있는 오래된 블록에 다다랐고, 네온으로 빛나는 앞쪽의 하늘을 쳐다보며 버스 터미널을 지나갔다. 회사 이름이 번쩍이는 건물들이 스카이라인을 수놓고 있었다. 은행이거나 보험 회사, 지역 TV 방송국, 또는 호텔일 것이다. 어쩌면 이 모두일지도 모른다. 건물은 전부 여섯 개였다. 여섯 개의 고층 건물이 자랑스럽게 서 있었다. 여기가 시내임을 과시하고 있었다.

대부분의 불빛은 왼쪽으로 절반쯤 차지하는 남서쪽을 향하고 있었다. 리처는 길모퉁이를 가로질러 그쪽으로 직진하기로 했다. 좌회전해서 중앙로를 가로질렀다. 직통 경로의 기본 구조는 바가 있는 거리보다 나을 게 없었다. 하지만 이곳에서는 더 많은 돈이 돌았고, 따라서 건물들 전부 관리가 잘되어 있었다. 가로등은 제대로 켜져 있었다. 인도는 깨끗했다. 판자로 유리창을 가린 건물도 없었다. 건물들은 대체로 비슷비슷한 사무용 건물들이었다. 꼭 회사들만 있는 건 아니었다. 대부분은 거기 있을 만한 건물들이었다. 지방자치단체 청사 같은 건물도 있었다. 가정문제 상담소, 정당의 지역위원회도 있었다. 한 건물만 빼고 전부 불이 꺼져 있었다. 길 건너 블록 제일 끝에 있는 건물이었다. 환하게 빛나고 있었다. 전통적인 옛 상점을 재건축한 건물이었다. 유리창에 간판이 걸려 있었다. 유리 위에, 리처가 젊었던 시절 해병대 타자기로 친 것 같은 구식 대문자로 인쇄되어 있었다. 간판에는 '공익법률센터'라고 쓰여 있었다.

거기 세 사람이 있어요. 세빅 부인이 말했다.

공익법률센터에서 일하는 변호사들이죠.

셋 다 젊고 친절해요.

창문 뒤에는 서류가 든 구식 갈색 파일들로 가득한 현대적인 황색 사무실이 있었다. 세 남자가 책상 앞에 앉아 있었다. 분명 젊긴 하군. 리처는 그들이 좋은 사람들인지는 알 수 없었다. 섣불리 의견을 말하기는 이르다. 그들은 모두 똑같은 옷을 입었다. 짙은 황갈색 바지와 푸른색 버튼다운 셔츠 차림이었다.

리처는 길을 건넜다. 가까이 다가가자 문의 유리 위에 인쇄된 이름들이 보였다. 아마 그들의 이름일 것이다. 같은 타자기 글꼴이었지만 작은 글자였다. 그들의 이름은 줄리언 하비 우드, 지노 비토레토, 그리고 아이작 메헤이-바이포드였다. 리처는 겨우 세 사람의 이름 치고는 지나치게 자리를 많이 차지하고 있다고 생각했다. 이름 뒤에 수많은 이력이 나열되어 있었다. 각각의 학위도. 하나는 스탠퍼드, 또 하나는 하버드, 나머지 하나는 예일을 나왔다.

그는 문을 당겨 열고 안으로 들어갔다.

11

세 남자는 모두 놀라 고개를 들었다. 한 사람은 피부색이 검었고, 다른 하나는 하얬고, 나머지 하나는 중간이었다. 셋 다 20대 후반으로 보였다. 다들 피곤해 보였다. 힘든 업무, 야근, 피자와 커피. 다시 로스쿨 시절로 돌아간 것 같겠지.

검은 피부의 남자가 물었다. "무슨 일로 오셨습니까?"

"세 분 중 누구십니까?" 리처가 말했다. "줄리언? 지노? 아니면 아이작?"

"지노입니다."

"만나서 반갑소, 지노." 리처가 말했다. "셰빅이라는 노부부를 아시오?"

"왜 그러시죠?"

"방금 그분들과 잠시 시간을 보냈소. 그분들의 문제도 알게 되었고, 공익법률센터에 있는 세 분의 변호사 얘기를 들었는데 그게 당신들이 아닐까 생각했소. 사실 그렇다고 거의 확신했지. 이런 크기의 도시에서 지원할수 있는 공익법률센터가 몇이나 될까 혼자 생각하고는 말이오."

피부가 하얀 남자가 말했다. "그분들이 고객이면, 우리는 그 사건에 대해 말할 수 없습니다."

"당신은 셋 중 누구시오?"

"줄리언입니다."

피부가 검지도 하얗지도 않은 사람이 말했다. "그리고 저는 아이작이고 요."

"나는 리처요. 여러분 모두와 만나게 되어 반갑소. 셰빅 부부가 여러분 의 고객이오?"

"네, 그렇습니다." 지노가 말했다. "그러니 우리는 그분들 얘기를 할 수 없습니다."

"그럼 가상의 사건처럼 이야기해 봅시다. 그분들 같은 사건의 경우, 무 과실 보상 기금 중 하나에서 다음 일주일 안에 환급해줄 가능성이 얼마나 되오?"

아이작이 말했다. "우리는 절대 그 얘기를 해서는 안 됩니다."

"그냥 이론상으로 말이오." 리처가 말했다. "추상적인 설명으로."

"복잡합니다." 줄리언이 말했다.

"어째서?"

"그러니까 이론적으로 말하자면 이런 사건은 간단하게 시작합니다. 하 지만 가족이 끼어들어 보증인 역할을 하게 되면 아주 복잡해지죠. 이런 행 동은 긴급성의 정도를 낮추게 됩니다. 말 그대로입니다. 긴급성의 등급이 낮아지지요. 무과실 보상 기금은 수만 건의 신청을 심의합니다. 수십만 건 일 수도 있겠죠. 환자가 지금 어떤 방법으로든 치료받고 있다는 사실을 기 금 측에서 확실히 알고 있는 경우, 다른 코드를 할당합니다. 낮은 등급 같 은. 아주 제쳐 두지는 않더라도 일단 뒤로 미룹니다. 더 긴급한 사안을 처 리해야 하니까요."

"그러면 셰빅 부부가 서류에 서명한 건 실수였군?"

"우리는 셰빅 사건을 얘기할 수 없습니다." 지노가 말했다. "비밀 유지 의무 때문에요."

"이론상으로 말이오." 리처가 말했다. "가상으로. 가상의 부모가 그 서류에 서명한 건 실수가 될 수 있소?"

"물론 그럴 수 있죠." 아이작이 말했다. "공무원의 관점으로 생각해보십시오. 환자가 치료받고 있습니다. 공무원들은 그 치료를 어떻게 받게 되었는지는 신경 쓰지 않아요. 기금 측이 책임지지 않아도 된다는 사실만 알 뿐이죠. 그러니 능장을 부리는 겁니다. 가상의 부모는 서명하지 못한다고 버텼어야 했습니다. 서명을 거부했어야 했어요."

"그분들로서는 그렇게 할 수 없었던 것 같소."

"제 생각도 그렇습니다. 그런 상황에서는 힘들었겠죠. 하지만 서명을 거부했다면 먹혔을 겁니다. 기금 측에서 치료비를 지급할 수밖에 없었겠죠. 바로 그 자리에서요. 선택의 여지가 없었습니다."

"교훈이 되는 사례입니다." 지노가 말했다. "사람들은 사전에 자신의 권리를 알고 있어야 해요. 일이 닥치면 그 순간에는 알기 힘듭니다. 자식이 환자 이송용 카트에 누워 있는 상황에서는요. 감정이 앞설 수밖에 없습니다."

리처가 물었다. "다음 일주일 동안에 진전이 있겠소?"

아무도 대답이 없었다.

리처는 그 자체가 대답이라고 생각했다.

마침내 줄리언이 말했다. "문제는 이제야 그들이 논의를 시작한다는 사실입니다. 정부 기금은 납세자들의 세금으로 모은 돈입니다. 이 제도는 인기가 없어요. 따라서 정부는 보험업 협회 기금에서 환급해 주기를 바랍니다. 보험업 협회 기금은 주주들의 돈이죠. 주주 배당금이 거기에 달려 있어요. 그러니 보험업 협회 기금에서는 상황이 해결될 때까지 계속 정부에 되돌려보냅니다. 무한 반복이죠."

"무엇을 위해서?"

"환자의 사망이죠." 아이작이 말했다. "그러면 보험업 협회 기금 측에서는 크게 수지맞는 겁니다. 그렇게 되면 논점이 완전히 달라지니까요. 대리 계약 관계는 무과실 보상 기금과 사망자 사이에 체결된 것입니다. 환자가 사망했으니 보상할 대상이 없어진 거죠. 기금과 정부가 서로 떠넘기는 동안 자비로운 친지들이 돈을 모아 치료비를 냈습니다. 늘 있는 일입니다. 가족들 사이에 치료비를 증여하는 일은 너무나 흔해서 국세청에서 이것을 완전히 별도의 항목에 넣었을 정도입니다. 하지만 이건 회사의 주식을 사는 것과는 다르죠. 상황이 좋아진다고 해서 이익을 보는 게 아닙니다. 단어 자체에 실마리가 있죠. '증여'. 자기 의사로 주는 선물입니다. 증여는 보상받을 수 없습니다. 원천적으로 무효가 아닌 계약의 당사자 사이에서도 말이죠. 법 원칙의 문제입니다. 판례는 명확하지 않습니다. 대법원까지 가야 할 수도 있어요."

"그러니 다음 일주일 동안에는 아무 진전도 없을 것이다?"

"앞으로 7년 안에만 해결되어도 다행입니다."

"그분들은 사채업자의 마수에 걸려들었소."

"공무원들은 그런 건 신경 쓰지 않습니다."

"당신들은?"

줄리언이 말했다. "우리 고객들은 자신들의 재정 문제를 얘기하려 하지 않습니다."

리처는 고개를 끄덕였다. 그가 말했다. "그분들은 여러분이 자신들을 벼랑 끝으로 몰지 않기를 바랍니다."

"그분들이 정확히 그렇게 말씀하셨죠." 지노가 말했다. "그분들은 사채 업자와 문제가 생기면 나중에 돈이 필요해지더라도 빌릴 데가 없다고 생각합니다. 경험상 앞으로 돈 빌릴 일이 있을 테니까요."

리처가 말했다. "다른 법적 구제 수단은 없소?"

"이론상으로는," 줄리언이 말했다. "고용주의 과실을 이유로 민사소송을 제기하는 게 확실한 전략입니다. 백전백승이죠. 하지만 이런 사건에서는 소용이 없다는 게 명백합니다. 소송을 제기당했다는 사실 자체로 피고는 사기 의혹을 받고 파산하게 될 겁니다. 그러면 원고가 승소하더라도 피고에게는 배상할 재산이 없는 거죠."

"그분들이 할 수 있는 건 뭐가 있소?"

"그분들을 대리해서 법원에 청원서를 제출할 수는 있습니다." 지노가 말했다. "하지만 환자가 치료받고 있다는 부분을 읽는 순간, 판사는 청원서를 내던져버릴 겁니다."

"알겠소." 리처가 말했다. "최상의 결과를 바랄 수밖에. 누군가가 일주일은 긴 시간이라고 말하더군. 도와줘서 고맙소. 진심으로 감사하오."

그는 문을 닫고 거리로 나왔다. 방향을 정확히 정하기 위해 길모퉁이에서 멈춰 섰다. 그는 생각했다. 오른쪽으로 그다음에는 왼쪽으로. 그 정도면 되겠지.

뒤에서 문이 다시 열리는 소리가 들렸다. 인도 위로 발걸음을 옮기는 소리가 들렸다. 몸을 돌리자 아이작이 다가오는 게 보였다. 피부가 검지도 하얗지도 않은 남자였다. 키는 175센티미터 정도에 몸이 쇠뿔처럼 단단했다. 바지는 끝단이 접혀 있었다.

그가 말했다. "저는 아이작입니다. 기억하십니까?"

"아이작 메헤이-바이포드." 리처가 말했다. "스탠퍼드 로스쿨 졸업. 공부량이 엄청난 학교. 대단하오. 하지만 서부 출신은 아닌 것 같소만."

"보스턴입니다." 그가 말했다. "아버지는 거기서 경찰관으로 일하셨죠. 선생님은 어딘가 아버지를 떠올리게 합니다. 아버지도 눈치가 빠르셨죠."

"늙은이가 된 느낌이로군."

"경찰관이십니까?"

"예전에는 그랬소." 리처가 말했다. "예전에 군대에서. 그게 중요합니까?"

"그럴지도요." 아이작이 말했다. "저에게 조언해 주실 수 있으니까요."

"어떤 것에 대해서?"

"셰빅 부부와는 어떻게 알게 되셨습니까?"

"오늘 아침에 셰빅 씨가 사고를 당한 걸 도와드렸소. 무릎을 다쳐서 집까지 모셔다 드렸지. 그분들이 사연을 얘기해 주셨소."

"셰빅 부인이 때때로 전화하십니다. 그분들은 친구가 별로 없어요. 돈을 마련하기 위해 무엇을 하는지 알고 있습니다. 조만간 돈이 바닥날 겁니다."

"이미 그런 것 같소." 리처가 말했다. "아니면 곧 그렇게 될 거요. 일주일이 지나면."

"터무니없는 생각이 하나 있습니다."

"어떤 것에 대해서?"

"아니면 그저 자기기만일지도 모르죠."

"어떤 것에 대해서?" 리처가 다시 물었다.

"마지막에 줄리언이 말한 얘기요. 고용주에 대해 민사소송을 제기하는 것 말입니다. 고용주가 자산이 없으니 소송해봤자 소용없다고 했죠. 일반적으로는 좋은 충고입니다. 이 사건에도 좋은 충고라고 확신합니다. 사실은 제가 확신하지 못하고 있다는 것만 빼면요."

"이유는?"

"메그의 회사 사장은 한때 여기서 유명했습니다. 모두가 그 사람 얘기를 했어요. 역설적이게도 메그 셰빅이 홍보를 기가 막히게 한 덕분이었죠. IT 업계의 신화, 청년 사업가, 이민자의 우상, 무일푼으로 미국에 와서 인생 역전. 하지만 저는 안 좋은 얘기도 들었습니다. 그게 다 전부 연결되지는 않지만 여기저기서 들은 소문과 단편적인 이런저런 말들을요. 전부 전해 들은 얘기고 확인도 되지 않았지만, 확실한 소식통에서 나온 것들이었습니다. 저는 대중적인 이미지 뒤에 있는 이러한 마구잡이 이야기들을 한데 짜 맞추는 것에 이상할 정도로 집착하게 되었습니다. 세 가지 중요한 주제가 있는 것 같았죠. 그자는 극히 자기중심적이고, 윤리적으로 문제가 많으며, 실제보다 더 많은 돈을 가지고 있는 것 같았어요. 제 말도 안 되는 이론은 이렇습니다. 이 세 가지를 연결할 수 있다면 그 방법은 단 하나뿐이고, 논리적으로 볼 때 그자가 노른자위를 챙겼다는 결론을 내릴 수밖에 없습니다. 윤리적으로 문제가 있는 사람이 노른자위를 챙기기는 쉬웠겠죠. 당시에 현금이 쓰나미처럼 밀려들어 왔습니다. 정상이 아니었죠. 저항할 수 없었을 겁니다. 저는 그자가 투자자들의 돈 수백만 달러를 자기 주머니에 몰래 챙겼다고 생각합니다."

"회사가 그렇게 급격하게 망한 이유가 설명되는군." 리처가 말했다. "예비 자금이 없었으니까. 다 그자가 훔쳐서. 대차대조표는 조작했고."

"그 돈이 아직 거기 있을 수도 있다는 게 핵심입니다." 아이작이 말했다. "전부는 아니라도 대부분은요. 아니면 일부라도. 아직 그자의 주머니 안에 있을 겁니다. 어떤 경우든 민사소송을 제기할 가치가 있습니다. 회사가 아니라 사장 개인을 상대로요."

리처는 아무 말도 하지 않았다.

아이작이 말했다. "제 안의 변호사 본능은 확률이 100분의 1이라고 말합니다. 하지만 저는 셰빅 씨 부부가 그 점을 확인하지도 않은 채 몰락하는 걸 보고 싶지 않습니다. 그런데 방법을 모르겠어요. 그래서 조언이 필요합니다. 큰 법무법인이라면 조사원을 고용하겠죠. 사장의 소재를 파악하고 기록을 파헤치게 할 겁니다. 이틀이면 확실히 알 수 있겠죠. 하지만 우리 센터에는 그런 예산이 없습니다. 월급으로는 우리 몸 건사하기도 힘들고요."

"왜 사장의 소재를 파악해야 하오? 자취를 감췄소?"

"아직 시내에 있는 걸로 압니다. 하지만 꼭꼭 숨어 있어요. 저 혼자서는 찾을 수 없을 것 같습니다. 아주 영리한 데다 제 생각이 맞는다면 돈도 아주 많을 테니까요. 좋은 조합은 아닙니다. 확률만 줄어들겠죠."

"그자의 이름은?"

"막심 트룰렌코입니다." 아이작이 말했다. "우크라이나인이죠."

12

그레고리는 식당가에서 사건이 발생한 지 한 시간 뒤에야 처음으로 소식을 들었다. 그의 회계 담당자가 전화를 걸어왔다. 아직 수금원 둘이 돌아오지 않아서 기다리는 중이라 야간 보고서가 늦어지고 있다는 이야기였다. 그레고리는 어떤 두 명인지 물었고, 회계 담당자는 레스토랑 다섯 곳의 수금원이라고 대답했다. 그레고리는 처음에는 대수롭지 않게 생각했다. 믿을 만한 놈들이었으니까.

그러고 나서는 오른팔이 전화를 걸어왔다. 그 수금원 둘이 한참 동안 전화를 받지 않고, 차도 있어야 할 자리에 없다고 했다. 그래서 택시 기사들에게 차에 관해 설명하고 수배했는데 이번에는 바로 응답이 왔다. 두 명의 다른 택시 기사가 정확히 똑같은 얘기를 했다. 한참 전에 그 차가 견인되는 걸 보았다는 내용이었다. 뒷바퀴가 공중에 들린 채, 중간 크기의 견인차에 매달려 갔다고 했다. 트럭의 운전석에는 세 사람의 실루엣이 있었다. 그레고리는 처음에는 대수롭지 않게 생각했다. 차는 고장 나곤 하니까.

그러다가 그가 물었다. "그런데 녀석들은 왜 전화를 안 받는 거야?"

머릿속에서 디노의 목소리가 들렸다. '폐차장에 사람이 하나 있소. 그자도 우리에게 빚이 있지.' 그레고리는 큰 소리로 말했다. "디노가 둘을 넷으로 갚았다. 둘이 아니라. 미친 게 분명해."

부하가 말했다. "식당가 블록은 사채업에 비해 돈이 덜 됩니다. 이건 메시지일 겁니다."

"계산이라도 맞추자는 얘긴가?"

"약하게 보이는 걸 참을 수 없겠죠."

"나도 마찬가지다. 둘에 넷이라니 말도 안 되지. 애들한테 말해. 내일 아침까지 디노의 부하 두 놈을 해치우라고. 이번에는 장식까지 해서."

리처는 오른쪽으로 가다가 왼쪽으로 돌아 세 개의 고층 호텔이 정삼각형을 이루고 있는 곳에 도착했다. 셋 모두 전국에 지점을 두고 있는 중급 호텔이었다. 둘은 중앙로 오른쪽에, 나머지 하나는 왼쪽에 있었다. 그중 하나를 무작위로 고른 리처는 프런트 데스크에서 5분을 보내야 했다. 여권으로 신분증을 대신하고, 지불은 그가 선호하는 수단인 현금카드로 했으며, 서로 다른 이유가 있는 두 곳의 서명란에 두 번 서명해야 했다. 돌이켜 보면 국방성에 출입하는 게 이것보다는 쉬웠다.

그는 로비에서 도심 지도를 하나 집어 들고 방으로 올라갔다. 방은 별 대단할 것 없이 널찍하고 평범했지만, 침대와 욕실은 있었다. 그거면 충분했다. 리처는 침대에 앉아서 지도를 살펴보았다. 도시는 조롱박 모양이었다. 대로와 도로가 격자무늬를 이루며 먼 쪽의 고속도로를 향해 제일 윗부분에서 더 위로 뻗어 나가고 있었다. 포드 중고차매장과 농기계매장은 오른쪽에 있을 것이다. 추적은 아마 거기서부터 시작할 것이다. 호텔들은 먼 쪽의 정중앙에 있었다. 상업 지역이었다. 화랑과 박물관도 있었다. 셰빅의 집이 있는 개발 지구는 동쪽 경계선으로 가는 중간쯤에 있었다. 지도에서 보면 작은 사각형으로 된 엄지손가락 지문 같았다.

그 영리하기 짝이 없는 부자 친구는 어디에 숨으려 했을까?

어디도 아니다. 리처의 결론은 그랬다. 도시가 크기는 했지만, 그것만으로는 불충분했다. 이자는 유명인이다. 홍보 담당 수석 부사장을 고용했다. 모든 사람이 그에 대해 얘기했다. 신문마다 사진으로 도배되었을 것이다. 이런 사람이 하룻밤 사이에 은둔자가 될 수 있을까? 불가능하다. 적어도 먹기는 해야 할 테니까. 나가서 사 먹거나 배달시켜야 한다. 어떤 경우든 사람들 눈에 띌 것이다. 그리고 알아볼 것이다. 얘기가 나올 것이다. 일주일 뒤면 관광객들이 몰려올 것이다.

음식 배달원이 입을 다물지 않는 한 그렇게 될 것이다.

우크라이나 인구는 4천5백만 명이다. 미국에 온 건 그들 중 일부다. 그들이 전부 서로 안면이 있다고 생각하기는 힘들다. 모두 연줄이 있다고 보기 어렵다. 하지만 이 정도 크기의 도시에서는 연줄이 있어야만 숨을 수 있다. 충직하고 경계심 많은 세력이 숨겨 주고, 보호해 주고, 보살펴 줘야만 가능한 일이다. 안전가옥의 비밀 요원처럼. 신중한 배달원이 오가는 동안 창밖을 간절하게 내다보겠지.

일주일 안에 일곱 번의 기회가 있다. 리처는 생각했다.

그는 지도를 접어 뒷주머니에 쑤셔 넣었다. 로비로 내려가 거리로 나왔다. 배가 고팠다. 셰빅 집에서의 점심 식사 이후로 아무것도 먹지 않았다. 치킨 샐러드 샌드위치, 감자튀김 한 봉지, 소다수 한 캔. 많은 양도 아니었고 그나마 먹은 지 한참이었다. 몸을 돌려 중앙로로 걸어갔다. 한 블록 반쯤 걸어갔을 때, 음식을 파는 상점들 대부분은 이미 문을 닫았을 거라는 사실을 깨달았다. 너무 늦은 시각이었다.

그게 더 나았다. 그가 원하는 건 대부분의 상점이 아니었다.

중앙로에서 북쪽으로 발걸음을 옮겼다. 머릿속에서 그려봤을 때 조롱박의 넓은 부분이 가늘어지기 시작하는 곳이었다. 그런 다음 몸을 돌려 남쪽으로 가 버스 터미널 벤치에 앉아, 눈앞에서 오가는 차량을 바라보았다. 슬로모션 같았다. 대부분의 장소는 텅 비었다. 차들은 긴 간격을 두고 조용하게 다녔다. 보행자들은 주로 네댓 명씩 무리를 이루어 오갔다. 나이와 외모로 보면, 어떤 사람들은 파티가 끝나고 마지막으로 나와 집으로 향하는 것 같았고, 어떤 사람들은 어떤 자리인지는 몰라도 멋있어 보이려고 일부러 늦게 도착한 것 같았다. 일반적인 흐름으로 볼 때 이들은 중앙로에서 동쪽과 서쪽으로 반반씩 갈라졌다. 사실은 단순한 흐름 이상이었다. 그 안에는 어떤 에너지가 있었다. 어떤 매력도.

가끔 혼자서 한쪽, 또는 다른 쪽으로 가는 사람들이 있었다. 전부 남자였다. 남들의 눈에 띄는 게 창피하다는 듯 어떤 사람들은 땅바닥을 내려다보고 있었고, 어떤 사람들은 뻣뻣하게 고개를 세우고 앞쪽만 바라보며 걷고 있었다. 다들 초조하게 목적지로 향하고 있었다.

리처는 벤치에서 일어나 동쪽으로 향하는 흐름을 따라갔다. 그는 앞에서 멋지게 차려입은 네 사람이 오른쪽에 있는 문으로 들어가는 것을 보았다. 그쪽으로 가자 연방 교도소 같은 장식을 한 바가 보였다. 바텐더는 오렌지색 점프슈트를 입고 있었다. 드레스 코드를 따르지 않은 직원은 문 안쪽의 스툴에 앉아 있는 거구의 남자뿐이었다. 그는 검은색 바지와 검은색 셔츠를 입고 있었다. 머리카락도 검은색이었다. 알바니아인이 거의 확실했다. 리처는 알바니아를 알고 있었다. 거기서 지낸 적이 있었다. 남자는 최근에 여기 담당이 된 것 같았다. 우쭐거리는 표정을 하고 있었다. 권력이 있었고, 그걸 즐기고 있었다.

리처는 앞쪽으로 향했다. 길모퉁이 주위에 있는 수상쩍지만 단호해 보이는 남자를 따라갔다. 그 남자가 표시 없는 문으로 들어가는 순간 다른 남자가 얼굴이 빨갛게 상기된 채 기분 좋은 표정으로 나왔다. 도박장이군. 리처는 생각했다. 매춘은 아니야. 그는 그 차이를 알고 있었다. 13년 동안 헌병으로 근무했던 덕이다. 리처 짐작에 안으로 들어간 남자는 어제 잃었던 돈을 되찾을 수 있다고 생각할 것이다. 밖으로 나온 남자는 빚을 다 갚고도 남은 돈으로 여자친구에게 꽃다발을 사주고, 둘만의 저녁 식사를 할 수 있을 만큼 돈을 땄을 것이다. 운명이 그의 손을 들어줘서 계속 승승장구할 수 있다고 생각한다면 도박을 계속하겠지. 힘든 결정의 순간이다. 거의 도덕적인 선택에 가깝다. 이 남자는 어떻게 할 것인가?

리처는 계속 남자를 바라보았다.

남자는 꽃과 저녁 식사를 선택했다.

리처는 계속 앞으로 걸어갔다.

알바니아인들의 수금은 저녁 늦게 이루어지는 편이었다. 수금하는 매장들이 늦게 문을 열고, 금전 등록기에 현금이 다 채워지는 것도 늦은 시각이었기 때문이다. 그들의 방법은 중앙로 반대쪽의 사람들과는 완전히 달랐다. 그들은 안으로 들어가지 않았다. 위협적인 존재감도 과시하지 않았다. 검은색 정장도 입지 않았다. 검은색 넥타이도 매지 않았다. 그들은 차에서 기다렸다. 보호비를 내는 매장들로부터 손님들을 겁주지 말아 달라고 요청받았다. 자칫 경찰이나 정부 요원 등으로 오해받을 수 있었기 때문이다. 사업에는 좋지 않다. 누구에게도 이익이 되지 않는다. 대신에 사람 하나가 봉투를 가지고 달려와 차창으로 건네고 안으로 다시 돌아간다. 블록을 한 바퀴 돌면 수천 달러가 수금된다. 사실상 거저먹는 장사다.

리처는 도박장에서 동쪽으로 두 블록, 북쪽으로 한 블록 간 곳에 한 가족이 소유한 매장 세 개가 나란히 있는 걸 보았다. 첫 번째 매장은 바, 두 번째 매장은 24시간 편의점, 세 번째 매장은 주류 판매점이었다. 과거에 행동대원으로 맹활약했고, 엄청나게 존경받고 있는 고참 2인조가 수금했다. 그들은 차에 타고 숙련된 리듬으로 매장들을 순회했다. 매장과 매장 사이의 거리는 10미터 정도였다. 둘 중 하나가 운전했고, 다른 하나는 운전석 뒷자리에 앉았다. 그들이 선호하는 방식이었다. 뒷좌석의 남자가 앉은 반대쪽의 유리창이 5센티미터쯤 내려왔다. 봉투가 허공 속으로 건네졌다. 접촉은 없다. 지나치게 가깝지도 않다. 그러고는 운전석의 남자가 액셀을 밟는다. 트랜스미션이 천천히 가속하며 차를 10미터 앞 다음 매장으로 이동시킨다. 거기에서 또 봉투 하나가 허공 속으로 건네진다. 그렇게 이어진다. 하지만 그날 밤, 세 번째 매장인 주류 판매점 밖에서 건네진 것은 봉투가 아니었다. 총 끝에 달린 두툼한 검은색 소음기였다.

13

총은 H&K헤클러운트코흐 MP5 기관단총이었다. 그리고 몸의 세 부분을 향해 발사하도록 겨냥된 게 분명했다. 뒷좌석에 있던 남자가 그런 식으로 당했기 때문이다. 표적이 보이지 않는 상태였지만 영리한 총격이었다. 뒤로 조금 물러서면서 다리, 팔, 가슴을 맞출 목적으로 몸의 아래쪽부터 가운데 쪽으로 꿰매듯이 발사했다. 그사이에 운전석에 있던 남자는 반대쪽으로부터 마찬가지의 총격을 당했지만 대부분 머리를 향한 것이었다. 반대쪽 인도에서 다른 H&K가, 유리창을 박살내면서 춤추듯 총격을 가했다.

총격이 끝난 후, 차의 문들이 거의 대칭을 이루며 열렸다. 먼 쪽 인도에서 온 남자는 운전석에 있던 남자를 빈 조수석으로 밀어내고 운전석을 차지했다. 주류 판매점에서 온 남자는 뒷좌석에 올라탔다. 문이 쾅 닫히고 차가 출발했다. 좌석이 만원이 됐다. 탑승자들은 대각선을 이루며 배치되었다. 일이 잘돼서 기분 좋은 두 사람, 여기에 이미 죽은 사람 하나와 죽어가는 사람 하나가 더해졌다.

그때 리처는 중앙로의 반대쪽 두 블록 거리에 있었다. 그는 알바니아인들과 우크라이나인들 영역 사이의 경계선을 생각해보았다. 그리고 정확히 자신이 찾던 곳을 발견했다. 그는 작고 둥근 카바레 테이블들이 있고 안쪽에는 무대가 있는 바에 들어갔다. 무대에는 기타, 베이스, 드럼으로 이루어 진 3인조 밴드가, 테이블에는 간단한 야식 메뉴가 있었다. 바의 뒤쪽에는 에스프레소 머신이 있었다. 문 안쪽 스툴에 남자가 하나 앉아 있었다. 검은색 정장, 흰 셔츠, 검은색 넥타이, 흰 피부, 옅은 색 머리카락. 우크라이나인이 분명했다.

다 마음에 드는군. 리처는 생각했다. 그에게 필요한 건 전부 있었고, 필요 없는 건 하나도 없었다.

그는 룸에서 멀리 떨어진 테이블을 골랐다. 안쪽 가운데쯤이었다. 그리고 벽에 등을 대고 앉았다. 그의 눈에, 왼쪽 구석에는 스툴에 앉은 남자가, 오른쪽 구석에는 밴드가 보였다. 밴드는 제법 훌륭했다. 블루스를 1950년대 재즈 스타일로 커버해 연주하고 있었다. 기타에서는 부드럽고 유려한 톤이 너무 시끄럽지 않게 흘러나왔고, 베이스에서는 나무를 두드리는 소리가 스네어 드럼 위로 낮고 경쾌하게 나왔다. 보컬은 없었다. 손님들 대부분은 와인을 마시고 있었다. 찻잔 받침 정도 크기의 피자를 먹는 사람도 있었다. 플레인 피자나 페퍼로니 피자였다. 9달러였다.

웨이트리스가 다가왔다. 1950년대 음악에 적합한 여자였다. 자그마하고 깜찍했다. 20대 후반쯤 되어 보였다. 깔끔하고 날씬했으며 옷은 전부 검은색이었다. 짧은 머리카락은 어두운색이었고 눈에는 생기가 있었다. 수줍은 듯한 미소는 전염성이 있었다. 재즈가 사운드트랙으로 흐르는 옛날 흑백 영화의 등장인물 같았다. 누군가의 발랄한 여동생. 위험할 정도로 진보적인. 직장에 바지를 입고 출근하려고 할지도 모르는.

리처는 그녀가 마음에 들었다.

웨이트리스가 말했다. "주문하시겠어요?"

리처는 물 두 잔, 더블 에스프레소 두 잔, 페퍼로니 피자 두 조각을 시켰다.

그녀가 물었다. "오실 분이 있으신가요?"

"하나로는 영양실조에 걸릴 것 같군요."

그녀가 미소를 띠며 물러갔다. 밴드는 하울링 울프의 옛날 노래 〈킬링 플로어Killing Floor〉를 애절하게 연주했다. 보컬 라인은 기타가 연주했다. 연인을 처음에는 버리지 못하고, 두 번째가 되어서야 헤어지고 멕시코로 가버린 남자의 사연을 진주 같은 음들이 흔들리며 이야기하고 있었다. 사람들이 문으로 계속 들어오고 있었다. 대부분 둘 이상의 일행이었고 혼자인 경우는 없었다. 그들은 전부 아까 리처가 그랬던 것처럼 문지기의 검사를 받느라 잠깐 서 있었다. 문지기는 그들을 하나하나 위아래로 살피고 눈을 본 다음 고개를 아주 살짝 움직여 들여보냈다. 손님들이 지나가면 그는 팔짱을 끼고 다시 스툴에 구부정하게 앉았다.

노래 두 곡이 흐르고 나서야 웨이트리스가 음식을 가져와 식탁 위에 놓았다. 리처가 고맙다고 말했다. 그녀는 "천만에요"라고 말했다. 다시 그가 말했다. "문에 있는 남자가 손님이 들어오는 걸 막을 때도 있소?"

"사람에 따라 다르죠." 그녀가 말했다.

"막는다면 어떤 사람을?"

"경찰이요. 요 몇 년 동안 경찰을 본 적이 없긴 하지만요."

"왜?"

"좋지 않으니까요. 어떤 일이든 상황이 변하면 갑자기 뇌물이나 부패, 아니면 다른 큰 건으로 바뀌니까요. 그래서 경찰들은 자기들만 다니는 바에 가죠."

"그래서 요 몇 년 동안 저 사람은 들어오는 손님을 막지 않았군. 그러면 지금 저 사람의 쓸모가 뭘까 궁금하오."

"왜 물어보시는 거죠?"

"그냥 궁금해서." 리처가 말했다.

"경찰이세요?"

"이러다간 당신 아빠 닮았단 얘기가 나오겠소."

그녀가 미소 지었다.

"우리 아빠는 손님보다 덩치가 훨씬 작아요."

그녀는 마지막으로 거의 윙크에 가까운 표정을 지으며 몸을 돌렸다. 그러고는 물러갔다. 밴드는 계속 연주했다. 리처 생각에 문 앞에 있는 남자는 수를 세고 있었다. 그는 둥지 속의 뻐꾸기*였다. 보호비는 대부분 비율을 근거로 계산된다. 저 남자가 손님 수를 세고 있어서 주인은 속일 수 없다. 여기에다 명목상으로 경비원 노릇을 하겠다고 제안했을 것이다. 조건을 더 받아들이기 쉽게 하려고. 그러면 모두에게 더 좋은 일일 거라면서.

리처가 식사를 마치기도 전에 웨이트리스가 돌아왔다. 검은색 비닐 지갑 안에 계산서를 가지고 왔다. 곧 퇴근인 것 같았다. 그는 계산하고 팁 10달러를 현금으로 줬다. 그녀는 갔다. 리처는 식사를 끝냈지만, 문에 있는 남자를 쳐다보며 테이블에 잠시 그대로 있었다. 그러고는 일어나 남자를 향해 걸어갔다. 레스토랑을 나갈 다른 길은 없었다. 문으로 들어와서 문으로 나가야 한다.

리처는 스툴 앞에서 발을 멈췄다.

리처가 말했다. "막심 트룰렌코에게 전할 긴급 메시지가 있소. 그 사람

---

* 뻐꾸기는 다른 새의 둥지에 침입해서 알을 낳고 그 알에서 부화한 뻐꾸기는 둥지 속 다른 새의 알들을 밖으로 밀어낸다. 이에 비유하여 '다른 사람들에게 피해를 주는 존재'를 두고 하는 말이다.

을 만날 방법을 당신이 알려줬으면 하오. 내일 같은 시각에 다시 오겠소."

그러고는 앞으로 걸어가 문을 열고 거리로 나왔다. 오른쪽으로 6미터쯤에서 웨이트리스가 직원 전용 출입구로 나왔다. 거의 동시였다. 예상치 못한 일이었다.

그녀가 인도 위에 멈춰 섰다.

자그마하고, 깜찍하고, 퇴근 중이다.

그녀가 말했다. "안녕하세요."

리처가 말했다. "친절한 서비스 다시 한번 고맙소. 즐거운 저녁 시간 보내시오."

그는 머릿속으로 시간을 재고 있었다.

그녀가 말했다. "손님도요. 팁 넉넉히 줘서 고마워요."

그녀가 2미터쯤 앞에서 약간 긴장한 채 발끝을 살짝 들고 그대로 있었다. 모든 종류의 보디 랭귀지가 이어지고 있었다.

그가 말했다. "내가 웨이트리스라면 어떤 종류의 팁을 좋아할까 생각하고 있었소."

"그거야 뻔하죠."

리처는 머릿속으로 시간을 재고 있었다. 두 가지가 곧 일어날 것이기 때문이다. 아무 일도 안 일어나거나 어떤 일이 일어나겠지. 아무 일도 안 일어날 수도 있다. 막심 트룰렌코의 이름이 그들에게 아무 의미도 없을 수 있기 때문이다. 또는 어떤 일이 일어날 수도 있다. 트룰렌코의 이름이 그들의 VIP 고객 명단 맨 위에 있을 수 있기 때문이다.

시간이 지나면 알 수 있을 것이다.

"경찰이 아니라면 뭐하는 분이세요?"

"일자리를 찾는 중이오."

트룰렌코의 이름이 명단에 있다면, 문 앞에 있던 남자가 취할 프로토콜은 즉시 전화하거나 문자를 보내는 것이겠지. 그런 다음 즉시 온 응답에서 지시하는 바에 따르든, 아니면 원래 프로토콜의 일부든 간에, 밖으로 나와서 나를 붙들거나 지체시킬 것이다. 적어도 자기 휴대폰으로 내 사진을 찍을 만큼 잠깐, 아니면 주변을 돌고 있던 감시조 또는 체포조가 나타날 때까지 오래. 차량을 다수 보유한 건 분명하다. 순찰하기에 그렇게 넓은 지역도 아니다. 조롱박 모양의 도시 절반 정도니까.

"안됐네요." 웨이트리스가 말했다. "조만간 찾으실 거예요."

"고맙소." 리처가 말했다.

안에 있는 남자가 전화하거나 문자를 주고받은 다음, 준비를 마치고 심호흡을 한 뒤 문밖으로 나오기까지는 40초쯤 걸릴 것이다. 그러면 그의 짐작이 들어맞은 것이다.

무슨 일이 일어난다는 말이다.

아무 일도 일어나지 않을 수도 있다.

웨이트리스가 물었다. "어떤 일을 하고 싶으세요?"

남자가 문을 닫고 나왔다.

리처는 경계석으로 이동해 몸을 돌려 대강 삼각형을 만들었다. 왼쪽에는 웨이트리스, 오른쪽에는 그 남자, 그리고 뒤쪽에는 빈 공간이었다.

남자는 리처를 쳐다보았지만, 말은 웨이트리스에게 했다.

그가 말했다. "당장 꺼져, 아가씨."

리처는 그녀를 힐끗 보았다.

그녀는 입 모양으로 무언가를 말했다. '내가 가는 방향을 잘 보세요'인 것 같았다. 그러고는 당장 꺼졌다. 말 그대로 당장은 아니었다. 그녀는 몸을 돌려서 빠른 걸음으로 길을 건넜다. 리처는 어깨 뒤로 그녀 쪽을 두 번 힐끗 돌아보았다. 아주 잠깐씩이었다. 두 번 돌아보는 간격은 길지 않았다. 영화의 프레임 같았다. 처음 돌아봤을 때 그녀는 이미 반 블록 떨어진 먼 인도에서 북쪽을 향해 발걸음을 재촉하고 있었다. 두 번째 돌아봤을 때는 완전히 사라지고 없었다. 그러면 출입구를 통과했을 것이다. 블록의 제일 끝으로 난.

오른쪽에 있는 남자가 말했다. "막심 트룰렌코와 만나게 해주려면 당신 이름을 알아야겠어. 그리고 그 전에 당신이 어떻게 그를 알게 되었는지 나에게 자세히 밝혀야 해. 그래야 그가 안심하니까."

"그 얘기는 언제 할 수 있소?" 리처가 물었다.

"지금 당장이라도." 남자가 말했다. "안으로 들어와. 커피 한잔 사지."

지연 전술이군. 리처는 생각했다. 체포조가 들이닥치기 전까지겠지. 그는 도로를 따라 왼쪽과 오른쪽을 쳐다보았다. 전조등은 없었다. 아무도 오고 있지 않다. 지금은.

그가 말했다. "고맙군. 하지만 방금 저녁을 먹어서 배가 다 찼소. 내일 다시 오지. 같은 시간쯤에."

남자는 휴대폰을 꺼냈다.

"그에게 사진을 보내야 해." 그가 말했다. "첫 단계야. 그래야 일이 빨라지지."

"사양하겠소." 리처가 말했다.

"막심을 어떻게 아는지 말해봐."

"모를 수가 있나. 이곳에서 한동안 유명했잖소."

"그에게 전할 메시지를 알려줘."

"직접 전해야 하오." 리처가 말했다.

남자는 대답하지 않았다. 리처는 도로를 확인했다. 양쪽 끝을. 아무도 오고 있지 않다. 아직은.

남자가 말했다. "당신이 그냥 떠나게 둘 수는 없어. 막심의 친구는 내 친구야. 하지만 당신이 막심의 지인이라면, 우리가 당신을 확인해봐야 한다는 것도 분명히 알고 있을 거야. 그에게 피해가 가기를 바라지 않을 테니까."

리처는 도로를 확인했다. 이제 무엇인가가 오고 있었다. 블록의 남동쪽 모퉁이 주변에서 한 쌍의 전조등 불빛이 통통 튀듯 흔들리며 최고 속도를 넘어 달려오고 있었다. 전조등은 미끄러지듯 움직이다 살짝 아래로 덜컹대더니 똑바로 자리 잡는 듯하다가 급가속 때문에 차 뒤쪽이 쾅 내려앉자 다시 위로 높이 덜컹댔다.

차는 그들 바로 앞으로 다가오고 있었다.

"또 보자고." 리처가 말했다. "그러길 바라겠소."

리처는 몸을 돌려 길을 건넌 다음, 차에서 먼 북쪽으로 향했다. 그리고 블록 북서쪽 모퉁이 근처에서 두 번째 차가 오고 있는 걸 보았다. 전조등 불빛이 똑같이 흔들리고 있었다. 다른 방향에서 오고 있었다. 마찬가지로 급가속이었다. 그가 있는 쪽으로 똑바로 오고 있었다. 차마다 두 사람씩 타고 있을 것이다. 적당한 숫자군. 그리고 그들의 반응 시간은 빨랐다. 일급 경계령을 내린 것이다. 트룰렌코가 중요하다는 의미였다. 그러므로 그들의 교전 규칙은 보통 때와는 다를 것이다.

바로 그 순간의 리처는 밝은 전조등으로 만들어진 샌드위치 안에 낀 고기 신세였다.

내가 가는 방향을 잘 보세요.

블록 끝에 있는 출입구.

그는 전조등 불빛을 피해 몸을 구부리며 돌렸다. 들쭉날쭉 움직이는 그림자 사이에서 갑자기 출입구들이 연이어 나타났다. 대부분은 어디에나 있는 소매점의 문이라, 영업을 끝낸 상점들이 그렇듯, 안쪽으로 먼지투성이의 어두운 잿빛 공간밖에 없었다. 문 중 몇 개는 나무로 튼튼하게 만들어졌다. 개인이 주거하는 곳 같았다. 하지만 모두 닫혀 있었다. 손톱만치도 열려 있는 곳이 없었다. 문틀 가장자리로 빛이 새어 나오는 곳도 없었다. 그는 북쪽으로 향했다. 웨이트리스가 북쪽으로 가고 있었기 때문이다. 그림자 속에서 문이 하나씩 더 나타났다. 하지만 아까와 똑같았다. 조용하고 잿빛이며 단단히 닫혀 있었다.

차들이 더 가까이 다가왔다. 차의 불빛은 더 환해졌다. 리처는 출입구를 찾는 걸 단념했다. 잘못 들었다고 생각했다. 아니면 그녀의 입 모양을 잘못 읽었거나. 바로 그 순간 그의 뇌가 두 남자는 남쪽에서, 두 남자는 북쪽에서 다가오는 게 포함된 시나리오를 살피기 시작했다. 분명 넷 다 무장하고 있을 것이다. 시내에 가까우니 산탄총은 아닐 것이고, 아마도 소음기가 장착된 권총뿐이겠지. 지역 경찰과 사실상 그렇게 합의했을 것이다. 시민들을 놀라게 해서는 안 된다. 하지만 그들의 두목을 실망시키지 않는 게 그 합의보다 더 우선이다.

차들이 속도를 늦추더니 멈춰 섰다.

리처는 한가운데 끼인 신세였다.

리처가 꼬마였을 때부터 깊이 새기고 있는 규칙 하나가 있다. 그가 겁먹을 수도, 남을 겁먹게 할 수도 있다는 것을 처음으로 깨달았을 때부터 새긴 규칙. 위험에서 도망치는 게 아니라 위험 속으로 달려들어라. 이 순간에 그는 그 원칙에 따라 앞쪽과 뒤쪽 중 하나를 선택할 수 있었다. 그는 앞쪽을 선택했다. 이미 북쪽으로 가던 차였다. 그는 발걸음을 멈추지 않았다. 가속을 줄이지도 않았다. 더 빠르고 힘차게 발걸음을 옮겼다. 앞과 뒤에서 불빛이 빛나고 있었다. 그는 계속 걸어갔다. 본능적이지만 정통적인 전략. 이런 암울한 상황에서 최대한의 타당성을 가지는. 최악의 상황에서 만들 수 있는 최선이었다. 그는 적어도 상황을 뒤틀고는 있었다. 먹물들이라면 전투 공간의 전환이라고 부르겠지. 앞쪽에 있는 놈들은 그가 가까이 다가설수록 압박감이 더해짐을 느낄 것이다. 뒤쪽에 있는 놈들은 총의 사거리가 멀어질 것이다. 두 상황 모두 효율성을 떨어뜨린다. 약간의 운만 있다면 효율성은 결국 50퍼센트 이하로 떨어질 것이다. 뒤쪽에 있는 놈들은 팀킬이 걱정될 것이다. 앞쪽에 있는 동료들이 표적 바로 옆에 있으니까.

뒤쪽에 있는 놈들은 제 발로 싸움에서 빠지게 될 것이다.

최악의 상황에서 최선의 결과를 낸다.

리처는 앞쪽으로 서둘러 달려갔다.

차 문이 열리는 소리가 들렸다.

달려가면서 그는 왼쪽에 있는 소매점들의 문이 전조등의 그림자 속에서 하나씩 튀어나왔다가 들어가는 걸 보았다. 전부 똑같았고 단단히 닫혀 있었다. 하나는 그렇지 않았다. 출입구가 아니었기 때문이었다. 골목이었다. 오른쪽에는 경계석이 이어져 있었다. 하지만 왼쪽에는 건물들 사이로 2미터 정도의 어두운 틈이 있었는데, 일반 인도와 똑같이 포장된 길이 나있었다. 일종의 보행자 지름길이었다. 공공 통로다. 어디로 이어지는 것일까? 리처는 개의치 않았다. 통로는 어두웠다. 어디로 이어질지는 몰라도, 양쪽에서 마주 보는 네 개의 전조등이 환하게 밝히고 있는 텅 빈 도로보다 훨씬 나은 곳이라는 건 장담할 수 있다.

그는 몸을 수그리며 골목 안으로 들어섰다.

서둘러 달려갔다. 건물들 사이로 깊이 들어가자 골목이 넓어지면서 좁은 길로 이어졌다. 아직도 컴컴했다. 뒤에서 계속 발소리가 다가오고 있었다. 그는 건물들 가까이에 그대로 서 있었다. 그림자가 가장 어두운 곳이었다.

앞쪽의 어둠 속에서 문이 열렸다.

손 하나가 그의 팔을 잡더니 안으로 끌어당겼다.

14

문은 다시 살며시 닫혔다. 그리고 3초 뒤, 밖에서 요란한 발걸음 소리가 들렸다. 느리고 경계하는 듯한 달음질이었다. 그러고는 다시 침묵이 찾아왔다. 리처의 팔을 잡은 손이 어둠 속으로 그를 더 깊이 당겼다. 작은 손가락이었지만 힘이 있었다. 그들은 다른 공간으로 들어섰다. 소리가 달랐다. 냄새가 달랐다. 다른 방이었다. 리처는 전등 스위치를 찾아 벽을 더듬는 손가락 끝의 소리를 들었다.

불이 들어왔다.

그는 눈을 깜빡였다.

웨이트리스였다.

내가 가는 방향을 잘 보세요.

출입구가 아니라 골목이었다. 아니면 출입구로 이어지는 골목이었다. 살짝 열려 있는 문이 달린, 출입구로 이어지는 골목.

"여기 사시오?" 그가 물었다.

"네." 그녀가 말했다.

아직 일할 때 입고 있던 옷차림이었다. 검은색 데님 바지, 검은색 와이셔츠. 작고 깜찍했다. 짧은 머리카락은 어두운색이었다. 눈은 걱정으로 가득 차 있었다.

"고맙소." 리처가 말했다. "안으로 들여보내줘서."

"내가 어떤 종류의 팁을 좋아할지 생각해봤어요." 그녀가 말했다. "내가 낯선 사람인데 문지기가 곁눈질하고 있다면 말이죠."

"그가 그랬소?"

"당신이 뭔가 자극한 게 분명해요."

리처는 대답하지 않았다. 그들이 있는 방은 아늑했다. 벽지는 부드러운 색이었다. 낡고 편안한 세간으로 가득 차 있었다. 어떤 것들은 전당포에서 산 것 같았다. 깨끗하고 수리가 잘되어 있었다. 오래된 공장에서 나온 부품들로 연결해 놓은 것들도 있었다. 낡은 기계에서 떼어낸 틀이 커피 테이블을 받치고 있었다. 책장 역할을 하는 것도 있었다. 그런 것들이 많았다. 이른바 용도 변경 재활용이었다. 잡지에서 읽은 적이 있다. 리처는 그 스타일이 좋았다. 결과도 마음에 들었다. 멋진 방이었다. 머릿속에서 목소리가 들렸다. 이 방에 무슨 일이 일어나서는 안 돼.

"당신은 그들 밑에서 일하잖소." 그가 말했다. "나에게 피난처를 주면 안 될 텐데."

"그들 밑에서 일하지 않아요." 그녀가 말했다. "바 사장님 부부 밑에서 일해요. 문에 있는 남자는 사업에 따른 비용이에요. 어디서 일하든 마찬가지죠."

"그자는 당신을 부릴 수 있다고 생각하는 것 같더군."

"그자들은 다 그래요. 당신을 안으로 들인 건 조금이나마 앙갚음하는 거죠."

"고맙소." 그가 다시 말했다.

"천만에요."

"잭 리처요." 그가 말했다. "만나서 반갑소."

"애비게일 깁슨이에요." 그녀가 말했다. "다들 애비라고 부르죠."

"리처라고 부르시오."

그녀가 말했다. "만나서 정말 기뻐요, 리처."

그들은 꽤 정중하게 악수했다. 작은 손가락이었지만 힘이 있었다.

그가 말했다. "의도적으로 자극한 거요. 그자들이 어떤 것에 얼마나 빨리, 그리고 강하게 반응하는지 보려고 했소."

"그게 뭐죠?"

"막심 트룰렌코라는 이름이오. 들어본 적 있소?"

"물론이죠." 애비가 말했다. "얼마 전에 파산했잖아요. 닷컴 버블이 터져서 그렇게 됐다고. 여기서 한동안 유명했죠."

"그자를 찾고 싶소."

"왜죠?"

"그자는 사람들에게 빚이 있소."

"수금 대행인이세요? 구직 중이라고 하셨잖아요?"

"공익 활동이오." 리처가 말했다. "임시로 하는 거요. 아는 노부부를 위해서. 지금까지는 탐색 단계일 뿐이오. 슬쩍 건드려만 보는 거지."

"그자가 빚을 졌다고 해도 별 의미 없잖아요. 가진 게 없어요. 파산했으니까요."

"몰래 챙겨둔 돈이 있다는 얘기를 들었소."

"그런 얘기는 언제나 돌죠."

"이 경우에는 맞는 얘기 같소. 순수하게 논리적으로 봐도 그렇고. 그자가 파산했다면 지금쯤은 사람들 눈에 띄어야 하오. 하지만 아직도 자취를 감추고 있지. 그러니 파산했을 리가 없소. 지금까지 그자가 자취를 감출 수 있는 건 우크라이나인들에게 숨겨 달라고 돈을 줬기 때문일 거요. 그러려면 자금이 필요할 테고. 그러니 아직 돈을 가지고 있는 거지. 그자를 찾아내면 남은 돈이 있을 거요."

"당신이 말한 노부부에게 줄 돈 말이군요."

"그분들에게 필요한 돈 전부가 남아 있어야 할 텐데."

"남의 눈에 띄지 않으려면 파산하지 않는 방법밖에 없다." 그녀가 말했다. "포춘 쿠키에서 나오는 메시지처럼 들리네요. 하지만 그자들이 오늘 밤 그게 사실이라고 증명해준 것 같아요."

리처는 고개를 끄덕였다.

"차 두 대에," 리처가 말했다. "네 놈이 왔소. 그자가 상당한 가치가 있다는 뜻이지."

"그자들을 방해하면 안 돼요." 애비가 말했다. "어떤 사람들인지 가까이에서 봐 왔어요."

"당신은 이미 그들을 방해하고 있소. 나에게 문을 열어줬으니까."

"그들은 절대 모를 거예요. 여긴 문이 백 개가 넘으니까요."

그가 말했다. "왜 문을 열어줬소?"

"아시잖아요." 그녀가 말했다.

"그자들이 그저 화기애애한 대화를 원했을 수도 있잖소."

"아닌 것 같던데요."

"심각한 이야기만 오갔을 수도 있겠군."

그녀는 대답하지 않았다.

"당신은 그들이 그보다 더 나쁜 걸 원한다는 사실을 알고 있었소." 그가 말했다. "그래서 문을 열어준 거요."

"그들을 가까이서 봐 왔으니까요." 그녀가 다시 말했다.

"어떻게 했을 것 같소?"

"그자들은 자기네 사업에 누군가가 끼어드는 걸 좋아하지 않아요." 그녀가 말했다. "당신을 엉망으로 만들어놨을 거예요."

"전에도 그런 일을 본 적이 있소?"

대답이 없었다.

"어쨌든," 리처가 말했다. "다시 한번 고맙소."

"필요한 거 있으세요?"

"가봐야겠소. 이미 충분히 신세를 진 것 같군. 난 호텔 방을 잡아뒀소."

"어디에요?"

그가 알려주었다. 그녀는 고개를 저었다.

"거기는 중앙로 서쪽이에요." 그녀가 말했다. "놈들이 감시하고 있어요. 이미 당신의 인상착의를 문자로 쫙 돌렸을 거예요."

"아주 심각한 상황이군."

"말했잖아요." 그녀가 말했다. "자기네 사업에 누가 끼어드는 걸 좋아하지 않는다고."

"거기에는 몇 놈이나 있소?"

"아주 많아요." 그녀가 말했다. "커피 내릴 건데 드시겠어요?"

"좋소."

그녀는 부엌으로 안내했다. 작고 뭔가 부조화스러운 면이 있었지만 깨끗하고 잘 정돈되어 있었다. 집에 온 것 같았다. 그녀는 금속 필터에서 오래된 커피 찌꺼기를 두드려 빼내고는 커피포트를 씻었다. 그리고 커피를 내리기 시작했다. 커피포트가 트림 소리를 내며 꾸루룩거리더니 방 안을 풍부한 향기로 채웠다.

"커피 마신다고 잠을 못 자거나 하지는 않는 것 같군."

"지금은 나한테는 저녁 시간이에요." 그녀가 말했다. "해가 뜨면 잠자리에 들죠. 그러고는 온종일 자는 거예요."

"말이 되는군."

그녀는 벽에 있는 찬장을 열고 머그잔 두 개를 내려놓았다.

"샤워해야겠어요." 그녀가 말했다. "커피가 다 내려지면 먼저 마셔요."

잠시 후 물소리가, 그다음에는 헤어드라이어의 부드러운 윙윙거림이 들렸다. 커피머신이 딸랑거리며 푸푸 소리를 냈다. 푸푸 소리가 그치는 순간 애비가 돌아왔다. 분홍빛 피부가 촉촉했고 비누 냄새가 났다. 그녀는 무릎까지 내려오는 옷을 입고 있었다. 남자 와이셔츠처럼 보였지만 더 길고 얇았다. 안에는 별로 많이 걸치지 않았을 것이다. 당연히 맨발이었다. 퇴근 후 복장이었다. 집에서 보내는 아늑한 저녁이다. 그들은 커피를 따른 머그잔을 들고 거실로 돌아왔다.

"내 질문에 답을 하지 않았어요." 그녀가 말했다. "말할 새도 없었던 것 같지만."

"어떤 질문 말이오?" 그가 말했다.

"어떤 일을 하고 싶은가요?"

리처는 대답으로 자신의 인생 내력을 들려주었다. 처음에는 이해하기 쉬웠지만, 뒤로 갈수록 더 어려워졌다. 아버지가 해병이었고, 어렸을 때 열다섯 번이나 이사했으며, 웨스트포인트를 졸업하고 백여 곳이 넘는 근무지에서 헌병으로 일했다. 냉전이 끝나면서 군축이 이루어짐에 따라 갑작스레 전역해 민간인이 되었다. 간단한 이야기였다. 그다음에는 방랑 생활이 이어졌는데 그렇게 간단한 이야기는 아니었다. 직장도 집도 없고 한 곳에 정착하지 않는다, 언제나 떠돌아다닌다, 옷가지만 걸친 채로, 특별히 가야 할 곳도 없었고 시간은 넘쳐나서 어디든 갈 수 있었다. 어떤 사람들은 이해하기 어려운 이야기였다. 하지만 애비는 알아들은 것 같았다. 보통 사람들이 던지는 어리석은 질문을 하지 않았다.

애비의 이야기는 더 짧았다. 더 젊기 때문이다. 미시간의 교외에서 태어나 캘리포니아의 교외에서 자랐고 책과 철학과 연극과 음악과 춤과 실험과 행위예술을 사랑했다, 대학생 때 시내로 이사 와서 죽 살고 있다, 한 달 동안 임시로 하기로 한 웨이트리스 일이 10년째 이어졌다. 서른두 살이었다. 보기보다 나이가 많았다. 그녀는 행복하다고 말했다.

그들은 부엌을 오가며 커피를 리필했고, 마지막에는 소파의 양쪽 끝에 마주 보고 앉았다. 리처는 편안하게 몸을 쭉 펴고 앉았고 애비는 책상다리를 하고 앉았다. 셔츠 드레스 끝부분이 맨살 무릎 사이에 얌전히 밀어 넣어졌다. 리처는 철학이나 연극이나 춤이나 실험이나 행위예술에 대해서는 잘 알지 못했지만, 시간이 될 때는 책을 읽고 음악을 듣곤 했다. 그래서 이야기에 장단을 맞출 수 있었다. 이야기 중에 그들이 같은 책을 읽은 적이 있다는 사실을 계속 알게 되었다. 음악도 그랬다. 그녀는 자신이 복고 취향이라고 했다. 그는 어제 일 같다고 말했다. 둘은 웃음을 터뜨렸다.

새벽 2시가 되었다. 그는 알바니아인 호텔에 방을 잡을 수 있겠다고 생각했다. 동쪽으로 한 블록 가면 된다. 괜찮았다. 이미 해치웠던 두 놈 정도의 쓰레기들은 문제없었다. 프런트 데스크에서 5분을 낭비해야 하는 게 짜증스러웠다. 또 반복하고 싶지 않았다.

애비가 말했다. "괜찮으시면 여기서 주무셔도 돼요."

그녀의 셔츠 드레스 앞섶 단추가 아까보다 하나 더 풀린 걸 확실히 알수 있었다. 그는 이 문제에 대한 자신의 판단을 믿어도 된다고 느꼈다. 그는 주의 깊은 사람이었다. 벌어진 앞섶을 아까도 여러 차례 보았다. 아주매혹적이었다. 하지만 더 벌어진 앞섶이 더 좋았다.

그가 말했다. "손님 방이 없는 것 같던데."

그녀가 말했다. "네, 없어요."

"라이프스타일 실험이오?"

"무엇에 반대하는 실험일까요?"

"일반적인 관습."

"관습과 실험을 섞어보는 거예요."

"나도 찬성이오." 리처가 말했다.

15

디노의 부하 둘이 밤새 행방불명이었다. 주류 판매점 이후 그들의 행적이 묘연했다. 휴대폰은 꺼져 있었다. 차를 본 사람도 없었다. 허공 속으로 사라졌다. 불가능한 일이었다. 하지만 여전히 아무도 디노를 깨우지 않았다. 대신 소규모의 수색이 있었다. 가능성 있는 동네마다 죄다 뒤졌다. 성과는 없었다. 둘은 여전히 행방불명이었다. 아침 7시가 되어서야, 자신들의 구역 옆 마당에서 한 남자가 지게차로 목재를 쌓으며 후진하던 중에 마지막 남은 가로 3미터, 세로 60센티미터의 삼나무 목재 뒤편에서 실종자들을 발견했다.

그제야 그들은 디노를 깨웠다.

옆 마당은 하청업자가 접근하지 못하게 2.5미터 높이의 철조망으로 차단되어 있었다. 두 부하는 철조망 꼭대기에 거꾸로 매달려 있었다. 배가 갈려 있었다. 중력 때문에 내장이 가슴, 얼굴, 땅 위로 쏟아져 내려와 있었다. 다행히도 사후에. 둘 다 총상으로 박살이 났다. 부하 하나의 머리는 거의 다 날아갔다.

차에 관한 소식은 없었다. 흔적도 전혀 없었다.

디노는 뒤쪽 사무실로 회의를 소집했다. 처참한 시체가 발견된 장소에서 불과 45미터 떨어진 곳이었다. 전쟁에 나선 장군이 현장을 살펴보는

132

듯했다.

그가 말했다. "그레고리가 미친 게 분명하다. 원래 피해자는 우리야. 불리한 결과도 감수했다. 그런데 둘을 넷으로 갚으면서 계속 이런다고? 개수작이다. 얼마나 더 밀어붙이려고 이러지? 대체 무슨 생각으로?"

"그런데 왜 이렇게 끔찍한 짓을 했을까요?" 오른팔이 말했다. "왜 내장을 전부 쏟아져나오게 연출했을까요? 분명 그게 이 일의 핵심입니다."

"그래?"

"네, 쓸데없는 짓입니다. 불필요했어요. 우리에게 미친 듯이 화가 난 것처럼 보입니다. 어떤 일에 대한 복수처럼요. 마치 우리가 놈들보다 더 나은 걸 차지했다는 듯이."

"그렇지 않잖아."

"우리가 모르는 무언가가 있겠죠. 어쩌면 우리가 실제로 그들보다 우위를 점했는데 아직 그걸 파악하지 못한 것일 수도 있습니다."

"도대체 그게 뭐야?"

"아직 모릅니다. 그게 문제죠."

"우리가 얻어낸 건 식당가 블록뿐이잖나."

"어떤 면에서는 그게 더 특별할 수 있습니다. 알짜배기일 수 있죠. 사람들에게 접근하기가 더 수월해질 수 있으니까요. 거물들은 다 거기서 식사합니다. 부인과 함께. 달리 어디로 가겠습니까?"

디노는 대답하지 않았다.

오른팔이 말했다. "그게 아니면 왜 그렇게 뚜껑이 열렸겠습니까?"

디노는 여전히 답이 없었다.

그러다가 입을 열었다. "네 말이 맞을 수도 있다. 식당가가 사채업보다

가치가 있을 수 있지. 정말 그러기를 바라고. 우리는 운이 좋았고 놈들은 땅을 쳤을 거야. 그래도 둘을 넷으로 갚는 건 개수작이다. 그냥 둘 수 없어. 명령을 내려라. 해가 질 때까지 동점을 만들라고."

리처는 아침 8시에 일어났다. 따뜻하고, 편안하고, 평화로웠다. 몸 일부는 아직 곤히 자는 애비와 얽혀 있었다. 옆에 누운 그녀는 자그마했다. 그보다 30센티미터는 작았고 몸무게는 절반도 안 됐다. 잠든 그녀는 뼈가 없는 듯 부드러웠다. 움직일 때의 그녀는 단단하면서도 유연하고 힘이 있었다. 그리고 확실히 실험적이었다. 행위가 예술이었다. 그건 확실했다. 그는 행운아였다. 리처는 심호흡하고 낯선 천장을 올려다보았다. 회반죽에는 강의 물줄기들처럼 균열이 있었고, 아문 흉터처럼 여러 차례 덧칠되어 있었다.

리처는 부드럽게 몸을 빼고 침대에서 미끄러지듯 나와 알몸으로 조용히 욕실로 갔다. 그다음에는 부엌으로 가 커피를 내렸다. 다시 욕실로 가 샤워하고 나서 거실에 여기저기 흩어진 옷을 모아 입었다. 찬장에서 세 번째 머그잔을 꺼내 그날의 첫 번째 커피를 따랐다. 창가의 작은 테이블에 앉았다. 하늘은 파랗고 해는 떠 있었다. 아름다운 아침이었다. 희미한 소리가 들렸다. 차량 소리와 사람 목소리였다. 출근하는 사람들이 분주하게 발걸음을 옮기며 하루를 시작하고 있었다.

그는 일어나 커피를 다시 채운 다음 돌아와 다시 앉았다. 1분 뒤 애비가 알몸으로 하품을 하고 몸을 쭉 뻗으며 미소를 띠며 들어왔다. 그녀는 커피를 들고 조용히 부엌을 지나 그의 무릎 위에 앉았다. 알몸이고 부드럽고 따뜻하고 연약했다. 이럴 때 남자가 할 일은 분명하다. 1분 뒤 그들은 다시 침대로 돌아갔다. 처음 할 때보다 훨씬 좋았다. 온갖 실험을 다 했다. 20분 모두가 완벽 그 자체였다. 끝나자 그들은 녹초가 되어 숨을 몰아쉬며 헐떡였다. 나이 든 남자치고는 나쁘지 않았다고 그는 생각했다. 그녀는 기진맥진해 거칠게 숨을 쉬며 그의 가슴에 안겼다. 그녀의 몸에서 힘이 빠지는 게 느껴졌다. 일종의 뼛속 깊은 동물적 만족감이었다. 하지만 다른 것도 있었다. 더 있었다. 그녀는 안심했다. 따뜻하고 보호받는 느낌이었다. 그녀는 느긋하게 그 느낌을 즐겼다. 그렇게 느끼고 있다는 사실을 스스로 축하하고 있었다.

"어젯밤에," 그가 말했다. "바에서 내가 문지기에 관해 물어봤을 때, 당신은 나보고 경찰이냐고 물었소."

"당신은 경찰이에요."

"경찰이었지." 그가 말했다.

"첫인상이 경찰에 가까웠어요. 절대 사라지지 않을 인상이죠."

"내가 경찰이었으면 했소? 그러길 바랐소?"

"내가 왜요?"

"문지기 때문이지. 내가 그자에 대해 뭔가 할 수 있겠다고 생각했을 수도 있잖소."

"아니요." 그녀가 말했다. "그런 바람은 시간 낭비예요. 경찰은 그 사람들을 건드리지 않았어요. 절대로요. 너무 번거로워지니까요. 너무 많은 돈이 오갔어요. 경찰은 그자들에게 손가락 하나도 못 대요. 내 말 믿어요."

그녀의 목소리에는 오랜 실망감이 있었다.

그는 시험 삼아 물었다. "내가 그자에게 뭔가 손을 썼으면 좋겠소?"

그녀가 더 단단히 안겨 왔다. 무의식적 행동이라고 그는 생각했다. 그가 한 말이 가지는 의미를 아는 것이다.

그녀가 말했다. "문에 있던 그 남자요?"

"그는 내 앞쪽에 있던 놈들 중 하나였소."

그녀는 잠시 말을 멈췄다.

"네." 그녀가 말했다. "그랬으면 좋겠어요."

"그자를 어떻게 해 줬으면 좋겠소?"

그녀의 몸이 경직되는 게 느껴졌다.

그녀가 말했다. "박살 내줬으면 좋겠어요."

"완전히?"

"가루가 되도록."

"왜 그자를 싫어하지?"

그녀는 대답하지 않았다.

1분 후 그가 말했다. "어젯밤에 당신이 말한 것 중에 뭔가가 있었소. 내 인상착의가 적힌 문자가 뿌려졌을 거라고 했던 말."

"당신을 놓쳤다는 걸 알게 되자마자요."

"호텔 같은 곳에 말이지."

"모든 사람에게요. 그게 그들의 방법이에요. 자동 시스템이 있어요. 기술에 아주 능하죠. 최첨단 컴퓨터 장비를 보유했어요. 늘 새로운 신용 사기를 시도해요. 모든 곳에 수배 전단을 보내는 건 그에 비하면 쉽죠."

"말 그대로 모든 사람에게 동시에 경계경보가 가는 거요?"

"특별히 생각하는 사람이 있어요?"

"다른 분야에 있는 사람에게도 갔을 가능성이 있겠군. 사채업자 같은."

"그게 문제가 되나요?"

"그자가 내 사진을 가지고 있소. 얼굴을 클로즈업해서 찍었지. 인상착의에 대한 설명을 들으면 금방 알게 될 거요. 그리고 내 사진을 문자로 뿌리겠지."

그녀가 더 가까이 안겨 왔다. 몸에는 다시 힘을 뺐다.

"별문제 아니에요." 그녀가 말했다. "그들은 모두 당신을 찾고 있어요. 당신의 인상착의만으로 충분하고도 남아요. 얼굴 사진을 더해봐야 별 차이 없어요. 멀리서 보면요."

"그게 문제가 아니오."

"그럼요?"

"사채업자는 내 이름이 애런 셰빅이라고 생각하오."

"왜요?"

"내가 말했던 노부부 이름이 셰빅이오. 그들을 위해 내가 몇 가지 일을 했소. 당시에는 좋은 아이디어 같았지. 하지만 이제 틀린 이름이 퍼졌소. 주소를 찾아낼 수 있겠지. 그놈들이 나를 찾아서 셰빅 부부 집에 나타나기를 바라지 않소. 온갖 종류의 불쾌한 일을 당하게 될 테니까. 셰빅 부부는 이미 충분히 고생했소."

"그분들은 어디 사는데요?"

"시 동쪽 경계선으로 가는 중간쯤. 전후에 개발된 오래된 주택 단지지."

"거기는 알바니아인 구역이에요. 우크라이나인들은 보통 거기 가지 않아요."

"놈들은 이미 알바니아인들이 사채업을 하는 바를 접수했소." 리처가 말했다. "중앙로의 동쪽 끝에 있는. 전선은 이미 변하고 있소."

애비는 그의 가슴에서 졸린 듯 고개를 끄덕였다.

"거기 알아요." 그녀가 말했다. "그들은 전쟁하지 않기로 합의했어요. 새 경찰청장 때문이죠. 하지만 온갖 일이 벌어질 것 같네요."

그런 다음 그녀는 심호흡하고 잠시 숨을 멈췄다. 그리고 일어나 앉더니 잠을 깨려는 듯 몸을 흔들며 말했다. "지금 가야 해요."

"어디로?" 리처가 물었다.

"가서 그 노부부가 무사한지 확인해야죠."

애비에게는 차가 있었다. 한 블록 건너 차고에 주차되어 있었다. 흰색 토요타 소형 세단이었다. 수동이었고 휠캡은 없었다. 펜더 하나는 케이블 타이로 붙들어 매고 있었다. 앞유리창에 금이 하나 가 있어서 앞쪽의 시야는 마치 두 장면이 겹쳐 보이는 것 같았다. 하지만 시동이 걸리자 바퀴가 움직였고 브레이크도 작동했다. 차창은 선팅하지 않은 일반 유리였다. 리처는 비좁은 차내에 끼어 앉은 자기 얼굴이, 밖에서 확연하게 보일 정도로 차창에 너무 가까이 있다고 느꼈다. 그는 포드 중고차매장에 처박았고, 전날 밤에 도로 북쪽과 남쪽에서 그를 향해 다가오던 그런 타운카가 보이는지 경계하며 살폈다. 하지만 하나도 보이지 않았다. 길모퉁이에서 어슬렁거리며 감시하는, 검은색 정장에 창백한 얼굴을 한 남자들도 보이지 않았다.

그들은 그가 걸어왔던 것과 똑같은 경로로 차를 몰았다. 버스 터미널을 지나, 네온 불빛을 통과해 좁은 도로로 들어섰다가 바를 지나 다시 더 넓은 공간으로 나왔다. 간이식당이 딸린 주유소가 앞에 있었다.

"저기 세워요." 리처가 말했다. "음식을 좀 사 가야 하오."

"그분들이 괜찮아할까요?"

"안 될 게 뭐 있겠소? 그분들도 식사는 해야 할 텐데."

그녀는 차를 세웠다. 메뉴는 똑같았다. 치킨 샐러드 아니면 참치 샐러드. 그는 메뉴별로 두 개씩에 감자튀김과 소다수를 샀다. 가루 커피가 든 깡통 하나도 추가했다. 식사는 안 해도 된다. 하지만 커피를 안 마시는 건 완전히 다른 문제다.

그들은 주택 단지 안으로 차를 몰았다. 좁은 우회전 길을 돌아 막다른 골목 중앙에 가까운 쪽으로 향했다. 장미꽃 봉오리가 삐져나와 있는 말뚝 울타리 옆에 차를 세웠다.

"이 집인가요?"

"지금은 은행에 넘어갔지만." 리처가 말했다.

"막심 트룰렌코 때문에?"

"그리고 선의에서 나온 몇 가지 실수 때문이지."

"은행으로부터 집을 되찾을 수 있을까요?"

"나는 그런 일은 잘 모르오. 하지만 그러지 못할 이유가 없지. 돈과 자산은 이리 갔다 저리 갔다 하니까. 사고파는 거요. 은행이 그런 일을 굳이 마다할 이유가 있겠소? 어떻게든 이익을 얻을 방법을 찾아내겠지."

그들은 좁은 콘크리트 진입로를 걸어 올라갔다. 도착하기도 전에 문이 열렸다. 애런 셰빅이 서 있었다. 걱정 가득한 얼굴이었다.

"마리아가 사라졌소." 그가 말했다. "어디에서도 찾을 수가 없소."

16

애런 셰빅은 옛적에는 잘나가던 기계 기술자였을지 몰라도 지금 증인 으로서는 별 쓸모가 없었다. 그는 밖에서 나는 차 소리를 듣지 못했다고 했다. 도로에서 차를 보지도 못했다. 부부는 아침 7시에 일어났고 8시에 간소하게 요기를 했다. 그리고 셰빅은 나중에 아침으로 먹을 1리터짜리 우유를 사러 편의점에 갔다. 집에 돌아와 보니 마리아가 온데간데없었다.

"편의점 다녀오는 데 얼마나 걸렸습니까?" 리처가 물었다.

"20분 정도." 셰빅이 말했다. "더 걸렸을지도 모르오. 아직 빨리 걸을 수 가 없어서."

"집은 다 뒤져 보셨습니까?"

"마리아가 어디 넘어진 줄 알았소. 하지만 아니더군. 마당에도 없었소. 그러니 외출했는지도 모르겠소. 아니면 누가 끌고 갔든가."

"외출부터 시작해보죠. 부인이 코트를 입고 갔습니까?"

"코트를 입을 필요가 없어요." 애비가 말했다. "따뜻하니까요. 이 질문 이 더 나을 거예요. 부인께서 지갑을 갖고 가셨나요?"

셰빅은 그가 일상적인 장소라고 부르는 곳들을 찾아보았다. 네 군데였 다. 부엌 조리대, 정문을 마주 보는 현관 복도에 있는 벤치, 우산도 걸 수 있는 벽장의 코트 옷걸이, 그리고 마지막으로 마리아의 안락의자 옆에 있는 거실 바닥이었다.

지갑은 없었다.

"좋습니다." 리처가 말했다. "괜찮은 신호입니다. 부인께서 자기 의사에 따라 제 발로 나갔을 가능성이 아주 크다는 의미입니다. 협박받아 공황 상태에 빠진 게 아니라 정상적인 방법으로요."

셰빅이 말했다. "지갑을 다른 데 뒀을 수도 있소." 그는 무기력하게 사방을 둘러보았다. 작은 집이기는 해도 숨길 곳은 수없이 많다.

"긍정적인 면을 봅시다." 리처가 말했다. "마리아는 지갑을 집어 들어 팔꿈치에 끼고 길을 따라 나갔습니다."

"아니면 그들이 차에 던져넣었을 수도 있소. 지갑을 챙기라고 강요했을 수도 있고. 그게 우리에게 어떻게 보일지 알았겠지. 우리를 헛갈리게 하려는 거요."

"제 생각엔 부인이 전당포에 가신 것 같습니다." 리처가 말했다.

셰빅은 한참 동안 말이 없었다. 그러더니 잠깐 기다려보라는 듯 손가락을 쳐들었다가 다리를 절며 침실 쪽 복도로 갔다. 그러고는 1분 뒤 오래된 구두 상자를 든 채 절룩거리며 돌아왔다. 상자 위에는 색바랜 파스텔 핑크와 흰색 줄무늬가 있었다. 짧은 쪽에는 흑백으로 된 제조사 레이블이 붙어 있었다. 끈 달린 두툼한 여성용 고급 구두가 라인 드로잉으로 그려져 있었고, 신발 사이즈(4였다)와 가격(4달러가 조금 안 됐다)이 표시되어 있었다. 마리아 셰빅이 결혼할 때 산 구두일 것이다.

"가보로 간직해온 보석들이오." 셰빅이 말했다.

그가 뚜껑을 열었다. 상자는 텅 비었다. 반 돈짜리 금으로 된 결혼반지도, 다이아몬드 반지도, 유리에 금이 간 금장 손목시계도 없었다.

"부인을 모시러 가야겠어요." 애비가 말했다. "그렇지 않으면 슬퍼하면서 걸어오시게 될 테니까요."

범죄 조직의 전통적인 수입원은 사채, 마약, 매춘, 도박, 그리고 보호비 갈취다. 우크라이나인들은 도시 절반에서 이 수입원들을 아주 능수능란하고 대담하게 운영해 왔다. 마약은 어느 때보다 짭짤했다. 대마초는 한물간 지 오래였다. 합법화되는 지역들이 점차 많아졌기 때문이다. 하지만 필로폰과 마약성 진통제 옥시코돈에 대한 폭발적인 수요는 대마초의 손해를 메꾸고도 남았다. 수익은 천정부지였다. 서쪽 경계선부터 중앙로까지 도시 내에서 팔리는 모든 멕시코산 헤로인에 대한 로열티 덕분에 더 높아졌다. 1그램마다 로열티를 받았다. 그레고리의 대 히트작이었다. 그는 직접 협상에 나섰다. 멕시코 갱들은 악명 높은 야만인이었고, 그들을 누르려면 큰 희생이 필요했다. 하지만 밀어붙였다. 길모퉁이에서 마약을 팔던 멕시코 갱 둘이 배가 갈리고 내장이 쏟아진 채 거꾸로 매달린 게 결정타였다. 불행히도 죽기 전에 배가 갈렸다. 그때부터 멕시코 갱들은 희생자가 더 나올까 겁먹기 시작했다. 길거리 마약상은 대단한 놈들이 아니었다. 총에 맞는 정도는 넘길 수 있을지 모른다. 하지만 산 채로 목부터 사타구니까지 갈린 채 거꾸로 매달리는 위험을 감수할 정도는 아니었다. 그래서 로열티 협정이 맺어졌다. 모두가 만족했다.

매춘도 잘 돌아갔다. 대부분은 그레고리가 '타고난 장점'이라고 생각하는 것들 때문이었다. 우크라이나 여자들은 아주 예뻤다. 키가 크고 늘씬한데다 금발이었다. 고향에서는 미래가 없는 여자들이었다. 우크라이나에서는 밑바닥에서 평생을 보낼 수밖에 없었다. 명품 옷도, 고층 아파트도, 벤츠도 가망이 없었다. 그녀들은 그 사실을 알았다. 그래서 기꺼이 미국에 왔다. 서류 작업이 복잡하고 절차에 드는 비용이 많다는 사실도 이해했다. 브로커들이 선불로 내준 비용을 최대한 빨리 갚아야 한다는 것을 알고 있었다. 그리고 그 돈을 갚은 뒤에야 자신들이 바라는 멋진 옷과 고층 아파트, 벤츠가 포함된 화려한 생활을 누릴 수 있는 다음 단계로 나아갈 수 있다는 것도 당연했다. 그들은 곧 이 모두를 얻게 되리라는 얘기를 들었다. 하지만 처음에는 단기 일자리밖에 없다고 했다. 그걸 거친 다음에야 이 모든 빛나는 기회에 접근할 수 있다고 들었다. 하지만 걱정할 필요는 없다. 이미 제대로 자리 잡은 시스템이 있다. 잘 조직되어 있다. 재미있고 사교적인 일이다. 그저 사람들과 어울리기만 하면 된다. 홍보 비슷하다. 그 일을 즐길 것이다. 운 좋으면 괜찮은 남자를 만날 수도 있다.

그녀들은 도착 즉시 등급이 매겨졌다. 외모가 떨어지는 여자는 하나도 없었는데도 그랬다. 그레고리는 선택의 폭이 넓었다. 이민을 오려는 여자들은 줄을 섰다. 전부 산뜻하고 완벽하고 향기로운 여자들이었다. 최고 등급을 받는 건 놀랍게도 가장 어린 여자들이 아니었다. 시장에서 최고가가 매겨지지 않았다. 물론 자기 손녀보다도 어린 여자들과 재미를 보려는 남자들은 넘쳐났다. 하지만 경험상 정말 큰 부자들은 그런 종류의 극단적인 취향을 다소 뜨악하게 생각했다. 그런 부자들은 스물일곱이나 여덟 정도로 약간 나이는 있지만 세련되고 세상 경험이 있는 분위기를 풍기는 여자들을 좋아했다. 살짝 미소를 띤, 친근하고 성숙한 분위기가 감도는 그런 여자들을 마음에 들어 한다면 자신이 변태처럼 느껴지지 않기 때문이다. 그들에게 이런 여자들은, 조언이나 급여 인상이나 승진을 원하며 그걸 얻기 위해서는 자신이 가진 걸 기꺼이 내줄 의사가 있는 여자 후배나 막 떠오르는 임원 같은 느낌을 주었다.

이런 여자는 보통 그 역할을 5년 정도 했다. 그래도 그녀는 멋진 옷이나 고층 아파트나 벤츠를 하나도 얻지 못했다. 빚도 제대로 갚지 못했다. 아무도 이자율에 대해 생각하지 않았기 때문이다. 그런 여자가 5년 정도 그 역할을 더 하는 경우도 가끔 있었다. 성숙한 느낌의 매춘부를 알선해 주는 웹사이트에 멋진 옷차림으로 올라와 있으면 그랬다. 그리고 옷차림이 멋지지 않다면 가격은 시간당 2백 달러 이상 떨어진다. 그래도 그녀는 가능한 한 어떻게든 오래 버티려 하게 된다. 그다음에는 매춘 웹사이트에서 전부 삭제되고, 우크라이나인들이 소유한 뒷골목의 마사지 업소로 보내진다. 거기에서는 최소 20분 단위로 예약받고, 노출이 심한 간호사복을 입고 하루에 열여섯 시간씩 몸을 팔게 된다.

이런 마사지 업소는 사장 하나와 부사장 하나가 관리했다. 이 사장과 부사장도 그들 밑에 있는 여자들과 마찬가지로 최고의 인재는 아니었다. 하지만 다행히 그들의 임무는 극히 단순했다. 단 세 가지였다. 매주 정해진 금액의 달러를 상납해야 했다. 여자들이 열정적으로 일하게 해야 했다. 손님들 사이에 질서를 유지해야 했다. 그게 다였다. 이런 조건 덕분에 특정 유형의 지원자들이 몰렸다. 포주 일을 할 만큼 추잡하고, 손님들을 꼼짝 못 하게 할 만큼 거칠고, 자기 밑의 매춘부들을 건드릴 만큼 비뚤어진 인간들이었다.

중앙로에서 서쪽으로 두 블록 거리에 '보단과 아르템'이라는 이름의 그런 마사지 업소가 있었다. 보단이 사장이었다. 아르템은 부사장이었다. 지금까지는 별일 없는 하루였다. 그들은 수배 중인 남자에 대한 문자를 받았다. 간략한 구두 설명도 곁들여졌다. 대부분은 키와 몸무게에 관한 것이었는데 둘 다 인상적으로 보였다. 몰려드는 고객들을 면밀하게 살펴보았다. 그런 남자는 없었다. 하지만 다른 남자들은 많았다. 지금까지는 말썽을 피우지 않았다. 모두 만족했다. 매춘부들도 문제가 없었다. 다만 아침에 사소한 일이 하나 있었다. 나이가 있는 매춘부 중 하나가 지각하고는 제대로 사과하지 않았다. 그녀는 벌칙을 골라야 했다. 그녀는 근무를 마치는 대로 가죽으로 된 곤장을 맞는 것을 선택했다. 벌칙은 보단이 집행하고 아르템은 그것을 촬영할 것이다. 그 영상은 한 시간 뒤에 그들의 포르노 웹사이트에 올라간다. 아침이 되면 그 영상 덕분에 몇백 달러 수입이 들어올 것이다. 윈윈이다. 대만족이다. 지금까지 그날 하루는 잘 흘러가고 있었다.

그러다가 뭔가 달라 보이는 고객 둘이 들어왔다. 어두운색 머리카락, 가무잡잡한 피부에 선글라스를 썼다. 검은색의 짧은 레인코트를 입었다. 청바지도 검은색이었다. 거의 유니폼 같았다. 그런 경우도 있다. 대부분은 대학 때문이었다. 시내에는 온갖 종류의 사람들이 있다. 대부분은 자신들의 출신지와 비슷한 복장을 한다. 이 둘도 그랬다. 외국에서 방문한 학자들일 수 있다. 미국의 불법적인 매력에 대한 자료를 수집하고 있는지도 모른다. 순수한 연구 목적으로. 서로를 더 잘 이해하기 위해서.

그렇지 않을 수도 있다.

그들은 똑같은 코트 아래에서 똑같은 총을 꺼냈다. 소음기가 내장된 H&K MP5 기관단총 두 자루였다. 전날 밤 주류 판매점 밖에서 우크라이나인 자신들이 썼던 것과 동일한 브랜드의 같은 모델이었다. 세상 참 좁다. 두 남자는 보단과 아르템에게 어깨를 나란히 하고 서라고 몸짓했다. 두 남자는 각자 바닥에 총을 한 발씩 쐈다. 소음기가 달려 있다는 걸 보여주기 위해서였다. 두 방의 총성이 토해졌다. 소리가 크기는 했지만 사람들이 달려올 정도는 아니었다.

두 남자는 알바니아어 억양이 강하게 섞인 서툰 우크라이나어로 말했다. 그들에게 선택권을 준다는 얘기였다. 밖에는 차가 있고, 보단과 아르템은 조용히 거기 타면 된다. 아니면 바로 이 자리에서 총을 맞는다. 너무 조용해서 아무도 달려오지 않을 총을. 그러면 20분 동안 고통에 몸부림치다 바닥에서 과다 출혈로 죽은 다음, 발을 잡힌 채 끌려 나간다. 어떻게든 차에는 타게 된다.

그들의 선택에 달렸다.

보단은 대답하지 않았다. 즉시 대답하지는 않았다. 아르템도 마찬가지였다. 어떻게 대응해야 할지 도무지 판단할 수 없었다. 알바니아인들의 고문에 대해 들은 적이 있었다. 총 맞아 죽는 게 더 나을 수도 있다. 둘은 입을 다물었다. 건물은 조용했다. 바늘 떨어지는 소리 하나 나지 않았다. 칸막이로 된 마사지실은 전부 긴 복도를 따라 한 줄로 있었다. 닫혀 있는 내부 문의 반대쪽이었다. 주택 지구의 앞쪽은 법률사무소의 대기실일 가능성이 있었다. 시 측과의 밀실 합의 사항이었다. 눈에 보이지 않으면 신경 쓰지 않는다. 시민들을 놀라게 해서는 안 된다. 그레고리는 그렇게 합의했다.

그때 침묵이 깨졌다. 소리가 들렸다. 안쪽 복도에서 희미하게 또각거리는 하이힐 소리가 났다. 또각, 또각, 또각. 매춘부들이 모두 신어야 하는 굽 12센티미터 하이힐이었다. 가끔 투명 플라스틱인 경우도 있었다. 스트리퍼 신발이었다. 미국인들은 갖가지 사물에 해당하는 단어를 가지고 있다. 또각, 또각, 또각. 매춘부 중 하나가 오고 있었다. 화장실에서 마사지실로 돌아가는 중일 수도 있다. 한 마사지실에서 다른 마사지실로 가고 있는 건지도 모른다. 한 손님에서 다른 손님으로. 어떤 매춘부들은 인기가 많았다. 지명을 받기도 했다.

하이힐 소리가 계속 들렸다. 또각, 또각, 또각. 제일 앞쪽에 있는 마사지실로 향하고 있는 것 같았다.

또각, 또각, 또각.

내부 문이 열렸다. 여자 하나가 문을 나왔다. 보단은 나이 든 매춘부 중 하나라는 걸 알아보았다. 사실은 일을 마치고 매질을 당하기로 한 그 매춘부였다. 다른 매춘부들과 마찬가지로 그녀도 노출 심한 번쩍거리는 라텍스 간호사복을 반쯤 걸치고 있었다. 머리에 꽂은 작은 간호사 캡과 한 세트였다. 스커트 밑단은 스타킹 제일 위보다 15센티미터는 올라와 있었다. 그녀가 손을 들었다. 손가락 하나가 어정쩡하게 앞을 가리키고 있었다. 방해해서 미안하다는 사과와 무슨 일인지 물어보는 걸 동시에 하려 할 때 사람들이 보통 취하는 동작이었다.

그녀는 답을 듣지 못했다. 그녀의 머릿속에 있던 일상적인 문제는, 수건이든, 로션이든, 새 콘돔이든 간에, 말해지지 못한 채 남았다. 왼쪽에 있던 남자의 왼쪽 눈가에 문이 열리는 게 들어왔다. 그는 즉시 발사했다. 총알세 발이 조용하고 깔끔하게 그녀의 가슴께에 바늘땀처럼 박혔다. 이유도 없었다. 긴장 상태였다. 극도의 흥분이었다. 입가에, 방아쇠를 당기는 손에 경련이 일었다. 메아리는 없었다. 여자가 쓰러지는 순간, 플라스틱과 살덩어리가 쿵 하고 부딪히는 소리가 길고 고르지 못하게 들렸다.

보단이 말했다. "하느님 맙소사."

상황이 달라졌다. 배에 총알을 맞는 건 더 이상 선택지가 아니었다. 눈앞에서 보니 더욱 그랬다. 예로부터 내려온 인간의 본능이 앞섰다. 조금이라도 더 살아야 한다. 그다음 일은 나중이다. 그들은 자발적으로 차에 탔다. 그들이 중앙로를 가로질러 알바니아인 구역으로 들어가는 바로 그 순간, 간호사복을 입은 여자는 죽었다. 그녀는 뒤쪽 복도에 앞뒤로 몸을 반쯤 걸친 채 마사지 업소 바닥에 홀로 있었다. 손님들은 전부 도망갔다. 그녀의 몸을 뛰어넘어 달려 나갔다. 매춘부들도 마찬가지였다. 손님들과 똑같이 행동했다. 전부 가버렸다. 그녀는 치료도 위로도 받지 못한 채 고통에 신음하다 죽었다. 이름은 안나 율리야나 도로즈킨이었다. 마흔한 살이었다. 이 도시에 온 건 15년 전이었다. 홍보 업계에서 일할 희망에 부풀었던 스물여섯 살 때.

17

애런 셰빅은 전당포의 정확한 위치를 몰랐다. 리처의 짐작으로는 버스 터미널과 같은 반경 내일 것 같았다. 멋진 동네와는 거리가 멀 것이다. 그는 도시의 구조를 알았다. 임대료가 싼 상점들이 외진 블록 전체에 걸쳐 빽빽하게 모여 있을 것이다. 차 유리 선팅 전문점, 동전 빨래방, 부부가 경영하는 칙칙하고 오래된 철물점, 싸구려 자동차 부품상 같은 상점들이. 그리고 전당포도 있을 것이다. 경로를 짜는 게 문제였다. 그들은 셰빅 부인이 이미 보석들을 저당 잡히고 집으로 걸어가고 있다면 그녀를 차에 태워서 함께 갈 수 있기를 바랐다. 전당포의 위치를 몰랐기 때문에 쉽지 않은 일이었다. 그래서 차로 넓게 원을 그리며 돌았다. 그러다 전당포를 발견하고 창문을 통해 안을 확인해보았다. 셰빅 부인이 없는 걸 보고는 집을 향해 출발했다. 그러다가 그녀가 그들보다 먼저 집에 도착할 수 없다는 걸 깨닫고는 다시 차를 돌려, 있을 법한 다음 장소를 찾아보았다.

마침내 중앙로의 제일 서쪽에서 그녀를 발견했다. 그녀는 택시 회사 사무실과 보석금보증사무소로 이어지는 좁은 도로 건너편에 있는 전당포에서 나오고 있었다. 셰빅 부인은 고개를 들고 지갑은 팔꿈치에 낀 채 바로 거기 있었다. 애비가 그녀 옆에 차를 세우자 애런은 차창을 내리고 그녀의 이름을 불렀다. 그녀는 그를 보고 깜짝 놀랐지만 빠르게 상황을 파악했다.

그리고 곧바로 차에 탔다. 그렇게 하기까지 10초도 안 걸렸다. 마치 사전에 조율된 것 같았다.

그녀는 처음에 애비 앞에서 창피해했다. 낯선 사람이니까. 우리를 아주 한심하다고 생각할 게 분명해. 애런이 반지와 시계를 얼마에 저당 잡혔는지 물었다. 그녀는 고개를 젓고 대답하려 하지 않았다.

그러다가 결국 말했다. "80달러."

아무도 입을 떼지 않았다. 차는 동쪽으로 되돌아갔다. 버스 터미널을 지나 네거리 신호등을 통과했다.

바로 그때, 사무실에 있던 그레고리는 마사지 업소에서 일어난 사건 소식을 들었다. 우연히 그의 부하 하나가 다른 일로 그 업소 앞을 지나가고 있었다. 부하는 뭔가 잘못됐다는 걸 직감했다. 너무 조용했다. 그는 안으로 들어갔다. 완전히 텅 비었다. 피바다가 된 바닥에 나이 든 매춘부 하나가 죽어 있었다. 그밖에는 아무도 없었다. 손님도 없었다. 보아하니 다른 매춘부들도 도망간 것 같았다. 보단과 아르템의 흔적도 없었다. 아르템의 휴대폰이 책상 위에 있었고 보단의 재킷은 여전히 의자에 걸려 있었다. 조짐이 좋지 않았다. 자기 의사로 자리를 비운 게 아니라는 의미였다. 위협을 받으면서 자리를 떴다는 뜻이었다.

그레고리는 최측근들을 불러 모았다. 그들에게 소식을 전해주었다. 그리고 그들에게 60초 동안 생각해본 다음, 먼저 현재 상황을 분석하고, 그 다음에는 대체 어떻게 해야 할지 말을 해보라고 했다.

오른팔이 먼저 입을 열었다.

"디노의 짓입니다." 그가 말했다. "우리 모두 그렇게 생각합니다. 그자는 자기 목표대로 처리해나가는 중이에요. 우리는 그자의 부하 둘을 처치했습니다. 경찰 끄나풀이라고 속여요. 그러자 그는 포드 중고차매장에서 우리 부하 둘을 해치웠습니다. 그건 공평하죠. 다툴 여지가 없습니다. 인과응보니까요. 다만 그자는 사채업을 빼앗긴 게 마음에 들지 않았던 게 분명합니다. 그래서 식당가 블록에서 우리 부하 둘을 죽인 걸로 보복했어요. 그래서 우리는 어젯밤 주류 판매점 밖에서 그자의 부하 둘을 죽였습니다. 그래서 4대 4가 됐죠. 공평한 거래였습니다. 얘기가 끝나야 했어요. 하지만 디노는 동의하지 않는 것 같습니다. 자기가 따야 할 점수가 있다고 느끼는 듯하군요. 자기중심적이죠. 언제나 자기들이 둘을 더 많이 죽이기를 바랍니다. 그래야 기분이 나아지나 봅니다. 그래서 지금 그자가 6대 4를 만든 겁니다."

"우리는 어떻게 해야 할까?" 그레고리가 물었다.

오른팔은 아주 오랫동안 침묵을 지켰다.

그러다가 입을 열었다. "멍청하게 굴어서는 안 됩니다. 6대 6을 만들면 그자는 다시 8대 6을 만들 겁니다. 그렇게 영원히 계속되겠죠. 슬로모션으로 진행되는 전쟁이 될 겁니다. 지금 당장은 전쟁해서는 안 됩니다."

"그러면 우린 어떻게 해야겠나?"

"꾹 참고 넘어가야 합니다. 우리는 부하 둘이 더 죽었고 식당가 블록을 잃었습니다. 하지만 대신에 사채업을 얻었습니다. 전체적으로는 우리가 더 이익입니다."

그레고리가 말했다. "우리가 약해 보일 텐데."

"아닙니다." 부하가 말했다. "대범하게 보일 겁니다. 목표에 눈을 떼지 않고 장기전을 하는 거죠."

"우리 부하 둘이 더 죽었다. 망신이야."

"일주일 전에 디노가 우리 부하 둘에 식당가를 묶어서 자기의 사채업 전부와 맞바꾸자고 했다면, 우리는 웬 떡이냐 하고 환영했을 겁니다. 수지 맞은 거예요. 망신은 우리가 아니라 디노가 당했습니다."

"그냥 내버려 둔다는 게 찜찜해."

"아닙니다." 부하가 다시 말했다. "영리한 행동입니다. 우리는 여기서 체스 게임을 하고 있어요. 지금 이기고 있고요."

"놈들이 우리 부하를 어떻게 할까?"

"좋게는 안 하겠죠. 확실합니다."

잠시 아무도 입을 떼지 않았다.

그러고는 그레고리가 말했다. "매춘부들을 찾아야 해. 도망가게 내버려 둘 수는 없다. 기강이 안 잡혀."

"찾는 중입니다." 누군가가 말했다.

다시 침묵이 흘렀다.

그리고 그레고리의 휴대폰이 울렸다. 그는 전화를 받고 이야기를 들은 다음 끊었다.

그는 오른팔인 부하를 정면으로 쳐다보았다.

그리고 미소를 지었다.

"네 말이 맞는 것 같다." 그가 말했다. "사채업을 가진 게 우리한테 더 이익이 될지도 모르겠어."

"어떻게요?" 부하가 물었다.

"이름 하나를 알게 됐다." 그레고리가 말했다. "그리고 사진도. 어젯밤 에 막심 트룰렌코에 관해 묻던 자의 이름이 애런 셰빅이라고 하는군. 사채

고객이야. 현재 우리에게 2만5천 달러의 빚이 있고. 그자의 주소를 알아내는 중이다. 덩치 크고 추하게 생긴 개자식이라는군."

애비는 말뚝 울타리 옆 경계석에 차를 세웠다. 다들 내려 좁은 콘크리트 진입로를 걸어 올라갔다. 마리아 셰빅은 팔꿈치에 낀 지갑에서 열쇠를 꺼내 문을 열었다. 안으로 들어갔다. 마리아는 부엌 조리대에 있는 커피 깡통을 봤다.

"고마워요." 그녀가 말했다.

"그냥 제가 좋아서 산 겁니다." 리처가 대답했다.

"좀 마시겠어요?"

"안 물어보시면 어쩌나 했습니다."

마리아는 커피 깡통을 열고 커피머신을 작동시켰다. 그러고는 거실에 있는 애비 옆으로 갔다. 애비는 벽에 걸린 사진들을 보고 있었다.

애비는 조용하고 부드럽게 물었다. "메그에 관한 다른 소식이 있나요?"

"힘든 치료예요." 마리아가 말했다. "특수 격리 병동에 있어요. 병원에서 진정제를 주사했는데 그것 때문인지, 아니면 깊이 잠들어서 그런지 의식이 없어요. 문병 금지래요. 심지어 통화도 할 수 없어요."

"그건 심한데요."

"하지만 의사들은 낙관하고 있어요." 마리아가 말했다. "적어도 아직까지는요. 조만간 알게 되겠죠. 곧 또 다른 검사를 한대요."

"치료비를 낸 다음에." 셰빅이 말했다.

일주일이 지나기 전에 여섯 번의 기회가 있다. 리처는 생각했다.

리처가 말했다. "메그의 회사 사장이 아직 시내에 있다고 생각합니다.

돈도 아직 가지고 있는 것 같고요. 변호사들 말로는 사장을 상대로 직접 소송을 제기하는 게 최선의 전략이라고 합니다. 무조건 이기는 싸움이라고 하더군요."

"사장이 어디에 있소?" 셰빅이 물었다.

"아직은 모릅니다."

"찾을 수 있겠소?"

"가능합니다." 리처가 말했다. "직업상 이런 종류의 일을 해왔습니다."

"법은 느리죠." 마리아는 전에도 했던 말을 되풀이했다.

그들은 간이식당에서 사 온 음식으로 점심을 먹었다. 부엌에는 의자가 세 개밖에 없었기 때문에 거실에서 먹었다. 애비는 TV가 있었던 자리에 책상다리하고 앉아, 음식을 무릎 위에 놓고 먹었다. 마리아 셰빅은 그녀의 직업을 물었다. 애비는 대답해주었다. 애런은 컴퓨터가 기계를 제어하기 전의 좋았던 옛날을 얘기했다. 오로지 눈과 감각만으로 수천분의 일 센티미터까지 절단 작업을 해내던 시절이었다. 뭐든지 만들어낼 수 있었다. 미국 노동자들은 대단했다. 한때는 세계 최고의 자원이었다. 지금 현실을 보면 창피해서 눈물이 날 정도다.

리처는 도로에 차 한 대가 오는 소리를 들었다. 대형 세단이 부드럽게 쉭쉭거리며 노면에 닿는 소리였다. 그는 일어나 현관으로 가서 창밖을 내다보았다. 검은색 링컨 타운카였다. 남자 둘이 타고 있었다. 창백한 얼굴, 옅은 색 머리카락, 허연 목. 그들은 차를 돌리려고 애쓰고 있었다. 좁은 폭을 가로질러 후진과 전진을 반복해서 나가는 쪽으로 차가 향하게 하고 있었다. 아마 빠르게 출발하기 위해서일 것이다. 애비의 토요타가 가로막아서 방해가 되었다.

리처는 거실로 돌아갔다.

리처가 말했다. "그들이 애런 셰빅의 주소를 알아냈습니다."

애비가 일어섰다.

마리아가 말했다. "그들이 여기 왔나요?"

"누군가가 보냈을 겁니다." 리처가 말했다. "그 점을 기억해야 합니다. 이 문제를 해결할 시간이 30초 정도밖에 없습니다. 저들을 보낸 자들은 저들의 현재 위치를 압니다. 무슨 일이 일어나면 이 집은 보복을 받아 쑥대밭이 될 겁니다. 그런 일은 되도록 피해야 합니다. 우리가 다른 데 있었다면 아무 문제없었겠지만 지금은 아닙니다."

셰빅이 말했다. "그러면 어떻게 해야겠소?"

"놈들을 처리하십시오."

"내가?"

"여기 있는 분들 중 아무나요. 저만 아니면 됩니다. 놈들은 절 애런 셰빅이라고 생각하니까요."

문에서 노크 소리가 들렸다.

18

　문에서 두 번째 노크 소리가 들렸다. 아무도 움직이지 않았다. 그러다가 애비가 한 발짝 움직였다. 하지만 마리아가 그녀의 팔에 손을 얹었고, 애런이 대신 나갔다. 리처는 부엌으로 몸을 피해 거기 앉아서 귀를 기울였다. 문이 열리는 소리가 들렸다. 발걸음 소리는 멈췄고 정적만이 흘렀다. 두 남자는 문을 열어준 게 자기들이 찾던 사람이 아닌 걸 보고 순간 물러선 것 같았다.

　두 남자 중 하나가 말했다. "애런 셰빅 씨를 만나러 왔소."

　애런 셰빅 씨가 말했다. "누구?"

　"애런 셰빅."

　"전에 살던 세입자인 모양이군."

　"여기 세입자요?"

　"난 은퇴했소. 집을 살 돈이 없어서."

　"임대인은 누구요?"

　"은행이오."

　"당신 이름은?"

　"무슨 일인지 말해주기 전에는 알려주기가 그렇군요."

　"개인적인 일이오. 셰빅 씨하고만 관련이 있소. 아주 민감한 문제라서."

"잠깐만 기다려 보시오." 셰빅이 말했다. "정부에서 나온 분들이오?"

대답이 없었다.

"보험 회사?"

두 남자 중 하나가 물었다. "영감 이름은 뭐요?"

위협하는 목소리였다.

셰빅이 말했다. "잭 리처요."

"영감이 애런 셰빅의 아버지가 아니라는 걸 어떻게 믿지?"

"성이 다르잖소."

"그럼 장인일 수도 있지. 그가 집에 없다는 걸 우리가 어떻게 믿지? 당신 이름으로 세를 얻고 사위한테 방 하나를 내줄 수도 있잖아. 셰빅이 지금 빈털터리라는 걸 뻔히 아는데."

셰빅은 아무 말도 하지 않았다.

같은 목소리가 말했다. "들어가서 좀 살펴보겠어."

셰빅이 옆으로 밀쳐지는 소리가 들렸다. 그다음에는 현관에서 발걸음 소리가 들렸다. 리처는 일어나서 부엌문 뒤로 갔다. 서랍을 하나하나 뒤진 끝에 식칼을 찾았다. 없는 것보다는 낫다. 애비와 마리아가 거실을 나와 현관으로 가는 소리가 들렸다.

발걸음 소리는 계속 다가왔다.

애비의 말소리가 들렸다. "당신들은 누구죠?"

"애런 셰빅을 찾고 있다." 두 남자 중 하나가 말했다.

"누구요?"

"당신 이름은 뭐지?"

"애비게일이요." 애비가 말했다.

"성은?"

"리처요." 그녀가 말했다. "이분들은 제 할아버지와 할머니세요. 잭과 조애너."

"애런 셰빅은 어디 있지?"

"지난번 세입자예요. 이사 갔어요."

"어디로 갔나?"

"주소를 남기지 않았어요. 돈 문제가 심각한 것 같은 인상이었죠. 야반 도주를 한 것 같아요. 멀리 도망쳤어요."

"확실해?"

"여기 사는 사람이 누군지는 알아요, 선생님. 이 집은 침실 두 개짜리 주택이죠. 하나는 조부모님 방이고 다른 하나는 내가 여기 있을 때 써요. 내가 없을 때는 손님용 방으로 쓰죠. 거주자는 없어요. 그랬다면 내가 알 아차렸겠죠."

"그자를 만난 적이 있나?"

"누구요?"

"애런 셰빅."

"아니요."

"난 있어요." 마리아 셰빅이 말했다. "우리가 처음 집을 보러 왔을 때였 죠."

"어떻게 생겼지?"

"키가 크고 체구가 당당했던 걸로 기억해요."

"그자야." 목소리가 들렸다. "그가 이사 간 지 얼마나 됐지?"

"1년쯤이요."

대답이 없었다. 발소리는 거실문 쪽으로 이어졌다. 목소리가 들렸다.

"여기 이사 온 지 1년이 됐는데 아직도 TV가 없나?"

"우린 은퇴했어요." 마리아가 말했다. "그런 걸 살 돈이 없어요."

목소리가 들렸다. "허."

리처는 조용하게 긁히는 듯한 찰칵 소리를 들었다. 그러더니 발걸음 소리가 멀어졌다. 현관으로, 정문으로, 좁은 콘크리트 진입로로 물러갔다. 리처는 차에 시동이 걸리고 멀어져가는 소리를 들었다. 대형 세단이 조용히 쉭쉭대며 노면에 닿는 소리였다.

다시 정적이 찾아왔다.

리처는 식칼을 서랍 제자리에 돌려놓고 부엌 밖으로 나왔다.

"다들 잘하셨습니다." 그가 말했다.

애런은 떨고 있는 것 같았다. 마리아는 창백해 보였다.

"그들이 사진을 찍었어요." 애비가 말했다. "떠나면서 기념사진처럼요."

리처는 고개를 끄덕였다. 조용하게 긁히는 듯한 찰칵 소리가 그것이었다. 휴대폰 카메라.

"뭘 찍었습니까?" 그가 말했다.

"우리 셋을요. 일부는 보고용이겠고, 일부는 만약을 대비해 데이터베이스를 만들려는 거겠죠. 하지만 대부분은 위협용이에요. 그게 그들이 하는 짓이죠. 사람들을 겁주는 것."

리처는 다시 고개를 끄덕였다. 바에 있던 창백한 남자가 기억났다. 그자는 휴대폰을 높이 올렸다. 넌지시 던진 암시였다. *제가 진짜 고객이었다면 그 상황이 마음에 들지 않았을 겁니다.*

셰빅 부부는 커피를 더 끓이려고 부엌에 들어왔다. 리처와 애비는 거실로 가 기다렸다.

애비가 말했다. "그 사진은 단순한 위협용만은 아니에요."

"또 뭐가 있소?" 리처가 말했다.

"문자로 사진을 뿌려요. 부하들에게요. 그들은 그렇게 해요. 누군가가 퍼즐의 다른 부분을 채울 수 있게요. 조만간 모든 사람이 문자를 받겠죠. 바의 문에 있던 남자도요. 그자는 내가 애비게일 리처가 아니란 걸 알아요. 애비 깁슨인 걸 알고 있죠. 그리고 다른 업소의 문에 있던 많은 다른 남자들도 알게 돼요. 나는 여러 군데에서 일했으니까요. 그자들이 물어보기 시작할 거예요. 진작부터 나를 좋아하지 않았거든요."

"그자들이 당신 집을 알고 있소?"

"바 사장님에게서 알아낼 수 있을 게 분명해요."

"언제쯤 문자를 돌릴까?"

"이미 돌리고 있을 거예요."

"다른 머물 데는 있소?"

그녀는 고개를 끄덕였다.

"친구가 있어요." 그녀가 말했다. "중앙로 동쪽에요. 다행히 알바니아인 구역이죠."

"거기서 일할 수 있소?"

"전에도 해봤어요."

리처는 말했다. "말려들게 해서 정말 미안하오."

"난 이게 일종의 실험이라고 생각해요." 그녀가 말했다. "누군가가 나한테 그랬어요. 여자들은 매일 떠올리기만 해도 무서운 일을 해야 한다고."

"군에 입대해도 되겠군."

"어쨌든 당신은 중앙로 동쪽을 근거지로 삼아야 해요. 나와 같이 있어도 돼요. 적어도 오늘 밤은요."

"당신 친구가 괜찮다고 할까?"

"그랬으면 좋겠네요." 그녀가 말했다. "셰빅 씨 부부는 오늘 밤 괜찮을까요?"

리처는 고개를 끄덕였다.

"사람들은 자기 눈으로 본 걸 믿소." 그가 말했다. "이 경우 그 눈이란 건 바에 있던 창백한 남자의 눈이오. 그자는 나를 만났소. 휴대폰으로 내 사진을 찍었고. 내가 애런 셰빅이오. 확고한 사실이지. 그들 머릿속의 셰빅은 키가 크고 상대적으로 젊은 남자요. 그들이 말한 걸 들었으니 알겠지. 그자들은 진짜 셰빅 씨에게 내 아버지나 장인이 아니냐고 따졌지 셰빅 씨 본인이냐고는 묻지 않았소. 그러니 저분들은 별일 없을 거요. 적어도 그놈들에게 저분들은 리처라는 성을 가진 노부부일 뿐이니까."

커피가 다 됐다고 마리아가 불렀다.

택시 회사와 보석금보증사무소로 이어지는 좁은 도로 건너편에 있는 지저분한 전당포의 주인이 문을 나와 트럭을 피해 택시 회사 사무실로 은밀하게 들어갔다. 그는 배차용 무전기 앞에 있는 지친 남자를 무시하고 사무실을 지나 뒤쪽으로 갔다. 그레고리의 외부 사무실이었다. 그레고리의 오른팔인 부하가 올려다보며 무슨 일인지 물었다. 전당포 주인은 무슨 일이 일어났다고 말했다. 문자를 보내는 것보다 길 건너로 걸어오는 게 더 빨라서 직접 왔다고 했다.

"뭘 문자로 보내?" 오른팔이 물었다.

"오늘 아침에 셰빅이란 남자의 사진과 그에 대한 경계경보를 받았죠. 키가 크고 추한 개자식이라는."

"그자를 봤나?"

"셰빅이란 이름이 미국에는 흔한가요?"

"왜?"

"오늘 아침에 셰빅이란 이름의 손님이 왔거든요. 하지만 자그마한 노파였어요."

"친척일 수 있겠지. 나이 많은 고모나 사촌."

전당포 사장이 고개를 끄덕였다.

"제 생각도 그래요." 그가 말했다. "하지만 나중에 다른 사진과 경계경보를 받았어요. 그 노파가 그 사진에 있더군요. 하지만 이름이 달랐어요. 새 경계경보에서는 노파의 이름이 조애너 리처라고 하더군요. 하지만 오늘 아침에 나에게 왔던 노파는 마리아 셰빅이라고 서명했어요."

19

리처와 애비는 셰빅 부부를 부엌에 남겨두고 토요타로 갔다. 리처는 이미 짐을 다 챙겼다. 칫솔은 주머니에 있었다. 하지만 애비는 자기 집에 들러서 물건들을 몇 개 가져가려고 했다. 합리적인 생각이었다. 리처는 그다음에는 공익법률센터에 들러서 질문에 대한 답을 구해야겠다고 생각했다. 두 곳 모두 우크라이나인 구역 안에 있었다. 하지만 괜찮으리라 생각했다. 그럴 것이다. 위험한 점은 두 장의 사진에다 토요타에 대한 설명과 번호판까지 퍼졌을 수도 있다는 것이었다. 다행인 점은 훤한 대낮이라 아주 빠르게 이동할 수 있다는 사실이었다.

이만하면 안전해. 리처는 생각했다. 괜찮을 거야.

차는 여전히 허름한 블록을 통과해 갔다. 그리고 리처는 공익법률센터를 다시 찾아냈다. 센터는 중앙로 바로 서쪽의 호텔들 근처, 새롭게 번화가가 된 거리 제일 끝에 있었다. 낮에 보니 밤과는 느낌이 달랐다. 다른 사무실들은 전부 열려 있었다. 사람들이 들락날락하고 있었다. 경계석 양쪽에는 차들이 주차되어 있었다. 하지만 검은색 링컨이나 정장을 입은 이름 모를 창백한 남자는 없었다.

이만하면 안전해. 괜찮을 거야.

애비는 후진 주차했다. 그녀와 리처는 차에서 내려 문으로 갔다. 책상 앞에는 두 사람만 있었다. 아이작 메헤이-바이포드의 흔적은 없었다. 줄리언 하비 우드와 지노 비토레토 뿐이었다. 하버드와 예일 출신. 이만하면 충분해. 그들은 리처와 인사를 나누고 애비와 악수하면서 만나서 반갑다고 말했다.

리처가 말했다. "막심 트룰렌코에게 숨겨둔 비자금이 있다면 어떻게 됩니까?"

"그건 아이작의 생각이죠." 지노가 말했다.

"그런 소문은 늘 돕니다." 줄리언의 말이었다.

"이번에는 그게 사실이라고 생각합니다." 리처가 말했다. "어젯밤에 나는 애비가 일하는 곳의 문지기에게 트룰렌코의 이름을 던져 보았소. 3분 뒤에 남자 넷이 차 두 대에 타고 나타납디다. 아주 인상적인 반응이었지. 특급 수준의 보호였소. 이런 자들은 현찰이 아니면 움직이지 않소. 그러니 트룰렌코는 돈을 내고 있을 거요. 3분 만에 차 두 대에 탄 남자 넷을 보낼 수 있는 최고액. 아직 챙겨둔 돈이 있는 거요."

"네 남자는 어떻게 됐습니까?" 지노가 물었다.

"내가 따돌렸소." 리처가 말했다. "하지만 그자들이 한 짓이 아이작이 주장한 핵심을 입증해 줬다고 생각하오."

"트룰렌코가 어디 있는지 아십니까?" 줄리언이 물었다.

"정확히는 모르오."

"소송 서류를 전달하려면 주소가 필요합니다. 계좌를 동결하기 위해서도요. 그자가 돈을 얼마나 가지고 있다고 생각하십니까?"

"모르겠소." 리처가 말했다. "나보다야 분명 많겠지. 셰빅 씨 부부보다 많을 것도 빌어먹게 확실하고."

"제 생각에는 우선 1억 달러를 청구하는 소송을 제기한 다음에, 그자가 현재 가지고 있는 금액으로 합의할 수 있을 것 같습니다. 약간의 운만 따르면 그걸로도 충분할 겁니다."

리처는 고개를 끄덕였다. 그리고 정말 묻고 싶었던 내용을 물어보았다. "이 모든 일에 시간이 얼마나 걸리겠소?"

지노가 말했다. "그자들은 재판까지 가려 하지 않을 겁니다. 감당할 수 없으니까요. 패소하리라는 걸 압니다. 재판 전에 합의하려 하겠죠. 그러자고 사정할 겁니다. 그렇게 되면 변호사 대 변호사의 밀고 당기기가 이어지죠. 대부분은 이메일을 통해서 합니다. 트룰렌코가 재산을 일부나마 지켜서 여생을 거지꼴로 보내지 않을 수 있는 유일한 방법이죠."

"이 모든 일에 시간이 얼마나 걸리겠소?" 리처가 다시 물었다.

"6개월이요." 줄리언이 말했다. "그 이상은 걸리지 않을 게 확실합니다."

법은 느리죠. 마리아 셰빅이 여러 번 했던 말이다.

"더 빠른 방법은 없겠소?"

"그게 가장 빠른 방법입니다."

"알겠소." 리처가 말했다. "아이작에게 안부 전해주시오."

그들은 토요타로 빠르게 돌아갔다. 차는 아직 그 자리에 있었다. 눈에 띄지도, 감시당하지도, 포위되지도, 주차 딱지를 떼이지도 않았다. 그들은 차에 탔다. 애비가 말했다. "영화 한 편은 슬로모션으로 흘러가는데 다른 한 편은 초고속으로 돌아가는 것 같아요."

리처는 아무 말도 하지 않았다.

애비의 집은 물리적으로는 가까운 거리에 있었다. 하지만 일방통행로

라서 정사각형의 세 변을 돌아가야 했다. 그들은 북쪽으로부터 들어가야
했다.

문밖에 차 한 대가 있었다.

경계석 위에 주차되어 있었다. 검은색 링컨이었다. 차 머리를 반대쪽으
로 향하고 있었다. 뒷유리창은 검게 선팅되어 있었다. 멀리서는 안에 무엇
이 있는지 알아볼 수 없었다.

"차를 세워요." 리처가 말했다.

애비는 링컨의 북쪽 30미터쯤 거리에 차를 세웠다.

리처가 말했다. "최악의 경우 저 차에는 두 남자가 탔고 차 문은 닫혔을
거요."

"이럴 때 군대에서는 어떻게 하죠?"

"엄청난 양의 철갑탄을 발사해 저항을 제압하오. 그러고는 연료통에 대
량의 예광탄을 발사해 증거를 없애지."

"우리에겐 불가능하군요."

"안타깝게도. 하지만 더 나은 걸 할 수 있소. 저기는 당신 집이오. 저놈
들은 자기 집도 아닌 데를 기웃거리는 거고."

"무시하는 게 더 안전하겠어요."

"잠깐은 그럴지도." 리처가 말했다. "하지만 놈들이 계속 제멋대로 다
니게 둘 수는 없소. 메시지를 보내야겠소. 저자들은 당신과 그 밴드를 고
용한 선량한 바 사장을 협박해 당신 주소를 강제로 알아낸 거요. 해서는
안 될 일이 있다는 걸 알아야 하오. 사람 잘못 봤다는 걸 알게 해야지. 겁
을 좀 줘야겠소."

애비는 잠시 말이 없었다.

"당신은 바보예요." 그녀가 말했다. "혼자잖아요. 저들을 다 상대할 수는 없어요."

"누군가는 해야 하오. 난 이런 일에 익숙하고. 헌병이었으니까. 온갖 불쾌한 일들을 처리했지."

그녀는 다시 잠시 말이 없었다.

"당신은 저 차 문이 잠겨 있을까 걱정하는 거죠." 그녀가 말했다. "그러면 놈들에게 접근할 수 없으니까."

"맞소." 리처가 말했다.

"내가 블록을 돌아서 뒷문으로 들어갈 수 있어요. 방 안의 불을 다 켤게요. 그러면 놈들이 차에서 나오겠죠."

"안 되오." 리처가 말했다.

"알았어요. 그러면 불은 켜지 않고 물건만 챙길게요."

"안 되오." 리처가 다시 말했다. "같은 이유 때문이오. 놈들이 안에서 기다리고 있을 수도 있으니까. 차는 비워두고. 아니면 한 놈은 차에, 다른 한 놈은 집 안에 있을 수도 있고."

"소름 끼치네요."

"말했잖소. 놈들이 해서는 안 되는 짓이 있다고."

"내 물건들 없이도 살 수 있어요. 정말이에요. 당신도 그렇잖아요. 확실해요. 일종의 실험이 될 수도 있어요."

"아니." 리처가 다시 말했다. "여기는 자유국가요. 당신이 당신 물건을 원한다면 가져야 하오. 그리고 놈들이 메시지가 필요하다면 받아야 하고."

"좋아요. 알겠어요. 근데 어떻게 해야 되죠?"

"당신이 얼마나 실험적일 수 있는가에 달렸소."

"내가 어떻게 하면 돼요?"

"분명히 효과가 있을 방법이오."

"어떤 방법인데요?"

"들으면 겁날 수도 있소."

"말해봐요."

"우선 당신이 차를 몰고 링컨 뒤로 가서, 사람이 걷는 속도 정도로 뒤 범퍼를 들이받으시오."

"왜요?"

"그러면 링컨 문의 잠금장치가 열릴 거요. 최초 반응이지. 사소한 접촉 사고가 일어났다고 차의 시스템이 감지하는 거요. 차 어딘가에 감지기가 있소. 안전장치로."

"그러면 당신이 밖에서 문을 열 수 있겠군요."

"그게 첫 번째 전략적 목표요. 나머지는 따라올 거고."

"총을 가지고 있을지도 몰라요."

"잠깐이겠지. 내가 바로 빼앗을 거요."

"놈들이 집 안에 있으면요?"

"차에다 불을 지르면 되오. 그게 메시지가 될 거요."

"미친 짓이에요."

"한 번에 하나씩 합시다."

"내 차도 부서질까요?"

"당신 차에는 정품 범퍼가 달렸잖소. 시속 8킬로미터로 충돌하는 정도 까지는 괜찮을 거요. 케이블타이를 하나 더 준비해야 할 수도 있겠지만."

"알겠어요." 그녀가 말했다.

"발을 클러치 페달 위에 계속 놓고 있어야 한다는 걸 명심하시오. 시동이 꺼지면 안 되니까. 후진해서 빠져나갈 준비를 해야 하오."

"그다음에는 뭘 하죠?"

"차를 세우고 들어가서 물건들을 챙겨요. 그동안에 나는 차에 있는 놈들에게 해야 할 일을 알려줄 테니."

"그게 뭔데요?"

"중앙로 동쪽에 있는 수상쩍은 장소까지 당신을 따라가라고. 그다음에는 놈들 하기 달렸소."

그녀는 다시 한동안 말이 없었다.

그러고는 고개를 끄덕였다. 그녀의 짧은 어두운색 머리카락이 까닥거렸다. 눈이 희미하게 빛났다. 입술에 절반은 단호하고 절반은 흥분한 미소가 떠올랐다.

"알았어요." 그녀가 다시 말했다. "해보죠."

그때 그레고리의 오른팔인 부하는 자기가 알고 있는 몇 안 되는 사실을 설명하고 있었다. 그는 내부 사무실, 그의 두목의 책상 건너편에 있었다. 위협적인 장소였다. 책상은 엄청나게 컸다. 화려한 새김 장식이 된 고동색 원목이었다. 의자도 거대했다. 촘촘한 녹색 가죽으로 만들어졌다. 의자 뒤에는 높고 두꺼운 책장이 있었다. 책상과 어울렸다. 모든 것이 위풍당당했다. 혼란스러운 이야기를 하기에 편안한 장소는 아니었다.

부하가 말했다. "어제 저녁 6시에 애런 셰빅은 빚을 갚으러 온 덩치 크고 추한 무능력자였습니다. 8시에는 다시 돈을 빌려 간 덩치 크고 추한 무능력자였습니다. 하지만 10시에 그는 달라졌습니다. 세련된 남자가 되어 밴드 음악을 즐기고, 웨이트리스와 시시덕거리고, 한입 크기의 피자를 먹고 한 잔에 6달러짜리 커피를 마셨습니다. 그러고는 바를 나서자 또 달라졌습니다. 막심 트룰렌코에 대한 얘기를 하는 터프가이가 되었습니다. 한 몸에 세 사람이 들어 있는 것 같습니다. 진짜 모습이 뭔지 전혀 모르겠습니다."

그레고리가 물었다. "그자가 누구라고 생각하나?"

부하는 대답하지 않았다. 대신에 이렇게 말했다. "그사이에 놈의 마지막 알려진 주소를 추적했습니다. 하지만 거기 없더군요. 1년 전에 이사를 갔습니다. 새 세입자는 잭과 조애너 리처라고 하는 은퇴한 노부부였습니다. 손녀딸이 와 있더군요. 이름이 애비게일 리처였습니다. 하지만 사실이 아니었습니다. 진짜 이름은 애비게일 깁슨입니다. 어젯밤에 셰빅과 시시덕거렸던 웨이트리스입니다. 다들 아는 여잡니다. 말썽꾼이죠."

"어떤 식으로?"

"1년쯤 전에 경찰에게 자기가 본 사실을 고해바쳤습니다. 우리가 바로 잡았죠. 그녀가 한 실수에 대해 경고했습니다. 고치겠다고 약속했죠. 그래서 계속 일하게 했습니다."

그레고리는 목을 왼쪽으로 구부리고 그대로 있었다. 그런 다음 오른쪽으로 구부리고 가만히 있었다. 아프기라도 한 듯.

그가 말했다. "하지만 지금은 셰빅과 시시덕거리더니 그자의 마지막으로 알려진 주소에 가짜 이름으로 나타났다는 얘기군."

"상황이 더 나빠졌습니다." 부하가 말했다. "리처 노파가 오늘 아침에 우리 전당포에 왔습니다. 하지만 셰빅이라는 이름으로 서명했어요."

"정말인가?"

"마리아 셰빅으로요."

"그러고는 애런 셰빅의 마지막으로 알려진 주소에 나타났고."

"이 사람들의 진짜 정체를 전혀 모르겠습니다."

"자네 생각에는 누구인 것 같나?" 그레고리가 다시 물었다.

"멍청하게 굴면 안 됩니다." 부하가 말했다. "모든 가능성을 고려해야 합니다. 애비게일 깁슨부터 시작하죠. 새 경찰청장이 곧 취임합니다. 파일들부터 읽기 시작할지도 모르죠. 그녀의 이름이 그 안에 있습니다. 청장이 벌써 연락했을지도 모르고요. 그녀와 함께 일하라고 그 덩치 큰 놈을 현장에 투입했을 수도 있습니다."

"청장은 아직 취임하지 않았어."

"그러니까 그나마 다행입니다. 우리는 아직은 안전한 것 같습니다."

그레고리가 말했다. "셰빅이 경찰이라고 생각하나?"

"아니요." 부하가 말했다. "우리는 경찰들을 압니다. 소식이 들렸을 겁니다. 누군가가 알려줬겠죠."

"그러면 그자는 대체 누구야?"

"FBI일 수 있습니다. 경찰에서 외부 조력을 요청했을 수 있어요."

"아니." 그레고리가 말했다. "청장은 그렇게 하지 않을 거야. 자기 부하들을 쓰겠지. 모든 영광을 독차지하고 싶으니까."

"그러면 우리를 치려고 디노가 고용한 전직 경찰이나 FBI일 수도 있겠군요."

"아니." 그레고리가 다시 말했다. "청장과 마찬가지야. 디노는 외부 조력자를 고용하지 않아. 아무도 믿지 않으니까. 우리처럼."

"그러면 대체 누굴까요?"

"그자는 돈을 빌리고는 막심에 대해 물었어. 이상한 조합이야."

"놈을 어떻게 할까요?"

"너희가 찾아낸 집을 감시해." 그레고리가 말했다. "그자가 거기 산다면 조만간 나타나겠지."

애비는 안전벨트를 했다. 리처는 자기 안전벨트를 풀었다. 손바닥으로 대시보드 위를 잡고 몸에 힘을 주었다. 그녀가 기어를 1단에 놓았다.

"준비됐어요?" 그녀가 말했다.

"걷는 속도로." 그가 말했다. "저 차에 가까이 가면 엄청나게 빠르게 느껴질 거요. 하지만 속도를 늦추지 마시오. 마지막에는 눈을 감는 게 좋소."

그녀는 경계석에서 벗어나 도로 아래로 차를 몰았다.

20

보행 속도는 일반적으로 시속 4.8킬로미터 정도라고 한다. 이는 분당 약 82미터이며, 따라서 낡은 흰색 토요타가 주차된 링컨과의 간격을 좁히기까지는 20초라는 힘겨운 시간이 걸렸다. 애비는 링컨과 줄을 나란히 한 다음, 불안하게 내쉰 숨을 참고 눈을 감았다. 브레이크를 밟지 않은 토요타가 굴러가면서 링컨의 뒤쪽 범퍼에 세게 부딪혔다. 보행 속도였지만 크고 요란한 충돌이 일어났다. 안전벨트를 맨 애비의 몸이 앞으로 쏠렸다. 리처는 양손으로 대시보드를 잡았다. 링컨이 앞쪽으로 한 발 정도 흔들렸다. 토요타는 한 발 정도 뒤로 흔들렸다. 리처는 휘청이며 나와 빠르게 세 걸음 만에 링컨의 뒤 오른쪽 차 문을 향해 달려갔다. 그는 문 손잡이를 잡았다.

안전장치가 제 역할을 했다.

문이 열렸다. 안에는 두 남자가 있었다. 조금 전까지는 앞좌석에서 팔꿈치를 나란히 하고 뒤로 기댄 채 편한 자세를 하고 있었지만, 지금은 몸이 다소 부딪히며 흔들렸다. 그들의 머리는 등받이 쪽에 놓였다. 그래서 그들 뒤로 미끄러져 들어갔을 때 리처의 허리 높이에 있어서 한 손바닥으로 한 놈씩 움켜잡기가 쉬웠고, 덕분에 오케스트라 뒤쪽에 있는 심벌즈 주자처럼 두 머리통을 서로 박치기시키기도 편했다. 그리고 다시 약간의 흔들림이 더 생긴 뒤, 왼손으로 잡은 놈은 핸들 가장자리에, 오른손으로 잡은 놈은 글로브박스 위 대시보드 둥근 부분에 직선으로 거세게 충돌시켰다.

그러고는 뒷좌석에서 놈들의 어깨 위로 몸을 기울였다. 양손으로 정장 코트 안을 더듬어 가죽 스트랩과 어깨 권총집을 찾아내고 권총을 빼냈다. 허리춤에는 아무것도 없었다. 몸을 기울여 무릎 쪽을 찾아봤지만, 아무것도 없었다.

리처는 다시 물러나 앉았다. 권총은 H&K P7이었다. 독일 경찰이 사용하는 총이다. 멋진 무기다. 섬세하다고 할 수 있을 정도였다. 하지만 가장자리는 차갑고 단단했다.

리처가 말했다. "이봐, 이제 일어나."

그는 기다렸다. 애비가 자기 집 문을 열고 들어가는 모습이 창밖으로 보였다.

"이봐, 일어나." 그가 다시 말했다.

그리고 놈들은 곧 일어났다. 몸을 제대로 가누지 못하고 눈을 껌뻑이며 상황을 파악하려는 듯 주위를 둘러보았다.

리처가 말했다. "거래를 제안하지. 인센티브도 붙어 있다. 나를 태우고 동쪽으로 차를 모는 거다. 가는 동안 너희에게 질문을 하겠다. 거짓말하면 도착해서 알바니아인들에게 넘기겠다. 진실을 말한다면 나는 목적지에서 내려 걸어가고 너희는 차로 무사히 집으로 돌아가게 해 주겠다. 그게 인센티브다. 받아들일지 말지 결정해. 알겠나?"

그는 애비가 불룩한 가방을 들고 집에서 나오는 걸 보았다. 그녀는 가방을 인도 건너 자기 차 쪽으로 가져가 뒷좌석에 집어넣었다. 자신은 앞자리에 탔다.

링컨 안에서 운전석에 있는 남자가 머리를 움켜쥐며 말했다. "미쳤어? 앞도 제대로 보이지 않아. 지금 운전은 무리라고."

"엄살떨지 마." 리처가 말했다. "죽을힘을 다해 봐."

리처는 자기 쪽 차창을 내리고 팔을 밖으로 뻗어 애비에게 차를 앞쪽으로 몰고 가 앞장서라고 신호했다. 그녀가 조심조심 차를 움직이는 게 보였다. 토요타의 앞쪽 범퍼는 더 이상 수평이 아니었다. 원래 자리보다 훨씬 아래쪽 대각선 방향으로 기울어진 채 매달려 있었다. 조수석 모서리는 거의 아스팔트에 닿을 정도였다. 케이블타이가 두 개는 필요할 것 같았다. 세 개가 필요할지도 모르겠다.

"저 차를 따라가." 그가 말했다.

링컨의 운전석에 앉은 남자는 초보자처럼 서툴게 차를 출발시켰다. 조수석에 앉은 남자는 경련이 나는 목을 최대한 빼며 돌렸다. 그리고 곁눈질로 리처 쪽을 쳐다보았다.

아무도 입을 열지 않았다. 앞쪽에서는 낡은 흰색 토요타가 앞으로 잘 나아가고 있었다. 교차로에서 오른쪽으로 향했다. 링컨이 그 뒤를 따라갔다. 운전석에 앉은 남자의 운전 실력이 나아졌다. 훨씬 부드러워졌다.

리처가 말했다. "막심 트룰렌코는 어디 있나?"

처음에는 둘 중 아무도 말을 하지 않았다. 그러다가 목 상태가 안 좋은 남자가 말했다. "넌 형편없는 사기꾼이야."

"어째서?" 리처가 말했다.

"너에게 트룰렌코의 소재를 불면 우리 쪽 사람들은 알바니아놈들보다 더한 짓을 우리에게 할 거야. 그러니 제대로 된 선택이 아니지. 인센티브가 아니야. 게다가 우리는 차에서 망이나 보는 똘마니들이야. 윗사람들이 우리에게 트룰렌코의 소재를 알려줄 것 같나? 그러니 모른다는 건 정말이야. 너는 거짓말이라고 하겠지만. 그러니 이 역시 제대로 된 선택도, 인센티브도 아니야. 그러니 마음대로 해. 가는 동안에 죽이지만 말고."

"하지만 트룰렌코가 누구인지는 알지?"

"당연하지."

"누군가 트룰렌코를 숨겨주고 있다는 것도 알고."

"노 코멘트다."

"어디다 숨겼는지는 모르고."

"노 코멘트다."

"네 목숨이 거기 달렸다면 어디를 찾아보겠나?"

목을 다친 남자는 대답하지 않았다. 그때 운전석에 있는 남자의 휴대폰이 울렸다. 휴대폰은 남자의 주머니에 있었다. 경쾌하고 소박한 마림바 벨소리가 낮은 음량으로 계속 울렸다. 리처는 암호화된 경고와 비밀 SOS 신호에 대해 생각하고 말했다. "받지 마."

운전석의 남자가 말했다. "우리를 찾아 나설 거야."

"누가?"

"사람 둘을 보낼 거다."

"너희 같은 놈 둘? 아이고 무서워라."

대답이 없었다. 벨소리가 멈췄다.

리처가 물었다. "너희 두목 이름이 뭐지?"

"우리 두목?"

"망이나 보는 똘마니들 중 두목 말고. 진짜 거물. '카포 디 투티 카피capo di tutti capi' 말이야."

"어느 나라 말이야?"

"이탈리아어." 리처가 말했다. "두목 중의 두목이란 뜻이지."

대답이 없었다. 처음에는 그랬다. 둘은 마치 침묵 속에서 결심을 나누려는 듯 서로를 힐끗 보았다. 어디까지 버틸까? 한편으로 보면 '오메르타 omerta'가 있다. 역시 이탈리아어다. 완전히 침묵하겠다는 맹세다. 사나 죽으나 지켜야 한다. 다른 한편으로 보면 그들은 지금 큰 곤경에 처해 있다. 개인적으로 각각. 지금 여기 현실 세계에서. 맹세를 지키려다 죽는 건 이론적으로는 훌륭하고 멋진 일이다. 실제로는 완전히 다르다. 현실에서는 명예롭고 영광스러운 희생이 그들의 첫째가는 목표는 아니다. 살아서 차를 몰고 집으로 돌아가는 게 우선이다.

목을 다친 남자가 말했다. "그레고리."

"두목 이름이?"

"영어로는 그렇다."

그러더니 그들은 다시 서로를 힐끗 보았다. 다른 표정이었다. 새로운 논의를 하는 것 같았다.

"너희들은 미국에 온 지 얼마나 됐지?" 리처가 물었다. 그들이 다시 본론으로 돌아오길 바라서였다. 문제에 대답하다 보면 결국 그게 습관이 된다. 쉬운 질문부터 시작해서 어려운 질문에 도달하는 것이다. 기본적인 심문 기법이다. 두 남자는 다시 서로의 허락을 구하며 시선을 교환했다. 한쪽이 먼저, 그리고 다른 한쪽이.

"여기 온 지 8년쯤." 운전석의 남자가 말했다.

"영어가 상당히 유창한데."

"고맙군."

그때 다른 남자의 휴대폰이 울렸다. 목을 다친 남자다. 역시 그의 주머니 안에 있었다. 똑같이 음량은 낮았지만 벨소리는 달랐다. 구형 전화벨의 디지털 버전이었다. 사채업소인 바의 뚱뚱한 바텐더 뒤쪽 벽에 있던 구형 전화기의 소리와 같았다. 낮고 구슬픈 소리가 길게 한 번 울리고 또 한 번 울렸다.

"받지 마." 리처가 말했다.

"그러면 휴대폰 위치를 추적할 거야." 남자가 말했다.

"상관없어. 그렇게 빠르게 대처하지 못해. 내 생각에 2분 뒤에는 모든 게 다 끝난다. 너희들은 어쨌든 집에 가게 될 거고."

낮은 벨소리가 세 번째로 울렸다. 그리고 네 번째로.

"아니면," 리처가 말했다. "지금부터 2분 뒤에 너희가 알바니아인들 손아귀에 들어갈 수도 있고. 어쨌든 곧 일어날 일이야."

앞에서 토요타가 속도를 늦추더니 경계석 앞에 멈췄다. 링컨은 그 뒤에 섰다. 오래된 벽돌 건물들과 오래된 벽돌 인도, 그리고 여기저기 때운 아스팔트 아래 오래된 벽돌들이 보이는 블록이었다. 건물들의 3분의 2는 문을 닫고 판자로 가려져 있었고, 문을 연 3분의 1도 그럴듯한 사업을 하고 있는 것 같지는 않았다. *중앙로 동쪽에 있는 수상쩍은 장소.* 애비의 선택은 훌륭했다.

전화벨 소리가 멈췄다.

리처는 몸을 앞으로 기울여 시동을 끄고 차 열쇠를 뺐다. 그는 다시 물러나 앉았다. 두 남자는 몸을 돌려 리처를 쳐다보았다. 리처의 왼손에는 P7 권총이, 오른손에는 차 열쇠가 있었다.

그가 말했다.

"목숨이 달린 일이라면 너희는 어디서 막심 트룰렌코를 찾아볼 건가?"

대답은 없었다. 서로를 힐끗거릴 뿐이었다. 두 종류의 시선이었다. 처음에는 아까처럼 불안하고 진퇴양난에 몰린 좌절의 시선이었다가 달라졌다. 새로운 논의였다.

목을 다친 남자가 말했다. "조직이 우리를 의심할 거야. 여기까지 끌려 왔다가 어떻게 풀려났는지 알고 싶어 할 거라고."

"어떻게 받아들여지느냐에 따라 다르겠지." 리처가 말했다.

"그게 문제야. 조직에서는 우리가 뭔가 거래했다고 생각할 거야."

"사실대로 말해."

"그건 자살행위야."

"특정 버전의 진실이지." 리처가 말했다. "신중하게 선택되고 배열된 진실. 일부는 삭제되고. 하지만 여전히 본질적으로는 완전한 진실. 너희가 감시하던 여자가 물건이 든 가방을 들고 나와서 차에 탔고, 너희는 그 여자를 따라서 여기까지 왔다고 얘기해. 이 블록의 주소도 알려주고. 그리고 리가 그 집을 감시할 만하다고 생각했다면, 없어진 집주인이 지금 어디 숨으려고 하는지도 분명히 알고 싶어 하리라 생각했다고 말해. 약간 주저주저하면서 말이야. 그러면 칭찬을 듣고 상금도 받게 될 거야."

운전석의 남자가 말했다. "네 얘기는 하나도 꺼내지 말고?"

"그게 더 안전하겠지."

둘은 다시 서로를 쳐다보았다. 이야기에 허술한 점이 있는지 찾고 있었다. 없었다. 그러고는 몸을 돌려 다시 리처를 쳐다보았다. 리처의 왼손에는 권총이 단단히 쥐어져 있었고, 오른손에는 차 열쇠가 살짝 걸려 있었다.

리처가 말했다. "눈치 빠른 친구라면 어디부터 찾아볼까?"

두 남자는 앞으로 몸을 돌려 다시 서로를 쳐다보았다. 여전히 불안해하지만 다소 대담해졌고, 함께 이야기하며 그 대담함을 유지했다. 어쨌든 그들은 그런 사실에 관한 질문을 받은 게 아니다. 그런 사실들을 알려줄 만큼 신임을 받아본 적도 없다. 그들 같은 똘마니들은 그렇다. 의견을 말해 달라는 요청을 받았을 뿐이다. 눈치 빠른 친구라면 어디를 찾아볼까? 순전히 가상의 추측이다. 제삼자의 견해다. 정중한 대화일 뿐이다. 물론 똘마니들에게는 누가 자기 의견을 물어본다는 것 자체가 으쓱할 일이다.

리처는 이 과정을 지켜보았다. 그들이 점점 대담해지는 게 보였다. 그들이 입을 앙다물고, 허파 가득 숨을 들이쉬는 걸 보았다. 실제로도, 비유적으로도 그들은 말할 준비가 되었다. 하지만 다른 것도 준비되어 있었다. 안 좋은 것. 새로운 논의가. 제정신이 아닌 아이디어가. 냄새처럼 그들에게서 새어 나오고 있었다. 리처 본인 탓이었다. 제대로 된 선택지가 아니었기 때문이다. 남자의 말이 맞았다. 그리고 두목에 관한 질문 때문이기도 했다. 끔찍한 보복을 할 능력이 있는 무서운 인물임이 분명했다. 이야기의 만족스러운 결론 때문이기도 했다. 격려와 상금은 좋은 것이다. 하지만 더 좋은 것은 승진과 지위 변화다. 8년이라는 긴 세월을 보낸 끝에 드디어 망보기 신세에서 벗어나는 것이다. 그들은 사다리 위로 올라가고 싶어 했다. 그러려면 여자 하나를 어떤 주소까지 따라간 것만으로는 부족하다는 사실을 알고 있었다. 더 큰 고기가 필요했다.

애런 셰빅을 붙잡는 정도는 되어야 한다. 그들은 리처를 셰빅이라고 생각하는 게 분명했다. 다른 사람들과 마찬가지로 그들도 문자를 받았다. 인상착의와 사진도. 그들은 대부분의 사람들과는 달리 리처에게 누구냐고 묻지 않았다. 보통 사람들이라면 물었을 것이다. 당신 대체 누구야? 뭘 원해? 하지만 이자들은 어떠한 호기심도 보이지 않았다. 이미 알고 있었기 때문이다. 문자에서 말한 그자다. 그러니 중요했다. 그러므로 상이 따를 것이다. 그러니 미친 생각을 한 것이다.

리처 자신의 탓이었다.

그런 짓 하지 마. 그는 생각했다.

소리 내어 크게 말했다. "그런 짓 하지 마."

운전석의 남자가 말했다. "무슨 짓?"

"바보 같은 짓."

그들은 잠시 말을 멈췄다. 리처는 그들이 사실 몇 가지를 이야기하기 시작할 것이라고 짐작했다. 말없이 시선으로만 거짓말을 꿰맞추기는 너무 힘들다. 그 사실은 미끼 같은 것이다. 생각할 시간이 좀 필요하고, 그다음에 후속 질문이 나오도록 신중하게 만들어야 한다. 그렇게 되면 리처는 순간적으로 그 생각에 정신이 팔릴 것이다. 그러면 그들에게는 리처에게 달려들 틈이 생긴다. 목을 다친 남자는 앞에서부터 나선형으로 몸을 틀어 가슴으로 리처의 왼팔을, 엉덩이로 오른팔을 덮칠 것이다. 그사이에 운전석에 있는 남자가 올라와 무방비 상태의 머리를 공격할 것이다. 눈치가 있다면, 휴대폰이야 박살 나든 말든 주저 없이 그 모서리 부분으로 리처의 머리를 공격할 것이다. 리처의 경험상, 사람들은 목숨이 걸리면 기꺼이 그렇게 한다.

그런 짓 하지 마. 리처는 생각했다.

소리 내어 크게 말했다. "너희들은 어디서 막심 트룰렌코를 찾을 생각이지?"

운전석의 남자가 말했다. "당연히 그가 일하는 곳이지."

리처는 순간적으로 멍한 표정을 지었다. 하지만 속으로는 아무 생각도 하지 않았고, 다음 질문을 떠올리지도 않았다. 그저 기다릴 뿐이었다. 박동 치는 심장처럼 시간이 0.25초 단위로 흘러갔다. 처음에는 아무 일도 없었 다. 그다음에도. 그러더니 목을 다친 남자가 강하고 투박하게 공격을 시작 했다. 팔을 앞으로 뻗고, 발을 밀며 등을 활처럼 휘게 해 그의 몸뚱이를 더 이상 뒤로 밀 수 없는 상태까지 대부분의 체중을 실으며 몸을 뒤로 날렸 다. 그러면 좌석 등받이가 쓰러지더라도 중력 덕분에 그의 몸은 리처의 무 릎 위를 덮칠 것이다. 폼은 안 나겠지만 상당히 효과적인 공격 방법이다.

그는 몸을 뒤로 완전히 밀지 못했다.

리처는 총을 좌석 등받이에 쑤셔 넣고 그 상태로 발사했다. 그러고는 쓰러지는 시체를 팔꿈치로 밀었다. 더블 탭*과도 같았다. 하나, 둘, 발사, 팔 꿈치. 총소리는 컸지만 끔찍하게 시끄럽지는 않았다. 링컨 내부 좌석의 두 꺼운 쿠션이 거대한 소음기 노릇을 했다. 쿠션 안에는 모든 종류의 양털과 말 털이 있었다. 다양한 종류의 목화솜도 있었다. 천연 흡음재였다. 사소한 문제가 하나 생겼다. 털과 솜 일부에 불이 붙었다. 운전석의 남자는 몸이 앞으로 기울어지며 아래로 쓰러지다 정강이 근처에 대시보드가 닿았다. 그러더니 다시 일어나 몸을 뒤로 틀었다. 손에는 초소형 권총이 쥐어져 있 었다. 러시아제 같았다. 낚싯바늘과 양면테이프로 눈에 띄지 않게 대시보 드에 고정되어 있었던 권총이었다. 리처는 운전석 등받이를 통해 그에게 총을 발사했다. 운전석에도 불이 붙었다. 9밀리 탄환이었다. 총구가 운전 석의 충전재에 강하게 부딪히며 과열된 가스가 크게 폭발했다. 링컨의 디 자인 과정에서는 고려되지 않았을 것이다.

---

* double tap, 같은 조준경으로 같은 표적을 향해 두 발을 연속적으로 빠르게 발사하는 사격 기술.

리처는 차 문을 열고 인도 쪽으로 빠져나왔다. 총은 주머니 안에 넣었다. 신선한 공기가 차 안으로 흘러 들어가며 작은 불씨가 활활 타올랐다. 단순한 연기가 아니었다. 진짜 불길이었다. 아가씨의 손톱처럼 작은 불길이 좌석 안에서 춤추고 있었다.

애비가 말했다. "무슨 일이에요?"

그녀는 자기 차 옆 인도에 꼼짝하지 않고 서서 링컨의 앞유리창 안쪽을 보고 있었다.

리처가 말했다. "놈들이 자기네 조직에 대단한 충성심을 보이는 바람에 잘 대해 줄 필요가 없었소."

"당신이 쐈어요?"

"정당방위였소."

"어떻게요?"

"놈들이 먼저 눈을 깜빡였지."

"죽었나요?"

"좀 기다려야 할지도 모르오. 출혈이 얼마나 되는지에 달렸지."

그녀가 말했다. "이런 일은 평생 처음 겪어요."

그가 말했다. "미안하오."

"당신은 사람 둘을 죽였어요."

"놈들에게 경고했소. 그러지 말라고. 내 패는 전부 테이블 위에 있었소. 그냥 자살 방조에 가까웠다고 생각해 주시오."

"날 위해 그렇게 한 거예요?" 그녀가 물었다. "그들을 박살 내버렸으면 좋겠다고 말해서?"

"절대 그렇게 하고 싶지 않았소." 그가 말했다. "놈들을 무사히 집으로 돌려보내고 싶었지. 하지만 아니었소. 놈들은 나름대로 최선을 다했소. 내가 했을 법한 행동을 한 거요. 나라면 더 잘했겠지만."

"우리 이제 어떻게 하죠?"

불길이 거세지고 있었다. 좌석 등받이의 플라스틱들이 부글거리고 갈라지며 피부처럼 벗겨지고 있었다.

리처가 말했다. "당신 차에 타고 떠나야 하오."

"그게 다예요?"

"상황을 뒤집어서 생각해보시오. 놈들이 나를 어떻게 했겠소? 그게 기준이오."

그녀는 잠시 아무 말도 하지 않았다.

그러고는 입을 열었다. "알았어요. 차에 타요."

운전은 그녀가 했다. 그는 조수석에 앉았다. 그의 몸무게가 그쪽으로 더해지는 바람에 서스펜션이 좀 내려앉아, 토요타의 아까 떨어진 펜더가 가는 내내 불규칙적으로 아스팔트에 부딪혔다. 베이스 드럼으로 띄엄띄엄 모스부호를 연주하는 것처럼.

21

경찰에게 전화를 걸어 도시 동부 3분의 2는 황폐해진 블록에 불타는 차가 한 대 있다고 신고할 생각을 하는 사람은 아무도 없을 것이다. 그런 건 타인의 사적인 문제일 게 분명하고, 그냥 두는 게 최선이다. 하지만 디노의 부하들에게 알릴 생각을 하는 사람은 많았다. 늘 그랬다. 쓸모가 있을지도 모른다고 생각되면 뭐든지 알렸다. 특히 이런 소식이 그랬다. 절호의 기회일 수 있었다. 이름을 알릴 기회일 수 있다. 몇몇 사람들은 불의 열기에 움찔하면서도 위험할 정도로 가까이 다가가 살펴보았다. 그들은 차 안에서 타고 있는 시체를 보았다. 차가 불길에 삼켜지기 전에 차 번호를 적어놓았다.

그들은 디노의 부하들에게 전화해, 우크라이나인들의 차가 불타고 있다고 알렸다. 차는 우크라이나인들이 중앙로의 서쪽에서 사용하던 종류의 링컨이었다. 정장과 넥타이를 입은 시체 두 구가 있다는 건 누구나 알 수 있었다. 중앙로 서부에서 관행적으로 입는 복장이었다. 등에 총을 맞은 것 같았다. 그건 어디서나 있는 관행이었다. 사건은 종료되었다. 놈들은 적이었다.

디노가 보고받은 건 이때였다.

"타게 내버려 둬." 그가 말했다.

차가 불타는 동안 디노는 측근들을 소집했다. 목재소 뒤쪽이었다. 불만인 측근들도 몇 있었다. 목재는 가연성이 높고, 어디서 무엇인가가 지금 불길에 휩싸여 있기 때문이다. 불꽃이 튈 수도 있다. 하지만 전원 출석했다. 디노의 오른팔을 비롯한 측근 모두가. 선택의 여지가 없었다.

"우리가 한 일인가?" 디노가 그들에게 물었다.

"아닙니다." 오른팔이 대답했다. "우리가 한 게 아니에요."

"확실해?"

"마사지 업소에서 있었던 일을 지금은 다들 알고 있습니다. 4대 4라는 명예로운 무승부로 경기가 종료되었다는 것을요. 우리 중에는 뒤통수를 치는 놈도, 혼자 나대는 놈도, 뒷주머니를 챙기는 놈도 없습니다. 장담합니다. 그랬다면 제 귀에 들어왔을 겁니다."

"그럼 이 일을 설명해 봐."

아무도 설명할 수 없었다.

"그럴듯한 가정이라도 해 봐." 디노가 말했다. "실제로 어떤 의미인지는 관두더라도."

부하 하나가 말했다. "놈들이 누군가를 만나러 차를 몰고 왔을 수 있습니다. 접선자는 인도에 있었겠지요. 이야기하러 뒷좌석에 탔습니다. 하지만 이야기하는 대신 총을 쐈죠. 불타는 헝겊을 차 안에 집어 던졌을 수도 있고요."

"어떤 접선자가 인도에서 기다리는데?"

"모르겠습니다."

"지역 주민?"

"그럴 수 있습니다."

"우리 애들 중 하나?"

"가능합니다."

"익명의 끄나풀?"

"그럴 수 있습니다."

"우리가 눈치채지 못할 정도로 정체를 숨겼다고? 너무 은밀해서 그 오랜 세월 동안 우리 눈에 띄지 않았다고? 그럴 것 같진 않다. 그렇게 유능한 끄나풀이라면 중앙로의 커피숍에서 기다리고 있었을 거야. 후드를 뒤집어쓴 꼬마 중 아무나를 통해 말을 전했겠지. 타운카를 탄 양복쟁이 두 놈이 가까이 접근하게 두지 않았을 거다. 아니면 언론을 통해 폭로했거나. 그러니 그건 접선이 아니었어."

"그렇겠네요."

"그리고 왜 그자가 놈들을 쏜 거지?"

"모르겠습니다."

다른 부하가 말했다. "그러면 총을 쏜 놈이 내내 뒷좌석에 있었던 게 분명합니다. 세 놈이 함께 차를 타고 온 거죠."

"그러면 총을 쏜 놈도 한패겠군."

"그럴 수밖에 없습니다. 모르는 자를 무장한 상태로 뒷좌석에 태우지는 않았을 테니까요."

"그럼 그놈은 지금 어디 있는 거지?"

"놈은 차에서 나왔고 두 번째 차가 와서 태워 갔을 겁니다. 정체 모를 차가요. 타운카는 아닐 겁니다. 떠나는 걸 본 사람이 있을지도 모릅니다."

"두 번째 차에는 몇 명이 탔을 것 같나?"

"둘입니다. 확실합니다. 놈들은 늘 한 쌍으로 움직입니다."

"그러면 소규모 작전은 아니었군." 디노가 말했다. "상당한 자원, 계획, 사전 조정이 필요했을 게 분명해. 은밀하게. 다섯 놈이 이리로 차를 타고 왔다. 그들 중 두 놈은 어떤 일이 일어날지 전혀 몰랐고."

"그런 것 같습니다."

"하지만 이유가 뭐지? 전략적인 목표 말이야."

"모르겠습니다."

"차에는 왜 불을 질렀고?"

"모르겠습니다." 부하가 다시 말했다.

디노는 테이블 주위를 둘러보았다.

그가 물었다. "총을 쏜 놈은 뒷좌석에 앉아서 함께 차를 타고 왔고, 그러니 같은 패였을 거라는 데는 다들 동의하나?"

모두 고개를 끄덕였다. 장시간의 심사숙고 끝에 필연적으로 내려진 중대한 결론인 양 심각하게 끄덕이는 자들이 대부분이었다.

"앞좌석에 앉은 두 놈을 쏜 뒤에 차에 불을 질렀겠지."

이번에는 더 빠르고 힘차게 고개들을 끄덕였다. 자명한 일이었기 때문이다.

"대체 이유가 뭘까?" 디노가 물었다.

아무도 대답하지 않았다.

대답할 수 없었다.

"신화나 전설 같은 느낌이군." 디노가 말했다. "고도로 상징적인 느낌이야. 바이킹이 자기네 전사들을 배에 태우고 불태운 것 같아. 화장火葬을 위한 장작더미처럼. 희생 제물 같단 말이지. 그레고리가 우리에게 어떤 제물을 바친 것 같다는 생각이 든다."

"부하 두 사람을 희생시켜서요?" 오른팔이 물었다.

"숫자가 의미심장해."

"어떻게요?"

"조만간 새 경찰청장이 취임한다. 그레고리는 전쟁을 감당할 수 없어. 자기가 선을 세게 넘었다는 걸 알아. 그래서 지금 사죄를 하는 거지. 화해의 손길을 내밀면서. 자기가 잘못했다는 걸 알고 바로잡으려고, 우리를 위해 6대 4를 만들어줬다. 화해의 손짓으로. 그러니 우리가 손을 쓸 필요가 없지. 그레고리는 우리 생각에 동의한다는 걸 보여주고 있어. 우리가 앞서 나가야 한다고."

아무도 대답하지 않았다.

대답할 수 없었다.

디노는 일어나서 밖으로 나갔다. 부하들은 그의 뚜벅거리는 발걸음이 외부 사무실과 물결무늬 외장재로 마감한 창고를 지나가는 소리를 들었다. 디노의 운전기사가 차에 시동 거는 소리가 들렸다. 차가 멀어지는 소리가 났다. 목재소는 조용해졌다.

처음에는 아무도 입을 열지 않았다.

그러다가 누군가가 말했다. "제물이라고?"

잠시 침묵이 흘렀다.

"자네는 다르게 보나?" 오른팔이 말했다.

"우리는 제물 같은 거 안 바쳐. 그레고리도 안 할 거야. 그럴 이유가 없잖아?"

"디노가 틀렸다고 생각해?"

중대하고 위험한 질문이었다.

말을 꺼낸 부하는 주위를 둘러보았다.

"디노가 제정신이 아닌 것 같아." 그가 말했다. "바이킹식 장례라고? 미친 소리야."

"말조심해."

"자네가 보기엔 미친 소리가 아니야?"

다시 침묵이 흘렀다.

그러더니 오른팔이 고개를 저었다.

"맞아." 그가 말했다. "내 생각에도 미친 소리야. 희생양도 제물도 아니지."

"그럼 어떻게 된 일이지?"

"외부의 개입이 있었다고 생각해."

"누구?"

"누군가가 놈들을 죽이고 그레고리가 우리 짓이라고 여기게 하려는 것 같아. 그레고리는 우리를 공격하고 우리는 반격하겠지. 결국에는 둘 다 망해버릴 테고, 누군가는 손 안 대고 코 푸는 거야. 그 누군가가 쳐들어와서 우리 패잔병들을 몰아내겠지. 그런 의도인 것 같아."

"누가?" 부하가 다시 물었다.

"모르겠어. 하지만 찾아낼 거야. 그런 다음에 다 죽여버려야지. 완전히 몰아내고."

"디노가 허락하지 않을걸. 디노는 이게 제물이라고 생각해. 지금 모든 게 술술 잘 풀려나간다고 보고 있어."

"시간이 없어."

"디노한테 말하지 말자고?" 부하가 물었다.

오른팔은 잠시 입을 다물었다.

그러다가 말했다. "그래. 아직은 아니야. 디노는 우리를 말리려고 할 거야. 그러기엔 사태가 심각해."

"자네가 이제부터 두목 노릇 하려고?"

"그럴지도. 디노가 정말 제정신이 아니라면 말이야. 어쨌든 디노가 미쳤다는 말을 꺼낸 건 자네야. 다들 들었고."

"거스를 생각은 없어. 하지만 이건 보통 일이 아니야. 우리가 하는 일이 뭔지는 아는 게 좋겠어. 그렇지 않으면 이건 배신이야. 최악이지. 디노가 우리를 다 죽일 거야."

"편을 정할 시간이야." 오른팔이 말했다. "어디에 걸지 결정해야 할 때지. 바이킹식 장례일 수도 있고 외부의 침입일 수도 있어. 외부의 침입이라면 어차피 우리는 디노한테 죽기 한참 전에 죽게 될 거야."

말을 꺼낸 부하는 10초간 입을 열지 않았다.

그러고는 말했다. "우선 무엇부터 해야 하지?"

"불부터 꺼. 잔해는 폐차장 압축기에 집어넣고. 그다음에는 탐문을 해. 차 두 대가 있었어. 하나는 으리으리한 링컨이야. 다른 차를 기억하는 사람이 있을 거야. 그 차를 찾고 그 안에 누가 타고 있었는지 알아내야 해. 그다음에는 그놈이 누구 밑에서 일하는지 불게 해야지."

그때 리처는 네 개의 거리를 더 지난 곳에 있었다. 프랭크 바턴이라는 연주자가 소유한 낡은 연립주택 거실이었다. 바턴은 애비의 친구였고 도시 동부에 살고 있었다. 집에는 바턴의 하숙인도 있었다. 조 호건이라는 남자였다. 전직 해병이었고, 지금은 연주자였다. 정확히 말하자면 드럼 연주자였다. 그의 드럼 세트가 집의 절반을 차지하고 있었다. 바턴은 베이시스트였다. 그의 악기가 나머지 반을 차지하고 있었다. 스탠드에 놓인 악기 네 대, 앰프, 대형 스피커 캐비닛. 잡동사니들 사이에 폭이 좁은 안락의자들이 여기저기 있었다. 안락의자의 얇은 천은 군데군데 얼룩지고 올이 다 드러나 있었다. 리처가 그중 하나, 애비가 또 하나, 바턴이 세 번째와 네 번째를 차지했다. 호건은 드럼 스툴에 앉았다. 흰색 토요타는 창밖에 주차되어 있었다.

바턴이 말했다. "이건 미친 짓이에요, 친구. 난 그놈들을 알아요. 그쪽 클럽에서 연주했죠. 놈들은 잊는 법이 없어요. 애비는 다시는 그리로 돌아가지 못해요."

"트롤렌코를 찾아낸다면 그렇지 않소." 리처가 말했다.

"그게 무슨 도움이 되죠?"

"그런 큰 패배를 당하면 상황이 달라지는 법이오."

"어떻게요?"

리처는 대답하지 않았다.

호건이 말했다. "트롤렌코처럼 가치가 높은 표적에 다가가는 방법은 조직의 제일 윗선을 치는 것뿐이라는 뜻이야. 그렇게 되면 남은 놈들은 머리가 잘린 닭처럼 여기저기 허둥대며 우왕좌왕하는 잔챙이들뿐이지. 알바니아놈들이 그 잔챙이들을 아침밥으로 먹어 치울 거고. 그럼 알바니아놈들이 도시 전부를 지배하게 되는 거야. 그러면 우크라이나놈들과 있었던 일들은 걱정할 필요가 없어. 모두 죽었을 테니까."

역시 왕년의 해병답다. 전략의 핵심을 명쾌하게 파악했다.

"이건 미친 짓이야." 바턴이 다시 말했다.

이번 주가 지나기 전에 여섯 번의 기회가 있다. 리처는 생각했다.

22

그레고리의 오른팔이 내부 사무실 문을 두드리고 들어와 대형 책상 앞쪽의 의자에 앉았다. 그는 자기가 아는 사실을 설명했다. 애비게일 깁슨의 집 앞에 부하 둘을 배치했는데 지금 실종 상태다, 전화를 받지 않는다, 차도 보이지 않는다.

그레고리가 말했다. "디노 짓인가?"

"아닐 겁니다."

"어째서?"

"디노의 짓일 리 없습니다. 그런 생각은 우선 제쳐둬야 합니다. 우리는 지금까지 특정한 가정을 해 왔습니다. 이제는 사실을 새로운 시각으로 봐야 합니다. 포드 중고차매장의 부서진 차 안에 죽어 있던 두 녀석을 먼저 생각해보십시오. 그들이 제일 마지막으로 만난 게 누구였습니까?"

"놈들은 주소를 확인하고 있었지."

"애런 셰빅의 주소였죠. 웨이트리스와 시시덕거렸고 집 밖에서 우리 부하 둘이 더 사라졌던 자는 누구였습니까?"

"애런 셰빅이었지."

"이건 절대 우연의 일치가 아닙니다."

"대체 이자가 누군데?"

"누군가의 밑에서 일하는 놈입니다. 두목과 디노를 서로 싸움 붙이고 있죠. 서로를 파괴하게 말입니다. 그러면 어부지리를 얻을 수 있으니까요."

"그게 누군데?"

"셰빅이 말해주겠죠. 놈을 찾아낸다면요."

알바니아인들은 아직도 연기가 나는 차의 잔해를 압축기에 집어넣었다. 그다음에는 탐문을 시작했다. 수녀부는 발품 파는 걸 마다하지 않고 직접 나섰다. 그들의 질문은 아주 간단했다. 차 두 대로 된 행렬을 보았나? 그중 하나는 링컨 타운카인데? 그들에게 거짓말을 하는 사람은 없었다. 그건 확신할 수 있었다. 주민들은 그들에게 거짓말한 자들이 어떻게 되었는지를 보았기 때문이다. 사람들은 기억을 쥐어짰다. 하지만 결과는 실망스러웠다. 두 대의 차로 이루어진 행렬이라는 게 때로는 파악하기 힘들다는 것도 하나의 이유였다. 예를 들어 러시아워 시간대에는 두 대의 차로 된 행렬이라는 게 없었다. 102대의 차로 된 행렬이 있을 뿐이다. 도심에서는 대부분 22대의 차로 이루어진 행렬들이 있을 것이다. 문제의 두 대의 차 행렬이 이중 어떤 것인지 어떻게 알 수 있겠는가? 사람들은 틀린 답을 하고 싶지 않았다. 조직의 높은 분들이 물어볼 때는 특히 그랬다.

그래서 같은 질문을 다른 식으로 하는 방법을 찾아냈다. 차량 중에 검은색 링컨은 얼마 되지 않으리라는 데 빠르게 의견이 일치했다. 기껏해야 여섯 대 정도일 것이다. 그들 중에 세 대가 우크라이나인들이 몰고 다니는, 꽁무니가 평퍼짐한 차종이었다. 수녀부는 이 세 대 앞과 뒤에 무슨 차가 있었는지 상세하게 알아내라고 부하들을 닦달했다. 어딘가에는 두 대의 차로 된 행렬이 있을 터였다.

앞쪽 펜더가 덜렁거리는 소형 흰색 세단을 기억해낸 목격자가 셋 나타났다. 각각의 보고에서는 이 세단이 특정한 링컨의 앞에 있었고, 이 링컨은 분명히 그 세단을 따라가듯이 신중하게 차선을 변경했다고 되어 있었다. 도시 서쪽에서 나타나서 동쪽으로 향했다.

두 대의 차로 된 행렬이었다.

소형 흰색 세단은 아마 혼다일 것이다. 아니면 다른 H, 현대. 아니면 기아일지도. 다른 신규 브랜드일까? 신차는 절대 아닌 것 같았다. 상당히 낡은 차였기 때문이다. 토요타일 수도 있다. 그래, 그럴 것이다. 토요타 코롤라. 최저 사양. 그것이 최종 결론이었다. 모든 목격자가 동의했다.

그 차가 떠나는 걸 본 사람은 없었다.

수뇌부가 지령을 내렸다. 모두 눈에 불을 켜고 찾았다. 앞쪽 펜더가 덜렁거리는 낡은 흰색 토요타 코롤라 세단. 즉시 보고가 올라왔다.

이때는 늦은 오후였다. 연주자들이 하루를 시작하기에 괜찮은 시간대였다. 호건이 하이햇*을 두드리고 라이드 심벌**을 톡톡 치면서 안정적인 4분의 4박자로 예열을 시작했다. 바턴은 콧소리로 허밍을 하며 낡은 펜더 기타에 플러그를 꽂고 앰프의 전원을 켰다. 그가 음을 연주하기 시작했다. 반복적이고 복잡한 음들은 킥 드럼과 엄격하게 발을 맞추면서 2박째와 4박째에 다시 원래 음으로 돌아왔다가 새로운 선율의 첫 박에서 다시 시작되었다. 리처와 애비는 잠시 귀를 기울이다가 손님용 방을 찾아 자리를 떴다.

* hi-hat, 드럼에 달린, 발로 치는 심벌즈.
** ride cymbal, 드럼 연주에서 템포를 유지하기 위해 주로 사용하는 크기가 가장 크고 두께가 가장 두꺼운 심벌.

손님용 방은 집 앞쪽의 위층이었다. 도로로 난 문 위의 작은 공간이었고, 백 년은 된 듯한 물결무늬 유리로 된 둥근 창문이 있었다. 토요타는 바로 아래에 있었다. 침대는 퀸사이즈였다. 낡은 기타 앰프를 돌려세워서 침대 탁자로 사용하고 있었다. 옷장은 없었다. 대신에 옷걸이용 구리 못들이 벽에 한 줄로 박혀 있었다. 드럼과 베이스의 쿵쾅거리는 소리가 바닥을 통해 들려왔다.

"당신 집만큼 좋지는 않군." 리처가 말했다. "미안하오, 나 때문에."

애비는 대답하지 않았다.

리처가 말했다. "링컨에 있었던 놈들에게 트룰렌코가 어디 있느냐고 물었소. 모르더군. 그래서 어디부터 먼저 찾아보면 좋을지 의견을 물었소. 그랬더니 그가 일하는 곳이라고 대답하더군."

"트룰렌코가 일을 한다고요?"

"솔직히 말하자면 나는 그런 식으로는 생각하지 못했소."

"숨겨 주는 대가겠죠. 아니면 돈이 없거나요. 몸으로 때우는 거겠죠."

"그건 시간이 오래 걸릴 텐데." 리처가 말했다.

"아니면 그가 왜 일하겠어요?"

"지루해졌을 수도 있소."

"그럴 수도 있겠네요."

"어떤 종류의 일을 할 것 같소?"

"몸 쓰는 건 아닐 거예요." 애비가 말했다. "트룰렌코는 곱상하고 체구가 작은 남자 같았어요. 늘 신문에 사진이 도배되었죠. 젊지만 탈모가 있고 안경을 썼어요. 채석장에서 돌 깨는 일은 못 할 거예요. 사무실 같은 데 있겠죠. 데이터 시스템을 구조화하거나 하는 일을 하면서요. 특기가 그거니까요. 그의 신제품은 사용자의 생체 징후를 바로 의사에게 연결해 주는 휴대폰 앱이었어요. 실시간으로요. 그러니 그 비슷한 거겠죠. 아니면 시계를 휴대폰과 연결하고 그다음에 의사에게 연결하든가요. 제대로 이해하는 사람은 아무도 없어요. 하지만 어쨌든 트룰렌코는 사무를 보겠죠. 머리 쓰는 일이요."

"그러면 도시 서쪽의 어떤 사무실에 있겠군. 숙소는 사무실 가까이 있거나 숙소 겸 사무실일 수 있고, 경비원도 있을 테고. 지하 벙커일 수도 있소. 입구는 병목형에 경비가 삼엄하겠고. 그가 알거나 믿는 사람 말고는 출입이 금지되고 있을 거요."

"그러면 당신은 접근할 수 없겠네요."

"쉽지 않은 부분이 있다는 건 인정하오."

"불가능에 가까운데요."

"불가능이란 건 없소."

"얼마나 클까요?"

"모르지." 리처가 말했다. "수십 명이 있을 거요. 더 많을 수도, 더 적을 수도 있소. 일종의 신경 중추요. 그들이 모든 문자를 보내는 곳. 당신이 그들은 신기술에 능하다고 했잖소."

"적합한 장소가 많지는 않겠네요."

"그렇겠지." 리처가 말했다. "봐, 우린 이미 진전을 이루고 있소."

"돈이 사라졌다면 소용없어요."

"트룰렌코의 고용주들에겐 있을 거요. 가난한 갱은 본 적이 없거든."

"셰빅 부부는 트룰렌코의 새 고용주들에게 소송을 제기할 수 없어요. 관련이 없잖아요. 고용주들의 잘못이 아니니까요."

"그 지점에서 법의 정신이 법조문보다 중요해지는 거요."

"훔치려고요?"

리처는 창가로 다가가서 아래를 내려다보았다.

"저들의 두목은 그레고리라는 자요." 그가 말했다. "그에게 자선 기부할 의향이 있는지 물어볼 생각이오. 내가 들은 불운한 사람들을 위해서. 수많은 논의를 해야겠지. 그가 동의하리라고 확신하오. 그리고 그레고리가 트룰렌코의 일로 이익을 얻고 있다면 그건 트룰렌코의 돈을 가져가는 거나 마찬가지요."

애비의 눈은 딴생각하는 듯한 표정이었다. 그러더니 거의 자동으로 뺨에 손을 가져다 댔다.

"그레고리에 관한 얘기를 들은 적이 있어요." 그녀가 말했다. "만난 적도, 심지어 본 적도 없지만요."

"어떤 얘기였소?"

그녀는 대답하지 않았다. 그저 고개만 저었다.

그가 말했다. "당신에게 무슨 일이 있었소?"

"무슨 일이 있었다고 누가 그래요?"

"당신은 방금 두 구의 시체를 봤소. 지금 나는 사람들을 위협하고 돈을 훔치겠다고 얘기하고 있고. 나는 그런 부류의 사람이오. 우리는 지금 양자택일의 길에 서 있소. 여자들은 대부분 지금쯤이면 빠져나가려고 하지. 당신은 그러지 않고 있소. 그자들을 정말로 싫어하는 거요. 분명 이유가 있겠지."

"당신을 정말 좋아해서 그런지도 모르죠."

"나는 희망 속에 살지만," 리처가 말했다. "현실적인 사람이오."

"나중에 알려줄게요." 그녀가 말했다. "어쩌면요."

"좋소."

"지금은 뭘 하죠?"

"가서 짐을 챙겨요. 차를 옮기는 게 좋겠소. 집 바로 밖에 주차하면 안 되오. 놈들은 이미 당신 차를 세빅의 집에서 봤소. 오늘 누가 차를 몰고 가다가 봤을 수도 있고. 다른 곳에다 둬야 하오. 그게 항상 안전하니까."

"앞으로 얼마나 더 이렇게 살아야 하죠?"

"나는 늘 이렇게 살아왔소. 그렇지 않았다면 예전에 무덤 신세였을 거요."

"프랭크는 내가 다시는 집에 돌아가지 못할 거라고 했어요."

"호건은 갈 수 있다고 했소."

"당신이 트룰렌코를 찾는다면요."

"일주일이 가기 전에 여섯 번의 기회가 있소."

그들은 베이스의 깊은 그루브가 울려 퍼지는 아래층으로 내려와서 곧바로 차로 갔다. 애비는 뒷좌석에서 힘겹게 가방을 꺼내 현관으로 끌고 갔다. 그들은 다시 현관문을 닫고 차에 탔다. 차는 두 번 만에 시동이 걸리면서 그 덜렁거리는 펜더를 비좁은 공간에서 바깥쪽을 향해 끌고 나갔다. 차를 주위의 이런저런 지역으로 무작위로 지그재그로 몰았다. 어떤 곳은 허름한 주택가였고, 어떤 곳은 상업 지구였다. 두 블록에 걸친 건설 현장도 있었는데, 현장에는 전기 부품 창고, 배관 용품 창고, 목재소가 하나씩 있었다. 건설 현장을 지나서는 점차 쇠퇴하고 있는 황폐한 블록이 나타났다. 링컨이 불탄 곳 같았다.

"여기 어때요?" 애비가 물었다.

리처는 주위를 둘러보았다. 사방이 황량했다. 집주인도, 세입자도, 주민도 없었다. 근처에서 차가 눈에 띄더라도 놈들에게 일러바칠 주민이 없었다. 무고한 피해자가 나올 위험도 없었다.

"괜찮을 것 같소." 리처가 말했다.

그녀는 차를 세웠다. 둘은 밖으로 나왔고 애비는 차 문을 잠갔다. 그들은 왔던 길과 거의 같은 경로로 걸어 돌아갔다. 아까 지나왔던 무작위의 길들 중에서 가장 넓은 지그재그 경로의 길모퉁이 몇 개를 가로지르기는 했지만, 대부분은 경로를 그대로 유지했다. 건설 현장 블록에 도착했다. 반대 방향으로 오니 처음에 봤던 목재소가 나타났다. 인도와 목재소 문 사이의 움푹 팬 경계석에 남자가 하나 서 있었다. 마치 보초 같았다. 목재의 입출고를 확인하기 위해 서 있는지도 모른다. 목재도 다른 물건처럼 빼돌리고 훔쳐낼 수 있으니까.

그들은 남자를 지나쳐 계속 걸었다. 배관 용품 창고와 전기 부품 창고를 지나 계속 걸었다. 이리저리 꼬인 도로들을 지나왔다. 100미터 좀 못 미친 너머에서 베이스와 드럼 소리가 들렸다.

보고는 신속하게 올라왔지만, 충분하게 빠르지는 않았다. 수뇌부들의 휴대폰에 다급한 전화가 번갈아 이어졌다. 앞쪽 펜더가 반쯤 떨어진 낡은 흰색 토요타 코롤라가 어떤 블록을, 다른 블록을, 또 다른 블록을 지나가고 있다는 연락이었다. 차의 진행 방향에는 어떤 규칙도 이유도 없었다. 뚜렷한 목적지도 없었다. 노숙자도 살지 않을 정도로 황폐한 동네로 향하고 있는 것 같다는 정도였다.

그런 다음 대박 보고가 올라왔다. 믿을 만한 제보자가 100미터 정도 앞에서 그 차가 속도를 늦추더니 정지하고 주차하는 것을 보았다. 두 사람이 차에서 내렸다. 운전자는 체구가 작은 여자였는데 머리카락은 어두운색이고 짧게 잘랐다. 조수석에서는 그녀의 두 배는 될 덩치의 남자가 내렸다. 나이는 여자보다 더 들었고, 얼핏 보기에 키 195센티미터에 몸무게는 110킬로미터 정도 되었다. 체구는 벽돌집처럼 단단했고 옷차림은 난민 같았다. 그들은 차 문을 잠그고 함께 걸어갔다. 첫 번째 길모퉁이를 돌아 빠르게 시야에서 사라졌다.

이 모든 정보는 통화, 음성 사서함, 문자를 통해 즉시 공유되었다. 신속했다. 하지만 충분하게 빠르지는 않았다. 목재소 정문 앞을 지키던 남자에게 그 메시지가 전달된 것은 자그마한 체구에 어두운색의 짧은 머리카락 여자와 거구의 추한 남자가 지나간 지 90초 뒤였다. 거의 코 닿을 거리였다. 차들이 집결하느라 몇 분 더 걸렸다. 차들은 두 사람이 걸어갔던 방향으로 몰려갔다.

성과가 없었다. 작은 체구의 여자와 거구의 남자는 사라진 지 오래였다. 인구가 밀집한 주거 지역 속 어딘가로 자취를 감췄다. 주거 지역에는 낡은 주택들이 열 블록에 걸쳐 빽빽하게 늘어서 있다. 주소만도 400개가 넘을 것이다. 여기에 지하 주택과 셋방까지 더해진다. 떠돌이들과 괴짜들로 가득하다. 시도 때도 없이 들락거리거나 아예 바깥출입을 하지 않는다. 찾아낼 가망이 없었다.

수뇌부는 새 지령을 내렸다. 모두 눈에 불을 켜고 찾으라고 지시했다. 어두운색 머리카락에 체구가 작은 젊은 여자, 그보다는 나이가 든 거구의 추한 남자. 즉시 보고가 올라왔다.

23

바턴도 호건도 그날 밤에는 일이 없었다. 그래서 그들은 리처와 애비가 돌아오자 잼* 연주를 중단하고 함께 저녁 시간을 보내자고 제안했다. 중국 음식을 배달시키고, 와인도 한 병 마시고, 대마초도 좀 피우고, 대화도 하고, 그간 돌아가는 상황에 관한 이야기도 나누자고 했다. 음악도 들으면서. 애비의 휴대폰이 울리기 전까지는 모든 게 좋았다.

마리아 셰빅이 남편의 휴대폰으로 건 전화였다. 그녀와 애비는 전에 번호를 교환했었다. 만약의 상황을 대비해서였다. 그리고 지금이 그 만약의 상황인 것 같았다. 마리아는 검은색 링컨 타운카가 집 밖에 주차되어 있다고 말했다. 차에는 두 사람이 탔고, 집을 감시 중이라고 했다. 차는 오후 내내 그 자리에 있었고 계속 머물러 있을 작정인 것 같다고 했다.

애비는 리처에게 휴대폰을 건넸다.

그가 말했다. "놈들은 저를 찾고 있습니다. 제가 트룰렌코를 언급했으니까요. 불안했을 겁니다. 그냥 무시하십시오."

마리아가 말했다. "그들이 집으로 들어올까요?"

제대로 먹지도 못하고 몸도 구부정한, 일흔 살의 노인네들.

그가 말했다. "집을 뒤지라고 하십시오. 원하는 건 뭐든지 보여주세요.

---
* jam. 여러 연주자가 사전 조율 없이 즉흥으로 함께하는 연주.

제가 거기 없다는 걸 알고 차로 돌아갈 겁니다. 그런 다음에 놈들은 인도를 감시하는 것밖에는 할 게 없습니다. 상대적으로 덜 힘든 일이죠."

"잘 알겠어요."

"메그 소식은 있습니까?"

"좋은 것과 나쁜 게 있어요." 마리아가 말했다.

"좋은 것부터 시작하시죠." 리처가 말했다.

"의사들이 메그가 호전되고 있다고 드디어 진심으로 믿기 시작했어요. 말투에서 느낄 수 있었죠. 정확하게 그렇게 말한 건 아니지만, 말하는 방식이 그랬어요. 늘 에둘러서 말하곤 했는데 지금은 흥분해 있어요. 병세가 호전되고 있다고 생각하는 거죠. 그걸 알 수 있었어요."

"나쁜 소식은요?"

"호전되는 걸 확인하려면 검사가 필요하대요. 비용은 선불로 내야 하고요."

"비용이 얼마나 듭니까?"

"아직은 모르겠어요. 비싸겠죠. 최신형 기기니까요. 연조직 분석에 엄청난 발전이 있었대요. 전부 거액이 들고요."

"검사는 언제 해야 합니까?"

"되도록 빨리하고 싶은 마음과 그렇게 하고 싶지 않은 마음이 반반이에요."

"의학적으로 가장 적절한 시기에 해야 합니다. 나머지는 차차 생각해야죠."

"우리는 돈을 빌릴 수 없어요." 마리아가 말했다. "당신이 해 주셨어야 했죠. 놈들이 당신을 애런 셰빅이라고 생각하니까요. 하지만 지금 당신이 그렇게 하면 함정에 빠지게 돼요. 트룰렌코에 관해 묻고 다녔으니까요."

"애런 씨가 제 이름으로 빌려도 됩니다. 아니면 어떤 이름도 상관없고요. 놈들은 이 바닥에 처음 끼어들었습니다. 확인할 체계가 없어요. 아직까지는요. 이 방법도 선택할 수 있습니다. 정말 돈이 급하시다면."

"트룰렌코를 찾을 수 있다고 말씀하셨잖아요? 전에도 그런 일을 해보신 적 있다면서요."

"시기가 문제입니다." 리처가 말했다. "일주일이 지나기 전에 기회가 여섯 번은 있으리라 생각했습니다. 지금은 그렇게 많지는 않은 것 같습니다. 그래서 속전속결로 나가려고 합니다."

"내가 너무 목소리를 높였네요. 미안해요."

"아닙니다." 리처가 말했다.

"스트레스가 너무 심해요."

"상상이 갑니다." 리처가 말했다.

그들은 통화를 끝냈고, 리처는 애비에게 휴대폰을 돌려주었다.

바턴이 말했다. "이건 미친 짓이에요, 친구. 내가 계속 말하잖아요. 그게 사실이니까. 난 이자들을 알아요. 놈들의 클럽에서 연주했으니까. 놈들이 하는 짓을 봤어요. 한번은 피아노 연주자가 그들 마음에 안 들었나 봐요. 해머로 그 연주자의 손가락을 박살 내버렸죠. 그 친구는 다시는 피아노를 칠 수 없게 됐어요. 당신은 놈들을 당해낼 수 없어요."

리처는 호건을 바라보며 물었다. "놈들의 클럽에서 연주하시오?"

"나는 드럼 연주자예요." 호건이 말했다. "돈만 주면 어디서든 하죠."

"그들이 하는 짓을 본 적 있소?"

"프랭크 말에 동의해요. 기분 좋은 인간들은 아니에요."

"해병대라면 놈들에게 어떻게 할 것 같소?"

"아무것도 안 하겠죠. 윗선에서는 놈들을 네이비실Navy Seal로 넘길 겁니다. 이 특전대는 폼 나게 해내겠죠. 해병대는 끼지 않을 거고."

"특전대가 어떻게 할 것 같소?"

"먼저 지도와 청사진들을 가지고 수많은 계획을 세우겠죠. 해병대에서 벙커를 보강해야겠다는 생각이나 겨우 할 때 특전대는 비상 탈출구, 보급 구역, 환기구, 수도관, 하수구, 인접한 구조물들 사이의 벽을 허물면 진입할 수 있는 장소를 찾으려고 하니까요. 그다음에는 가능한 한 사방, 최소한 서너 곳에서 세 명이나 네 명으로 구성된 팀이 각 방향에서 동시 공격할 계획을 세울 겁니다. 그러면 임무는 완수하겠죠. 관련자가 한 사람도 살아남지 못하는 게 문제지만. 공간의 크기와 시야에 따라 다르겠지만 수많은 교전이 이루어질 겁니다."

리처가 물었다. "해병대에서는 무슨 보직이었소?"

"보병이었습니다." 호건이 말했다. "평범한 노땅 해병이었죠."

"군악대가 아니고?"

"그건 해병대 치고 너무 합리적이죠."

"늘 드럼만 연주했소?"

"어렸을 때 쳤죠. 그러다 그만뒀습니다. 이라크에서 다시 스틱을 잡았어요. 대규모 기지에는 어디에나 먼지 쌓인 드럼 세트들이 있습니다. 독자적으로 통제할 수 있는 패턴을 만드는 걸 즐기게 되리라는 조언을 들었죠. 이미 드럼을 쳐 봤으니까 도움 될 거라는 조언도요. 공격성을 없애줄 거라는 조언도 받았습니다."

"누가 한 조언이었소?"

"어떤 고참 군의관이요. 처음엔 웃어넘겼어요. 하지만 내가 정말 다시 드럼을 즐기고 있다는 사실을 알게 되었죠. 평생 해야겠다고 느꼈어요. 그 때부터 따라잡기 위해 연주해 왔습니다. 계속 배우려고 해요. 몇 년 동안 손을 놨으니까요."

"당신 연주는 상당히 좋았소."

"당신은 지금 허풍을 떨고 있어요. 상황을 바꾸려고 하고 있죠. 당신은 혼자예요. 특전대가 아니라고요."

"방법을 찾을 거요. 네이비실이 만들어내는 것보다 나은 계획들이 수십 개나 있는 건 분명하니까. 내게 필요한 건 트룰렌코를 찾아내는 일뿐이오."

"있을 만한 장소가 많지는 않을 거예요." 애비가 다시 말했다.

리처는 고개를 끄덕이고 침묵을 지켰다. 그의 주변에서 대화가 이루어졌다. 셋은 좋은 친구인 것 같았다. 클럽, 음악, 춤, 정장을 입은 문지기로 이루어진, 변하기 쉬운 세상에서 때때로 함께 일했다. 모두 사연이 있었다. 어떤 건 재미있었고 어떤 건 그렇지 않았다. 그들이 보기에 우크라이나인들과 알바니아인들 사이에는 차이가 없었다. 그들은 중앙로의 동쪽과 서쪽에서 일하는 건 똑같이 좋은 점도, 나쁜 점도 있다고 생각하는 것 같았다.

배달원이 차로 중국 음식을 배달해 왔다. 리처는 애비와 뜨겁고 시큼한 수프를, 바턴과 새콤달콤한 닭고기를 나눠 먹었다. 그들은 와인을 마셨다. 그는 커피를 마셨다. 식사를 마치고 그가 말했다. "산책 좀 다녀오겠소."

애비가 말했다. "혼자서요?"

"서운해하지 마시오."

"어디로요?"

"중앙로 서쪽. 서둘러야 하오. 셰빅이 또 거액의 치료비를 부담해야 할 상황이오. 기다릴 여유가 없소."

"당신 미쳤군요." 바턴이 말했다.

호건은 입을 열지 않았다.

리처는 일어나서 문을 열고 나갔다.

24

리처는 도심의 고층 건물들의 밤 불빛을 향해 서쪽으로 걸었다. 은행과 보험 회사, 지역 TV 방송국 건물이었다. 체인 호텔들도 있었다. 모두 중앙로를 따라 무리 지어 있었다. 체인 호텔들은 모두 구역이 겹치면서 서로 이익을 갉아먹고 있었지만, 경영진들은 지배인이 상대 호텔의 상황을 알려주지 않은 이상 모르고 있을 것이다. 리처는 길을 따라 바와 클럽, 거리에 면한 레스토랑들을 지나쳐 갔다. 여기저기 문 앞에서 정장을 입은 남자들을 보았다. 그는 그들을 무시했다. 침범이 아니었다. 그는 아직 중앙로의 동쪽에 있었다. 리처는 계속 걸어갔다.

만일 리처가 머리 뒤에도 눈이 달렸다면, 정장을 입은 남자 중 하나가 잠시 곰곰이 생각하다가 문자를 보내는 장면을 보았을 것이다.

그는 계속 걸어갔다. 첫 번째 고층 건물에서 북쪽으로 세 블록을 가 중앙로를 건너, 비슷해 보이는 동네로 들어섰다. 바와 클럽, 거리로 면한 레스토랑이 있었고, 몇몇 곳에는 정장을 입고 문 앞에 선 남자들이 있었다. 똑같았다. 정장이 다르고, 넥타이가 실크고, 안색이 더 창백하다는 게 차이였다. 리처는 이번에는 가능한 한 그늘 속에 숨어서 그들 모두를 주의 깊게 살펴보았다. 그가 원하는 종류의 남자를 찾고 있었다. 경계하고 있으되 지나치게 경계하지는 않고, 터프하되 지나치게 터프하지는 않은 남자. 후

보가 몇 있었다. 특히 셋이 괜찮아 보였다. 둘은 와인 바에, 하나는 라운지에 있었다. 코미디 클럽 같았다.

리처는 도로로 난 문에 가장 가까운 곳에 앉아 있는 남자를 골랐다. 전략적 이점이 있었다. 이곳은 라운지였다. 남자는 유리창 바로 안쪽에 있었다. 리처는 그를 향해 걸어갔다. 그의 가시 범위에서 4분의 3지점이었다. 남자는 움직임을 알아챘다. 고개를 돌렸다. 리처는 걸음을 멈췄다. 남자가 빤히 쳐다보았다. 리처는 다시 움직였다. 그를 향해 똑바로 갔다. 남자는 기억해냈다. 문자, 인상착의, 사진, 이름. 애런 셰빅, 수배 중인 자다.

리처가 다시 걸음을 멈췄다.

남자가 휴대폰을 꺼내 터치했다.

리처는 총을 꺼내 겨냥했다. 링컨이 불타기 전에 그 안에 있던 두 놈에게서 빼앗은 두 자루의 H&K P7 중 하나였다. 독일 경찰이 사용하는 총. 멋진 솜씨로 제작된. 가장자리는 차갑고 단단했다. 남자는 얼어붙었다. 리처는 세 발짝 거리에 있었다. 딱 충분한 시간이다. 유혹에 빠지기에. 남자는 휴대폰을 떨어뜨리고 손을 겨드랑이 밑에 넣어 자신의 총을 꺼내려고 했다.

시간은 충분하지 않았다.

남자는 문 바로 안쪽에 있었다. 유리창 바로 안쪽이었다. 리처는 남자가 총을 반쯤 꺼내기도 전에 그에게 다가가서 H&K의 총구를 그의 오른쪽 눈에 단단히 눌렀다. 총구가 흔들리지 않을 정도로, 그리고 남자가 주목할 정도로 단단히 눌렀다. 효과는 즉시 나타났다. 남자가 곧바로 입을 다물고 꼼짝하지 않았기 때문이다. 리처는 오른손으로 남자의 휴대폰을 집어 들고 남자의 총을 꺼냈다. 그가 이미 가지고 있는 두 자루와 똑같은 H&K P7

이었다. 중앙로 서쪽의 표준 무기인지도 모른다. 부패한 독일 경찰관에게서 좋은 가격으로 대량 구매했을 수도 있다.

리처는 왼손으로 휴대폰과 총을 주머니에 넣었다. 오른손으로는 H&K를 남자의 눈알에 더 세게 눌렀다.

"같이 좀 걷지." 리처가 말했다.

남자는 누르는 힘에 밀려 전신을 뒤로 구부리면서 스툴에서 엉거주춤하게 일어났다. 그리고 발을 끌며 돌아서서 뒷걸음으로 문을 나가 인도로 들어섰다. 리처는 인도에서 그를 오른쪽으로 몸을 돌리게 하고 여섯 걸음 뒤로 물러서게 했다. 그러고는 다시 오른쪽으로 돌린 다음, 뒷걸음으로 쓰레기통과 음식 냄새가 나는 골목으로 가게 했다.

리처는 남자의 등이 벽에 닿게 밀어붙였다.

그가 말했다. "몇 명이나 봤지?"

남자가 말했다. "뭘?"

"누군가가 네 머리에 총을 댄 모습을."

"몇 명 있겠지."

"널 도우러 올 놈은 몇이나 될까?"

남자는 대답하지 않았다.

"그래, 아무도 없겠지." 리처가 말했다. "널 좋아하는 놈은 아무도 없으니까. 네가 불에 타고 있을 때 오줌이라도 싸서 꺼 줄 사람도 아무도 없고. 그러니 지금은 너와 나뿐이야. 아무도 널 구하러 오지 않아. 알아들어?"

"원하는 게 뭐야?"

"막심 트룰렌코는 어디 있나?"

"아무도 몰라."

"몇 사람은 분명히 알고 있어."

"난 아니야." 남자가 말했다. "약속해. 여동생 목숨에 걸고 맹세해."

"네 여동생이 지금 어디 있는데?"

"키이우."

"그럼 네놈의 약속은 그저 말뿐인 거네. 안 그래? 다시 해봐."

"제 목숨을 걸게요." 남자가 말했다.

"말뿐인 건 아니군." 리처가 말했다. 그는 H&K를 더 세게 눌렀다. 남자의 눈알이 찌부러지는 게 권총을 통해 느껴졌다. 눈알 속 젤 성분이 느껴졌다.

남자는 헉헉대며 말했다. "맹세해요. 전 트룰렌코가 어디 있는지 몰라요."

"하지만 얘기는 들었겠지."

"그거야 당연하죠."

"트룰렌코가 지금 그레고리 밑에서 일하나?"

"그렇게 들었어요."

"어디서?"

"그건 아무도 몰라요." 남자가 말했다. "극비예요."

"확실해?"

"어머니 무덤에 걸고 맹세할게요."

"그건 또 어디 있는데?"

"믿어주세요. 트룰렌코의 소재를 아는 사람은 겨우 여섯 명 정도일 거예요. 전 아니에요. 제발요. 전 그저 문지기일 뿐이라고요."

리처는 총을 치우고 뒤로 물러섰다. 남자는 눈을 깜빡이고 문지르고는 어둠 속을 쳐다보았다. 그는 남자의 불알을 세게 찼다. 리처는 고통으로 몸을 구부리며 헛구역질을 하는 남자를 내버려 두고 자리를 떴다.

리처는 아무 문제없이 중앙로로 돌아왔다. 문제는 돌아온 바로 직후에 시작되었다. 중앙로 동쪽에 있을 때는 전혀 알아채지 못했던 문제였다. 물론 침범은 아니었다. 하지만 그는 감시의 눈길을 곧바로 느꼈다. 사람들이 그를 보고 있는 게 느껴졌다. 그들의 시선에는 호의라고는 없었다. 확실하게 알 수 있었다. 목덜미가 서늘했다. 원시적인 본능이고 육감이었다. 진화를 통해 뇌의 뒤쪽 깊이 각인된 생존 메커니즘이었다. 잡아먹히지 않는 방법이었다. 수백만 년의 실행을 거친 메커니즘이었다. 수십만 년 전의 조상들은 신경을 곤두세우고, 경로를 바꾸고, 숨을 만한 숲과 그늘을 찾아야 했다. 다음 날 싸우기 위해서는, 아이를 가지기 위해서는 생존해야 했기 때문이다. 수십만 년이 흐른 지금, 그 아이의 자손도 그늘을 찾고 있다. 푸른 대초원에서가 아니라 회색의 밤거리 속에서. 그는 불을 밝힌 클럽과 바, 도로로 면한 레스토랑들 사이를 미끄러지듯 움직이면서 그늘을 찾고 있었다.

정장 차림의 남자들이 그를 감시하고 있었다. 조직적 감시였다. 정예들과 그에 못지않은 놈들. 이유가 뭐지? 알 수 없었다. 그가 알바니아인들도 열 받게 했나? 어떻게 된 일인지 알 수 없었다. 알바니아인들의 허술한 계산에 따르면 그는 분명히 그들에게 호의를 베푼 것이다. 그에게 카 퍼레이드라도 해줘야 한다.

리처는 움직였다.

멀리 뒤쪽에서 발걸음 소리가 들렸다.

그는 계속 걸었다. 중앙로의 불빛은 문자 그대로, 그리고 비유적으로도 꺼진 지 오래였다. 도로는 좁고 어두웠으며 걸음을 옮길 때마다 더 지저분한 곳으로 이어졌다. 주차된 차들과 골목, 그리고 깊은 출입구들이 있었다. 가로등 세 개 중에 두 개는 고장 나 있었다. 통행인도 없었다.

그를 위한 장소였다.

걸음을 멈췄다.

잡아먹히지 않는 방법은 하나만 있는 게 아니다. 조상의 본능이 바로 오늘을 위해 작동했다. 수십만 년이 지난 후에도 자손의 본능은 내일을 위해 작동했다. 내일뿐만 아니라 영원히. 좀 더 효과적으로. 그것이 자연 선택이다. 그는 좀 어두컴컴한 곳에서 잠깐 서 있다가 깊은 그늘 속으로 물러나 귀를 기울였다.

구두의 마름모꼴 밑창이 인도에 긁히는 소리가 들렸다. 12미터쯤 뒤일 것이다. 급조된 감시원일 것이다. 갑작스럽게 명령받은 놈 하나가 스툴에서 일어나 밤거리로 나온 것이다. 미행해. 하지만 얼마나 오래 해야 하나? 그게 중요한 문제였다. 집까지 가는 내내 해야 하나? 아니면 급조된 기습조가 공격할 때까지?

리처는 기다렸다. 밑창 소리가 다시 들렸다. 아니면 그 밑창의 대응물, 즉 반대쪽 발이 조심스러운 걸음으로 전진하고 있었다. 그는 그늘 속으로 더 깊이 몸을 붙였다. 출입구 안으로 들어섰다. 그는 조각된 돌의 갈비뼈 부분에 등을 기댔다. 멋진 입구였다. 오래전에 잊힌 회사일 것이다. 망하기 전에는 수익이 짭짤했을 것이다.

다시 밑창 소리가 들렸다. 이제는 6미터 뒤에서였다. 전진해 온 것이다. 반대 방향에서는 아무 소리도 들리지 않았다. 도시의 정적, 고풍스러운 분위기, 그을음과 벽돌 냄새뿐이었다.

구두 소리가 다시 들렸다. 이제는 3미터 뒤였다. 여전히 전진하고 있었다. 그는 기다렸다. 남자는 이미 범위 안에 들어왔다. 하지만 몇 걸음만 더 들어오면 일이 훨씬 쉬워질 것이다. 그는 머릿속으로 기하학적 구조를 그려보았다. 손을 주머니에 넣어 아까 썼던 H&K를 찾았다. 그 총이 작동한다는 것을 확실히 알고 있기 때문이다. 그건 언제나 유리하다.

발소리가 또 들렸다. 놈은 2미터 거리에 있을 것이다. 체구가 작지 않다. 발소리는 희미하지만 무겁고, 부수는 듯한 으드득 소리가 퍼지고 있다. 육중한 체구의 남자가 서서히 슬금슬금 다가오는 소리다.

이제 1미터 정도 거리에 있다.

쇼타임.

리처는 걸어 나와 몸을 돌려 남자를 마주 보았다. H&K가 어둠 속에서 빛났다. 그는 남자의 얼굴을 겨냥했다. 남자는 희미한 불빛 속에서 권총을 응시하려고 눈을 가늘게 떴다.

리처가 말했다. "소리 내지 마."

남자는 소리를 내지 않았다. 리처는 남자의 어깨 너머에서 소리가 들리는지 귀를 기울였다. 뒤에 지원군을 데리고 왔을까? 아닌 것 같다. 아무 소리도 들리지 않았다. 앞쪽과 마찬가지였다. 도시의 정적과 고풍스러운 분위기뿐이었다.

리처가 말했다. "우리 사이에 문제가 있나?"

남자는 180센티미터에 100킬로그램 정도였고 40대로 보였다. 몸에는 군살이 없고 탄탄했다. 뼈와 근육으로만 이루어진 듯한 몸이었다. 어두운 색 눈에는 의심이 서려 있었다. 꾹 다문 입술을 치켜 올려 일그러진 웃음을 짓고 있었다. 불안해하는 것 같기도 하고, 재미있어 하는 것 같기도 하고, 경멸하는 것 같기도 한 웃음이었다.

"우리 사이에 문제가 있나?" 리처가 다시 물었다.

"넌 죽은 목숨이야." 남자가 말했다.

"아직은 아니야." 리처가 말했다. "사실 지금은 나보다 네가 더 그 불운한 상태에 가까이 있지. 안 그래?"

"넌 지금 나를 방해하고 있고, 수많은 사람을 방해하고 있어."

"내가 널 방해한다고? 네가 나를 방해하는 게 아니고?"

"우리는 네가 누군지 알고 싶어."

"왜? 내가 너희들에게 무슨 짓이라도 했나?"

"그건 나도 모르지." 남자가 말했다. "내 임무는 너를 데려가는 것뿐이야."

"할 수 있으면 해보시지." 리처가 말했다.

"얼굴에 총을 겨누고 그렇게 말하기는 쉽겠지." 남자가 말했다.

리처는 어둠 속에서 고개를 저었다.

"난 언제든지 그렇게 말할 수 있어." 리처가 말했다.

그는 한 걸음 물러서서 총을 주머니에 다시 집어넣었다. 손바닥을 밖으로 향하고, 팔은 옆구리에서 멀리 뗀 채 맨손으로 섰다.

"해봐." 리처가 말했다. "날 데리고 가보라고."

남자는 움직이지 않았다. 그는 리처보다 키가 15센티미터 작고, 몸무게는 10킬로그램 정도 덜 나가고, 팔길이는 30센티미터쯤 짧을 것이다. 무장을 하지 않은 건 분명했다. 그랬다면 이미 무기를 꺼내서 손에 쥐고 있었을 테니까. 리처가 보기에 남자는 불안해하는 게 분명했다. 흔들리지 않고 침착하게 약간 즐기는 듯하지만 위협적인 포식자의 시선으로 바라보는 리처의 눈길에 혼란스러워하고 있었다.

남자에게는 좋은 상황이 아니다.

리처가 말했다. "우리가 다른 길을 통해 같은 장소에 도달할 수도 있을 것 같은데."

남자가 말했다. "어떻게?"

"네 휴대폰을 내놔. 나한테 전화하라고 너희 두목에게 가서 말해. 내가 누군지 너희 두목에게 알려주지. 직접 만나면 더 좋고."

"휴대폰은 줄 수 없어."

"어차피 가져갈 거야. 시간문제일 뿐."

흔들리지 않고 침착하게 약간 즐기는 듯하지만 위협적인 포식자의 시선.

그가 말했다. "알았어."

리처가 말했다. "꺼내서 인도 위에 내려놔."

남자는 그렇게 했다.

"이제 돌아서."

남자는 그렇게 했다.

"이제 최대한 전속력으로 꺼져."

남자는 그렇게 했다. 전신의 근육을 긴장시키며 뛰쳐나가 즉시 도시의 어둠 속에 삼켜졌다. 발소리는 남자가 사라지고 나서도 한참 뒤까지 울렸다. 리처는 이번에는 스텔스 모드를 취하지 않았다. 그는 길바닥 위를 빠르게 때리고, 부수고, 미끄러지는 소리가 점점 잦아들어 완전히 사라질 때까지 귀를 기울였다. 그런 다음 휴대폰을 집어 들고 계속 걸었다.

리처는 바턴의 집에서 세 블록 떨어진 곳에서 재킷을 벗어 사각형으로 접은 다음, 돌돌 말았다. 창문은 판자로 가리고 외장재에는 화재로 손상된 흔적이 있는 1층짜리 사무용 건물의 우편함에 돌돌 만 재킷을 쑤셔 넣었다. 티셔츠만 입은 채 남은 길을 걸어갔다. 밤공기가 차가웠다. 아직 봄이었다. 한여름은 아직 오지 않았다.

바턴의 집 현관에서 호건이 리처를 기다리고 있었다. 드럼 연주자. 전직 해병. 지금은 혼자서 컨트롤할 수 있는 패턴을 즐기고 있다.

"괜찮아요?" 그가 물었다.

"날 걱정했소?" 리처가 말했다.

"직업적으로 흥미가 생겨서요."

"롤링 스톤스와 함께 연주하고 온 건 아니오."

"난 전에 연주한 적 있는데."

"목적은 달성했소." 리처가 말했다.

"목적이 정확히 뭐였죠?"

"우크라이나인들의 휴대폰이 필요했소. 놈들은 문자를 수도 없이 주고받는 것 같더군. 휴대폰이 있으면 놈들의 현재 상황을 파악할 수 있겠다고 생각했소. 놈들이 트룰렌코를 언급했을 수도 있고. 내가 놈들을 공황 상태에 빠뜨려서 놈들이 트룰렌코의 위치를 옮기게 할 수도 있을 거요. 그때 트룰렌코를 찾을 가능성이 가장 크겠지."

애비가 계단을 내려왔다. 아직 옷을 입고 있었다.

그녀가 말했다. "왔어요?"

리처가 말했다. "다녀왔소."

"다 들었어요. 좋은 계획이에요. 그런데 놈들이 휴대폰을 원격으로 못

쓰게 만들지 않을까, 그게 걸리네요. 그러면 당신은 놈들의 얘기를 들을 수 없고, 놈들도 당신 얘기를 들을 수 없게 될 거예요."

"휴대폰을 빼앗을 놈을 신중하게 골랐소. 비교적 능력 있는 놈이더군. 그러니 비교적 믿을 만하고. 비교적 고참인 것 같았소. 그러니 나에게 휴대폰을 빼앗긴 사실을 털어놓기 주저할 거요. 내가 좀 망신을 줬으니까. 놈은 서둘러 보고하지는 않을 거요. 자존심이 걸렸으니까. 적어도 몇 시간은 여유가 생긴 것 같소."

"알았어요. 좋은 계획이에요. 걸리는 것도 없고."

"내가 휴대폰에 익숙하지 않다는 게 걸리는군. 메뉴도 많고 온갖 종류의 버튼도 있소. 실수로 뭔가 삭제하지는 않을까 걱정되오."

"나한테 보여줘 봐요."

"설사 내가 실수로 삭제하지는 않더라도, 문자는 아마 우크라이나어로 되어 있을 거요. 나는 인터넷이 없으면 우크라이나어를 읽을 수 없소. 컴퓨터에도 서툴고."

"그건 두 번째 단계예요. 우선 휴대폰부터 시작해야죠. 보여줘 봐요."

"여기에 가져오진 않았소." 리처가 말했다. "링컨에 있던 놈들은 자신들이 추적당할 수 있다고 주장했소. 5분 뒤에 누군가가 이 집 문을 두드리는 걸 바라지 않소."

"그럼 어디 있는데요?"

"세 블록 떨어진 곳에 숨겼소. 충분히 안전한 곳이라고 생각하오. 반지름의 제곱 곱하기 파이. 놈들은 거의 30블록의 원을 수색해야 할 거요. 시도할 엄두도 못 내겠지."

애비가 말했다. "좋아요. 그럼 가서 보죠."

"알바니아인들의 휴대폰도 얻었소. 우연이었지. 결국에는 같은 종류의 거래가 됐소. 놈들의 문자를 읽고 싶군. 놈들이 왜 나한테 화가 났는지 알 수도 있으니까."

"알바니아인들이 당신에게 화가 났다고요?"

"사람을 보내 나를 미행했소. 내가 누군지 알고 싶어 하더군."

"그건 정상이에요. 당신은 처음 보는 얼굴이잖아요. 알고 싶었겠죠."

"그럴 수도 있겠군."

호건이 말했다. "당신이 꼭 만나봐야 할 사람이 있어요."

리처가 물었다. "누구?"

"가끔 연주를 보러 오는 사람이에요. 당신 같은 군바리."

"육군?"

"그런 것 같아요. 확실히 해병은 아니고."

"아니라니 다행이군. 해병이면 근육만 있고 머리는 기대할 게 없으니."

"이 사람은 옛 공산권 언어를 엄청나게 많이 알아요. 냉전 시대 말기에 중대장을 지냈대요. 게다가 이 도시에서 무슨 일이 벌어지고 있는지 잘 알고 있죠. 도움이 될 거예요. 적어도 쓸모는 있겠죠. 특히 언어에 관해서라면. 컴퓨터의 번역을 믿으면 안 돼요. 이런 일에서는요. 괜찮다면 내가 연락을 해볼게요."

"잘 아는 사람이오?"

"속이 꽉 찬 사람이에요. 음악 취향도 고급이고."

"그 사람을 믿소?"

"드럼을 안 치는 다른 군바리들보다는 훨씬 믿을 만하죠."

"좋소." 리처가 말했다. "연락하시오. 손해 볼 건 없겠지."

그와 애비는 밤의 고요 속으로 나갔다. 호건은 뒤에 남아 반쯤 불이 켜진 현관에서 전화기의 다이얼을 돌리고 있었다.

25

리처와 애비는 우회 경로를 통해 세 블록을 이동했다. 정말로 휴대폰들이 추적되고 있었다면 임시로 숨겨둔 곳은 이미 발견되었을 것이고, 회수하러 정찰대가 파견되었을 것이다. 안전을 도모하는 게 낫다. 최선은 아니더라도 가능한 한 안전하게. 그늘과 골목, 깊은 출입구들, 세 개 중 두 개가 고장 난 가로등. 야밤에 숨어서 감시하는 사람들을 위한 장소가 수없이 많았다.

리처는 앞쪽에서 녹슨 우편함을 보았다. 다음 블록의 중간쯤이었다. 그가 말했다. "심각한 대화를 나누는 척합시다. 그러다 우편함 옆에 가면 멈춰 서서 아주 중요한 부분을 얘기하는 척하는 거요."

"알겠어요." 애비가 말했다. "그다음에는요?"

"그다음에는 우편함은 완전히 무시하고 계속 걸어가는 거요. 하지만 그 지점에서는 아주 조용히 빠져나가야 하오. 미끄러지듯이."

"정말로 가짜 대화를 할까요? 아니면 무성영화처럼 입만 뻥긋할까요?"

"속삭이듯 말할 수도 있지. 비밀 정보를 다루는 것처럼."

"언제 시작할까요?"

"지금." 리처가 말했다. "계속 걸어요. 속도 늦추지 말고."

"어떤 얘기를 속삭이고 싶어요?"

"당신이 지금 생각하고 있는 아무거나."

"진담이에요? 우린 지금 호랑이굴로 들어가는 건지도 몰라요. 내 머릿속은 그 생각뿐이에요."

"떠올리기만 해도 무서운 일 한 가지를 매일 해야 한다고 했잖소."

"이미 한도 초과예요."

"당신은 매번 살아남았소."

"우린 총알 소나기 한가운데로 들어갈 수도 있어요."

"놈들은 나를 쏘지 않을 거요. 나한테 질문을 하고 싶어 하니까."

"확실해요?"

"정신적인 활동이오. 연극과 비슷하지. '예, 아니요'로 대답할 수 있는 종류의 일이 아니오."

우편함이 가까이 보였다.

"멈출 준비를 하시오." 리처가 속삭였다.

"고정 표적이 되겠네요?"

"가상의 중요한 이야기를 하는 척하는 동안만이오. 그다음에 다시 계속 걷는 거지. 하지만 아주 조용히. 알겠소?"

리처가 발을 멈췄다.

애비도 발을 멈췄다.

그녀가 말했다. "어떤 가상의 중요한 이야기를 할까요?"

"당신이 지금 생각하고 있는 아무거나."

그녀는 잠시 입을 다물었다.

그러고는 말했다. "아니요. 내가 지금 생각하고 있는 건 내가 지금 무슨 생각을 하고 있는지 말하고 싶지 않다는 사실이에요. 아직은요. 그게 내가 할 말이에요."

"갑시다." 그가 말했다.

그들은 계속 걸어갔다. 가능한 한 조용하게. 세 걸음. 네 걸음.

"됐소." 리처가 말했다.

애비가 말했다. "뭐가 됐어요?"

"여긴 아무도 없소."

"어떻게 알죠?"

"당신이 한번 말해보시오."

그녀는 다시 잠시 입을 다물었다가 말했다. "조용히 움직인 덕분에 우린 귀를 기울일 수 있었어요."

"무슨 소리라도 들었소?"

"아무것도 못 들었어요."

"바로 그거요. 우리는 목표물 바로 옆에서 잠시 서 있었소. 누가 나오거나 긴장하는 소리는 들리지 않았지. 그리고 우리가 다시 움직였을 때 누군가 물러서거나, 안심하거나, 다투거나, 다음 계획을 기다리는 소리도 들리지 않았소. 그러니 거긴 아무도 없었던 거요."

"잘됐네요."

"지금까지는 그렇소." 리처가 말했다. "하지만 이 일이 얼마나 걸릴지 누가 알겠소? 이건 내 전문 분야가 아니오. 놈들은 언제든 여기 나타날 수 있소."

"그럼 어떻게 하죠?"

"휴대폰들을 다른 데로 옮겨야 하오. 놈들이 수색을 처음부터 다시 시작하도록."

두 블록 남쪽의 교차로에서 전조등 불빛이 앞으로 나오는 게 보였다. 멀리서 보이는 조기 경보 같았다. 몇 초 후 차 한 대가 좌회전하더니 그들을 향해 다가왔다. 천천히. 수색 중인 차일 수도 있다. 아니면 속도위반이나 음주운전 단속에 걸릴까 봐 조심하는 일반인 야간운전자일 수도 있다. 알아내기 어려웠다. 전조등은 낮고 넓게 퍼졌다. 대형 세단이다. 계속 다가오고 있었다.

"가만히 서 있어요." 리처가 말했다.

아무 일도 없었다. 차는 똑같은 속도로 그들을 지나쳐 정해진 방향으로 가버렸다. 낡은 캐딜락이었다. 운전자는 왼쪽도 오른쪽도 보지 않았다. 핸들 아래쪽에서 전방을 주시하고 있는 노부인이었다.

애비가 말했다. "어쨌든 서둘러야겠어요. 당신이 말한 것처럼 이 일에 얼마나 시간이 걸릴지 알 수 없으니까요."

그들은 발을 돌려 빠르게 네 걸음을 걸어왔다. 리처는 녹슨 우편함에서 돌돌 말린 재킷을 꺼냈다.

애비가 휴대폰들을 챙겼다. 그러겠다고 고집했다. 그들은 다른 우회로로 세 블록을 걷다가 늦게까지 영업하는 식품 잡화점을 발견했다. 문에는 정장 입은 남자가 없었다. 사실 정장 차림의 남자들은 어디에도 없었다. 금전 등록기 옆에 있는 계산원은 흰색 티셔츠를 입고 있었다. 다른 손님은 없었다. 실내는 업소용 냉장고의 웅웅거리는 소리와 밝은 형광등 불빛뿐이었다. 뒤쪽에 하나 있는 2인용 테이블은 비어 있었다.

리처는 종이컵에 커피 두 잔을 따라서 테이블로 가지고 돌아왔다. 애비는 휴대폰들을 나란히 늘어놓았다. 그것들을 갈등하는 눈길로 쳐다보고 있었다. 바로 시작하고 싶은 마음 반, 걱정하는 마음 반인 것처럼. 그리고 휴대폰들이 하늘에 대고 '날 찾아줘, 날 찾아줘' 하는 비밀 SOS 신호를 내보내기라도 하는 양.

휴대폰은 여기 있다.

그녀가 말했다. "어떤 걸 어디서 가져왔는지 기억나요?"

"아니." 그가 말했다. "나에게는 다 똑같은 것처럼 보이는군."

그녀는 휴대폰 하나를 켰다. 비밀번호는 걸어 놓지 않았다. 오만해서이기도 하고, 빠르게 살펴보기 위해서이기도 했을 것이다. 그녀는 여러 개의 화면을 톡톡 두드리며 쓸어 넘겼다. 녹색 말풍선이 수직으로 이어지는 게 보였다. 문자메시지들이었다. 읽을 수 없는 외국어였다. 하지만 대부분은 영어와 같은 알파벳들이었다. 어떤 문자들은 접혀 있었다. 어떤 문자들은 위나 아래에 낯선 악센트가 표시되어 있었다. 움라우트*와 세디야**였다.

"알바니아어군." 리처가 말했다.

바깥쪽 도로에서 차 한 대가 지나갔다. 천천히. 차의 전조등이 보내는 얇은 칼날 같은 불빛이 실내를 가로질렀다. 불빛은 뒤쪽 벽을 따라, 그리고 맨 끝 벽을 따라 이어지다가 사라졌다. 애비는 두 번째 휴대폰을 켰다. 비밀번호는 걸려 있지 않았다. 그녀는 길게 주고받은 문자메시지들을 찾아냈다. 주고받은 말풍선들이었다. 키릴 문자였다. 9세기에 성 키릴로스가 고안했다고 해서 붙여진 이름.

"우크라이나어군." 리처가 말했다.

---

* umlaut, 독일어의 für에서 u 위에 있는 점들처럼, 일부 언어에서 발음을 명시하기 위해 모음 위에 붙이는 표시.
** cedilla, 프랑스어 · 포르투갈어 등에서 철자 c 밑에, 튀르키예어와 일부 다른 언어에서 철자 s 밑에 붙이는 갈고리형 부호.

"문자가 수백 개예요." 애비가 말했다. "말 그대로 수백 개요. 수천 개도 되겠는데요."

밖에서는 다른 차 한 대가 빠르게 지나갔다.

리처가 말했다. "날짜를 알아낼 수 있겠소?"

애비가 화면을 스크롤하더니 말했다. "문자가 어제부터 최소 50개는 있어요. 그중에 당신 사진도 있고요."

다른 차 한 대가 밖을 지나갔다. 이번에는 천천히 지나갔다. 전조등을 환하게 켜고 있었다. 무엇인가를 찾고 있거나 아니면 속도위반에 걸리지 않을까 조심하는 것이겠지. 운전자를 힐끗 보았다. 검은색 옷을 입은 남자였다. 대시보드의 불빛에 비친 얼굴이 으스스했다.

"알바니아어로 된 문자도 최소 50개는 돼요." 애비가 말했다. "더 될 수도 있고요."

"이제 이 휴대폰들을 어떻게 하면 좋겠소?" 리처가 물었다. "집으로 가져갈 수는 없소. 이 쓰레기 같은 문자들을 죄다 냅킨에다 베껴 쓸 수도 없고. 실수로 잘못 쓸 수도 있으니까. 그리고 시간도 끝없이 걸릴 거요. 우린 그럴 만한 여유가 없소."

"내가 하는 걸 보세요." 애비가 말했다.

그녀는 자기 휴대폰을 꺼냈다. 우크라이나인의 휴대폰은 테이블 위에 반듯하게 놓았다. 그런 다음 자기 휴대폰을 그 위에 평행하게 올려서 이리저리 움직였다.

"사진을 찍으려고?" 리처가 물었다.

"동영상이요." 그녀가 말했다. "보세요."

그녀는 자기 휴대폰을 왼손에 들고, 우크라이나인에게서 빼앗은 휴대폰의 길고 복잡하게 이어지는 문자메시지를 오른손 검지로 스크롤했다. 보통 속도로 5초, 10초, 15초, 20초, 계속 스크롤했다. 문자메시지가 끝나자 움직임을 멈추고 촬영을 마쳤다.

그녀가 말했다. "원하는 대로 재생하고 일시 정지할 수 있어요. 어디서든 캡처할 수 있고요. 놈들의 휴대폰을 가지고 있는 거나 마찬가지죠."

그녀는 알바니아인의 휴대폰도 똑같이 했다. 5초, 10초, 15초, 20초.

"잘했소." 리처가 말했다. "이제 이 휴대폰들을 다른 데로 옮겨놔야 하오. 여기 놔두고 갈 수는 없소. 여기는 조폭들이 방문할 만한 데가 아니니까."

"그럼 어디로?"

"우편함에 다시 넣어야겠소."

"하지만 거기는 놈들의 수색 출발점이잖아요. 뒤쪽 커브길만 조금 돌면 바로 거기 도착하게 될 텐데요."

"사실 난 금속으로 된 우편함에 휴대폰을 둬서 송수신이 차단되기를 바라고 있소. 그러면 수색할 수 없겠지."

"그럼 아까도 불가능했겠네요."

"그랬을 거요."

"그러면 애초에 위험하지 않았던 거네요."

"우리가 휴대폰을 꺼내지 않는 한은."

"이 일이 얼마나 오래 걸릴까요?"

"아까도 말했잖소. 우리 둘 다 모른다고."

"꼭 그 우편함이어야 하나요? 가까이에 있는 우편함은요?"

"무고한 희생은 안 되오." 리처가 말했다. "혹시 모르니까."

"당신도 확신하는 건 아니군요?"

"반드시 '예, 아니요'로 대답할 수 있는 종류의 일이 아니오."

"송수신이 차단될까요?"

"그렇다고 생각하오. 내 전문 분야는 아니오. 하지만 사람들이 하는 얘기를 들었소. 통화가 자꾸 끊긴다고 욕하고 투덜거리더군. 통화가 끊기는 건 수많은 이유가 있지만, 작은 금속 상자에 휴대폰을 넣어두는 것보다 더 큰 원인은 없는 것 같소."

"하지만 지금 휴대폰들은 여기 테이블 위에 있잖아요. 그러면 지금 상당히 위험한 거네요."

리처는 고개를 끄덕였다.

"시간이 갈수록 점점 더." 그가 말했다.

이번에는 리처가 휴대폰들을 챙겼다. 단순한 임무 교대였다. 주변에는 차가 많았다. 눈이 멀 듯한 전조등 불빛이 흔들리고 있었다. 온갖 종류의 자동차 회사와 모델이 있었다. 하지만 링컨 타운카는 없었다. 갑자기 속도나 방향을 바꾸는 차도 없었다. 아무 관심이 없는 것 같았다.

그들은 휴대폰들을 우편함에 넣고 소리 내어 닫았다. 리처는 이번에는 재킷을 가져왔다. 쌀쌀해서가 아니었다. 주머니에 있는 총들 때문이었다. 그들은 바턴의 집으로 돌아가기 시작했다. 한 블록 반 거리였다.

26

휴대폰 신호의 복잡한 삼각측량이나, 50센티미터까지 정확하게 포착한 다는 초정밀 GPS와는 아무 관계가 없었다. 구식 방법이 통했다는 것을 리처는 한참 뒤에야 알게 되었다. 어떤 차 안에 있던 어떤 남자가 경계경보를 기억해낸 것이다. 수배 중인 남자 한 명과 여자 한 명.

리처와 애비는 오른쪽으로 돌았다. 다음에는 왼쪽으로 돌 생각이었다. 그러면 좁은 인도 위의 자갈길 블록을 한참 걷게 된다. 오른쪽에는 다음 도로의 건물 뒤쪽, 길 표면이 단단한 하역장이 계속 이어지고, 왼쪽에는 경계석 가까이 줄지어 주차한 차들이 가끔 있다. 모든 주차 공간이 차 있는 건 아니었다. 반 정도 차 있었다. 차들 중 하나는 반대 방향으로 주차되어 있었다. 전조등을 켜고 있었다. 표면에는 밤이슬도 맺혀 있지 않았다. 리처의 머릿속에서 그 점이 떠올라 깨닫는 1초도 안 되는 순간, 차 문이 열리고 운전자의 총이 나타났다. 그다음에는 손이, 그리고 곧바로 운전자가 나타났다. 열린 차 문 뒤에 탄탄한 몸을 유연하게 굽혀 숨기고, 열린 창 사이로 총을 수평으로 겨냥하고 있었다.

처음에는 리처를, 그다음에는 애비를 겨냥했다. 그러고는 다시 리처를, 그리고 다시 애비를. TV 드라마에서처럼 앞뒤로 총을 움직였다. 남자는 동시에 둘을 다 쏠 수 있다는 것을 분명히 보여주고 있었다. 푸른색 정장을 입었다. 그리고 붉은색 넥타이를 단단히 매고 있었다.

놈들은 나를 쏘지 않을 거요. 나한테 질문을 하고 싶어 하니까.

정신적인 활동이지. 연극처럼.

반드시 '예, 아니요'로 대답할 수 있는 종류의 일이 아니오.

총은 조금 긁히고 낡은 글록17이었다. 남자는 양손으로 총을 잡고 있었다. 두 손목은 모두 창문을 받치는 고무 위에 놓고 있었다. 집게손가락이 방아쇠에 놓여 있었다. 총은 고정되어 있었다. 왼쪽과 오른쪽의 회전은 잘 통제되어 수평으로만 움직였다. 제법이었다. 다만 쭈그리고 앉은 건 본질적으로 불안정한 자세이고 무의미하기도 했다. 차 문이라는 건 총알을 막기에는 그리 대단한 보호벽이 못 되기 때문이다. 알루미늄 포일보다야 낫겠지만 큰 차이는 없다. 똑똑한 놈이라면 똑바로 서서 손목을 차 문 위에 놓을 것이다. 훨씬 우세하다. 다음 상황에 따라 걷거나 달리거나 싸우는 식으로 대응하기가 더 쉽다.

총을 가진 남자가 소리쳤다. "내가 볼 수 있게 너희들의 손을 내밀어."

리처가 맞받아 소리쳤다. "우리에게 문제가 있나?"

남자가 소리쳤다. "너한테 문제가 있지."

"알겠다." 리처가 말했다. "다행이군." 그는 애비에게 몸을 돌리고 조금 낮은 목소리로 말했다. "모퉁이 쪽으로 돌아가시오. 나도 곧 합류하겠소. 이자는 나에게 질문을 할 생각이오. 그게 다요."

하지만 남자는 소리쳤다. "아니, 여자도 여기 있어야 해. 너희 둘 다."

남자 하나와 여자 하나.

리처는 다시 얼굴을 앞으로 돌렸다. 그리고 반 발짝 앞으로 나간 걸 숨기기 위해 몸짓했다.

그가 말했다. "왜 여기 있어야 하지?"

"질문이 있다."

"뭐든지 해."

"두목께서 하실 거야."

"두목이 어디 있는데?"

"오고 계셔."

"너희 두목이 무슨 질문을 할 건데?"

"여러 가지."

"알겠다." 리처가 말했다. "총은 치우고 거기서 나와서 함께 기다리자. 여기 인도에서. 너희 두목이 올 때까지."

남자는 차 문 뒤에서 여전히 쭈그리고 있었다.

총은 움직이지 않았다.

"넌 어차피 그 총 못 쏴." 리처가 말했다. "너희 두목이 나타났을 때 우리가 죽었거나 다쳤거나 쇼크나 혼수상태인 걸 보면 좋아하지 않을 테니까. 외상 후 스트레스 장애 같은 걸로 벌벌 떨고 있어도 그렇고. 너희 두목은 우리에게 질문을 하고 싶어 할 거야. 타당하고 조리 있는 답변을 바랄 거고. 게다가 경찰이 가만히 있지 않을걸. 너희와 경찰 사이에 어떤 합의가 있든 난 상관하지 않아. 하지만 야밤에 도심에서 총성이 들리면 어떤 식으로든 반응이 있게 되지."

"넌 네가 똑똑하다고 생각하지?"

"아니, 난 네가 똑똑하길 바란다."

총은 움직이지 않았다.

좋은 조짐이었다. 방아쇠는 중요한 부분이다. 특히 손가락이 그렇다. 손가락은 남자의 중추신경계에 연결되어 있다. 의심과 생각과 추측이 많으면 일시적으로라도 전부 얼어붙을 수 있다.

최소한 잠시 느려지기라도 한다.

리처는 한 발짝 더 움직였다. 왼손을 반쯤 들고 손바닥을 밖으로 하고 허공을 톡톡 두드렸다. 달래는 듯하지만, 곧바로 해결해야 할 문제가 있는 것 같은 급박한 몸짓이었다. 남자의 시선이 움직이는 왼손을 따라가는 바람에 리처의 오른손을 놓친 듯 보였다. 오른손도 움직이고 있었지만 낮고 느리게 움직였다. 리처의 오른손은 H&K가 있는 오른쪽 주머니로 슬그머니 미끄러져 들어갔다. 그는 그 총이 제대로 작동한다는 걸 확실히 알고 있었다.

남자가 말했다. "우리는 차에서 기다린다. 인도가 아니라."

"좋아." 리처가 말했다.

"문은 닫고."

"물론."

"너는 뒷좌석, 나는 앞좌석에서."

"너희 두목이 나타날 때까지." 리처가 말했다. "그러면 그는 앞좌석에 너와 함께 앉겠지. 거기서 질문을 할 수 있고. 이게 네 계획이지?"

"그리고 네가 입을 다물 때까지."

"물론." 리처가 다시 말했다. "네가 이겼어. 어쨌든 총은 너한테 있으니까. 우리가 차에 타겠다."

남자는 만족해서 고개를 끄덕였다.

그다음부터는 쉬웠다. 남자는 일어서려고 권총을 잡은 양손의 바깥쪽 손가락들을 빼서 창틀 고무를 세게 눌렀다. 손가락은 피아니스트가 화음을 강하게 연주할 때처럼 넓게 벌렸다. 중요한 합의에 도달했다는 것을 알리는 신호처럼 보일 수도 있지만 간단한 물리학에 더 가까웠다. 남자가 쭈그린 자세에서 몸을 일으키고, 균형을 잡고, 움직일 준비를 하는 것이다. 오랫동안 쭈그리고 있으면 다리가 저리거나 쑤시는 악영향이 생긴다. 어떤 경우든 총에 대한 통제력은 떨어져서 총구가 위로 올라가고 총신은 기울어진다. 이는 새로 맺은 협력으로 공식적인 위협이 사라진 데 따른 제스처로 볼 수도 있었지만, 실제로는 무게와 균형이 방아쇠울 쪽으로 쏠린 것에 더 가까웠다.

리처는 H&K를 주머니에 두었다.

리처는 큰 걸음으로 성큼성큼 걸어가 차 문을 툭 찼다. 그러자 차 문이 뒤로 튕기면서 남자의 무릎을 쳤다. 남자는 고통스러워하며 마치 거북이처럼 길바닥에 등을 대고 뒤로 넘어갔다. 넘어지지 않으려고 정신없이 손을 내젓는 바람에 손에 쥐고 있던 글록이 날아가 보도에 부딪혀 튕겨져 나갔다. 하지만 그때 남자가 재빨리 움직여 옆으로 한 번 구르고는 즉시 몸을 일으켜 세웠다. 몇 분 전에 차에서 나올 때처럼 날렵했다. 이 모든 것은 리처가 반 발짝 늦었음을 의미했다.

남자는 옆으로 춤추듯 몸을 움직여, 아직 열린 문짝이 앞뒤로 휘둘러지는 범위에서 벗어났다. 그러고는 곧바로 다시 방향을 바꿨다. 몸을 기울여 리처의 얼굴에 오른손 주먹을 날렸다. 리처는 주먹이 날아오는 걸 보고는 몸을 수그리며 비틀어 어깨로 그 주먹을 위로 쳐냈다. 강편치는 아니고 날카로운 관절 부위였지만 이 공격과 반격 과정에서 두 사람 사이에 순간적으로 아주 작은 공간이 생겼다. 덕분에 남자는 다시 빠르게 몸을 움직일 수 있었고, 바닥을 가로질러 발을 끌면서 시선을 아래로 돌려 총을 찾으려

애썼다.

육체적으로 보면 리처는 운동선수라고 할 만했다. 하지만 그가 가진 것은 헤비급 권투 선수나 역도 선수 같은 강력한 힘이었지 민첩성은 아니었다. 리처는 빨랐지만 아주 빠르지는 않았다. 순간적으로 가속도를 반대 방향으로 전환할 수 없었다. 그래서 0.5초 동안 가지도 서지도 못하는 어중간한 위치에 붙들리고 말았다. 그사이에 남자가 다시 리처에게 주먹을 날렸다. 리처는 다시 몸을 수그려 피했다. 그리고 아까처럼 남자는 다시 몸을 움직여 피하면서 다른 반경 쪽으로 발을 끌며 총을 찾으려고 시선을 아래로 내렸다. 리처는 계속 움직였다. 한 번에 반 발짝씩, 지그재그로 몸을 흔들며 움직였다. 비교적 느리지만 막기 힘든 움직임이었다. 지금까지 남자가 날렸던 약한 주먹으로는 특히 그랬다. 그리고 남자는 갈수록 지쳐갔다. 걸음이 느려지고 숨소리가 거칠어졌다.

남자가 몸을 움직여 피했다.

리처는 계속 다가갔다.

남자가 총을 찾았다.

남자의 신발 옆면이 총에 닿았다. 총은 플라스틱 마찰음을 뚜렷이 내며 몇 센티미터 더 옆으로 밀려 나갔다. 남자는 순간 멈칫했다가 생각하자마자 바로 행동에 들어갔다. 그는 몸을 틀어 오른손으로 긴 원호를 그리며 바닥을 쓸었다. 총을 낚아챈 다음 안전하게 돌려서 잡을 생각이었다. 공간과 시간과 속도, 네 개의 차원에 기초하고, 자신의 능력까지 정확하게 고려했다. 물론 상대방의 능력도 신중하게 가늠했다. 평균적인 최악의 경우에 기초하고, 안전 여유*까지 더해 계산했다. 계산해보니 자신의 빠르기라

---

* safety margin, 피해를 받지 않기 위한 여유 공간.

면 충분한 시간이 있었다. 리처의 본능적인 계산으로도 같은 결론이 나왔다. 그도 동의했다. 자신이 먼저 총을 잡을 방법은 없었다.

하지만 리처의 불리한 점이 오히려 전화위복이 되었다. 그의 팔다리의 움직임은 느렸다. 무겁기 때문이다. 무거운 까닭은 팔다리가 굵은 데다 길기까지 해서였다. 특히 다리는 매우 길었다. 그는 왼발을 세게 구르고 오른발을 앞으로 차내며 낮게 쭉 뻗었다. 비현실적으로 긴 다리가 남자의 몸 어디든 걸리게 해서 어떻게든 기습의 기회를 잡을 생각이었다.

걸린 건 남자의 머리였다. 기이한 결과였다. 4차원의 기하학적 구조가 엉망이 됐다. 남자가 잠깐 머뭇거린 사이, 본능에서 촉발된 리처의 원시적인 일격은 고대의 너 죽고 나 죽자 식의 공격이 되어 버렸다. 남자는 총을 집어 들고 빨리 돌아서는 것보다는 고개를 세우고 팔을 길게 뻗어 막는 걸 선택했다. 하지만 리처의 발이 이미 와 있었다. 강속구에 방망이가 먼저 나가서 무조건 파울볼이 되는 타격이었지만, 남자는 팔로스루*의 처음 몇 센티미터에 맞고 말았다. 리처의 신발 옆부분이 남자의 관자놀이를 강타했다. 완벽하지는 않지만 거의 완벽에 가까운 타격이었다. 남자는 목이 뒤로 꺾이더니 인도 위에 쓰러지면서 요란하게 뺨이 긁혔다.

리처는 남자를 쳐다보았다.

그가 애비에게 말했다. "그의 총이 어디 있는지 봤소?"

남자는 움직이지 않았다.

애비가 말했다. "봤어요."

"집어 드시오. 손잡이나 몸통 부분을."

---

* follow-through, 야구에서 타자가 스윙해 공을 맞춘 후에도 거기서 멈추지 않고 끝까지 배트를 돌리는 것. 이렇게 해야 공에 끝까지 힘이 실린다.

"어떻게 하는지 알아요."

"그냥 확인하는 거요. 그게 언제나 더 안전하니까."

그녀는 빠르게 움직였다. 무릎을 꿇고 글록을 집어 들고는 빠르게 돌아왔다.

남자는 아직도 움직이지 않았다.

그녀가 말했다. "이자는 어떻게 하죠?"

리처가 말했다. "여기 그대로 둘 거요."

"그러고는요?"

"이자의 차를 훔칠 거요."

"왜요?"

"두목이 오고 있소. 제대로 된 메시지를 남겨야지."

"그들에게 선전포고할 수는 없어요."

"놈들이 이미 했소, 나에게. 뚜렷한 이유도 없이. 그래서 나는 강력한 초기 반응을 보인 거요. 놈들의 방침을 재고하라는 거지. 표준적인 외교 행동이오. 체스하고 비슷하지. 그들에게 협상의 기회를 주는 거요. 손해 될 것도 없고, 반칙도 없다고. 놈들이 그걸 알아들으면 좋겠군."

애비가 말했다. "이자들은 우리가 얘기하던 알바니아인 갱단이에요. 당신은 혼자고요. 프랭크 말이 맞아요. 이건 미친 짓이에요."

"하지만 일은 벌어졌소." 리처가 말했다. "시간을 되돌릴 수는 없소. 없던 일로 할 수도 없고. 최선을 다해 대응할 뿐이오. 그러니 차를 여기에 두고 갈 수는 없소. 너무 물러 터지고 약해 보일 테니까. '앗, 미안' 하고 말하는 셈이지. 본의가 아니었다는 식으로. 핵심을 전달해야 하오. '우리를 건드리지 마. 아니면 머리를 걷어차이고 차는 빼앗길 거다'라고. 그래야 놈들이 심각하게 받아들일 거요. 전략적인 신중함을 가지고 행동하게 되겠지. 대규모 병력을 조직할 테고."

"그건 안 좋잖아요."

"우리를 찾을 때나 그렇겠지. 그렇지 않으면 그 난리를 치는 바람에 사방에 큰 빈틈만 생기게 될 거요. 우리는 그 빈틈으로 지나가는 거지."

"빈틈을 지나서 어디로요?"

"최종적인 목표는 두목과 직접 만나는 거요. 그레고리의 맞수."

"디노 말이군요." 애비가 말했다. "미친 짓이에요."

"그자도 사람이오. 나와 똑같지. 생각을 나눌 수 있소. 오해가 있었던 게 확실하오."

"나는 이 도시에서 일해야 해요. 중앙로의 어느 한쪽이나 그 반대쪽."

"미안하게 됐소." 리처가 말했다.

"당연히 그렇겠죠."

"하지만 그래서 이 일을 바로잡아야 하는 거요. 이기는 게임을 해야 하니까."

"알았어요. 차를 훔쳐요."

"아니면 차에 불을 지를 수도 있고."

"훔치는 게 나아요." 그녀가 말했다. "되도록 빨리 여기서 빠져나가고 싶어요."

그들은 도시의 복잡하게 얽힌 텅 빈 도로들 사이로 네 블록을 달렸다. 그러고는 어느 길모퉁이에 차를 두고 떠났다. 열쇠는 차 안에 두고 문짝 네 개에 후드와 트렁크까지 죄다 열어뒀다. 일종의 상징이었다. 그런 다음 도보로 긴 우회로를 돌아 바턴의 집으로 갔다. 들어가기 전에 집이 있는 블록의 길모퉁이 네 곳을 모두 확인했다. 바턴은 호건과 함께 안 자고 기다리고 있었다.

그리고 세 번째 남자가 있었다. 리처가 처음 보는 사람이었다.

27

바턴의 집 현관에 있는 세 번째 남자는 머리카락과 피부 덕분에 실제 나이보다 열 살은 더 젊어 보였다. 리처 세대라고 해도 믿을 정도였다. 리처보다 더 작고 더 깔끔했다. 콧날 양쪽에 깊게 자리한 눈은 날카롭고 신중했다. 제멋대로 기른 긴 머리카락이 흘러내려 이마를 가로질렀다. 꽤 스타일을 갖춘 옷차림이었다. 좋은 신발을 신었고 코듀로이 바지와 셔츠, 재킷을 입었다.

조 호건이 말했다. "이분이 내가 말했던 그분이에요. 옛 공산권 언어에 도사인 군인. 이름은 가이 반트레스카고요."

리처는 손을 내밀었다.

"만나서 반갑습니다." 리처가 말했다.

"반갑네." 반트레스카가 말하고는 악수했다. 그리고 나서 애비와도 똑같이 했다.

리처가 말했다. "빨리 오셨군요."

"안 자고 있었네." 반트레스카가 말했다. "집도 가깝고."

"도와주신다니 고맙습니다."

"사실 그것 때문에 온 게 아니야. 경고해주려고 온 거지. 이 사람들을 건드려서는 안 되네. 너무 많고, 너무 거칠고, 배경도 막강해. 내가 평가하기에는 그래."

"군 정보부에 계셨습니까?"

반트레스카는 고개를 저었다.

"기갑." 그가 말했다.

호건은 그를 냉전 시대 말기의 중대장이라고 불렀다.

"탱크?" 리처가 물었다.

"열네 대." 반트레스카가 말했다. "다 내 거였지. 적들 코앞에 진을 치고 있었네. 좋은 날들이었지."

"공산권 언어는 왜 배우셨습니까?"

"우리가 이기고 있다고 생각했네. 민간인 구역을 통치하게 될 수도 있다고 느꼈지. 적어도 레스토랑에서 와인 한 병은 주문하게 될 수도 있고, 여자들과 만날 수도 있으니까. 오래전 얘기일세. 게다가 나라에서 비용을 지원했지. 당시 군대는 교육에 적극적이었거든. 다들 학사 학위를 땄으니까."

리처가 말했다. "너무 많고 너무 거칠다는 건 주관적 판단입니다. 그런 건 나중 얘기죠. 하지만 배경이 막강하다는 건 다른 얘기입니다. 아시는 게 있습니까?"

"기업 컨설팅을 좀 하고 있네. 대부분은 건물 보안이지. 하지만 들은 얘기가 있고 질문도 받았네. 작년에 미국 전역에 걸친 연방 통계 조사 프로젝트가 있었는데, 그 결과를 보면 전국에서 가장 준법 지수가 높은 곳 두 군데가 바로 이 도시의 우크라이나인과 알바니아인 공동체였어. 심지어 주차위반 딱지도 뗀 적이 없지. 모든 법 집행기관과 밀접한 관계를 유지하고 있다는 걸 암시하는 부분일세."

"하지만 분명히 레드 라인*이 있습니다. 놈들 중 하나에게 도심에서 총격이 일어나면 반응이 있을 거라고 암시했습니다. 반박하지 않더군요. 사실 놈은 내 생각에 동의했던 것 같습니다. 방아쇠를 당기지 않았으니까요."

"게다가 신임 청장이 곧 취임해. 놈들은 불안해하고 있지. 하지만 아직 경계선 안쪽에서는 눈에 보이지 않는 지루한 일들이 있네. 일반적으로 말하면 이런 유의 일은 도심의 총격전과는 다르지. 어떤 사람이 잠재적인 증인과 화기애애한 대화를 나누는 거야. 사람들의 눈과 귀가 없는 곳에서. 자기 집일 수도 있고, 어린 딸아이의 침실과 같이 의미심장한 장소에서 말이지. 기억이란 게 얼마나 이상한지, 얼마나 오락가락하는지, 깜빡깜빡하는지, 얼마나 사람이 기억에 잘 속는지, 그저 '기억나지 않는다'라고 말하는 건 별로 창피한 일이 아니라는 그런 얘기들을 하는 걸세. 내가 아는 사람들 말로는 이런 사건은 수사하기는 매우 어렵고 묻어버리기는 매우 쉽다고 하더군."

"놈들의 수가 얼마나 됩니까?"

"말했듯이 너무 많고, 너무 거칠고, 배경도 막강해. 잊어버려야 하네."

"냉전 때 선배님의 중대는 어디 있었습니까?"

"거의 최전선의 선봉이었지." 반트레스카가 말했다.

"다른 말로 하자면 시종일관 병력 열세 상태에 놓여 있으셨군요."

"자네가 말하려는 요점은 알겠네. 하지만 나에게는 에이브러햄스 탱크 열네 대가 있었어. 세계 최강의 전차였지. SF에 나오는 무기 같았네. 겨우 군복 한 벌 걸치고 풀다 갭**을 걸어서 넘은 게 아니란 말일세."

---

* red line, 불화나 협상이 있을 때 한쪽 당사자가 양보하지 않으려는 쟁점이나 요구.
** Fulda Gap, 냉전 시대 동독과 서독 사이의 경계선에 존재하던 회랑 지대. 당시 소련군과 바르샤바조약군의 탱크부대가 라인강을 건너기 위해 기습공격할 때의 경로로 여겨진 요주의 지역이었다.

"기갑부대 사람들이 다들 그렇지만, 선배님도 전차에 과하게 집착하시는군요. 그렇기는 해도 분명히 선배님은 우리가 적들보다 더 강력하다고 느끼셨을 겁니다. 병력은 열세지만 더 거칠다고. 하지만 적들은 배경이 확실했죠. 거대한 국가가 뒤에 버티고 있었으니까요. 선배님 편은 셋 중 하나고, 셋 중 둘은 적이었습니다.* 그래도 선배님은 명령받으면 전차를 출진시켰을 겁니다."

"무슨 말인지 알겠네." 반트레스카가 다시 말했다.

"그리고 승리를 확신하셨죠." 리처가 말했다. "그래서 공산권 언어를 배우신 겁니다. 저는 지금 그게 절실히 필요합니다. 한 번에 한 걸음씩 나아갈 생각입니다. 그다음에 무엇을 할지 생각해내기 위해서는 먼저 놈들이 문자로 무슨 얘기를 하고 있는지 알아야 하고, 알아낸 것을 이용해야 합니다. 아직은 전투 준비가 되어 있지 않습니다. 경고도 필요 없고요."

"자네가 알게 된 사실이 절망적이라면?"

"불가능은 없다, 계획의 실패가 있을 뿐이다. 선배님도 독일에서 분명 그렇게 배우셨을 겁니다."

"알겠네." 반트레스카가 말했다. "한 번에 한 걸음씩."

그들은 부엌에 모여서 우크라이나어부터 시작했다. 반트레스카는 애비의 동영상 캡처에 감탄했다. 똑똑하고, 간결하고, 효율적이었다. 그는 손가락으로 화면을 느린 당김음 리듬처럼 톡톡 쳤다. 재생, 일시 정지, 재생, 일시 정지. 그러고는 정지된 화면을 큰 소리로 읽었다. 처음에는 천천히 읽다가 멈칫하고, 가끔은 완전히 멈추기도 했다.

---

* 하나는 서독, 둘은 동독과 소련을 말한다.

언어적으로 초반부터 난관에 부딪혔기 때문이다. 이것들은 문자메시지였다. 정체 모를 속어, 한 글자로 된 약어, 머리글자를 모은 두문자어頭文字語투성이였고, 문자메시지에서만 쓰는 관행에 따라 신중하게 단순화한 게 아니라면 오타로밖에 볼 수 없는 용어들도 한가득이었다. 아무도 아는 사람이 없었다. 반트레스카는 시간이 좀 걸리겠다고 말했다. 어려운 외국어를 번역하는 동시에 스파이 암호를 깨는 것 같다고 했다. 자존심 강한 조폭들이 사용할 것 같은 모호한 암시와 생략이라는 두 개의 암호일 수도 있었다.

애비는 노트북을 가져와서 반트레스카와 나란히 앉아 작업했다. 개별 단어를 온라인 사전에서 찾아보고, 단문자單文字 약어나 두문자어를 외국어 블로그와 단어 마니아들이 모이는 사이트에서 검색했다. 쪽지에 메모도 했다. 몇 가지는 제대로 맞아들어갔지만 그래도 작업 속도는 느렸다. 이렇게 작은 기기에서 이렇게 많은 정보가 나온 적은 없었다. 그녀는 빠르게 스크롤하면서 영상을 틀었다. 이제 그 선명하면서도 모호한 형체가 수천 개의 단어를 쏟아냈다. 단어 하나하나가 도전이자 수수께끼였고, 대부분 두세 개의 그럴듯한 답이 있었다.

리처는 그들이 작업하게 놔두었다. 그는 바턴, 호건과 함께 앞쪽 거실의 드럼들과 스피커 캐비닛 사이에서 시간을 보냈다. 캐비닛 하나는 회색이었고 크기가 냉장고만 했다. 스피커 그릴에는 여덟 개의 지저분한 유닛이 있었다. 리처가 바닥에 앉아 등을 기댔지만 스피커는 꿈쩍하지 않았다. 바턴은 낡은 펜더 기타를 무릎 위로 끌고 와서 앰프에 꽂지 않고 연주했다. 잘 들리지는 않았지만 부드러우면서도 신나는 음표가 이리저리 흘러나왔다.

호건이 말했다. "우리가 이길 것 같습니까? 반트레스카의 외국어 능력이 도움이 될까요?"

"모든 걸 감안해 볼 때 우리가 우세하다고 생각하오." 리처가 말했다. "기술적인 면에서 놈들이 우리를 차단하기 전에 우리가 놈들을 먼저 차단하게 될 거요. 그로 인해 혼란이 생기기는 하겠지만 그것만으로 승리라고 하기는 어렵겠지. 하지만 어쨌든 최전선이란 개념은 오래전에 사라졌소. 당신 친구가 외국어를 배운 게 허사가 되지는 않을까 걱정되는군."

바턴은 하행下行 아르페지오를 연주했다. 감減 마이너 코드였다. 그러더니 아래쪽 개방현을 세게 치면서 연주를 끝냈다. 앰프에 연결되어 있었다면 집이 무너졌을 것이다. 언플러그드였던 덕분에 현은 프렛*에 부딪히면서 덜그럭거렸고, 진동은 발생하지 않았다. 바턴이 리처를 바라보고는 말했다. "이제 당신이 선봉에 선 거군요."

"전쟁할 생각은 아니오." 리처가 말했다. "내가 원하는 건 셰빅의 돈뿐이오. 쉬운 방법으로 그 돈을 얻을 수 있다면 무조건 그렇게 할 거요. 당연히. 나는 놈들을 전쟁터에서 상대할 필요성을 못 느끼고 있소. 사실 만나지 않는다면 더 좋을 거요."

"선택의 여지가 없어요. 놈들은 분명히 트룰렌코를 꼭꼭 숨겨두었을 겁니다. 겹겹이요. 어떤 유명인이 클럽에 왔을 때 놈들이 그렇게 하는 걸 본 적이 있어요. 길모퉁이마다, 문마다 부하들을 배치하고 두 명이 추가로 순찰을 돌죠."

"트룰렌코에 대해 기억나는 게 있소?"

"그런 사람들이 그렇듯 너드nerd였어요. 인생 모르는 거구나 생각했던 게 기억나요. 난 고등학교 때 인기남이었어요. 이제 그 너드는 억만장자가

---

* fret, 기타와 같은 현악기의 핑거보드 위에 붙여 놓은 가늘고 긴 금속 조각.

됐고 나는 거지처럼 살고 있죠. 음악이 아니라 소프트웨어를 공부했어야 했어요."

"그자가 일을 한다면 어떤 일을 할 것 같소?"

"트룰렌코가 일을 해요?"

"누군가가 그렇게 말했소."

"그럼 컴퓨터죠. 확실해요. 컴퓨터 천재잖아요. 최고 실력자 중 하나였어요. 그가 만든 앱은 의료와 관련 있지만 기본적으로는 컴퓨터 소프트웨어니까요."

애비가 문으로 머리를 내밀었다.

"알아냈어요." 그녀가 말했다. "우크라이나인들에게 갈 준비를 해야 해요. 그들이 트룰렌코를 두 번 언급했어요."

28

반트레스카는 동영상을 처음부터 재생하기 위해 리셋했다. 하지만 재생하기 전에 말했다. "전체적으로 볼 때 이상한 일들이 벌어지고 있네. 무엇보다도 부하들을 잃어서 혼란에 빠졌어. 포드 중고차매장에서 두 놈이 사고를 당했네. 그다음에는 수금원 둘이 식당가 블록에서 사라졌고. 그러고는 마사지 업소에서 두 놈이 납치되었지. 그 뒤에는 애비의 집 밖에서 두 놈이 실종되었고. 지금까지 전부 여덟이네."

"대학살이 벌어지고 있군요." 리처가 말했다.

"흥미로운 건 놈들이 처음 여섯 명에 대해서는 알바니아인들 짓으로 여기고 있었다는 사실이네. 하지만 마지막 두 명에 대해서는 말이 달라졌어. 자네 짓으로 보고 있네. 놈들은 자네가 뉴욕이나 시카고에서 비밀 청부를 받고 있다고 생각해. 여기서 싸움을 붙이려고 은밀히 고용되었다는 거지. 수배령을 내렸어. 셰빅이라는 이름으로. 이건 결국 더 큰 문제가 될 걸세."

반트레스카는 애비의 휴대폰을 클릭해 동영상을 재생하기 시작했다. 처음에는 애비가 촬영했던 원래 속도로 돌아가게 했다. 화면에는 그녀의 손가락 끝부분 그림자가 이미지 오른편에서 빠르게 위로 움직이는 게 보였다. 그리고 반트레스카는 일시 정지했다가 다시 시작하고, 그러다 다시 일시 정지했다. 그가 찾고 있던 말풍선을 발견했다. 말풍선에는 글자 위에 사진이 있었다. 셰빅의 집 현관에 있는 애런과 마리아 셰빅, 그리고 애비 게일이었다. 놀라고 좀 불편해 보였다. 리처는 부엌문 뒤에서 어떤 소리를 들었던 게 기억났다. 조용하게 뭔가를 긁는 듯한 찰칵 소리. 휴대폰의 카메라.

반트레스카가 말했다. "사진 아래의 글에는 이들이 잭, 조애너, 그리고 애비게일 리처라고 되어 있네."

그는 동영상을 재생했다가 일시 정지하고, 다시 재생했다가 일시 정지하면서 네 개의 말풍선을 지나갔다. 그러고는 다섯 번째 말풍선에서 정지했다. 그가 말했다. "여기서 놈들은 이미 애비게일 리처가 아니라 애비게일 깁슨이라는 사실을 알아냈네. 아래쪽의 다음 메시지에서 애비의 주소를 알아내기 위해 일터에 사람을 보냈어."

그는 다시 동영상을 재생했다.

"여기서 주소를 알아냈네. 애비를 찾으면 데려오라는 명령과 함께 집으로 차를 보냈지."

"끝이 좋으면 다 좋은 거죠." 리처가 말했다.

"더 나빠졌네." 반트레스카가 말했다. 그는 다시 동영상을 재생했다. 그날 늦은 시각에 큰 녹색 말풍선이 있었다. 말풍선 안에는 같은 사진이 있었고 그 아래 키릴 문자가 빽빽하게 쓰여 있었다. 반트레스카가 소리 내어 읽었다. "위 사진의 조애너 리처라는 노파가 우리 전당포에 들렀는데 마리아 셰빅이라는 이름으로 서명했다는 보고가 올라왔다."

"젠장." 리처가 말했다. "그게 놈들의 전당포였나?"

"마리아는 그걸 예상했어야 했네. 서쪽에서는 거의 모든 게 놈들 소유지. 문제는 그녀가 진짜 이름을 댔다는 거네. 적어도 진짜 주소와 진짜 사회보장번호도 내준 거나 마찬가지지. 그녀가 애런 셰빅의 배우자라는 사실을 찾아내는 것도 시간문제고. 그쯤 되면 누가 누군지를 알아내는 데는 복잡한 계산이 필요 없겠지. 그러면 놈들은 최대한 빠르게 조치를 취할 수 있네. 이미 셰빅의 집 밖에서 기다리고 있어."

"놈들은 실존적 위기에 빠져들 겁니다. 자신들이 원하는 게 애런 셰빅이라는 이름을 가진 사람인가? 아니면 자신들에게 돈을 빌리고 은밀하게 알바니아인들과의 싸움을 부추기는 물리적 인간 애런 셰빅인가? 대체 이자의 본질적인 정체가 뭐지? 놈들은 이런 문제와 씨름해야 합니다."

"웨스트포인트 출신인가?"

"어떻게 아셨습니까?"

"딱 그 수준의 개똥 같은 소리니까. 이 문제는 아주 심각해질 수 있네. 분명 놈들이 원하는 건 이름이 아니라 물리적인 인간이지. 하지만 놈들이 어떻게든 애런 셰빅을 잡으려고 움직이기 시작한다면 자네의 보잘것없는 가정은 죽 무너져 내릴 걸세. 바로 그 셰빅의 집 안에서부터 시작해서."

리처는 고개를 끄덕였다.

"알고 있습니다." 그가 말했다. "제 말을 믿으십시오. 이미 아주 심각한 상황입니다. 셰빅 부부는 일흔 살입니다. 하지만 제가 그분들의 물리적 안전을 어떻게 확보해야 할지는 모르겠습니다. 24시간 내내 지킬 수는 없으니까요. 안전한 곳으로 피신시키는 것만이 합리적인 대책이겠죠. 하지만 어디로요? 저에게는 자원이 없습니다." 그는 잠시 말을 멈췄다. 그러고는 입을 열었다. "보통 이런 경우에는 따님과 같이 지내라고 말할 겁니다. 그분들은 기꺼이 그렇게 하겠죠."

반트레스카는 어젯밤 늦은 시각이 찍힌 큰 말풍선으로 옮겨갔다. 그가 말했다. "애비가 일하던 클럽의 문지기에게 자네가 트룰렌코의 이름을 언급한 내용이네. 여기서부터 대화가 두 개의 다른 방향으로 갈라지지. 첫 번째는 자네에 관한 것이네. 사채를 쓰려는 가난뱅이가 왜 그걸 묻는지를 이해하지 못하고 있어. 완전히 다른 차원이니까. 여기서부터 놈들은 자네가 외부 조직에 고용된 청부 공작원이라는 가설을 생각해낸 걸세."

"그리고 두 번째 방향은 트룰렌코 자신에 대한 거예요." 애비가 말했다. "두 개의 서로 다른 언급이 있어요. 첫 번째는 상태 확인과 위험 평가였죠. 이상 없다는 보고가 왔어요. 모두 안전하다고. 하지만 한 시간 뒤부터는 걱정하기 시작했죠."

"내가 사라졌으니까." 리처가 말했다. "당신이 나를 당신 집 안으로 끌고 들어갔을 때. 놈들은 아직 내가 도주 중인 걸로 알고 있소."

반트레스카가 말했다. "놈들은 일반적인 업무를 하던 부하들 네 개 조를 차출해서 추가로 경비 임무를 맡기고 보고하라고 했네. 기존의 경비들은 일단 철수해서 트룰렌코를 근접 경호할 수 있게 재조직하라고 명령했고. 놈들은 이걸 '상황 B'라고 하더군. 일종의 데프콘*인 것 같네. 사전에 계획하고 예행연습도 해 봤겠지. 전에 실제로 사용했을 수도 있고."

"알겠습니다." 리처가 말했다. "차 한 대에 두 놈씩이 한 조입니까?"

"알고 있나 보군."

"그럼 총 여덟 명입니다. 시작하려면 몇 명을 보강할까요? 일상적인 안전한 업무에는 몇 명을 파견할까요? 아마 네 명 이상은 아닐 겁니다. 나중

---

* DEFCON. 미국의 경계 상태 정도를 나타내는 기준. 1단계부터 5단계까지 있고, 숫자가 낮을수록 위험이 크다.

에 인원을 무리 없이 교대할 수 있게 하려면 말이죠. 그러니 네 명은 근접 경호를 하고, 여덟 명은 경계선을 지킬 겁니다."

"총 열두 명을 상대해야 하는군."

"경계선에서 제대로 된 지점만 찾아내면 그렇지 않습니다. 틈새를 파고 들 수 있습니다."

"잘하면 넷만 상대하겠군."

"추가 경비 임무를 맡은 여덟 놈이 보고하는 정확한 위치를 휴대폰에서 알아내지 못하면 의미가 없습니다. 도로 주소가 있으면 도움이 될 겁니다."

반트레스카는 대답이 없었다.

리처는 애비를 쳐다보았다.

그녀가 말했다. "정확한 위치가 나와 있긴 해요."

"그런데?"

"끔찍하게 어려운 단어예요. 온갖 사이트를 다 찾아봤죠. 원래 의미는 벌집 아니면 둥지, 또는 굴이에요. 세 개 다일 수도 있고 그 가운데 어떤 것일 수도 있어요. 웅웅거리거나 윙윙거리거나 철썩거리거나 하는 어떤 것이죠. 고어가 대부분 그렇듯이 생물학적으로는 부정확해요. 지금은 비유로만 쓰는 것 같아요. 영화에 나오는, 번쩍거리는 기계와 지직거리는 에너지들로 가득한 미친 과학자의 실험실 같은 거요. 지금 이 단어는 그렇게만 쓰여요."

"신경 중추 같은 거군."

"맞아요."

"그래서 모든 휴대폰에서 '신경 중추에 보고해'라고 하는군."

"놈들은 그게 어딘지 아는 게 분명해요."

"내가 얘기해본 놈들은 아니었소." 리처가 말했다. "내가 물어봤고 놈들의 말을 믿소. 그건 극비 정보요. 정규 업무에서 차출된 조들은 고참이라는 의미요. 내용을 잘 알고 있는."

"말이 되는군." 반트레스카가 말했다. "정예들이야. 상황 B에는 최고들만 투입하는 거지."

"내가 말했잖아요." 호건이 말했다. "유일한 경로는 제일 윗선을 바로 치는 거라고."

바턴이 말했다. "미친 짓이야."

반트레스카와 애비는 부엌 식탁에 나란히 앉아서, 아까와 같은 시스템을 이용해 알바니아인들의 메시지를 해석하는 작업을 시작했다. 반트레스카는 알바니아어에는 그다지 능숙하지 않은 것 같았다. 하지만 그들의 메시지는 상대인 우크라이나인들의 것보다 문법적으로 형식을 잘 갖추고 있었기 때문에 작업은 빠르게 진행되었다. 그리고 작업할 내용도 훨씬 적었다. 관련된 내용들은 전부 지난 몇 시간 동안에 일어난 일들이었다. 일부는 아주 친숙했다. 여기서도 리처는 외부 세력에 고용된 정부 공작원으로 여겨지고 있었다. 몇 가지 새로운 내용이 있었다. 흰색 토요타가 지나가는 게 목격되었다. 리처와 애비가 황폐한 지역에 주차한 뒤에 함께 나오는 것도 목격되었다. 작고 날씬한 여자, 추한 거구의 남자. 찾아내라.

"엄밀히 말하면 평범한 외모라는 뜻 같아요." 애비가 말했다. "아니면 강인해 보인다거나요. 당신은 그렇게 추하지 않아요."

리처가 말했다. "몽둥이찜질이나 돌팔매질을 당하면 다치겠지. 하지만 말에는 상처받지 않소."

"이 말에는 상처받을 수도 있네." 반트레스카가 말했다. 그는 동영상 끝 부분을 보고 있었다. 알바니아인들의 마지막 문자였다. 그가 말했다. "놈들이 적극적으로 자네를 찾고 있네. 자네의 현재 위치를 추정하고 있어. 자네가 특정한 열두 블록으로 구성된 직사각형 안쪽 어디엔가 있다고 짐작하는군."

"우리가 그 안에 있습니까?"

"직사각형의 지리적 중심부에서 그리 멀리 떨어져 있지는 않네."

"그건 안 좋은데요." 리처가 말했다. "정보가 엄청나게 많은 것 같습니다."

"놈들은 지역마다 소식통들이 많네. 염탐꾼들이나 창문 뒤에서 몰래 지켜보는 눈들도 많지. 도로에는 차들도 많고."

"놈들을 오랫동안 연구해 오신 것 같습니다."

"말했다시피 나는 듣는 얘기들이 있네. 모든 사람은 사연이 있지. 어떻게든 놈들과 부딪치게 되니까. 중앙로의 동쪽에서는 무슨 일을 하든 그게 일종의 사업 비용일세. 사람들은 거기에 익숙해지지. 결국에는 그게 합리적이라고 생각하게 되고. 예전에 교회가 걷었던 십일조 같은 거야. 세금처럼. 방법이 없네. 그 부분에서는 제법 문명화되었다고 봐야지. 보호비를 내는 한은 말이야. 어쨌거나 모두가 그렇게 하니까. 무서운 놈들이네."

"개인적인 경험처럼 들리는군요."

"두어 달 전에 워싱턴 D.C.에서 온 기자의 지역 취재를 도와준 적이 있네. 나는 사설탐정 면허가 있어. 내 전화번호는 전국의 전화번호부에 다올라가 있지. 나는 그 기자가 어떤 내용을 쓸 것인지 몰랐네. 말해주지 않았거든. 조직범죄라고 짐작은 했네. 거기에 흥미를 보이는 것 같았으니까. 알바니아인들과 우크라이나인들 모두에게. 솔직히 말하면 우크라이나인들에게 더 관심이 있는 것 같았네. 내가 받은 인상은 그랬어. 하지만 어쨌든 그녀는 중앙로 동쪽도 캐고 다녔고, 처음 맞닥뜨린 것도 알바니아인들이었네. 그들은 얼굴을 맞대고 말다툼을 벌였어. 레스토랑의 뒤쪽 룸에서 알바니아인들 몇 명과 그녀 혼자서. 그녀는 나오더니 나보고 공항까지 바로 가달라고 했네. 호텔에 들르지 않고. 호텔에 들러서 짐을 챙기려고 하지도 않았어. 겁에 질려 있었네. 뼛속 깊이까지. 자동 로봇처럼 행동했지. 그녀는 가장 빠른 항공편을 타고 떠나서 다시는 돌아오지 않았어. 단순히 이야기만 한 것으로 그녀를 그렇게 만들었다면, 수많은 사람에게 낯선 이를 계속 염탐하게 만드는 것도 가능하다고 봐야 하네. 지독한 협박이지. 놈들은 이런 식으로 정보를 얻고 있네."

"그것도 좋지 않군요." 리처가 말했다. "이 집에 불운을 가져오고 싶지는 않습니다."

바턴과 호건 어느 쪽도 입을 열지 않았다.

"호텔에 묵을 수도 없어요." 애비가 말했다.

"가능할 거요." 리처가 말했다. "호텔에 묵어야 하오. 일이 빠르게 진행될 수도 있소."

"당신은 아직 준비가 안 됐잖아요." 호건이 말했다.

바턴이 말했다. "여기서 지내요. 어차피 와 있잖아요. 이웃들이 엑스레이 투시경이 있는 것도 아니고. 우리는 내일 점심때 연주가 있어요. 가야 한다면 그때 함께 밴을 타고 가요. 아무도 못 볼 거예요."

"어디서 연주하시오?"

"중앙로 서쪽의 라운지에서요. 지금보다 트룰렌코에 가까이 있게 되죠."

"라운지에 문지기가 있소?"

"언제나요. 길모퉁이에서 내리는 게 나을 거예요."

"일을 빠르게 진행하려면 내리지 않는 게 낫소."

"우린 거기서 일해야 해요. 좋은 일자리라고요. 우리 사정 좀 봐주고 일은 다른 데서 진행해요. 필요하다면 말이죠. 안 그랬으면 좋겠지만. 미친 짓이잖아요."

"좋소." 리처가 말했다. "내일 당신 차를 타고 갑시다. 정말 고맙소. 오늘 밤 베풀어 주는 호의도."

반트레스카는 10분 뒤에 떠났다. 바턴이 문을 잠갔다. 호건이 헤드폰을 쓰고 리처의 엄지손가락만 한 대마초에 불을 붙였다. 리처와 애비는 계단을 올라가 기타 앰프를 돌려세워서 침대 탁자로 쓰는 방으로 들어갔다. 세 블록 너머에서는 우편함에 있는 알바니아인의 휴대폰에 대한 문자 전송이 실패했다. 1분 뒤, 우크라이나인의 휴대폰에도 같은 일이 일어났다.

29

디노의 오른팔은 슈쿰빈Shkumbin이라는 이름이 있었다. 아름다운 조국의 심장부를 깊게 흐르는 아름다운 강의 이름이었다. 하지만 영어로 발음하기에는 쉽지 않았다. 처음에는 사람들이 대부분 '스컴빈'이라고 발음했다. 그중 일부는 조롱하듯 그렇게 부르기도 했지만* 단 한 번뿐이었다. 이빨이 아작 나 몇 달에 걸친 치과 치료 끝에 다시 말을 할 수 있게 되었을 때는, 그 이름의 첫음절을 제대로 발음하려고 무진장 애썼다. 그래도 이빨이 완벽하게 복구되는 건 아니었다. 하지만 슈쿰빈은 결국 남의 이빨을 아작 내느라 손가락 관절을 다치는 게 지겨워졌고, 그래서 죽은 형제의 이름을 쓰기로 했다. 편해서였기도 했고, 형제를 기리기 위해서이기도 했다. 죽은 형의 이름은 아니었다. 형의 이름은 팻바드Fatbardhë였다. '행운아'라는 뜻이었는데, 아름답기는 했지만 역시 영어로 쓰기에는 곤란했다.** 그래서 죽은 동생의 이름을 썼다. 제트미어Jetmir였다. '부자로 살 사람'이라는 뜻이었다. 역시 따뜻한 마음이 담긴 이름이었고, 이번에는 영어로 발음하기도 쉬웠다. 기억하기도 쉬웠고, 꽤 화려하고 미래지향적인 이름이었다. 실제로는 전통적인 축복의 의미였고, 소련의 만화책에 나오는 붉은 군대의

---

* '쓰레기통'이라는 뜻의 'scum bin'과 발음이 같다.
** '뚱보 시인'이라는 뜻의 'fat bard'와 발음이 같다.

시험 비행 조종사나, 선동 광고판에 나오는 영웅적인 우주 비행사의 이름처럼 들려서 약간 공산당 느낌이 나기도 했다. 하지만 미국인들은 더 이상 거기에 신경을 쓰지 않는 것 같았다. 오래전 일이었다.

제트미어는 목재소 사무실 뒤에 있는 회의실로 갔다. 수뇌부의 나머지 구성원들은 이미 모여 있었다. 디노는 당연히 없었다. 통지받지 못했으니까. 아직은. 디노 없이 열리는 수뇌부의 두 번째 회의였다. 큰 전진이었다. 첫 번째 회의는 해명하기 쉽다. 두 번째를 둘러대는 건 극도로 어려워진다.

세 번째를 설명하는 건 불가능할 것이다.

제트미어가 말했다. "없어졌던 휴대폰이 거의 20분 정도 다시 켜졌어. 송신된 것도 수신된 것도 전혀 없었어. 그러고는 다시 꺼졌지. 지하실이나 지하 저장고 같은 데 깊이 숨겨져 있는 것처럼. 하지만 그다음에는 아주 짧은 시간 동안 거리에 나타났어. 길모퉁이의 상점에 갔다가 돌아온 것일 수도 있어."

"위치는 알아냈나?" 누군가가 물었다.

"삼각측량법이 꽤 쓸 만했어. 하지만 주민이 밀집된 지역이었지. 길모퉁이마다 상가가 있었어. 하지만 그들이 있으리라고 생각한 곳인 건 맞았어. 우리가 표시했던 모양의 중심부에 가까워."

"얼마나 가깝지?"

"우리는 전에 생각했던 열두 블록을 잊고 있었어. 그중 중앙부에 있는 네 블록으로 압축할 수 있어. 확실하게 하자면 여섯으로 할 수도 있고."

"지하실이야?"

"아니면 신호가 잡히지 않는 어딘가겠지."

"배터리를 빼놓았을 수도 있어. 그랬다가 다시 끼운 거고."

"이유는? 말했잖아. 송신도 수신도 없었다고."

"그럼 지하실이겠군."

"아니면 두꺼운 철골 구조로 된 건물이거나. 그 비슷한 어디겠지. 섣불리 판단하지마. 모두에게 쥐어짜라고 명령을 내려. 지역을 다 쓸고 다니라고 해. 커튼 뒤에 불빛이 보이는지 살피고, 차와 보행자들도 확인하게 해. 필요하다면 직접 찾아가서 물어보고."

같은 시각, 중앙로 반대편에 있는 제트미어의 맞수 또한 수뇌부 회의에 참석하고 있었다. 보석금보증사무소 옆 전당포 건너에 있는 택시 회사의 뒤쪽에 있는 방이었다. 하지만 그의 경우에는 두목이 그 자리에 있었다. 언제나처럼 그레고리가 테이블 상석에서 회의를 주재하고 있었다. 도심에 있던 부하 하나가 애런 셰빅에게서 받은 오만한 제의를 듣자마자 그레고리 자신이 소집한 회의였다.

그가 말했다. "내가 보기에 가장 최근에 일어난 이 사건은 완전히 성질이 달라. 속임수를 쓰려는 의도가 없어. 우리가 알바니아인들 짓으로 보지 않으리라는 걸 알고 있어. 완전히 노골적으로 직접 나선 거지. 보아하니 이전의 전략을 버리라는 지시가 있었던 듯하다. 새로운 국면에서 우위를 차지하기 위해서지. 실수하는 거야. 놈들은 우리에 대해 알아내게 될 것보다 놈들 자신을 더 많이 드러냈어."

"휴대폰이군요." 그의 오른팔이 말했다.

"바로 그거야." 그레고리가 말했다. "총을 가져가는 건 예상할 수 있다. 누구라도 그럴 테니까. 그런데 왜 휴대폰을 챙기라고 지시했을까?"

"놈들의 새 전략에서 필수적인 요소라서 그럴 겁니다. 전산상의 피해를 줄 생각이죠. 우리를 더 약하게 만들려고요. 우리의 휴대폰을 통해 우리의 내부 운영 시스템에 침입하려는 겁니다."

"그게 성공하기를 바랄 정도의 기술과 경험과 자신감, 망상에 가까운 오만함을 가진 자가 대체 누구겠나?"

"러시아인들뿐이죠." 그의 오른팔이 말했다.

"바로 그거야." 그레고리가 다시 말했다. "새 전략이 놈들의 정체를 드러냈어. 이제 알겠다. 러시아놈들이 우리를 치려는 거야."

"좋지 않습니다."

"놈들이 알바니아놈들의 휴대폰도 가져갔을 거다."

"그럴 것 같습니다. 러시아인들은 영역을 나누는 걸 좋아하지 않습니다. 우리 둘을 다 쳐낼 속셈인 게 분명합니다. 이건 대단히 어려워진 상황입니다. 놈들의 수가 많으니까요."

오랫동안 침묵이 흘렀다.

그러다가 그레고리가 물었다. "우리가 놈들을 물리칠 수 있겠나?"

오른팔이 말했다. "놈들은 우리 운영 시스템 내부로 침입하지 못할 겁니다."

"그걸 물어본 게 아니다."

"우리와 싸우게 되면 놈들은 병력도, 돈도, 장비도 두 배를 동원할 겁니다."

"지금은 필사적으로 싸워야 할 시기다." 그레고리가 말했다.

"정말 그렇습니다."

"필사적인 수단을 써야 해."

"어떤 것 말씀이십니까?"

"러시아놈들이 우리보다 두 배를 동원한다면 우리는 세력의 균형을 다시 잡아야 해. 단순하다. 그저 일시적으로라도. 당분간만이라도 말이야. 현재의 위기를 넘길 때까지."

"어떻게요?"

"단기 방어 동맹을 맺어야 해."

"누구와요?"

"중앙로 동쪽 친구들과."

"알바니아놈들과 말씀입니까?"

"그들도 우리와 한배를 탔다."

"하려고 할까요?"

"러시아놈들에게 맞서려면 그들도 우리와 마찬가지로 동맹이 필요해. 힘을 합치더라도 러시아놈들과 겨우 맞설 정도다. 합치지 못하면 상대가 안 돼. 뭉치면 살고 흩어지면 죽는다."

다시 침묵이 흘렀다.

"대단히 큰 모험입니다." 누군가가 말했다.

"내 생각도 그렇다." 그레고리가 말했다. "괴상하고 미친 짓이기까지 하지. 하지만 필요하다."

그 뒤로는 아무도 입을 열지 않았다.

"좋아." 그레고리가 말했다. "다시 디노와 만나서 얘기하겠다. 내일 아침이 되자마자."

리처는 밤의 잿빛 어둠 속에서 잠이 깼다. 머릿속 시계는 새벽 4시 10분 전을 알리고 있었다. 소리가 들렸다. 차였다. 둥근 창문 밖 도로 위였다.

브레이크가 물리면서 삐걱거리고, 스프링이 압축되고, 타이어에는 압력이 걸리고 있었다. 차 한 대가 속도를 늦추더니 정지했다.

그는 기다렸다. 애비는 옆에서 따뜻하고 부드럽고 편안하게 잠들어 있었다. 낡은 집은 삐걱대고 덜컥거렸다. 현관으로 나가는 문 아래에 빛 한 줄기가 있었다. 계단 위 전구는 아직 켜져 있었다. 아래층 다른 공간에도 켜져 있을 것이다. 부엌 아니면 거실. 바턴이나 호건이 아직 깨어 있는지도 모른다. 시시껄렁한 잡담이나 나누고 있겠지. 뮤지션들이 잠들기에는 아직 이른 시각이다.

바깥 도로에서는 차의 엔진이 조용하게 공회전하고 있었다. 벨트가 희미하게 덜덜거리고, 팬은 윙윙거리고, 피스톤들은 위아래로 헛되이 움직이고 있었다. 그러고는 후드 아래에서 희미하게 소리를 죽인 쿵 소리가 났고, 다시 이것들이 영원히 계속되는 느낌이 들었다.

트랜스미션이 앞쪽 주차 위치로 움직였다.

엔진이 꺼졌다.

다시 침묵이 흘렀다.

차 문이 열렸다.

가죽 밑창이 인도 바닥을 때렸다. 무게가 사라지면서 좌석 스프링이 딸깍 소리를 냈다. 두 번째 밑창이 첫 번째 밑창에 가세했다. 누군가 살짝 힘을 쓰며 똑바로 일어섰다.

차 문이 닫혔다.

리처는 침대에서 빠져나왔다. 바지를 입었다. 셔츠를 입었다. 양말을 신었다. 신발 끈을 맸다. 재킷을 걸쳤다. 주머니 속의 총을 다시 확인했다.

한 층 아래에서는 도로로 향한 정문을 누군가가 세게 두드리고 있었다.

쾅쾅거리는 둔중한 소리였다. 새벽 4시 10분 전이었다. 리처는 귀를 기울였다. 아무 소리도 들리지 않았다. 사실은 아무 소리도 들리지 않는 것보다도 더 조용했다. 아까보다 조용한 건 확실했다. 허공에 난 구멍 같았다. 시시껄렁한 잡담은 그 구멍 속으로 사라지고, 어떻게 된 일인지 몰라 바보처럼 목을 빼고 둘러보는 소리만 남았다. 아직 깨어 있던 바턴과 호건이었다. 뮤지션들이 잠들기에는 아직 이른 시각이다.

리처는 기다렸다. *처리해.* 그는 생각했다. *내가 아래층으로 내려가게 만들지 마.* 둘 중 하나가 일어서는 소리가 들렸다. 발을 끌고 옆으로 가고 있었다. 아마 창밖을 내다보고 있을 것이다. 커튼의 갈라진 틈을 통해 비스듬히 옆으로.

낮은 목소리가 들렸다. "알바니아인들이야."

호건의 음성이었다.

바턴이 속삭이듯 대꾸했다. "몇 명이야?"

"한 놈뿐이야."

"뭘 원하는 거지?"

"그걸 알면 내가 점쟁이게?"

"어떻게 하지?"

다시 노크 소리가 들렸다. 쾅, 쾅, 쾅. 묵직했다.

리처는 기다렸다. 뒤에서 애비가 동요하며 말했다. "무슨 일이에요?"

"문 앞에 알바니아인 똘마니가 와 있소. 분명 우리를 찾고 있는 거요."

"지금 몇 시죠?"

"4시 8분 전이오."

"어떻게 하죠?"

"바턴과 호건이 아래층에 있소. 아직 안 자고 있었지. 그들이 잘 처리하면 좋겠는데."

"난 옷을 좀 걸쳐야겠어요."

"안타깝지만 그래야겠지."

그녀는 그가 그랬던 것처럼 빠르게 바지와 셔츠를 입고 신발을 신었다. 그리고 둘은 기다렸다. 세 번째로 노크 소리가 들렸다. 쾅, 쾅, 쾅. 절대 못 들은 척할 수 없는 소리였다. 호건이 일단 열어주자고 제안하는 소리가 들렸다. 바턴이 받아들이는 소리가 들렸다. 호건의 발걸음이 현관 복도를 가로지르는 소리가 들렸다. 자신 있고 단호하며 확고한 발걸음. 해병대 출신. 드럼 연주자. 리처는 둘 중에 어느 쪽을 더 믿어야 할지 확신할 수 없었다.

문이 열리는 소리가 들렸다.

호건이 말하는 소리가 들렸다. "무슨 일이죠?"

새로운 목소리가 들렸다. 더 조용한 목소리였다. 집 안이 아니라 밖에서 들려오기 때문이었고, 대화와 조롱이 즉석에서 얽힌 어조였기 때문이었다. 우호적이지만 사실은 그렇지 않았다.

목소리가 말했다. "안에 별일 없나?"

호건이 말했다. "별일이 있을 리가요."

"안에서 불빛이 나오는 걸 봤다." 목소리가 말했다. "안 좋은 일이나 무슨 사고가 생겨서 밤새 깨어 있는 게 아닌가 걱정돼서."

낮았지만 넓은 흉곽과 두꺼운 목에서 나오는, 육체적인 힘이 가득 실린 큰 목소리였다. 여기에 명령조의 오만함과 권위도 가득했다. 제멋대로 구는 것에 익숙한 자였다. 부탁한다는 말을 해본 적도, 거절을 당해본 적도 없는 종류의 목소리를 가진 자였다.

처리해. 리처는 생각했다. *내가 아래층으로 내려가게 만들지 마.*

호건이 말했다. "여긴 괜찮아요. 걱정할 거 없어요. 안 좋은 일도, 사고도 없으니까."

"확실해? 도와줄 일 있으면 돕고 싶은데."

"없다고요." 호건이 말했다. "모든 사람이 똑같은 시간에 자는 건 아니라서 불이 켜져 있었던 거예요. 이해하기 힘든 일도 아니잖아요."

"그런 건 나도 알아." 알바니아인 남자가 말했다. "이 몸이 바로 그렇지. 밤새 돌아다니면서 이웃의 안전을 살피니까. 사실 괜찮다면 너희가 나를 좀 도와줬으면 하는데."

호건은 대답하지 않았다.

남자가 말했다. "도와주고 싶지 않은 건가?"

여전히 대답이 없었다.

"주는 게 있으면 받는 게 있지." 남자가 말했다. "이게 그런 종류의 일이야. 네가 지금 우리를 도와주면 우리도 나중에 너희를 도와주겠어. 중요한 일을. 네게 필요한 바로 그걸. 큰 문제를 해결해 줄 수도 있지. 하지만 지금 우리를 방해한다면 너희는 나중에 힘들어질 수 있어. 온갖 방법으로 말이야. 예를 들면, 너희 직업이 뭐야?"

"뭘 도와야 하는데요?" 호건이 말했다.

"남자 하나와 여자 하나를 찾고 있어. 남자는 나이가 있고 여자는 젊지. 여자는 작고 머리카락은 어두운색이야. 남자는 크고 추해."

처리해. 리처는 생각했다. *내가 아래층으로 내려가게 만들지 마.*

"왜 찾는 거죠?" 호건이 물었다.

문에 있는 남자가 말했다. "우리는 그들이 극도로 위험한 상황에 있다고 생각해. 경고해주려고. 그들을 위해서. 도와주려는 거야. 우리가 하는 일이 그거잖아."

"못 봤어요."

"확실해?"

"백 퍼센트."

"너희가 해 줄 수 있는 게 하나 더 있어." 남자가 말했다.

"뭔데요?"

"그들을 보면 우리한테 연락해. 그렇게 할 거지?"

호건에게서는 대답이 나오지 않았다.

"별거 아니야." 남자가 말했다. "우리를 돕고 싶으면 10초짜리 통화만 해주면 돼. 그러고 싶지 않을 수도 있지. 둘 다 괜찮아. 여긴 자유국가니까. 우리가 기억해뒀다가 손을 써주겠어."

"알겠어요." 호건이 말했다. "전화할게요."

"고맙군. 낮이든 밤이든 괜찮아. 바로 전화해."

"알겠어요." 호건이 다시 말했다.

"마지막으로 하나 더."

"또 뭔데요?"

"네가 우리를 도와줄 방법이 하나 더 있어."

"어떻게요?"

"나는 이 주소를 우리 바닥에서 말하는 '위험 제로 지역'이라고 보고할 거야. 목표물은 확실히 여기 없고, 보통 직장에 다니는 보통 사람들만 산다는 등등."

"그렇군요." 호건이 말했다.

"하지만 우리 바닥에서는 절차를 매우 중시해. 숫자를 좋아하지. 언젠가 나는 이런 질문을 받게 될 거야. 어느 정도의 확신으로 평가했느냐고."

"백 퍼센트죠." 호건이 다시 말했다.

"그래. 하지만 그건 결국 이해 당사자의 구두 보고에 지나지 않아."

"그게 다니까요."

"내가 말하는 요점은," 남자가 말했다. "내가 너희 집 안에 들어가 직접 살펴보게 해줘야 정말로 나를 도와주는 거라는 얘기야. 그러면 우리는 확실한 증거를 얻는 거지. 사건은 종결되고. 다시는 너를 귀찮게 하지 않아. 독립기념일 야유회에 널 초대할 수도 있지. 가족이 되는 거야. 우리를 도와준 진짜배기 사나이."

"내 집이 아니에요." 호건이 말했다. "방 하나를 세냈을 뿐이지. 나한테는 그럴 권리가 없어요."

"거실에 있는 다른 신사 양반에게는 있을 수 있지."

"내 말 믿어요. 그만 가세요."

"대마초는 걱정하지 마." 남자가 말했다. "맞지? 도로에서부터 냄새를 맡았어. 대마초는 신경 쓰지 않아. 난 경찰이 아니거든. 너희를 잡아가려고 온 게 아니야. 나는 상부상조하는 지역 사회를 대표하고 있어. 공동체를 위해 열심히 일하지. 인상적인 결과를 냈고."

"내 말 믿어요." 호건이 다시 말했다.

"집 안에 누가 더 있지?"

"아무도 없어요."

"밤새 둘만 있었다고?"

"저녁때 사람들을 초대했었어요."

"어떤 사람들?"

"친구요." 호건이 말했다. "중국 음식을 먹고 와인을 좀 마셨죠."

"그들이 묵고 있나?"

"아뇨."

"친구 몇 명?"

"두 명요."

"혹시 남자 하나와 여자 하나?"

"당신이 찾는 남자와 여자는 아니에요."

"어떻게 알아?"

"그럴 수 없으니까요. 보통 사람들이에요. 당신이 말한 것처럼."

"그들이 정말 여기 묵고 있지 않다고?"

"가는 걸 봤어요."

"좋아." 남자가 말했다. "그러면 넌 걱정할 거 없어. 잠깐만 둘러볼게. 어쨌든 바로 알게 되겠지. 난 이런 문제에는 경험이 많아. 티라나*에서 형사로 일했었지. 사람이 명백한 실마리를 남기지 않고 가는 건 불가능해. 그들이 누군지, 왜 있었는지 하는 실마리 말이야."

호건은 대답하지 않았다.

리처와 애비는 바로 아래 현관에서 나는 발소리를 들었다. 남자가 집 안으로 들어왔다.

애비가 속삭였다. "믿을 수 없네요. 호건이 놈을 들어오게 했어요. 사방을 다 뒤져볼 게 분명해요. 그냥 둘러보기만 할 리가 없어요. 호건은 속은

* Tirana, 알바니아의 수도.

거예요."

"호건은 잘하고 있소." 리처가 말했다. "해병대 출신이오. 제대로 된 전술을 쓰고 있지. 우리가 옷을 입고 침대를 정리하고 창문을 열 시간을 충분히 벌어 줬소. 그래서 지금까지는 제대로 되고 있소. 놈이 안으로 들어오면, 우리는 밖으로 나가서 지붕이나 마당에 숨으면 되는 거지. 놈은 우리를 못 찾고 그냥 갈 거요. 단 한 번도 마주치지 않고. 싸울 필요가 없게 만드는 게 최고의 싸움이오. 해병대라도 그건 이해하지."

"하지만 우리는 지금 창밖을 기어 올라가고 있지 않잖아요. 그냥 여기서 있을 뿐이지. 계획대로 되고 있지 않아요."

"다른 접근방식이 있소."

"어떤 거요?"

"해병대보다는 육군에 가까운 방법이오."

"어떤 건데요?"

"기다리면서 무슨 일이 일어날지 보는 거요." 그가 말했다.

아래에서 남자가 거실로 저벅저벅 걸어가는 소리가 들렸다.

남자가 말하는 소리가 들렸다. "음악 해?"

"네."

"우리 클럽에서 연주하고?"

"네."

"그 태도를 고치지 않으면 앞으로는 연주 못할 줄 알아."

대답이 없었다. 잠시 침묵이 흘렀다. 그리고 남자가 다시 현관으로 갔다가 부엌으로 들어가는 소리가 들렸다.

"중국 음식." 남자가 말하는 소리가 들렸다. "그릇이 많이 있군. 사실대로 말했어."

"와인도 있죠." 호건이 말했다. "내가 말한 대로."

쨍강 소리가 들렸다. 빈 병 두 개를 집어 들거나 서로 부딪히거나, 살펴보거나, 조사하거나, 건드리는 소리다.

그러고는 조용해졌다.

그러고는 남자가 말하는 소리가 들렸다. "이게 뭐지?"

방에서 공기가 빠져나가듯 조용해졌다.

아무 소리도 들리지 않았다.

그러다가 남자가 자문자답하는 소리가 들렸다.

"개발새발 알바니아어 단어를 적은 종이뭉치라."

30

리처와 애비는 침실 문을 나와 위층 복도로 갔다. 아래 부엌에서는 아무 소리도 들리지 않았다. 쉬잇 하고 공기가 새는 소리, 타일 갈라지는 소리 같은 긴장 어린 정적뿐이었다. 리처는 바턴이 호건에게, 호건이 바턴에게 불안한 시선을 던지는 장면을 상상했다.

애비가 속삭였다. "내려가서 저들을 도와야 해요."

"그럴 수 없소." 리처가 말했다. "우리가 여기 있는 게 눈에 띄면, 저놈이 떠나게 둘 수 없으니까."

"왜요?"

"놈이 보고할 테니까. 이 주소가 사방에 퍼지겠지. 바턴은 앞으로 온갖 문제에 시달릴 거요. 놈들은 바턴이 클럽에서 연주하지 못하게 할 거요. 호건도 마찬가지고. 같은 배를 탔으니 같은 신세가 되겠지."

그러고는 잠시 말을 멈췄다.

애비가 말했다. "떠나게 둘 수 없다는 게 무슨 뜻이죠?"

"선택할 방법은 많소."

"가둔다는 말인가요?"

"이 집에는 지하 창고가 있을 거요."

"다른 방법은요?"

"다양하오. 나는 뭐든지 할 수 있는 사람이니까."

애비가 말했다. "내 잘못이에요. 종이를 부엌에 두는 게 아니었는데."

"당신은 날 도와줬소. 잘못한 게 아니오."

"그래도 실수는 실수예요."

"엎질러진 물이오." 리처가 말했다. "신경 쓰지 마시오. 에너지만 낭비하니까."

아래에서는 다시 이야기가 시작되었다.

남자가 묻는 소리가 들렸다. "새 언어를 배우고 있나?"

답이 없었다.

"알바니아어는 그만두는 게 좋을 텐데. 특히 이 단어는. 아주 미묘하거든. 다양한 의미가 있어. 시골 사람들이 쓰는 단어야. 원래는 특정 부족이 옛날부터 썼던 것 같아. 지금은 아주 드물게 쓰지. 자주 사용되지 않아."

대답이 없었다.

"왜 이 단어를 쪽지에 썼지?"

답이 없었다.

"솔직히 네가 쓴 것 같진 않아. 여자 글씨 같거든. 말했잖아. 나는 이런 문제에 경험이 많다고. 티라나에서 형사였으니까. 관련 데이터를 챙기는 걸 좋아하지. 특히 미국과 관련해서. 이 단어를 쓴 여자는 학교에서 정식으로 필기체 손글씨를 배웠을 나이가 아니야. 마흔도 안 되었을 거야."

답이 없었다.

"저녁 식사하러 왔다는 네 친구겠지. 종이가 식탁 위 음식 그릇들 사이에 있었으니까. 고고학적 발굴 층이라고 할 수 있어. 같은 시간에 놓여 있었다는 얘기야."

호건은 아무 말도 하지 않았다.

남자가 물었다. "저녁에 온 네 친구는 마흔 살이 안 됐나?"

호건이 말했다. "서른 정도 됐어요."

"중국 음식을 먹고 와인을 마셨고."

답이 없었다.

"대마초도 좀 피웠겠지. 둘 다 아는 사람들에 대한 뒷소문도 얘기했고. 그리고 진지한 대화도 했을 거야. 인생에 대해, 국제 정세에 대해."

"맞아요." 호건이 말했다.

"그러던 중에 여자가 갑자기 일어나서 종이쪽지를 찾더니 생소하고 미묘한 외국어 단어를 적었단 말이지. 대부분의 미국인은 전혀 모를 단어를. 이건 어떻게 설명할래?"

"똑똑한 여자예요. 어떤 얘기를 하고 있었던 것 같아요. 생소하고 미묘하기는 해도 그게 그 여자가 쓰려던 정확한 단어일 수 있죠. 똑똑한 사람들은 그러잖아요. 외국어를 섞어 쓰죠. 날 위해서 적어둔 것일 수도 있어요. 나중에 찾아보라고."

"가능한 얘기야." 남자가 말했다. "다른 때라면 난 어깨나 한 번 으쓱하고 넘겨버렸을 거야. 이상한 일들은 늘 일어날 수 있으니까. 하지만 나는 우연의 일치를 좋아하지 않아. 특히 네 가지가 한꺼번에 일어났을 때는. 첫 번째 우연은 그 여자가 여기 혼자 오지 않았다는 거야. 남자 파트너가 있었지. 두 번째 우연은 지난 12시간 동안 내가 이 생소한 단어를 많이 봤다는 거야. 내 휴대폰 문자에서. 내가 찾는 남자 도망자의 인상착의 설명에 들어 있었지. 처음에도 말했듯이 여자 하나와 남자 하나야. 여자는 작고 머리카락은 어두운색이야. 남자는 큰 덩치에 추하고."

위층 복도에서 애비가 속삭였다. "상황이 나빠지고 있어요."

바에서 싸움이 벌어질 낌새를 눈치챈 웨이트리스 같았다.

"그런 것 같군." 리처가 말했다.

아래층에서 남자의 말소리가 들렸다. "세 번째 우연은 이것과 같은 문자를 받은 휴대폰 하나가 지난밤에 도난당했다는 거지. 그러다 얼마 전에 20분 동안 켜졌어. 송신이나 수신은 없었고. 하지만 20분이면 많은 문자를 읽기 충분한 시간이지. 어려운 단어는 나중에 찾아보려고 받아 적기에도."

호건이 말했다.

"심각하게 받아들이지 마세요. 훔친 휴대폰을 가지고 있던 사람은 아무도 없었으니까."

"네 번째 우연은 그 휴대폰을 훔친 자가 바로 수배령이 내려진 그 추한 거구의 남자라는 거야. 그건 확실해. 완전한 보고를 받았으니까. 그때는 혼자 행동했지만, 보통은 어두운색 머리카락의 여자와 함께 있다고 알려졌지. 그 여자가 네 저녁 손님인 게 확실해. 종이 위에 이 단어를 썼으니까. 도난당한 휴대폰에서 베껴 쓴 것도 확실하고. 아니면 그 여자가 이 단어를 어떻게 알겠어? 바로 지금 이 단어에 관심을 가질 이유가 뭐겠냐고?"

"난 몰라요." 호건이 말했다. "우리는 지금 서로 다른 사람 이야기를 하고 있는 것 같은데요."

"남자가 나가서 휴대폰을 훔쳐 왔고 여자한테 줬어. 여자가 미리 지시했나? 그 여자가 윗사람이야? 여자가 남자한테 임무를 줬어?"

"대체 지금 무슨 소리를 하고 있는지 전혀 모르겠어요."

"그럼 아는 게 좋을 거야." 남자가 말했다. "지금 공동체의 적을 숨겨주다 걸린 거니까. 너한테 좋지 않아."

"그러든가 말든가." 호건이 말했다.

"동네에서 쫓겨나고 싶어?"

"댁이 그랬으면 좋겠네요."

오랫동안 침묵이 이어졌다.

그러더니 남자가 다시 입을 열었다. 새로운 적의가 담겨 있었다. 새로운 생각도 들어 있었다. 그가 말했다. "그들이 걸어서 갔나, 차로 갔나?"

"누구요?"

"네가 숨겨준 남자와 여자."

"우린 누구도 숨겨주지 않았어요. 친구들과 저녁을 먹었을 뿐이지."

"걸어서 갔어, 차로 갔어?"

"언제요?"

"저녁 식사를 마치고 집을 나갔을 때. 자고 가지 않고 말이야."

"걸어서 갔어요."

"근처에 사나?"

"아주 가깝지는 않아요." 호건이 신중하게 말했다.

"그럼 좀 걸어야 할 거리겠군. 우리가 이 블록들을 주의 깊게 감시하고 있었는데 집으로 걸어가는 남녀는 보지 못했어."

"길모퉁이 근처에 차를 대 놓았나 보네요."

"차를 타고 가는 남녀도 못 봤어."

"댁들이 놓쳤나 보죠."

"그런 것 같진 않은데."

"그럼 내가 더 도울 일은 없겠네요."

남자가 말했다. "놈들이 여기 있었던 걸 알아. 먹은 음식도 봤어. 훔친 휴대폰에서 옮겨 적은 메모도 봤어. 오늘 밤 여기는 이 도시에서 가장 엄중하게 감시당하고 있는 블록이야. 그런데 놈들이 떠나는 모습은 보지 못했지. 그러니 그들은 여기 있는 거야. 바로 지금 위층에."

또다시 긴 침묵이 흘렀다.

그러다가 호건이 말했다. "정말 짜증 나네요. 올라가서 찾아봐요. 방이 세 갠데 다 비었으니까. 그런 다음에는 이 집에서 나가서 다시는 돌아오지 마세요. 야유회 초대장도 보내지 말고."

위층 복도에서 애비가 속삭였다. "아직 창밖으로 나갈 기회가 있어요."

"침대를 정리하지 않았소." 리처가 낮은 목소리로 대답했다. "그리고 저놈의 차를 써야겠다고 결심했소. 어쨌든 그냥 가게 둘 수는 없지."

"차가 왜 필요한데요?"

"해야 할 일이 방금 떠올랐기 때문이오."

아래층에서는 남자의 발걸음이 현관을 가로지르고 있었다. 계단 아래쪽을 향하고 있었다. 묵직한 발걸음이었다. 오래된 바닥이 삐걱거리며 내려앉았다. 리처는 총을 그대로 주머니에 두었다. 총을 쓰고 싶지 않았다. *야밤에 도심에서 총성이 들리면 어떤 식으로든 반응이 있게 되지. 너무 복잡해진다.* 저 알바니아인도 분명히 같은 생각을 할 것이다. 남자의 오른손이 시야에 들어오더니 난간을 잡았다. 총은 없었다. 왼손이 따라왔다. 총은 없었다. 손이 컸다. 거칠고 단단했다. 널찍하고 피부는 색이 변해 있었다. 손가락은 두껍고 뭉툭했다. 고기 다지는 망치로 관리하는 손처럼 보였다.

남자가 아래쪽 계단에 발을 올렸다. 큰 신발이었다. 특대 사이즈였다. 볼이 넓었다. 다리는 굵고 육중했다. 어깨가 떡 벌어졌다. 정장 재킷이 꽉 끼었다. 188센티미터에 100킬로그램 정도 되어 보였다. 볼품없이 왜소한 발칸 인이 아니었다. 거대한 고깃덩어리였다. 옛날에 티라나에서 형사도 했다. 거기는 경찰을 덩치 보고 뽑는지도 모른다. 결과적으로 그게 나을 수 있으니까.

남자는 계속 올라왔다. 리처는 뒤로 물러나 시야에서 벗어났다. 남자가 계단 끝에 올라서는 순간 앞으로 나가서 아는 척할 생각이었다. 가장 길게 굴러떨어지는 자리다. 계단 아래까지 죽 밀려가 떨어진다. 최대 거리다. 단순히 바닥에 넘어뜨리는 것보다 낫다. 더 효율적이다. 발걸음이 계속 다가오고 계단 판자가 전부 끽끽거렸다. 리처는 기다렸다.

남자가 계단 맨 위까지 올라왔다.

리처가 앞으로 나섰다.

남자가 그를 응시했다.

리처가 말했다. "그 생소하고 미묘한 단어에 대해 말해봐."

아래 현관에서 호건이 말하는 소리가 들렸다. "이런 젠장."

계단 맨 위에 선 남자는 대답하지 않았다.

리처가 말했다. "그 다양한 의미에 대해 말해봐. 보기에 역겹다, 확실히 불쾌하다, 흉측하다, 거슬린다, 꼴사납다, 야비하다, 저속하다, 혐오감을 준다, 비호감이다. 이 단어들은 전부 멋진 현대어지. 하지만 이것들은 원래 예전에는 대부분 두려움을 말하는 단어였어. 대부분의 언어에서 단어는 어원을 공유하지. 두려운 것을 '추하다'고 말해. 숲속에 사는 괴물이 잘생겼을 리가 없잖아."

남자는 대답하지 않았다.

리처가 말했다. "네놈들은 내가 두려운가?"

답이 없었다.

리처가 말했다. "휴대폰을 꺼내서 발 쪽 바닥에 내려놔."

남자가 말했다. "싫은데."

"자동차 열쇠도."

"싫은데."

"난 어차피 가져갈 거야." 리처가 말했다. "언제 어떻게 내놓을지는 너에게 달렸어."

똑같은 시선이었다. 흔들리지 않고 침착하게 약간 즐기는 듯하지만 위협적인 포식자의 시선.

그 시점에서 남자에게는 두 개의 선택지가 있었다. 재치 있는 말로 받아치거나 아예 무시하고 바로 행동에 나서는 것. 리처는 남자가 어떤 쪽을 택할지 짐작할 수 없었다. 아래층에 있을 때 남자는 자신이 말하는 걸 즐기는 것 같았다. 그건 확실했다. 전에 형사였으니까. 좌중의 관심을 받는 걸 좋아했겠지. 범죄가 어떻게 해결되었는지 떠벌리기 좋아했을 것이다. 하지만 지금은 재치 있는 말로 받아치는 것만으로는 승산이 없다. 그는 그 사실을 알고 있었다. 결국 실질적인 내용을 추가해야 할 것이다. 결론부터 시작하는 게 어떨까?

남자는 계단 맨 위에서 뛰어올랐다. 강력한 다리로 바닥을 박차고 어깨는 위로 세우고 머리는 내리며 돌진하려고 했다. 어깨로 가슴을 받아 리처가 균형을 잃고 뒤로 물러서게 할 목적이었다. 하지만 리처는 적어도 반 이상 대비가 되어 있었다. 그는 남자 쪽을 향해 앞으로 몸을 틀며 강력한 오른손 어퍼컷을 날렸다. 다만 수직이 아니라 45도에 가깝게 날렸다. 그래서 돌진하면서 수그린 남자의 얼굴은 어퍼컷과 정확히 직각을 이루며 만났다. 100킬로그램에 달하는 남자의 몸무게와 반대 방향에서 날아오는 리처의 110킬로그램의 몸무게가 얼굴과 주먹으로 충돌하며 엄청난 양의 운동에너지가 폭발했다. 남자의 발이 들리면서 바닥에 엉덩방아를 찧게 하기 충분한 힘이었다. 다만 거기에는 바닥이 없었다. 그래서 남자는 공중제비하듯 계단 아래로 굴러떨어졌다. 팔다리를 사방으로 크게 휘저으면서 추락하다가 아래층 벽에 사지가 튕기듯 부딪혔다.

마치 기차 사고 같았다.

남자는 바닥에서 일어났다. 거의 곧바로라고 할 정도였다. 눈을 두 번 깜빡이고 한 번 휘청거리더니 똑바로 섰다. 주말 TV 영화에 나오는, 가슴에 포탄을 맞고도 대수롭지 않다는 듯 그을린 털을 부서진 손톱으로 쓱쓱 문지르면서 무자비한 눈길로 앞쪽을 쳐다보는 괴물 같았다.

리처는 계단 아래를 내려다보았다. 아래쪽 복도는 좁았다. 호건과 바턴은 열린 문을 지나 앞쪽 거실로 물러나고 있었다. 알바니아인 남자는 그대로 서 있었다. 바위처럼 굳건하고 당당했다. 방금 당한 공격이 분한 것 같았다. 코에서는 피가 흘러나오고 있었다. 부러졌는지는 알 수 없었다. 부러지지 않은 데가 있기는 할까 싶었다. 남자는 햇병아리가 아니었다. 산전수전 다 겪은 티라나의 형사였다.

남자가 한 걸음 앞으로 나왔다.

리처도 발맞춰 나왔다. 끝장을 볼 때까지 싸워야 한다는 사실을 둘 다 알고 있었다. 남자가 왼손으로 페인트*를 넣고 리처의 무게중심을 겨냥해 오른손 스트레이트를 날렸다. 하지만 리처는 주먹이 날아오는 걸 보고 몸을 비틀어 옆구리 위쪽 근육으로 막았다. 아팠지만 원래 목표에 맞았다면

---

* feint, 스포츠에서 상대방을 속이는 동작.

고통은 더했을 것이다. 비틀어 피한 건 순전히 반사적인 행동이었다. 완전한 무방비 상태에서 그의 자율신경계로부터 나온 긴급 반응이었다. 갑자기 아드레날린이 숨 막힐 정도로 분출했다. 정교함도, 조율도, 정확성도 없었다. 가능한 최대한의 회전력이 정통으로 가해졌다. 엄청난 양의 저장된 에너지가 순간적으로 잠시 멈춰 있다가, 팽팽하게 꼬여 있던 대형 스프링처럼 반대 방향으로 갑자기 풀리면서, 완전히 똑같이 강력한 힘과 속도, 완벽하게 똑같은 반작용을 가할 준비가 되어 있다는 뜻이었다. 다만 이번에는 제어되고, 제대로 타이밍을 맞추어 정교하게 겨냥되었다. 이번에는 반격하는 팔꿈치가 스스로 원호를 그리며, 리처의 무게중심의 배경 회전력을 타고 유도 미사일처럼 날아갔다. 엄청난 상대 속도가 더해진 상태로 리처의 팔꿈치가 남자의 머리 옆쪽을 베듯이 내리쳤다. 남자의 귀 위와 앞쪽에 야구 배트나 쇠파이프로 내리친 것 같은 강력한 일격이 가해졌다. 두개골이 박살 날 것 같은 타격이었다. 보통 사람이면 죽었을 것이다. 하지만 알바니아인 남자는 거실 문틀에서 튕겨 나가 무릎으로 쓰러졌을 뿐이다.

남자는 곧바로 일어났다. 다리를 곧게 펴고, 손은 마치 다른 지렛대를 찾거나 균형을 잡으려는 듯, 빽빽하고 끈적한 액체 속에서 헤엄치는 것처럼 넓게 휘저었다. 리처는 앞으로 다가가서 다시 일격을 가했다. 같은 팔꿈치였지만 반대 방향으로, 백핸드가 아니라 포핸드로 남자의 왼쪽 눈 위를 때렸다. 뼈와 뼈가 충돌했다. 남자는 뒤로 쓰러졌다. 순간적으로 눈에 초점을 잃었지만, 예상대로 정신을 차리고 눈을 껌뻑이더니 다시 한번 일어났다. 이번에는 멈추지 않고 리처의 얼굴 왼쪽을 겨냥해 빠르게 오른손 훅을 날렸다. 하지만 주먹은 리처의 얼굴에 닿지 못했다. 리처가 앞쪽으로 몸을 구부려 주먹을 어깨 위로 비스듬히 흘려보냈기 때문이다. 이번에는 리처도 멈추지 않았다. 구부린 몸을 빠르게 돌렸다. 이번에는 남자가 예상하지 못한 왼쪽 팔꿈치가 먼저 나가며 낫으로 베듯이 얼굴을 내리쳤다. 눈 아래, 코 왼쪽, 앞니 뼈가 시작되는 부분이었다. 정확한 명칭은 모르겠지만.

남자는 휘청거리며 뒤로 물러나 거실 문틀을 움켜잡더니 방 안으로 쓰러졌다. 마치 문틀에 걸려 넘어지듯 수직으로 뒤로 비틀거리며 힘없이 쓰러졌다. 리처는 따라가 남자가 쓰러지는 모습을 보았다. 남자는 거대한 유닛 여덟 개짜리 스피커 캐비닛에 튕기더니 등을 쿵 하고 바닥에 부딪히며 쓰러졌다.

남자는 정장 코트 아래 손을 넣었다.

리처는 멈춰 섰다.

하지 마. 리처는 생각했다. 반응이 있을 것이다. *복잡해진다. 너희와 경찰 사이에 어떤 합의가 있든 난 상관하지 않는다.* 셰빅 부인이 말한 것처럼 법은 느리게 움직인다. 그녀는 지체할 시간이 없다.

리처는 큰 소리로 말했다. "하지 마."

남자는 아랑곳하지 않았다.

31

크고 뭉툭한 손이 코트 안에서 더 위로 미끄러지듯 들어갔다. 손바닥
은 넓게 폈고 손가락은 앞쪽으로 총의 손잡이를 찾고 있었다. 다른 놈들처
럼 글록일 것이다. 보고 쏘기만 하면 되니까. 보지 않고도 쏘면 더 좋고. 리
처는 시간과 공간, 그리고 상대적 거리를 자세히 살폈다. 남자의 손은 총
을 잡아서 빼고 겨냥하려면 아직 몇 센티미터 더 움직여야 한다. 이 전부
를 누워서 해야 한다. 머리를 맞아 몸을 가누기 힘든 상태에서. 한마디로
느렸다. 하지만 지금 상황에서는 리처가 피할 수 있는 속도보다는 빨랐다.
어쨌든 남자의 손은 이미 코트 아래에서 높이 올라가 있고, 리처의 양손은
아직 허리 아래, 옆구리보다 낮은 쪽에 멀리 있으며, 손목은 마치 '진정해,
그러지 마'라고 몸짓하듯 뒤로 구부러져 있었기 때문이다.

재킷 주머니보다 먼 쪽에 있었다.

총을 쓰고 싶지 않아서였다.

그럴 필요도 없었기 때문이다.

더 나은 대안이 보였다. 다소 즉흥적이었다. 아주 완벽하지도 않았다.
좋게 생각하면 그것으로 마침표를 찍을 수 있을 것이다. 의문의 여지가 없
다. 믿을 수 없을 만큼 재빨리, 그리고 속도와 효율성만 따라 준다면. 좋은
소식이었다. 나쁘게 본다면, 에티켓을 크게 어기는 행동이다. 프로에게는

모욕이다. 개인적으로도 분명 모욕이다. 중앙로 서부에 일하러 가야 하는 사람에게는. 건드려서는 안 되는 물건이다.

하지만 해야 한다.

리처는 바턴의 펜더 베이스 기타를 스탠드에서 빼내 넥$_{neck}$ 부분을 수직으로 잡고 알바니아인 남자의 목을 향해 곧바로 내리쳤다. 단단히 뭉친 흙덩이에 삽으로 말뚝을 박는 것 같았다. 똑같은 동작의, 똑같은 표적을 겨냥한, 똑같이 강력한 힘이 찌르듯이 아래를 향해 가해졌다.

알바니아인 남자는 움직이지 않았다.

리처는 기타를 다시 스탠드에 놓았다.

"미안하오." 리처가 말했다. "망가지지 않았으면 좋겠는데."

"걱정마세요." 바턴이 말했다. "펜더 프리시전이에요. 4.5킬로그램짜리 나무 판때기인 걸요. 테네시주 멤피스의 전당포에서 34달러 주고 산 거예요. 저 베이스는 분명 더 험한 일도 겪었을 거예요."

리처의 머릿속 시계가 새벽 4시 10분을 가리켰다. 바닥에 쓰러진 남자는 아직 숨을 쉬고 있었다. 하지만 얇게 필사적으로 내뱉고 있었다. 찢어진 비닐처럼 쌕쌕거리며 할 수 있는 한 가장 빠르게 들이쉬고 내쉬었다. 헐떡이는 것 같았다. 하지만 잘되지 않았다. 기타 아랫부분에 있는 스트랩 버튼 탓일 것이다. 그게 몸 앞쪽에 1센티미터 정도의 구멍을 냈다. 중요한 신체 기관을 망가뜨렸을 것이다. 후두나 인두, 그 밖의 필수 기관 중 하나를, 연골로 만들어져 있고 알파벳 뒤쪽에 있는 글자들이 많이 들어가는 그런 기관을*. 남자의 눈이 뒤집혔다. 손가락은 마치 뭔가를 만져보거나 사려는 것처럼 바닥을 미약하게 더듬었다. 리처는 쭈그려 앉아서 남자의 주

---

* 후두는 Larynx, 인두는 Pharynx로, 알파벳 뒤쪽 글자인 x가 들어가 있다는 뜻이다.

머니를 뒤졌다. 총, 휴대폰, 지갑, 차키를 꺼냈다. 총은 글록17이었다. 최근 유행하는 빈티지는 아니었고, 낡았지만 잘 관리되어 있었다. 휴대폰은 다른 휴대폰들과 마찬가지로 유리 액정에 납작한 검은색이었다. 지갑은 검은색 가죽인데 오래되어 주름이 잡혀서 감자 모양이 되었다. 그 안에는 수백 달러의 현금, 신용카드 여러 장, 주내州内 운전면허증이 한 장 있었다. 면허증에는 남자의 사진이 붙어 있었고 이름은 게짐 호자였다. 마흔일곱 살이었고, 차키의 로고를 보아하니 크라이슬러를 몰고 있었다.

호건이 물었다. "이자를 어떻게 하죠?"

애비가 말했다. "놔줄 수는 없어요."

"여기다 둘 수도 없어요."

바턴이 말했다. "치료가 필요해."

"아니." 리처가 말했다. "이자가 문을 두드린 순간 치료는 포기한 거요."

"그건 가혹해요."

"이자라면 나를 병원에 데려갈 것 같소? 당신은? 처지를 바꿔 생각해보시오. 그게 기준이오. 어쨌든 안 되오. 병원에서 너무 많이 물어볼 테니까."

"우리가 대답할 수 있어요. 정당하니까. 이자가 억지로 밀고 들어왔어요. 주거침입이에요."

"일주일에 천 달러씩 뇌물을 받는 경찰에게 그렇게 말해보시오. 코에 걸면 코걸이일 거요. 몇 년씩 걸릴 수도 있고, 시간이 없소."

"이자는 죽을 거예요."

"안 좋은 일처럼 얘기하는군."

"그럼 아닌가요?"

"나는 이자보다는 셰빅의 딸이 우선이오. 가치를 매겨야 한다면 말이오. 어쨌든 이자는 아직은 죽지 않았소. 최고의 몸 상태는 아니지만 어쨌든 숨은 붙어 있소."

"그러면 이자를 어떻게 하죠?"

"어딘가에 숨겨야 하오. 잠시만. 눈에서 멀어지면 마음에서도 멀어진다고 하잖소. 나쁜 일에서도 멀어지겠지. 어쨌든 우리가 확실히 알게 될 때까지만이오."

"뭘 아는데요?"

"이자가 결국 살아날 것인지를 말이오."

잠시 침묵이 흘렀다.

그러다가 바턴이 물었다. "어디에 숨길 수 있을까요?"

"이자의 차 트렁크." 리처가 말했다. "거기라면 안전할 거요. 아주 편하지는 않겠지만. 목에 구멍이 났으니 소리는 못 내겠지."

"빠져나올 수도 있어요." 호건이 말했다. "차에는 안전장치가 있어요. 야광 플라스틱 손잡이요. 그 손잡이가 있으면 안쪽에서도 트렁크를 열 수 있어요."

"갱들의 차에는 없소." 리처가 말했다. "분명 제거했을 거요."

리처는 남자의 팔 아래를 들고, 호건은 발을 들었다. 그들은 현관 밖으로 남자를 운반했다. 애비가 앞장서 가면서 도로로 난 문을 열었다. 그녀는 어둠 속에서 목을 길게 빼고 좌우를 확인했다. 그녀가 손을 흔들어 이상 없다는 신호를 보내자 리처와 호건이 비틀비틀하면서 남자를 들고 인도를 건넜다. 경계석에 있는 차는 검은색 세단이었다. 지붕이 낮고 웨이스트라인*이 높아서 유리창이 위에서 아래까지 좁아 보였다. 리처는 그걸 보

---

* waistline. 자동차 측면 문짝의 3분의 1 내외의 높이에 있는 선.

며 장갑차의 측면에 있는 시야창을 떠올렸다. 애비는 리처의 주머니에 손을 넣어 차 열쇠를 찾았다. 열쇠를 누르자 삑 소리와 함께 트렁크 문이 올라갔다. 리처가 먼저 남자의 어깨를 집어넣고, 호건이 남자의 발을 접어 넣었다. 리처는 트렁크 잠금장치 안쪽을 자세히 살폈다. 야광 손잡이는 없었다. 제거되어 있었다.

호건이 뒤로 물러났다. 리처는 남자를 내려다보았다. 게짐 호자. 마흔일곱 살. 전직 티라나 형사. 리처는 트렁크를 닫고 물러나 다른 사람들과 합류했다. 자신은 전직 미 육군 수사관이었다.

호건이 말했다. "차를 여기에 두면 안 돼요. 집 바로 밖에는요. 트렁크에 사람을 넣은 상태로는 더 안 되고요. 놈들이 조만간 지나가다가 발견하고 살펴볼 거예요."

리처는 고개를 끄덕였다.

"애비와 나는 이 차를 써야 하오." 그가 말했다. "일을 마치면 다른 데다 세워 놓겠소."

"놈을 트렁크에 실은 채로 돌아다닐 생각이에요?"

"적은 가까이 둬야 하니까."

"어디로 갈 건가요?" 애비가 물었다.

"클럽에서 연주하지 못하게 막은 사람들에 대해 놈이 얘기했을 때, 그건 문제겠다는 생각이 들었소. 연주자들도 먹고살아야 하니까. 그다음에는 전에 당신한테 똑같은 말을 했던 게 기억났소. 셰빅 부부를 방문하러 가는 길에 주유소에 딸린 간이식당에 들렀을 때 말이오. 당신은 셰빅 부부한테 음식을 가져가도 괜찮겠느냐고 물었소. 나는 괜찮다고 했소. 그들도 어차피 먹기는 해야 하니까. 셰빅 부부의 찬장은 늘 비어 있었소. 특히 지금은 더 그렇소. 우크라이나인들이 집 앞에서 지키기 시작한 때부터는 집을 떠나지 않았을 거요. 나는 사람들이 어떻게 행동하는지 알고 있소. 겁을 먹고 당황하고 무서워서 밖으로 나가지 못했겠지. 셰빅 부부는 둘 중한 사람이 혼자서 외출하게 두지도 않고, 둘이 함께 나가지도 않을 게 분명하오. 둘이 함께 나가면 집은 텅 비고, 그사이에 우크라이나인들이 숨어들어 와서 자신들의 속옷 서랍을 뒤질까 걱정이 되겠지. 이 모든 걸 고려해보면, 그분들은 어제 온종일 굶었고, 오늘도 마찬가지일 거요. 음식을 가져다드려야 하오."

"집 앞에 있는 차는 어떻게 하고요?"

"뒤로 들어갈 거요. 다른 사람의 집 뒷마당을 통해서. 마지막에는 걸어서 가야 하오."

처음에 그들은 도시 외곽 도로에 있는 대형 슈퍼마켓으로 갔다. 그런 매장들이 대부분 그렇듯이 야간 영업 중이었다. 썰렁했고, 텅 비었고, 넓고 휑뎅그렁했다. 밝고 강한 조명이 넘쳐났다. 그들은 욕조만 한 카트를 끌고 통로 사이를 돌아다니며 생각할 수 있는 건 뭐든 담았다. 리처는 계산대에서 계산했다. 게짐 호자의 감자 모양 지갑에서 꺼낸 현금으로 했다. 이런 상황에서 놈은 최소한 이렇게라도 쓰임새가 있어야 한다. 그들은 식료품을 여섯 개의 대형 비닐봉지 안에 균형을 맞춰 조심스럽게 담았다. 마지막에는 걸어서 가야 한다는 것은 이 봉지들을 들고 가야 한다는 뜻이다. 상당한 거리일 테고, 문과 울타리를 넘어가야 할 수도 있다.

그들은 크라이슬러의 차 문을 열고 봉지들을 뒷좌석에 나란히 놓았다. 트렁크에서는 아무 소리도 들리지 않았다. 애비는 남자가 괜찮은지 확인하고 싶어 했다.

"괜찮지 않으면 어쩌려고?" 리처가 말했다. "그러면 뭘 할 생각이오?"

"아무것도요."

"그러면 확인할 필요도 없소."

"놈을 트렁크에 얼마나 넣어둬야 할까요?"

"필요한 만큼 오래. 놈은 이 모든 일을 미리 생각했어야 했소. 공격은 놈이 먼저 했는데 갑자기 내가 왜 놈의 안전을 책임져야 하는지 모르겠군. 그래야 할 이유가 없소. 놈들이 시작했소. 보살필 필요가 없지."

"승자는 관용을 보여야 한다고 누가 그랬어요."

"솔직히 말하자면," 리처가 말했다. "내가 전에 그렇게 말했지. 나는 특정한 종류의 사람이오. 트렁크에 있는 자가 아직 숨을 쉬고 있을 것 같소?"

"모르겠어요." 애비가 말했다.

"하지만 숨을 쉬고 있을 가능성은 있지."

"맞아요. 가능성은 있죠."

"그게 나에게는 승자의 관용이오. 보통은 놈들을 죽이고, 가족들을 죽이고, 조상의 무덤에 오줌을 싸지."

"당신 말은 어떤 게 농담인지 모르겠어요."

"진담이오."

"지금 농담을 하는 게 아니라고요?"

"내 경우에는 관용이 부족하다는 뜻이오."

"한밤중에 노부부에게 음식을 가져다주고 있잖아요?"

"그건 관용과는 다른 얘기요."

"그래도 선한 행위예요."

"언젠가는 나도 그분들처럼 될 수 있기 때문이오. 하지만 트렁크에 있는 놈처럼은 되지 않을 거요."

"그럼 완전 이분법이네요." 애비가 말했다. "당신 같은 종류의 사람, 아니면 다른 종류의 사람."

"나 같은 종류의 사람, 아니면 나쁜 종류의 사람."

"당신 같은 종류의 사람에는 누가 있는데요?"

"거의 아무도 없지." 리처가 말했다. "난 외로운 삶을 살고 있소."

그들은 크라이슬러를 몰고 시내로 돌아갔다. 동쪽의 황폐한 동네를 향해 좌회전했다가 원래 도심의 블록들을 통과해 셰빅의 집 쪽으로 향했다. 전후의 오래된 개발지가 앞에 보였다. 그 지점에서 리처는 일이 잘 풀린다고 느꼈다. 우크라이나인들에게 멀리서라도 눈에 띄지 않고도 병행 도로에 닿을 수 있을 것 같았다. 블록의 뒤쪽으로 돌아서 들어가 셰빅의 집과 이어져 있는 이웃집 바깥에 차를 세울 수 있을 것이다. 크라이슬러는 링컨과 거의 나란히, 똑같은 위치에 있지만 거리로는 60미터 정도 떨어져 있게 된다. 두 개의 좁은 택지의 폭이었다. 두 개의 건물이 가로막고 있는 셈이다.

그들은 전조등을 끄고 좁은 도로에서 천천히 차의 속도를 늦췄다. 보통 때보다 앞에서 우회전한 다음 좌회전했다. 그러고는 적당한 지점이라고 생각되는 곳에 차를 세웠다. 셰빅의 집과 등을 맞댄 이웃집이었다. 엷은 색 외장재와 아스팔트 지붕을 한 랜치 하우스*였다. 같으면서도 달랐다. 건물의 앞쪽 절반은 열린 앞마당을 향해 튀어나와 있었다. 뒤쪽 절반은 뒷마당을 전부 둘러싸고 있는 높은 울타리로 이루어진 직사각형 안에 포함

---

* ranch house, 폭은 별로 넓지 않은데 옆으로 길쭉한 단층집.

되어 있었다. 잔디 깎는 기계를 앞뜰에서 뒤로 가져오기 위해, 울타리에는 접이식 출입구가 있었다.

집에는 도로로 면한 창이 다섯 개 있었다. 창문 하나에는 커튼이 꼭꼭 닫혀 있었다. 침실일 것이다. 사람들이 자고 있었다.

애비가 말했다. "우리를 봤을까요?"

리처가 말했다. "자고 있소."

"깨어 있다면요?"

"상관없소."

"경찰을 부를 거예요."

"아닐 거요. 창밖을 내다보고 갱단의 차를 발견하고는 눈을 감고 차가 빨리 가버리길 바라겠지. 아침이 되어 누가 묻는다면 그들은 잊어버리는 게 상책이라고 생각할 거요. '무슨 차요?'라고 말하겠지."

리처는 시동을 껐다.

그가 말했다. "더 큰 문제는 개요. 짖기 시작하겠지. 주변에 다른 개들도 있을 거요. 큰 소동이 일어날 수 있소. 우크라이나인들이 나와서 확인할 거요. 다른 이유가 없다면 그저 지루함을 달래기 위해서."

"아까 스테이크용 고기도 샀어요." 애비가 말했다. "봉지 안에 날고기가 있어요."

"개는 청각이 후각보다 좋소? 아니면 그 반대요?"

"둘 다 아주 좋죠."

"미국에서 세 가구 중 하나는 개를 키우고 있소. 정확히 말하자면 36퍼센트가 넘지. 셋 중에 둘인 것보다야 덜 나쁘지. 짖지 않을 수도 있고 이웃 집 개들이 얌전할 가능성도 있소. 우크라이나인들이 너무 게을러서 확인하러 나오지 않을 수도 있고. 차 안이 너무 따뜻하고 편안해서 말이오. 자고 있을 수도 있지. 내 생각엔 괜찮을 것 같소."

"몇 시죠?"

"막 5시 20분을 지났소."

"당신에게 했던 그 말을 생각하고 있었어요. 매일 자신을 무섭게 하는 일을 하는 것에 대해서요. 지금 겨우 새벽 5시 20분인데 벌써 무서운 일을 두 개나 하게 되네요."

"이 일은 계산에 넣지 마시오." 리처가 말했다. "그저 마당을 걷는 거요. 말 그대로. 경치도 좋겠지."

"5시 20분이라는 것도 문제예요. 셰빅 부부는 분명 아직 일어나지 않았을 거예요."

"깨어 있을 거요. 그분들이 한시라도 편하게 잘 것 같진 않으니까. 내 생각이 틀려서 그분들이 푹 자고 있다면, 당신이 가서 깨워도 되오. 거기 도착하면 당신 휴대폰으로 전화해서 부엌 창문 바로 밖에 우리가 있다고 알려주시오. 집 앞쪽에는 불을 하나도 켜지 말라고 하고. 방해받지 않고 찾아가고 싶다고 하시오."

그들은 차에서 나와서 침묵 속에 잠시 서 있었다. 밤은 어스레했고 공기는 안개로 축축했다. 트렁크에서는 아직 아무 소음도 들리지 않았다. 발로 차는 소리도, 두들기는 소리도, 고함치는 소리도 없었다. 아무것도 없었다. 뒷좌석에서 식료품 봉지를 꺼내 나눴다. 리처가 양손에 두 개씩, 애비는 양손에 하나씩 들었다. 둘 중 누구도 짐이 너무 무겁거나 한쪽으로 기울어지지 않았다. 이동하기 좋았다.

그들은 이웃집 앞마당으로 들어섰다.

32

날이 너무 어두워서 마당의 모습을 분간하기가 힘들었다. 하지만 냄새와 느낌, 그리고 우연한 물리적 접촉을 통해 그들은 일반적인 장소에 일반적인 것들이 관습적으로 자리 잡고 있다는 걸 알 수 있었다. 먼저 발밑에 거칠고 탄력 있는 풀들이 난 잔디밭이 느껴졌다. 새로운 혼종 풀들도 몇 있는 것 같았다. 풀들은 한밤의 습기 때문에 미끄럽고 차가웠다. 그다음에는 버석거리는 구역이었다. 깨진 슬레이트나 바닥 돌판이거나 사람들이 지나다녀서 생긴 길이거나 식물의 뿌리 덮개일 것이다. 그 너머에는 뾰족뾰족한 침엽수들의 기초 식재*가 있었다. 비닐봉지들이 스치고 지나갈 때마다 긁히는 소리가 크게 났다.

그러고는 울타리의 접이문에 도착했다. 잔디가 끌린 상태로 보면 계절 내내 적어도 두 주에 한 번은 여닫은 것 같았다. 그렇기는 해도 뻑뻑하고 시끄러웠다. 처음에 움직이던 중에 한번은 나무끼리 마찰하면서 비명 같기도 하고, 개 짖는 소리 같기도 하고, 악쓰는 소리 같기도 하고, 신음 같기도 한 소리를 냈다. 잠깐이었지만 소리는 컸다.

기다렸다.

반응은 없었다.

---

* 건물 기초 부분의 선을 따라 심은 화초나 나무.

개도 없었다.

그들은 열린 틈 사이로 비집고 지나갔다. 봉지를 앞뒤로 하고 옆걸음으로 걸었다. 뒷마당을 통과했다. 앞의 어둠 속에 뒤 울타리가 보였다. 셰빅의 집 뒤 울타리이기도 했다. 거울에 비친 이미지처럼 거꾸로였다. 이론적으로는 그랬다. 제대로 왔다면.

"잘됐어요." 애비가 속삭였다. "이거예요. 그래야 해요. 틀릴 수가 없어요. 체스판의 정사각형을 세는 것과 같죠."

리처는 발끝으로 똑바로 서서 울타리 너머를 살펴보았다. 어슴푸레한 어둠 속에서 옅은 색 외장재와 아스팔트 지붕이 있는 랜치 하우스의 뒤쪽이 보였다. 같으면서도 달랐다. 하지만 제대로 찾아왔다. 잔디가 집의 뒷벽과 만나는 것을 보고 확실히 알았다. 가족사진을 찍었던 장소였다. 군인과 풍성한 스커트를 입은 여자, 발치에는 맨흙. 한 해 자란 잔디 위에서 아기를 안고 있던 같은 커플. 8년 후에 굵고 무성하게 자란 잔디 위에서 여덟 살 된 마리아 셰빅과 함께 있는 같은 커플. 잔디의 밟힌 부분도, 벽의 높이도 같았다.

부엌에 불이 켜졌다.

"그분들이 깼나 보군." 리처가 말했다.

울타리를 오르는 건 어려웠다. 상태가 좋지 않았기 때문이다. 부수고 그 사이로 지나가거나 발로 차서 쓰러뜨리는 게 합리적인 방법이었을 것이다. 하지만 남의 집 울타리를 부술 수는 없었다. 대신에 그들은 균형을 유지하고, 몸이 옆으로 기울지 않게 하며 수직으로 올라가려고 안간힘을 썼다. 서커스에서 연기하는 것처럼 앞뒤로 흔들렸다. 울타리 전체가, 마치 썩은 채 걸려 있던 커튼처럼 마당 너비 전체만큼 와르르 무너져내릴 수 있는 지점을 감지하고는 그쪽은 피했다. 애비가 먼저 출발해 넘어갔다. 리처는 그녀에게 식료품 봉지 여섯 개를 건넸다. 한 번에 하나씩, 힘겹게 울타리 너머로 들어 올린 다음, 최대한 낮게 내렸다. 삼나무 판자 윗부분이 팔꿈치 안쪽을 파고들었다. 애비가 팔을 뻗어 안전하게 받을 수 있을 때까지 내렸다.

이제는 그가 올라갈 차례였다. 그는 애비보다 두 배는 무거웠고 세 배는 서툴렀다. 울타리가 한쪽으로, 그리고 반대쪽으로 흔들거리며 기우뚱했다. 하지만 그는 울타리를 안정시키고 단단히 잡은 다음, 구르듯 넘어갔다. 별로 우아한 방법은 아니어서 화단에 등부터 떨어졌지만 울타리는 멀쩡했다.

그들은 식료품들을 부엌문으로 가져간 다음 창을 두드렸다. 아마도 셰빅 부부에게는 간 떨어질 것 같은 순간이었겠지만 별일은 없었다. 헉 하는 소리, 손가락으로 입을 막는 소리, 숨을 몰아쉬는 소리, 다소 부산스럽게 가운을 찾는 소리가 들렸다. 하지만 빠르게 진정했다. 그들은 복잡한 감정이 서린 표정으로 식료품 봉지들을 바라보았다. 부끄러움, 상한 자존심, 그리고 쫄쫄 굶은 배. 리처는 그들에게 커피를 끓여달라고 했다. 애비는 냉장고와 찬장에 식료품을 채워 넣었다.

마리아 셰빅이 말했다. "병원에서 전화가 와서 일어나 있었어요. 24시간 대기 상태인 셈이에요. 밤이든 낮이든 아무 때나 전화해 달라고 했죠. 우리에겐 중요한 일이니까요. 그들은 또 정밀검사를 해야 한다고 전화했어요. 내일 아침이 되자마자요. 그들은 아직도 흥분해 있어요."

"우리가 치료비를 낸다면 말이지." 애런 셰빅이 말했다.

"이번에는 얼맙니까?" 리처가 물었다.

"1만1천 달러요."

"언제까지요?"

"오늘 병원 영업시간 내로."

"돈 될 만한 건 이미 다 찾아보신 것 같군요."

"소파 쿠션 밑까지 뒤져봤소. 바지 단추 하나만 나오더군. 8년 동안이나 못 찾았던 건데. 마리아가 다시 꿰매줬소."

"아직 날도 밝지 않았습니다." 리처가 말했다. "병원 문 닫기 전까지 아직 시간이 있습니다."

"이번에는 검사를 건너뛸 생각이었소." 애런이 말했다. "결국 우리가 뭘 알게 되겠소? 좋은 소식이면 기쁘겠지만 그건 약이 아니라 자기만족에 불과하오. 나쁜 소식이면 어차피 알고 싶지 않을 테고. 그래서 우리는 이 1만1천 달러를 지불하고도 정확히 뭘 얻을 수 있을지 모르겠소. 하지만 그때 의사들이 전화해서 치료비가 어떻게 되어가고 있는지 알고 싶어 하더군. 그들이 알아낸 사실에 기초해서 새로 복용량을 조정해야 한다고 올리거나 내리거나. 특정한 시기에 맞춰 정확하게. 다른 방법은 위험하다고 했소."

"치료비는 보통 어떻게 내셨습니까?"

"은행 송금으로 했소."

"병원에서 현금도 받습니까?"

"그건 왜?"

"시간이 모자랄 때는 현금이 직통인 게 보통이니까요."

"현금이 어디서 나겠나?"

"기회야 많습니다. 최악의 경우는 놈들의 차를 팔면 됩니다. 포드 중고차매장에요. 내놓기만 하면 팔린다고 들었습니다."

"그래요. 병원은 현금도 받소." 셰빅이 말했다. "카지노처럼 방탄유리 뒤에 수납 직원들이 나란히 앉아 있지."

"알겠습니다." 리처가 말했다. "다행이군요."

그는 어두워진 복도로 나가 앞쪽 유리창과 거리를 두고 섰다. 도로를 내다보았다. 링컨은 아직 그대로 있었다. 같은 차였다. 검고 컸다. 지금은 밤이슬에 덮여 있었고 시동은 꺼졌다. 차 안에는 형체 두 개가 어렴풋하게 보였다. 머리와 어깨는 어둠 속으로 처져 있었다. 팔 아래에는 분명 총이 있을 것이다. 주머니에 지갑이 있다는 것도 분명하다. 지갑에는 티라나 출신의 동료처럼 현금이 가득 차 있겠지. 아마 수백 달러는 될 것이다. 하지만 1만1천 달러는 아닐 것이다.

그는 부엌으로 물러났다. 마리아 셰빅이 커피 한 잔을 건넸다. 오늘 처음 마시는 커피였다. 그녀는 아침을 같이 먹자고 청했다. 그녀가 준비할 것이다. 파티처럼 함께 식사를 할 수 있겠지. 리처는 거절하고 싶었다. 식료품은 손님이 아니라 두 노인네를 위한 것이었다. 게다가 그는 해가 뜨기 전에 집을 떠나고 싶었다. 아직 어둡기는 했지만. 바쁜 하루가 될 터였다. 할 일이 산더미였다. 하지만 아침 식사를 하자는 말은 셰빅 부부에겐 어떤 의미가 있는 것 같았다. 그리고 애비도 찬성했다. 그래서 그도 받아들였다. 한참 뒤에 리처는 만일 그때 거절했다면 그날이 어떻게 달라졌을까 생각했다. 하지만 오래 담아 두지는 않았다. 엎질러진 물이다. 시간 낭비다. 계속 나아가야 한다.

마리아 셰빅은 베이컨을 굽고 달걀부침과 토스트를 만들고 두 번째로 커피를 내렸다. 애런은 네 번째 의자로 쓸 침실의 화장대 스툴을 비틀거리며 들고 왔다. 마리아가 맞았다. 결국 식사는 파티가 되었다. 어둠 속의 비밀 파티. 애비는 암에 걸린 남자에 관한 농담을 했다. 그 농담은 분위기를 썰렁하게 만들 수 있었다. 하지만 그녀는 유머 감각이 남달랐다. 잠시 후에 애런과 마리아는 박장대소를 터뜨렸다. 그들의 어깨가 계속 들썩였다. 억눌렸던 안도감이 터져 나오고 있었다. 마리아가 손으로 식탁을 세게 치는 바람에 커피가 쏟아졌고, 애런은 바닥에 발을 구르다가 다시 무릎을 다쳤다.

리처는 해가 뜨는 걸 보았다. 하늘은 잿빛이었다가 금빛이 되었다. 창밖 마당이 모습을 갖췄다. 어둠 속에서 어렴풋한 형체가 서서히 나타나고 있었다. 울타리였다. 뒤쪽 이웃집의 아스팔트 지붕이 멀리서 툭 솟아올랐다.

"저 집에는 누가 삽니까?" 리처가 물었다. "저 집 마당을 지나왔는데요."

"우리에게 피스닉 얘기를 해준 여자라오." 애런이 말했다. "다른 이웃의 사돈의 팔촌이 바에서 갱들에게 돈을 빌렸던 얘기를 해줬소. 나중에 생각해보니 그 여자는 본인 얘기를 했던 것 같소. 갑자기 차를 전부 수리했거든. 돈 나올 데가 없을 텐데 말이오."

마리아는 세 번째로 커피를 내렸다. 리처는 '젠장'이라고 생각했다. 해는 이미 지평선 위로 떠올랐다. 그는 의자에 앉아서 자기 몫의 커피를 마셨다. 그리고 어쩌다 보니 대화는 다시 돈 얘기로 돌아왔고, 갑자기 모두 시계가 째깍거리는 소리를 들은 것 같았다. 병원 영업시간 마감이 가까워지고 있었다.

"현금은 24시간 내내 받을 겁니다." 리처가 말했다. "그렇죠? 영업시간 내 규정은 은행 송금에만 해당합니다. 수납 창구를 열어놓고 있다면, 따님이 검사받을 수 있는 시간은 아직 있습니다."

"돈을 어디서 구한단 말이오?" 애런이 다시 말했다. "1만1천 달러는 푼돈이 아니오."

"최선의 결과를 바라야죠." 리처가 말했다.

그와 애비는 왔던 길로 돌아갔다. 이번에는 빈손이었고 새벽빛이 어슴푸레했다. 덕분에 속도는 빨라졌지만 그렇다고 아주 쉬워진 건 아니었다. 울타리를 넘어가는 건 여전히 어려웠다. 접이문은 여전히 뻑뻑하고 시끄러웠다.

그들의 차가 사라지고 없었다.

33

지붕은 낮고 웨이스트라인은 높으며 창은 좁고 트렁크는 잠긴 검은색 크라이슬러는 사라졌다. 더 이상 그 자리에 없었다. 경계석 옆 공간은 텅 비었다.

애비가 말했다. "놈이 탈출했나 봐요."

"그런 것 같진 않소." 리처가 말했다.

"그럼 어떻게 된 거죠?"

"내 잘못이오." 리처가 말했다. "그걸 생각하지 못했소. 이웃의 눈 말이오. 그 여자는 창밖을 내다보고 갱단의 차가 있는 걸 봤지만 불안해하지 않았소. 대신에 갱단 본부에 전화했겠지. 빚이 있었으니까. 피스닉과 한 계약의 일부일 수도 있소. 차 수리비를 빌렸을 때 말이오. 사방을 감시하라고 시켰겠지. 그렇게 된 거요. 그래서 그 여자는 전화했고, 놈들은 즉각 달려와서 확인했겠지."

"트렁크를 열었을까요?"

"그랬다고 봐야 할 거요. 그놈도 아직 살아 있다고 생각해야 하고. 바턴과 호건이 곧 위험해질 거요. 지금 곯아떨어져 있을 테니까. 전화하는 게 좋겠소."

"잘 때는 휴대폰을 꺼놨을 거예요."

"어쨌든 해보시오."

그녀는 전화했다.

전원이 꺼져 있었다.

"그 언어능력자," 리처가 말했다. "기갑부대 출신. 그 사람 전화번호 아시오?"

"반트레스카요?"

"그렇소."

"아니요."

"알겠소." 리처가 말했다. "걸어서 여길 떠나야 하오. 선택의 여지가 없소. 작고 날씬한 여자와 크고 추한 남자. 사방에 눈이 있소. 더 이상 산책하듯 걸어서는 안 되오. 당신이 오늘 두 번째로 해야 할 무서운 일일 거요."

"프랭크 바턴의 집까지요?"

"어떤 방법으로든 그들에게 경고해줘야 하오."

"계속 전화해 볼게요. 하지만 10시까지는 자고 있을 거예요. 알잖아요. 일이 12시에 시작하니까."

"잠깐." 리처가 말했다. "휴대폰으로 반트레스카의 번호를 찾을 수 있소. 사설탐정 면허가 있고, 전화번호부마다 번호가 올라와 있다고 했으니까."

애비는 검색했다. 입력을 하고 화면을 옆으로 민 다음 톡톡 치고 스크롤했다.

그녀가 말했다. "찾았어요."

그러고는 다시 말했다. "사무실 유선전화번호 같아요. 아직 출근하지 않았을 거예요."

"어쨌든 해보시오."

그녀는 전화를 걸었다. 스피커폰으로 돌린 다음 손바닥 위에 흔들리지 않게 놓았다. 통화가 한 장소에서 다른 곳으로 넘어가는 듯 딸깍 소리가 여러 번 이어졌다.

그녀가 말했다. "근무 시간 외에는 집으로 착신 전환했나 봐요."

정말 그랬다. 반트레스카가 전화를 받았다. 일어난 지 오래인 것 같았다. 목소리가 생기 있고 쾌활했다. 그리고 사무적이었다. 그가 말했다. "반트레스카 탐정 사무소입니다. 무엇을 도와드릴까요?"

리처가 말했다. "리처입니다. 헌병. 애비와 제가 전화번호부에서 선배님 번호를 찾았습니다. 모든 사람이 얘기하는 그걸 이용해서."

"인터넷 말인가?"

"맞습니다. 하지만 이건 공식 의뢰가 아닙니다. 사후 보고가 필요한 게 아니에요."

"알겠네."

"그리고 당장 행동에 나서야 합니다. 지금 당장. 질문은 나중이고요."

"지금 당장 뭘 하라고?"

"선배님의 친구 조 호건이 괜찮은지 가서 확인하십시오. 프랭크 바턴도요."

"그들한테 무슨 일이 생겼는데?"

"질문은 나중이라고 말씀드렸습니다."

"이거 하나만 하세."

"우리가 어젯밤 어디 있었는지를 알바니아인들이 거의 알아낸 것 같습니다. 이미 알아냈을 수도 있고요. 호건과 바턴이 전화를 받지 않습니다.

자고 있어서 못 받는 거면 좋겠지만."

"알겠네. 당장 가지."

"그들이 괜찮으면 데리고 나오십시오. 남쪽으로는 언제든 가도 괜찮을 겁니다."

"남쪽 어디로 가야 하지?"

"저희 집에 있으면 돼요." 애비가 말했다. "거긴 이제 아무도 감시하고 있지 않을 거예요."

"얼마나 피해 있어야 하나?"

"하루." 리처가 말했다. "그 정도면 상황이 달라질 겁니다. 큰 짐가방을 꾸릴 필요는 없습니다."

반트레스카가 전화를 끊었다. 애비는 휴대폰을 치웠다. 리처는 주머니에 있는 물건들을 다시 균형이 맞게 나눠 넣었다. 애비는 코트 버튼을 잠갔다. 그들은 걷기 시작했다. 작은 여자와 큰 남자. 날이 환하게 밝았다. 사방에 눈이 있었다.

그레고리는 아침이 되자마자 디노와 만나겠다고 말했다. 그리고 그 말은 진심이었다. 그는 일찍 일어나, 전에 디노를 방문했을 때와 똑같은 복장으로 차려입었다. 딱 붙는 바지와 티셔츠. 숨길 게 하나도 없었다. 총도, 칼도, 도청 장치도, 폭탄도 없었다. 필요한 옷차림이지만 편안하지는 않았다. 새벽 공기는 홑겹 옷에는 너무 찼다. 그는 좀 따뜻해질 때까지 기다렸다. 그때까지는 어두웠다. 그는 빨리 해가 떴으면 했다. 곧 뜨긴 하겠지. 그는 정력과 활기가 넘치는 사람이었다. 하루하루가 새날 같았고, 두목 기질이 있고, 행동파였고, 밝고, 시간관념이 철저했다. 때를 모르고 어둠 속에

301

서 출몰하는 야행성 인간이 아니었다.

그는 다시 중앙로의 차고로 차를 몰았다. 그런 다음에는 걸어갔다. 전처럼 미행이 붙었다. 전처럼 미리 전화가 갔다. 목적지에 도착했을 때, 전과 마찬가지로 인도와 목재소의 문 사이 반원에 전과 똑같은 여섯 사람이 있었다. 체스 말 같았다. 똑같은 방어 대형이었다.

전과 마찬가지로 여섯 명 중 하나가 앞으로 나섰다. 제트미어였다. 전과 마찬가지로 일부는 막아서는, 일부는 들을 준비가 된 동작이었다.

그레고리가 말했다. "디노와 할 얘기가 있다."

제트미어가 물었다. "무슨 얘기입니까?"

"제안할 게 있어."

"어떤 종류의?"

"디노에게 직접 해야 한다."

"대략 어떤 얘기입니까?"

"서로의 이해가 걸린 긴급한 문제야."

"서로라." 제트미어가 말했다. "최근에는 하나 마나 해진 말이군요."

둘의 지위 차이를 생각하면 무례한 언사였다. 계급으로 보면 하나 차이지만 실제로는 가장 큰 차이였다.

하지만 그레고리는 반응하지 않았다.

그가 말했다. "나는 우리 둘 다 속았다고 생각한다."

제트미어는 잠시 말이 없었다.

"어떤 면에서요?" 그가 말했다.

"사실은 개가 한 짓인데 여우가 뒤집어쓴 거지. 알바니아 문화에도 이런 우화가 있을 거다. 아니면 비슷한 속담이나."

"누가 개입니까?" 제트미어가 물었다.

그레고리는 바로 대답하지 않았다.

대신에 이렇게 말했다. "디노에게 직접 할 얘기다."

"아뇨." 제트미어가 말했다. "최근 일어난 일들을 감안해보면, 우리 두 목께서 지금 당신을 만날 마음이 들지 않으리라는 게 이해될 겁니다. 문제에 대한 폭넓은 사전 검토와 호의적인 말이 없다면 말이죠. 그 두 가지는 다 내가 합니다. 같은 상황이라면 당신도 분명 그렇게 했을 겁니다. 그러라고 부하가 있는 거니까. 디노도 마찬가지입니다."

그레고리가 말했다. "너희 애들을 죽이기 시작한 건 내가 아니라고 전해. 그리고 나는 우리 애들을 죽이기 시작한 게 너희가 아니라고 생각한다는 말도. 이런 전제라면 대화하러 나올 건지 물어보고."

"나온다면?"

"그게 무슨 의미인지 물어봐."

"그게 무슨 의미인데요?"

"사전 검토는 그만하면 됐어. 이제는 대화하러 나오라고 요청하는 거다."

"그럼 누가 우리 애들을 죽였단 말입니까? 당신네 애들은? 누군가가 우리 둘에 맞서서 가짜 깃발 작전*을 쓰고 있다는 뜻입니까?"

그레고리는 아무 말도 하지 않았다.

"그렇다, 아니다로 대답해주시죠." 제트미어가 말했다. "외부의 개입이 있었다고 생각합니까?"

---

* 상대방이 먼저 공격한 것처럼 조작해서 공격의 빌미를 만드는 수법으로, 침공을 정당화하기 위해 조작하는 군사 작전 또는 정치 행위.

"그렇다." 그레고리가 말했다.

"그러면 대화합시다. 디노가 그 문제를 내게 위임했습니다."

"대단히 미안하지만 네 선에서 다룰 문제가 아니다. 부하가 부하고 두목이 두목인 데는 다 이유가 있지."

"디노는 여기 없습니다." 제트미어가 말했다.

"언제 오나?"

"일찍 들렀다가 벌써 가셨습니다."

"난 심각해." 그레고리가 말했다. "이건 화급한 문제다."

"그럼 저한테 말씀하시죠. 디노가 당신과 어떤 식으로든 얘기하게 될 겁니다. 지금은 아니고."

그레고리가 말했다. "그들이 너희 휴대폰을 가져갔나?"

제트미어는 오랫동안 말이 없었다.

제트미어가 말했다. "그렇게 묻는 걸 보니 그들이 당신네 휴대폰도 가져간 모양이군요. 데이터 공격이 임박했다는 뜻인데, 그러면 잠재적인 적의 범위는 좁아집니다."

"감히 그럴 만한 적의 범위는 단 하나로 좁혀진다고 생각하는데."

"디노 말로는 당신네 우크라이나인들은 언제나 러시아인들에게 집착한다고 하더군요. 잘 알려진 사실이죠. 뭐든 다 러시아인들 탓으로 돌린다고."

"이번에는 그게 사실이라면?"

"우리 중 누구도 러시아인들을 당할 수는 없습니다."

"따로 따로는 무리지."

"그게 당신네 제안입니까? 디노가 받아들이게 하겠습니다."

"난 심각해." 그레고리가 말했다. "이건 화급한 문제다."

"저도 심각하게 받아들입니다. 디노가 가능한 한 빨리 답을 주실 겁니다. 직접 가서 당신을 만날 수도 있습니다. 택시 회사 사무실에서."

"내가 여기서 받은 것과 같은 대접을 받게 되겠지."

"서로를 믿는 것에 익숙해질 수도 있습니다." 제트미어가 말했다.

"시간이 가면 알겠지."

"우리는 친구가 될 수 있을 겁니다."

그레고리는 그 말에는 대답하지 않았다. 그는 걸어서 떠났다. 문을 지나 인도로, 중앙로를 향해 서쪽으로 갔다. 제트미어는 그레고리가 가는 모습을 서서 보았다. 그러고는 몸을 돌렸다. 허리를 구부려 안으로 들어갔다. 배신자의 문을 지나, 물결무늬 외장재로 마감한 낮은 창고로 들어갔다. 창고에는 소나무 냄새가 났고 전기톱의 윙윙거리는 소리가 들렸다.

창고에서 제트미어의 휴대폰이 울렸다. 나쁜 소식이었다. 야간 감시를 하던 게짐 호자라는 정예 부하가 자기 차에서 반죽음이 된 상태로 발견되었다. 차는 집들이 단조롭게 늘어서 있는 오래된 주택 단지 끝자락의 버려진 도로에서 발견되었다. 그 소식은 예전 채무자 하나가 전화로 알려왔다. 다음번에 사채를 빌릴 때 점수 좀 딸 생각이었을 것이다. 그 당시에는 용의자가 특정되지 않았다. 하지만 해당 지역에 대한 신중한 수색이 이미 진행 중이었다. 도로에는 차들이 많았다. 불을 켜고 감시하는 눈들도 많았다.

리처와 애비는 왔던 길을 거꾸로 돌아 셰빅의 주택 단지를 빠져나왔다. 거의 모든 길가마다 서 있는 우크라이나인 차들의 눈에 띄지 않게 마지막까지 최대한 조심했다. 우회전해서 중심가에 다다르고 간이식당이 딸린 주유소를 지나 시내로 향할 때까지였다. 거기까지는 그런대로 괜찮았다. 하지만 그 지점부터 앞으로는 노출될 위험이 컸다. 해가 쨍쨍했다. 공기는 깨끗했다. 숨을 가능성이 없었다. 일반적인 도시의 시내 풍경이었다. 왼쪽에는 먼지 낀 유리창과 초라한 문이 달린 3층짜리 벽돌 파사드*가 있었다. 그런 다음에는 벽돌 인도, 돌로 된 경계석, 아스팔트 도로가 있었다. 오른쪽에도 먼지 낀 유리창과 초라한 문이 달린 3층짜리 벽돌 파사드가 있었다. 소화전보다 높은 것도, 가로등보다 넓은 것도 없었다.

눈에 띄는 건 시간문제였다.

애비의 휴대폰이 울렸다. 그녀가 받았다. 반트레스카였다. 스피커폰으로 돌렸다. 애비는 휴대폰을 손바닥 위에 평평하게 놓고 앞으로 뻗은 상태로 걸었다. 고대 이집트 무덤에서 나온 조각 같았다.

반트레스카가 말했다. "바턴과 호건을 데려왔네. 무사해. 지금 나와 함께 차에 있네. 어젯밤에 있었던 일을 얘기해주더군. 그 뒤로는 아무도 찾아오지 않았다고 하네."

리처가 물었다. "지금 어디입니까?"

"애비가 말한 대로 그녀 집으로 출발했네. 바턴이 주소를 알더군."

"아니요. 먼저 우리를 태우러 오십시오."

"자네들도 차가 있다고 하던데."

"불운하게도 방금 놈들 손에 다시 들어갔습니다. 트렁크에 사람이 갇힌 채로요. 그래서 제가 바턴의 집이 괜찮은지 걱정했던 겁니다."

"찾아온 사람은 없었네." 반트레스카가 다시 말했다. "지금까지는. 놈이 아직 말을 할 수 있는 상태가 아닌가 보군. 아니면 아예 불가능하든가. 바

---

* facade, 건물의 주된 출입구가 있는 정면부.

턴이 기타 얘기를 해줬네."

"둔기로 쓸 만했습니다." 리처가 말했다. "하지만 지금 중요한 건 우리
가 걸어가고 있다는 사실입니다. 사방에 모습을 드러낸 채로요. 만나서 빨
리 피해야 합니다."

"지금 정확히 어디인가?"

어려운 질문이었다. 알아볼 만한 도로명 표지판이 없었다. 희미해졌거
나 부식되었거나 아예 없어졌다. 타이타닉호가 침몰했던 해에 전차에 부
딪혔을지도 모른다. 펜웨이 파크*가 개장했던 해이다. 애비가 휴대폰으로
무엇인가를 했다. 그녀는 반트레스카와 통화 중인 상태에서 화면에 지도
를 띄웠다. 바늘과 화살표, 깜빡이는 파란색 공이 있었다. 그녀는 도로명과
교차로 이름을 불러주었다.

"5분쯤 걸리네." 반트레스카가 말했다. "10분일 수도 있어. 오전의 러시
아워가 곧 닥칠 걸세. 자네들을 태울 정확한 지점은 어딘가?"

역시 좋은 질문이었다. 그들은 택시를 잡는 것처럼 길모퉁이에 서 있을
수는 없었다. 노출될 위험이 있는 상황에서는 그럴 수 없었다. 리처는 주
위를 둘러보았다. 막막했다. 소규모 상점들은 아직 문을 열지 않았다. 죄
다 좀 수상쩍어 보이는 곳들이었다. 10시쯤 되면 칙칙한 낯빛의 사람들이
은밀하게 뒤를 흘끔흘끔 보면서 몰래 들어갈 그런 장소였다. 리처는 도시
들을 잘 알았다. 다음 블록에서는 허리 높이의 양면 입간판이 인도에 나와
있는 걸 볼 수 있었다. 커피숍일 것이다. 이 시간에는 문을 열었겠지만 위
험했다. 이런 거리의 이런 장소인데도 문지기가 없었다. 하지만 에스프레
소머신 옆에는 사채업자들에게 점수를 따고 싶어 하는 동조자가 있을지

---

* Fenway Park, 보스턴 레드삭스 야구팀의 홈구장.

도 모를 일이다.

"저기." 그가 말했다.

리처는 길 건너에 있는 좁은 건물을 가리켰다. 9미터 정도 거리였다. 건물 앞부분은 가파른 각도를 이룬 목재로 받쳐진 채 튀어나와 있었다. 무너질 것처럼 보였다. 나무 지지대는 질긴 검은색 그물로 뒤덮여 있었다. 시의 안전 규정 때문일 것이다. 시 측에서는 압력을 받은 벽돌 조각들이 허술한 벽 밖으로 아무렇게나 튀어나와 통행인이나 건물 아래 있던 사람을 다치게 하지 않을까 우려했을 것이다. 이유야 어쨌든, 결과적으로는 어느 정도 임시 은신처로 사용될 수 있었다. 그물 뒤로 비집고 들어가서 서 있기만 하면 시야에서 절반쯤은 가려지기 때문이다.

60퍼센트쯤 가려질 수도 있다. 그물이 촘촘했기 때문이다.

40퍼센트일 수도 있다. 화창한 아침이었기 때문이다.

없는 것보다는 낫다.

애비가 정보를 전달했다.

"5분 걸리겠군." 반트레스카가 말했다. "10분일 수도 있고."

"차종이 뭡니까?" 리처가 물었다. "엉뚱한 사람들 앞에 모습을 드러내고 싶진 않습니다."

"목탄보다는 연탄 색에 가까운 2005년식 S타입 R일세."

"제가 기갑부대에 대해 말한 것 기억하십니까?"

"우리는 기계를 찬양하지."

"쓰신 단어를 하나도 못 알아듣겠습니다."

"꽤 낡은 재규어라네." 반트레스카가 말했다. "1990년대 말에 디자인했던 레트로 모델을 익스트림 스포츠용으로 처음 개조한 버전이지. 캠팔

로워 베어링과 아웃보드 모터를 업그레이드했네. 당연히 슈퍼차저도 달고."

"전혀 도움이 안 되는군요." 리처가 말했다.

반트레스카가 말했다. "검은색 세단일세."

그가 전화를 끊었다. 애비는 휴대폰을 치웠다. 그들은 튀어나온 건물을 향해 완만한 대각선으로 길을 건넜다.

차 한 대가 모퉁이를 돌고 있었다.

빠르게.

검은색 세단이었다.

너무 이르다. 5분이 아니라 5초 만이었다.

낡은 재규어도 아니었다.

새 크라이슬러였다. 지붕이 낮고 웨이스트라인은 높고 차창은 좁은. 장갑차 측면의 시야창 같은.

34

검은색 크라이슬러가 그들에게 다가오다 속도를 줄이더니 다시 올렸다. 휘청거리는 듯한 모습이었다. 자동차가 너무 놀라서 같은 반응을 잠깐 있다가 되풀이하는 것 같았다. 자신이 본 걸 믿을 수 없어 하는 듯한 모습이었다. 작고 날씬한 여자와 크고 추한 남자. 갑자기 거리에 나타났다. 유리창 앞 한가운데에. 실물로. 수배 중인 자다.

차가 급정거했고 앞문이 열렸다. 양쪽 문 모두였다. 6미터 거리였다. 남자 둘. 권총도 둘. 총은 글록17이었다. 남자들은 오른손잡이였다. 게집 호자보다는 작았지만 평균보다는 컸다. 볼품없이 왜소한 발칸 인은 아니었다. 그건 확실했다. 둘 다 검은 바지와 검은 셔츠 차림에 검은 넥타이를 맸다. 선글라스도 썼다. 둘 다 면도하지 않았다. 자던 중에 끌려 나와, 호자의 차가 발견된 직후의 순찰 임무에 동원된 게 분명했다.

그들은 한 걸음 앞으로 나섰다. 리처는 왼쪽과 오른쪽을 힐끗 보았다. 소화전보다 높거나 가로등보다 넓은 엄폐물은 없었다. 주머니에 손을 집어넣었다. 작동된다는 걸 확실히 알고 있는 H&K였다. 그걸 쓰고 싶지 않다는 것도 확실히 알고 있었다. *야밤에 도심에서 총성이 들리면 어떤 식으로든 반응이 있게 되지.* 아침 햇빛 아래에서는 열 배는 더 나빠진다. 주간 근무 중인 경찰은 야간보다 많을 것이다. 전부 몰려올 것이다. 경광등을 번쩍이고 사이렌을 울리며 달려오는 차가 수십 대는 될 것이다. 방송국 헬리콥터도 뜨고 휴대폰으로 동영상을 찍는 사람들도 있을 것이다. 서류 작업도 있다. 바닥에 나사로 고정된 책상이 있는 방에서 경찰과 수백 시간을 보내야 한다. 애비의 휴대폰 통화 기록에서 바턴과 호건, 반트레스카가 나올 것이다. 파장은 넓게 멀리 퍼질 것이다. 해결되는 데 몇 주가 걸릴 수 있다. 리처가 원하지 않는 바였다. 셰빅 부부도 그렇고.

글록을 든 남자들이 한 걸음 더 앞으로 나왔다. 활짝 열린 차 문 주위로 넓게 퍼져서 오고 있었다. 총을 앞세우고 걸어왔다. 양손으로 총을 단단히 잡고, 눈을 가늘게 뜨고 집중하면서 전방 시야를 주시하고 있었다.

한 걸음 더, 또 한 걸음 더 다가왔다. 운전석에 있었다가 지금은 리처의 오른쪽에 자리한 남자는 계속 다가왔다. 하지만 조수석에 있던 왼쪽 남자는 정지했다. 휠 플레이*였다. 그들은 둘 중 하나가 돌아서 뒤로 가게 했다. 리처와 애비 중 하나를 나머지 하나 쪽으로 압박해 먼 쪽 인도의 3층 건물 벽으로 몰고 가기 위해서였다. 거기에는 더 이상 공간이 없기 때문이다. 확실하고 본능적인 전략이었다.

이 전략이 성공하려면 먼저 리처와 애비가 그 자리에 그대로 있다가 순순히 자리를 바꾸고, 그런 다음 뒤로 비틀대며 움직여야 했다.

이 중 어떤 일도 일어나지 않았다.

"애비, 뒤로 물러서요." 리처가 말했다. "나와 함께."

그는 뒤로 물러섰다. 그녀도 뒤로 물러섰다. 운전석에 있던 남자의 위치가 뒤틀렸다. 외곽선이 커졌다. 이제 그는 더 앞으로 가야 했다.

"한 걸음 더." 리처가 말했다.

---

* wheel play, 야구에서 수비수들이 수비 위치를 변경해가면서 이동하는 것.

그는 한 걸음 더 물러섰다. 그녀도 물러섰다.

"꼼짝 마." 운전석의 남자가 말했다. "움직이면 쏘겠다."

리처는 생각했다. 쏠 수 있을까? 중대한 질문이었다. 그 남자에게는 리처 자신이 가진 것과 같은 구조적 억제 요인이 모두 있었다. 경광등을 켜고 사이렌을 울리며 몰려오는 경찰차들. 방송사 헬리콥터와 휴대폰 동영상. 서류 작업. 경찰과 함께 있어야 하는 취조실. 남자에게는 불확실한 결과다. 분명하다. 다른 선택도 있다. 반반이다. 보장은 없다. *시민들을 놀라게 해서는 안 된다.* 신임 청장이 곧 취임한다. 여기에 더해 남자에게는 고려해야 할 직업상의 의무가 있었다. 답을 받아야 할 질문이 있었다. 그들은 리처가 외부에서 온 청부 공작원이라고 생각했다. *우리는 네가 누군지 알고 싶다.* 그가 말할 수 있게 생포한다면 보너스 점수가 될 것이다. 죽거나 혼수상태거나 치명상을 입은 채로 데려간다면 벌을 받을 것이다. 죽거나 혼수상태인 자는 말을 할 수 없고, 치명상을 입은 자는 골프채, 전기톱, 인두, 무선 전동 공구, 기타 중앙로 동쪽에서 선호하는 그로테스크한 과정을 거치면 이미 죽어버려서 말도 할 수 없기 때문이다. 그러니 저놈이 총을 쏠까? 그럴 것 같지 않다고 리처는 생각했다. 아마 쏘지 못할 것이다. 하지만 언제든 가능은 하다. 리처는 거기에 자기 목숨을 걸 수 있을까? 걸 수 있을 것이다. 전에도 그랬으니까. 도박을 걸었고 이겼다. 수십만 년이 지나도 그의 본능은 여전히 작동하고 있다. 그는 위기를 벗어나고, 살아서 무용담을 말할 것이다. 그는 어떤 경우든 생사에 대해 기본적으로는 무심했다. 영원히 사는 사람은 없으니까.

하지만 애비의 목숨도 걸 준비가 되어 있나?

운전석의 남자가 말했다. "손을 보여라."

그러면 게임 끝이다. 바로 거기가 돌이킬 수 없는 지점이다. 그 지점이 어쨌든 가까이 오고 있다. 위치는 나빠졌다. 운전석의 남자와 조수석의 남자는 60도 각도를 이루며 갈라졌다. 발사할 준비가 잘 되어 있었다. 사태가 어떻게 이어질지 예측하기 쉬웠다. 리처는 주머니 안에서 총을 쏴서 운전석 남자를 쓰러뜨릴 것이다. 한 명 해치웠다. 아무 문제없다. 하지만 그 다음에 조수석 남자를 향해 60도로 몸을 돌리는 건 느리고 어색한 동작일 것이다. 손이 여전히 주머니 속에 걸려 있기 때문이다. 그러면 조수석 남자는 총을 쏠 시간이 생긴다. 아마도 두 발이나 세 발을. 그 총알은 애비를 맞힐 수도 있고 리처를 맞힐 수도 있다. 둘 다 맞히거나 전부 빗나갈 수도 있다. 현실 세계에서는 후자일 게 거의 확실하다고 생각했다. 남자는 이미 초조해하고 있다. 그때쯤 되면 놀라서 공황 상태가 될 것이다. 최상의 상황에서도 권총으로는 대부분 목표물을 맞히지 못한다.

하지만 거기에 애비의 목숨을 걸어야 할까?

"손을 보여라." 운전석 남자가 다시 말했다.

애비가 말했다. "리처?"

"재킷을 벗어." 운전석 남자가 말했다. "주머니 안에 뭐가 들어 있는 게 보이는군."

리처는 재킷을 벗었다. 아스팔트 위에 떨어뜨렸다. 주머니에 있던 총들이 부딪치며 철커덕 소리를 냈다. 우크라이나인들의 H&K와 알바니아인들의 글록이었다. 그가 가진 무기 전부였다.

거의 전부였다.

운전석 남자가 말했다. "이제 차에 타."

조수석 남자는 크라이슬러로 물러났다. 리처는 그가 뒷문을 열리라고 생각했다. 멋진 호텔 밖에 있던 남자처럼. 하지만 그렇게 하지 않았다. 대신에 트렁크를 열었다.

"게짐 호자에겐 여기로 충분했지." 운전석 남자가 말했다.

애비가 말했다. "리처?"

"괜찮을 거요." 그가 말했다.

"어떻게요?"

그는 대답하지 않았다. 그가 먼저 옆으로 들어갔다. 옆구리를 대고 U자 모양을 만들었다. 그다음에는 리처가 앞에 남겨둔 공간으로 애비가 들어왔다. 태아처럼 옆으로 웅크려서 마치 둘이 침대에서 섹스하는 것 같은 자세가 되었다. 조수석 남자가 싸구려 금속 같은 챙 소리를 내며 트렁크를 닫았다. 세상이 캄캄해졌다. 야광 손잡이는 없었다. 제거되어 있었다.

바로 그때 디노는 제트미어에게 전화하고 있었다. 사무실로 당장 나오라는 호출이었다. 디노가 무엇인가 생각하고 있다는 게 분명했다. 제트미어는 3분도 채 안 되어 도착해 책상 앞 의자에 앉았다. 디노는 휴대폰을 보고 있었다. 게짐 호자에 관한 문자들이 길게 이어졌다. 오래된 주택 단지 옆에서 차 트렁크에 반죽음이 되어 간힌 채 발견되었다는 내용이었다.

"호자와 나는 오래된 사이다." 디노가 말했다. "티라나 경찰일 때부터 알고 있었지. 한번은 나를 잡아넣기도 했어. 알바니아에서 가장 비열한 개자식이었지. 마음에 들었어. 옹골찬 놈이지. 그래서 여기 일자리를 준 거다."

"좋은 사람입니다." 제트미어가 말했다.

"호자는 지금 말을 할 수 없다." 디노가 말했다. "영원히 못 하게 될 수도 있어. 목구멍에 중상을 입었거든."

"최선의 결과를 바라야겠죠."

"누구 짓이냐?"

"모릅니다."

"어디서 일어난 일이지?"

"모릅니다."

"정확히 언제 일어난 일이냐?"

"호자는 새벽에 발견되었습니다." 제트미어가 말했다. "공격은 그전에 있었던 게 분명합니다. 아마 한두 시간 전이겠죠."

"이해할 수 없는 게 있다." 디노가 말했다. "게짐 호자는 경험이 풍부해. 티라나에서 형사였지. 따라서 우리 조직에서는 대단히 중요한 존재다. 나자신이 그에게 일을 맡겼고, 오랫동안 여기 몸담았어. 많은 성과를 냈고, 따라서 조직 내에서 에이스로 대접받고 있다. 내 말이 맞나?"

"그렇습니다."

"그런데 왜 그가 한밤중에 임무를 수행하고 있었지?"

제트미어는 대답하지 않았다.

디노가 말했다. "내가 그에게 뭘 하라고 시켰나? 그리고 그걸 잊고 있었던 건가?"

"아닙니다." 제트미어가 말했다. "그런 것 같지 않습니다."

"네가 그에게 뭘 부탁했나?"

커튼 뒤에 불빛이 보이는지 살피게. 필요하다면 직접 찾아가서 물어보고.

"아닙니다."

"이해할 수가 없다." 디노가 말했다. "나는 한밤중에 돌아다니지 않아.

애들도 돌아다니지 못하게 하지. 호자는 침대에 처박혀 있었어야 했다. 왜 그렇게 하지 않았지?"

"모르겠습니다."

"누가 또 한밤중에 돌아다녔나?"

"모르겠습니다."

"넌 알고 있었어야 해. 내 오른팔이니까."

"알아보겠습니다."

"내가 이미 알아봤어." 디노가 말했다. 어투가 달라졌다. "한밤중에 수많은 애들이 돌아다녔더군. 호자 같은 비열한 늙은 개자식의 목에 구멍이 날 정도로 중요한 일인 게 분명해. 관련된 이해관계와 숫자들을 보면 나한테 중요한 일인 것 같더군. 내가 분명히 알고 있어야 할 일 같단 말이지. 적어도 논의 단계에서는 말이다. 내게 승인받아야 하는 일일 거야. 우리는 여기서 그런 식으로 사업을 하니까."

제트미어는 대답하지 않았다.

디노는 오랫동안 침묵을 지켰다.

그러고는 마침내 입을 열었다. "그레고리가 오늘 아침에 들른 것도 알고 있다. 또 한 번 국빈 방문을 한 거지. 나는 왜 그 소식을 듣지 못했는지 의구심이 드는 게 당연하겠지?"

제트미어는 말을 하지 않았다. 대신에 대화의 나머지 예상이 가능한 부분이 머릿속에서 마치 스피드 체스처럼 빠르게 축약되어 펼쳐지고 있었다. 앞뒤로. 디노는 배신이 완전히 드러날 때까지 가차 없이 무자비하게, 빌어먹을 정도로 자세하게 파헤칠 것이다. 이미 알고 있을지도 모른다. *알아보겠습니다. 내가 이미 알아봤어.* 디노는 적어도 일부는 알고 있다. 제트미어는 한기를 느꼈다. 이미 늦었는지도 모르겠다는 생각이 갑자기 들었다. 하지만 다시 정신을 차리고, 그렇지 않을 수도 있다고 생각했다. 어떤 경우든 빠르게 결정하는 게 좋다. 오래된 본능이었다. 수십만 년을 내려온 그 본능에 따라, 하나, 손을 코트 아래로 미끄러뜨리고, 둘, 총을 꺼내고, 셋, 디노의 얼굴을 쐈다. 책상 건너 1미터도 안 되는 거리에서. 디노의 머리가 1센티미터 정도 뒤로 빠르게 밀렸다. 피와 뇌수와 뼛조각이 뒤쪽 벽을 때렸다. 9밀리 권총의 총성은 나무로 된 작은 방 안에서는 크게 들렸다. 엄청나게 요란했다. 폭탄이 터진 것 같았다. 그리고 나서는 숫숫거리는 침묵이 오랫동안 흘렀다. 사람들이 몰려들어 왔다. 온갖 종류의 사람들이었다. 근처 사무실에 있던 정예들, 수뇌부 인사들, 먼지투성이가 된 목재소 일꾼들, 문지기, 수금원, 행동대원들. 모두가 영화에서 대통령이 쓰러졌을 때처럼 총을 뽑아 들고 소리 지르며 달려오고 있었다. 혼란과 광기, 공황이 뒤섞인 아수라장이었다.

그때 목재소 문 앞에 트렁크에 리처와 애비를 가둔 검은색 크라이슬러가 정지하고 있었다.

35

운전석 남자는 브레이크 위에 발을 얹고 차를 일시 정지시켰다. 문은 열려 있었지만 지키는 사람이 하나도 없었다. 이례적인 일이었다. 하지만 남자는 들어가서 노획물을 자랑할 생각에 안달이 나 있어서 대수롭지 않게 생각했다. 그는 그냥 안으로 들어가서 차를 돌려 셔터 방향으로 후방 주차했다. 조수석 남자는 나가서 녹색의 버섯 모양 버튼을 손바닥으로 때렸다. 사슬이 덜컹거리고 금속판이 찰락거리는 소리와 함께 셔터가 천천히 위로 올라갔다. 운전석 남자는 셔터 아래로 차를 후진시켰다. 그는 시동을 끄고 나와 차 뒤에 있는 조수석 남자와 함께 섰다. 둘은 총을 꺼내고 뒤로 상당히 물러섰다.

운전석 남자가 스마트키의 버튼을 눌렀다.

트렁크가 천천히, 조용하고 당당하게 열렸다.

그들은 기다렸다.

아무 일도 없었다.

소나무 냄새는 났지만 전기톱의 윙윙거리는 소리는 없었다. 물결무늬 외장재로 마감한 낮은 창고는 조용했다. 안에는 아무도 없었다. 그러더니 뒤쪽 더 깊은 곳에서 목소리들이 들렸다. 벽과 문 때문에 약해지긴 했지만 크고, 공황과 혼란에 빠진 소리였다. 발소리들도 들렸다. 다급하고 당황했지만 어디로 향하지는 않았다. 그저 한자리에서 빙글빙글 도는 것 같았다. 내부 사무실 중 한 곳에서 뭔가 이상한 일이 벌어지고 있는 것 같았다.

그들은 귀를 기울였다.

디노의 사무실인 것 같았다.

처음 방에 들어간 여덟 명은 똑같은 장면을 보았다. 디노가 책상 뒤 자신의 의자에 쓰러져 있었다. 머리 일부가 날아간 엉망진창의 상태로 의자에 축 처져 있었다. 그리고 제트미어는 손에 총을 쥐고 책상 앞 의자에 앉아 있었다. 말 그대로 스모킹 건*이었다. 희뿌연 연기가 보였고 화약 탄내가 났다. 처음 여덟 명 중 셋은 수뇌부의 일원이었기에 지금 무슨 일이 일어났는지 최소한 감은 잡을 수 있었다. 나머지 다섯은 똘마니들이었다. 그들은 무슨 일인지 도무지 알 수 없었다. 전혀 짐작하지도 못하고 정신적인 혼란 상태에 빠져 있을 뿐이었다. 생각할 수가 없었다. 제트미어는 조직의 이인자였다. 그의 말이 곧 법이었다. 감히 얼굴도 쳐다볼 수 없는 사람이었다. 복종과 숭배와 존경의 대상이었다. 일화가 한둘이 아니었다. 최고위층이었다. 전설이었다. 하지만 그가 디노를 죽였다. 그리고 디노는 두목이었다. 조직의 일인자였다. 부하들의 충성은 디노 한 사람만을 향하고 있었다. 그것이 그들의 신조였다. 피의 맹세와도 같았다. 중세 왕국과도 같았다. 절대적인 의무였다.

아무 생각도 할 수 없었던 다섯 명 중 하나는 알바니아의 오흐리드 호숫가에 있는 포그라데츠라는 마을 출신의 행동대원이었다. 그의 여동생이 공산당 간부에게 성추행당한 적이 있었는데 디노가 가문의 명예를 회복

---

* '결정적 증거'라는 비유적 의미가 아니라 단어 그대로 '연기가 나는 총(smoking gun)'이라는 말.

시켜 주었다. 이 행동대원은 단순한 사람이었다. 개처럼 충실했다. 디노를 아버지처럼 사랑했다. 자신이 디노를 사랑한다는 사실을 사랑했다. 그는 조직의 구조, 위계질서, 규칙, 신조, 그리고 조직이 그에게 준 강철 같은 확신을 사랑했다. 그 모두를 사랑했고 그에 따라 살았다. 그는 총을 꺼내 제트미어의 가슴을 세 번 쏘았다. 사람들로 가득한 공간이 순간 귀청이 떨어질 듯 시끄러워졌다. 동시에 그 자신도 다른 두 부하의 총을 맞고 쓰러졌다. 둘 중 하나는 수금원이었는데, 새 두목을 지키기 위해 순전히 자동반사적으로 쏜 것 같았다. 그 새 두목이 방금 옛 두목을 죽이긴 했지만. 다른 하나는 수뇌부의 일원이었다. 그는 이 모든 일이 어떻게 된 것인지를 어느 정도 눈치채고 있었고, 이 아수라장을 조금이라도 수습하고 싶었다. 하지만 헛된 바람이었다. 그가 쏜 두 번째 총알이 행동대원을 관통하면서 뒤에 있던 수금원이 죽었고, 수금원 뒤에 몰려와 있던 문지기가 공황 상태에 빠져 완전히 반사적으로 총을 쏘았다. 그 총알이 수뇌부 남자의 머리에 명중했다. 그래서 수뇌부 중 두 번째 남자는 그 보복으로 문지기를 쏘았다. 그리고 수뇌부에게 불만이 있던 목재소 반장은 그를 향해 총을 쏘았지만 빗나갔다. 하지만 총알이 튀면서 완전히 우연으로 수뇌부 중 세 번째 남자의 팔 위쪽에 맞았다. 수뇌부 세 번째 남자는 울부짖으며 반격했다. 여러 발의 총알이 발사되었다. 글록의 총구가 제멋대로 춤추듯 흔들렸다. 총알이 사방으로 발사되었다. 사람들이 모여 있는 곳으로 날아갔다. 사람들이 피바다 위로 쓰러지고 미끄러지고 넘어졌다. 마침내 수뇌부 남자의 글록의 총알이 떨어졌다. 그리고 쉬익거리고 으르렁거리는 듯한 정적이 돌아와 윙윙거리며 허공을 때렸다. 하지만 끝이 아니었다. 바로 그때 멀리서 또 다른 큰 소리가 들어와 정적을 깨기 시작했기 때문이었다.

새로운 소리는 총성이었다. 딱 두 발이었다. 신중했다. 주의 깊게 겨냥되었다. 9밀리 권총이었다. 멀리 있어서 소리가 작았다. 창고 앞쪽 너머 어디였다. 셔터 근처인 것 같았다.

운전석 남자와 조수석 남자는 크라이슬러의 트렁크에서 거리를 두고 물러나 있었다. 총은 여전히 트렁크를 겨냥하고 있었다. 전처럼 총을 두 손으로 단단히 잡고, 발은 30센티미터 정도 벌렸다. 하지만 목은 우스꽝스러울 정도로 최대한 뒤로 틀고 있었다. 그들은 왼쪽 어깨 뒤로 창고의 맨 뒤쪽 모퉁이 멀리, 조직의 지휘부로 이어지는 복도를 훔쳐보고 있었다. 소동이 일어난 곳이었다.

그때 거기서 총소리가 다시 들려왔다. 멀리서 소리가 억제되어 작아진 채 쾅 하며 들렸다. 처음에는 세 발이었다. 빠른 3연사. 탕, 탕, 탕. 그다음에는 한꺼번에 더 많은 총소리가 쏟아졌다. 그리고 더, 더 많이 들려왔다. 그러고는 분노에 차서 겨냥도 하지 않고 총알이 떨어질 때까지 난사되는 권총 소리가 반복되어 들렸다.

그러고는 잠시 정적이 흘렀다.

운전석의 남자와 조수석 남자는 크라이슬러로 몸을 돌렸다.

여전히 아무 일도 없었다. 트렁크는 열려 있었다. 잡힌 남녀에게는 아무 문제도 없었다.

그들은 다시 모퉁이 쪽으로 몸을 돌렸다.

다시 잠깐 정적이 흘렀다.

다시 크라이슬러 쪽으로 몸을 돌렸다. 여전히 아무 일도 없었다. 포로들은 머리를 들어서 내다보지 않았다. 사람이 있는 것 같지 않았다. 운전석 남자와 조수석 남자는 서로를 힐끗 보았다. 갑자기 걱정됐다. 트렁크에 배기가스가 찼을지도 모른다. 배기관에 금이 가서 가스가 누출되었을지도 모른다. 연놈이 질식했을 수도 있다.

운전석 남자와 조수석 남자는 조심스럽게 한 걸음 앞으로 내디뎠다.

그리고 또 한 걸음 내디뎠다.

여전히 아무 일도 없었다.

그들은 뒤쪽 모퉁이를 한 번 더 확인했다. 여전히 정적뿐이었다. 그들은 다시 한 걸음 옮겼다. 트렁크를 볼 수 있는 위치로. 그들은 불안하게 안쪽을 힐끗 보았다. 그들이 본 모습은 아까와는 완전히 달랐다. 남자와 여자는 위치를 바꿨다. 원래는 남자가 안쪽으로 들어가고 여자는 남자가 앞쪽에 남겨둔 공간에 웅크리고 있었다. 지금은 남자가 앞쪽에, 여자가 안쪽에 있었다. 남자가 방패 역할을 하고 있었다. 남자는 원래 머리를 왼쪽으로 하고 들어갔는데 지금은 오른쪽에 있었다. 왼쪽을 밑으로 하고 누웠다는 뜻이었다. 오른팔이 자유롭다는 의미였다. 그리고 그가 오른손을 움직이고 있었다. 아주 빠르게. 손에는 작은 강철 자동권총이 있었다. 그 총이 운전석 남자의 머리를 겨냥하며 멈췄다.

리처는 총을 발사해 운전석 남자의 이마를 관통시켰다. 그리고 오른쪽을 겨냥해 조수석 남자의 왼눈을 관통시켰다. 부츠에 있던 우크라이나인들의 H&K였다. 그들이 셰빅 부부의 집에서 걸어 나오기 전, 주머니에 있는 물건들을 균형 맞춰 재배치할 때부터 부츠에 숨겨두었다. 두 자루는 왼쪽 주머니에, 두 자루는 오른쪽 주머니에, 그리고 하나는 양말 안에. 언제나 쓸모 있는 아이디어다.

그는 고개를 약간 들어 조심스럽게 바깥을 내다보았다. 물결무늬 외장재로 마감한 낮은 창고가 있었다. 창고는 침엽수 원목의 냄새로 가득했지만, 사람은 없었다. 단 한 명도. 본부 같았다. 그들이 전에 본 목재소일지도 모른다. 한번은 차로, 한번은 걸어가면서 보았던. 위장 업체였다. 칙칙한 금속 느낌이 똑같아 보였다. 전기 부품 창고나 배관 용품 창고 같았다.

그는 일어나서 더 자세히 살펴보았다. 여전히 사람은 없었다. 몸을 굴려 나와 일어섰다. 애비가 나오는 걸 도왔다. 그녀는 바닥에 널브러져 죽은 남자들을 보았다. 보기 좋은 모습은 아니었다. 한 놈은 눈이 하나였고, 다른 한 놈은 셋이었다.

그녀는 빈 창고를 둘러보았다.

"여기가 어디죠?" 그녀가 말했다.

하지만 그는 자기 생각을 말해줄 시간이 없었다. 바로 그때 두 가지 새로운 일이 일어났기 때문이다. 어디선가 나온 한 무리의 남자들이 창고 맨 뒤쪽 모퉁이를 향해 몰려갔다. 거기에는 아치형 입구가 있었는데, 그 너머 다른 방들로 이어지는 것 같았다. 그리고 동시에 한 무리의 남자들이 다른 방향에서 달려 나왔다. 다른 방으로 이어지는 아치형 입구를 통과해 창고의 가운데로 몰려왔다. 거칠어 보이는 놈들이었다. 하얗게 질린 얼굴로 권총을 빼 들고, 미친 듯이 분출되는 아드레날린으로 흥분해 떨고 있었다. 두 무리가 마주쳤다. 그들은 외국어로 미친 듯 고함을 지르고, 큰 소리로 물어보고, 횡설수설하며 대답했다. 리처는 알바니아어일 것이라고 생각했다. 그러더니 한 남자가 다른 남자의 가슴을 밀었다. 다른 남자가 맞받아 밀었다. 그러더니 누군가가 총을 쐈고, 첫 번째 남자가 쓰러졌다. 그리고 또 다른 누군가가 총을 쏜 남자의 관자놀이에 총구를 대고 방아쇠를 당겼다. 마치 처벌하는, 처형하는 듯한 근접사격이었다. 총을 쐈던 남자의 머리가 날아갔다. 이것을 기점으로 모든 상황이 급격히 혼돈으로 빠져들었다. 그때 대각선으로 먼 아래쪽에서 누군가가 크게 소리를 지르며 다급하게 손짓으로 가리켰다. 그리고 모든 사람이 입을 다물고 돌아보았다.

작고 날씬한 여자와 크고 추한 남자.

리처는 버스에서 우연히 발견한 책을 읽은 적이 있었다. 사람들은 몇 시간 또는 며칠에 걸쳐서 예측하는 걸 좋아하지만, 진실을 깨닫는 것은 눈 깜짝할 순간이라는 내용이었다. 리처는 그 책이 마음에 들었다. 자신도 같은 생각이었기 때문이다. 그는 처음 본능적으로 떠오른 생각을 믿는 걸 배웠다. 그래서 그는 그 순간 모든 게 백지가 되었다는 걸 알았다. 어떤 질문도 없을 것이다. *우리는 네가 누군지 알고 싶다.* 더는 아니겠지. 지금 그들은 광기 어린 혼란과 유혈의 욕망에 사로잡혀 있었다. 아직 논의해볼 수 있는 보너스 점수는 더 이상 없을 것이다. 그 제안은 유통기한이 지나버렸다.

그래서 손짓으로 가리키던 남자의 외침이 메아리로 사라지기도 전에, 리처는 멀리 있는 사람들의 덩어리를 향해 총알을 세 발 발사했다. 세 명이 확실히 쓰러졌다. 빗나갈 수가 없었다. 나머지는 바퀴벌레처럼 흩어졌다. 그는 몸을 수그리고 물러나 애비의 팔꿈치를 잡고 차 뒤로 당겼다. 그는 셔터 바깥쪽 인도를 힐끗 보았다. 문, 움푹 파인 경계석, 도로가 보였다. 자신의 위치가 어딘지 알 수 있었다.

문은 열려 있었다.

그가 낮은 목소리로 말했다. "서둘러서 조수석으로 들어간 다음 운전석으로 빠르게 넘어가시오. 당신이 운전해서 여기를 빠져나갑시다. 직진만

하면 되오. 액셀을 밟고 앞은 볼 생각도 하지 마시오. 운전석 아래로 깊이 수그리고."

애비가 말했다. "이게 몇 번째 무서운 일이죠?"

"이건 세지 마시오. 돈 내고 하는 사람들도 있으니까."

"서바이벌 게임일 때나 그러죠."

"이게 더 리얼하지. 기꺼이 돈 내고 할 거요."

애비는 몸을 수그리고 차의 측면으로 돌아갔다. 그리고 아래에서 문손잡이에 손을 뻗고 아래쪽 접합선으로 손을 미끄러뜨려, 겨우 들어갈 만큼만 문을 열었다. 몸을 틀고 미끄러지듯 차 안으로 들어갔다. 배가 좌석에 닿았다.

"안에 키가 없어요." 그녀가 속삭였다.

멀리서 놈들 중 하나가 총을 한 방 쐈다. 총알은 트렁크 위 30센티미터를 통과해 리처의 머리 60센티미터 위로 지나갔다. 탕하는 총성이 쾅 하는 소리로 바뀌었고, 금속 지붕이 거대한 드럼의 가죽처럼 흔들렸다.

애비가 속삭였다. "차키는 놈들 손에 있어요. 생각해봐요. 트렁크를 원격으로 열었던 게 분명해요."

"끝내주는군." 리처가 말했다. "내가 가져오겠소."

그는 뺨을 콘크리트 바닥에 대고 차 아래에서 창고까지의 거리를 내다보았다. 바닥에는 다섯 놈이 쓰러져 있었다. 둘은 처음에 있었던 내부 다툼으로, 셋은 그가 쏜 세 발에 죽었다. 셋 중 둘은 움직임이 없었고, 하나는 움직이고는 있지만 극히 미미했다. 크게 활기 있거나 필사적인 움직임은 아니었다. 아직 서 있는 건 아홉이었다. 무엇이든 엄폐물이 될 만한 것들 뒤에 수그리고 있었다. 엄폐물은 별로 없었다. 화학약품이 든 드럼통이 피라미드형으로 쌓여 있었다. 방부제일 것이다. 낮게 쌓인 목재들이 있었지만 많지는 않았다. 자재들이 별로 없었다. 목재소는 위장 업체였다. 사업을 제대로 할 의사가 없는.

리처는 등을 대고 구른 다음, H&K에서 탄창을 쳐서 꺼내 남은 탄환을 세어보았다. 두 발이 남아 있었다. 약실에 있는 한 발을 더하면 총 세 발이다. 희망적인 상황은 아니었다. 탄창을 다시 총에 끼우고 옆으로 굴렀다. 트렁크 뒤쪽에 닿을 때까지 차의 측면으로 꿈틀거리며 이동했다. 운전석과 조수석에 있던 남자는 1.5미터 거리에 누워 있었다. 각각 눈알 하나와 세 개인 상태로. 머리는 피 웅덩이 안에 잠겨 있었다. 운전석 남자가 가까이 있었다. 다행이었다. 그가 책임자처럼 보였기 때문이다. 고참. 그가 키를 가지고 있을 것이다. 아마 정장 코트 안주머니에. 왼쪽 주머니일 것이다. 오른손잡이였으니까. 오른손으로는 총을 잡고 왼손으로 스마트키를 눌렀겠지.

총알 한 발이 더 날아와서 끝쪽 벽을 때렸다. 머리 위 30센티미터 지점이었다. 날카로운 총성, 차 지붕의 쾅 소리, 금속성 메아리, 그리고 다시 정적이 흘렀다. 그러고는 발소리가 들렸다. 서두르지만 머뭇거리며 질질 끄는 발걸음이었다. 누군가가 다가오고 있었다. 더 가까이 오고 있었다. 리처는 다시 차 아래로 시선을 보냈다. 살아있는 아홉 놈이 몸짓하고 손을 흔들고 가리키고 있었다. 수신호였다. 누가 앞으로 나갈지 정하고 있었다. 한 번에 한 놈씩, 한 번에 두 놈씩 앞서거니 뒤서거니 하며 한 지점에서 다음 지점으로 전진하려 하고 있었다. 선두는 게짐 호자와 조금 닮은 남자였다. 나이도, 체격도 거의 같았다. 몸을 바짝 긴장시키며, 화학약품 드럼통들을 굴려 5미터 앞에 있는 비닐로 싸인 판자들 쪽으로 보내려 하고 있었다. 다른 놈들은 선두 뒤에 모일 것이다. 예상 전진 속도는 빠를 것이다. 앞에는 장애물이 없을 것이다.

놈들의 속도를 늦춰야 한다.

확실한 방법은 하나뿐이었다.

리처는 차 아래에서 팔을 쭉 펴고 아주 신중하게 겨냥했다. 전통적인 한 손 사격 자세였다. 바닥에 옆으로 누워 있었기 때문에, 선 자세에서 몸이 옆으로 90도 기울어진 상태라는 점만이 달랐다. 그는 기다리다가 남자의 뒷다리가 움직이려 하자 발사했다. 목표에서 3~5센티미터 정도 앞쪽이었다. 남자는 총알이 날아오는 바로 그쪽으로 발을 옮겼다. 총알이 남자의 왼쪽 가슴 위쪽에 맞았다. 좋은 결과였다. 신체의 중요 기관이 그 범위 안에 있다. 동맥, 신경, 혈관이. 남자가 쓰러지자 선두의 무리는 전진을 멈췄다. 남은 여덟은 거북이처럼 납작 몸을 엎드렸다. 유일하게 확실한 방법, 그것은 선두 척후병에게 본보기를 보이는 것이다. 놈들의 눈앞에서.

총알은 두 발 남았다. 희망적이지 않다.

리처는 꿈틀거리며 앞쪽으로 굴렀다. 그리고 팔꿈치와 발끝을 움직여 머리가 뒤쪽 범퍼와 수평이 될 때까지 이동했다. 그의 오른쪽 발이 운전석 남자의 몸 일부와 가장 가까이 있었다. 리처는 바짝 엎드려서 팔을 쭉 뻗었다. 그는 약 1미터 거리에 있었다. 하지만 계획을 세웠다. 먼저 놈을 차 뒤로 끌고 오고, 그다음에 주머니를 뒤지는 게 낫다. 그게 더 안전하다. 리처는 심호흡하고 빠르게 미끄러지듯 나가 남자의 무릎을 잡고 세게 끌었다. 1초 만에 엄폐물 뒤로 돌아왔다. 운전자의 머리가 콘크리트 위에 달팽이가 기어간 것 같은 흔적을 남겼다. 리처가 짧게나마 몸을 드러내자 수그리고 앉은 놈들이 맹렬하고 빠르게 일제히 네 발을 발사했다. 하지만 너무 늦었고 죄다 빗나갔다.

리처는 쭈그린 자세로 운전석 남자의 몸을 1미터 더 끌었다. 즉시 두 가지 일이 동시에 벌어졌다. 리처는 차키를 찾기 시작했고, 여덟 명의 알바니아인들은 리처가 뭘 하는지 그리고 왜 그러는지 생각하기 시작했다. 그리고 그들은 확실히 바보가 아니었다. 아주 빠르게 결론을 내렸다. 리처가 운전석 남자의 왼쪽 안주머니에 손을 집어넣은 것과 알바니아인들이 차에 총격을 가하기 시작한 건 거의 동시에 이루어졌다. 차는 길이 5미터, 높이 1.5미터짜리 거대한 표적이었다. 차는 만신창이가 되었다. 먼저 운전석 옆 유리창이 산산조각이 났고, 팅 소리가 나며 차의 금속판에 구멍이 뚫렸다. 그다음은 타이어에 총알이 박히면서 차체가 왼쪽으로 주저앉았고 녹색의 부동액이 아래로 똑똑 떨어졌다. 리처는 애비가 조수석 안팎으로 반쯤 몸을 걸치고 있는 곳으로 기어서 돌아갔다. 그는 그녀를 밖으로 끌어내고 차 문을 닫은 다음 그녀를 엔진 본체 뒤, 앞바퀴가 있었던 곳으로 밀었다. 가장 안전한 지점이었다. 지금 상황에서는 상대적으로 그렇다는 말이다. 소음에 귀가 찢어질 것 같았다. 총알들이 부서진 먼 측면 유리창과 산산조각이 난 가까운 측면 유리창을 관통했다. 유리 파편들이 비처럼 쏟아졌다. 일제사격이 이어지며 몸체를 때렸다. 점점 더 가까이 다가오고 있었다. 다시 전진하고 있었다.

두 발 남았다.

희망적이지 않았다.

리처는 셔터를 힐끗 보았다. 아침 햇살이 밝았다. 문은 열려 있었다. 도로는 텅 비었다. 움푹 파인 경계석까지는 30미터 거리였다. 첫 번째 길모퉁이는 70미터 정도 떨어져 있을 것이다. 운동선수에게는 10초 거리였다.

그는 20초가 걸릴 것이다. 더 걸릴 수도 있다. 여덟 명이 바로 뒤에서 쫓아온다. 좋지 않았다. 다만 애비는 20초 미만으로 걸릴 것이다. 더 빠를 수도 있다. 그녀는 작은 표적이고 점점 멀어진다. 그리고 그 뒤에는 훨씬 느리고 더 큰 표적이 있다. 그녀는 괜찮을 것이다. 그녀가 앞에서 달려가는 데 동의한다면 말이다. 하지만 그는 그녀가 그러지 않으리라는 걸 알고 있었다. 의문의 여지가 없었다. 단 한 번일지도 모를 기회를 놓치겠지. 어쩔 수 없다. 인간의 본성이다. 대부분은 엉터리지만 가끔 쓸모 있는 것들도 있는.

문은 열려 있었다.

인간의 본성. 운전석 남자는 난리통인 이곳에 도착했다. 하지만 그는 차를 움직이고 트렁크를 열었다. 간절했기 때문이다. 기다릴 수 없었다. 찬사와 박수갈채를 원했다. 주인공이 되고 싶었다. 달리 말하자면, 그는 자신에게 도움이 될 적절한 전략적 주의를 하지 않았다는 뜻이다. 서둘렀고 부주의했다. 리처는 재킷을 벗었던 게 기억났다. 재킷이 길에 떨어지던 게 기억났다. 주머니에 있던 총들이 아스팔트에 부딪히며 덜커덕거렸던 게 기억났다. 우크라이나인들의 H&K 두 자루, 알바니아인들의 글록 두 자루였다. 모두 장전되어 있었다. 총알이 합해서 40발 이상 있었을 것이다.

서두르고 부주의한 남자는 도로에 떨어진 재킷을 어떻게 했을까?

리처는 조수석 뒤쪽 차 문으로 기어가, 애비가 했던 것과 같은 방법으로 문을 열었다. 손잡이를 들어 올리면서 아래쪽 끝부분을 잡아당겨 활짝 열었다. 유리 파편이 폭포처럼 쏟아져 내렸다. 좌석 커버와 충전재가 촘촘하게 허공에 흩날렸다.

그의 재킷이 뒷좌석에 처박혀 있었다.

재킷을 당겼다. 무거웠다. 그 위로 쏟아져 내린 유리 파편의 무게 때문이기도 했지만, 대부분은 주머니에 있는 금속 때문이었다. 전부 아직 그 안에 있었다. H&K 두 자루, 글록 두 자루. 그는 뒷바퀴에 등을 기대고 총을 점검했다. 작동한다는 걸 확실히 알고 있는 H&K는 약실에 한 발, 탄창에 여섯 발이 있었다. 다른 H&K는 약실에 한 발 있었고 탄창은 가득 찼다. 글록 두 자루도 비슷했다. 합해서 52발이었다. 전부 두툼한 9밀리 파라벨룸 탄환이었다. 연기 자욱한 햇빛 속에서 반짝이고 있었다. 적은 여덟이었다. 무모한 광기로 크라이슬러를 박살 내고 난 지금, 그들 모두는 총알이 바닥나고 있을 것이다.

훨씬 희망적이다.

그는 방아쇠울 네 개 모두에 손가락을 걸고 기어서 애비에게 돌아갔다.

애비는 앞타이어에 등을 기대고 무릎을 감싼 채 앉아 있었다. 그녀의 머리는 무릎 사이에 최대한 낮게 파묻혀 있었다. 그녀 바로 뒤에는 거대한 V-8 엔진 본체가 있었다. 본체는 무게가 수백 킬로그램이었고, 길이는 90센티미터, 높이는 45센티미터였다. 반트레스카 같은 기갑부대 출신은 이 엔진의 방어력을 비웃을지도 모른다. 하지만 이런 상황에서 그들에게는 최선이었다. 권총의 총알에 맞서 제 몫을 해낼 것이다.

리처는 2.5미터 뒤에 자리를 잡고 군에서 '변형 앉아쏴'라고 부르는 자세를 취했다. 엉덩이는 콘크리트 위에 있었다. 왼쪽 다리를 V자를 뒤집은 모양으로 구부렸다. 오른쪽 다리도 그렇게 했지만, 바깥쪽을 가리키는 삼각형처럼 접어 땅에 평평하게 놓았다. 부츠 뒤꿈치는 엉덩이골 사이에 집어넣었다. 왼쪽 팔꿈치는 왼쪽 무릎 위에 튀어나오듯 놓았고, 왼손은 어깨에서 직선으로 뻗은 오른팔의 팔뚝을 받쳤다. 그러자 군대에서는 선호하지 않을 어려운 단어이긴 하지만, 마치 지오데식 돔*처럼 총을 쥔 오른팔을 양다리와 왼팔이 단단하게 지탱해주게 되었다. 2.5미터 뒤로 물러선 위치도 교과서적이었다. 극히 낮은 자세를 유지할 수 있기 때문이다. 차의 가장 먼 측면에서는 후드 위로 총구, 그의 눈, 머리 윗부분만 보일 것이다.

---

* geodesic dom, 원을 삼각형으로 나눈 형태의 돔.

그는 총알이 금속판의 정확히 9밀리미터 위로 지나면서 탄도를 평평하게 수평으로 유지하게 할 수 있었다. 모두 만족스러웠다. 애비의 머리 바로 위로 쏘아야 한다는 것만 빼면. 그녀는 머리카락 위로 날아가는 총알이 만들어내는 공기의 흐름을 느낄 수 있을 것이다.

글록부터 시작했다. 적절해 보였다. 알바니아인들의 무기였다. 그리고 탄환이 가득 차 있었다. 전부 여덟 발이었다. 글록만으로 전부 처리할 수 있겠다고 생각했다. 하지만 다른 총들도 아직 있었다. 오른쪽 무릎 옆에 부채꼴로 놓여 있었다. 최선을 바라되 최악을 대비해야 한다. 총을 테스트할 생각 반, 파티를 시작할 생각 반으로 그는 피라미드형으로 쌓인 화학약품 드럼통에 한 발 쏘았다. 두 단계 위를 쏘았다. 거기가 서 있는 남자의 몸 중심부일 것이다. 날카로운 총소리, 쾅 하는 소리, 금속에 부딪히는 팅 하는 소리와 함께, 드럼통에 난 구멍에서 짙은 갈색의 액체가 부글거리며 흘러나왔다. 그가 의도한 위치 부근인 것 같았다. 글록은 제대로 작동했다.

오른쪽에 있던 남자 하나가 목재 뒤에서 몸을 일으키더니 총을 한 발 쐈다. 그러고는 다시 수그렸다. 총알이 차에 맞았다. 운전석 차 문일 것이다. 형편없는 실력이었다. 급하고 공황 상태에 빠져 있다. 왼쪽에 있던 남자가 더 정확하게 쏘려고 했다. 바깥쪽으로 몸을 내밀며 겨냥했다. 0.5초 동안 정지되고 노출된 상태였다. 리처는 그의 가슴을 명중시켰다. 쓰러진 다음에는 확인을 위해 머리를 쐈다. 총알을 세 발 쐈다. 일곱 명이 남았다. 모두 1미터 정도 뒤로 물러섰다. 돌격 방법을 다시 생각하고 있는 것 같았다. 낮은 목소리로 대화가 이어졌다. 앞뒤로 수많은 속삭임이 오갔다. 어떤 계획이 세워진 것 같았다. 리처는 얼마나 대단한 계획일까 궁금했다. 그리 대단하지는 않을 것이다. 무리를 둘로 나누고, 하나를 뒷문으로 내보내 건물을 돌아 셔터를 통과해 뒤로 들어올 게 분명했다. 그렇게 되면 리처는 전선戰線이 두 개가 되는 문제가 생긴다. 리처라면 그렇게 할 것이다. 하지만 남은 일곱 놈들에게는 지휘자가 없는 것 같았다. 명령 체계가 무너졌다. 쿠데타가 있었다. 아니면 실패한 쿠데타나 친위 쿠데타가. 그들이 도착했을 때 희미한 총소리가 들렸던 게 기억났다. 처음에는 트렁크 때문에 두 배로 소리가 죽어서 들렸고, 트렁크가 열린 뒤에는 좀 더 분명하게 들렸다. 수많은 사람이 몰려가고 있었다. 뒤쪽 사무실 먼 쪽. 거물이 있는 곳으로.

그들의 계획은 발사와 이동에 기초한 전통적인 보병 전술로 드러났다. 다른 말로 하자면, 누군가는 총을 쏘고 누군가는 달려 나간다. 그런 다음에는 달려 나갔던 자가 바닥에 엎드려 쏜다. 총을 쐈던 자들은 뛰어 일어나 달려 나간다. 총을 쏘면서 마치 등을 짚고 뛰어넘듯이. 하지만 많이 쏘지는 않을 것이다. 탄환이 바닥나고 있기 때문이다. 위험은 줄어든다. 엄호 사격은 주의를 돌리게 하거나, 압박을 가하거나, 위협이 되거나, 혼란스럽게 할 만큼 많이 해야 한다. 적어도 적을 붙들어 둘 정도는 되어야 한다. 하지만 리처는 어느 정도 엄호 사격을 무시할 수 있었다. 수십만 년 이어져 온 본능은 리처에게 피하라고 외치고 있었다. 하지만 그의 뇌 앞부분은 새로운 무기, 수학과 기하학, 가능성과 씨름하고 있었다. 일곱 명이 멀리서 마구잡이로 쏘는 권총의 총알이 사람의 눈과 머리 윗부분처럼 작은 표적을 명중시킬 확률이 얼마나 될지 계산하고 있었다. 게다가 놈들은 불안한 상태이고 엄호 사격은 빈약하다. 결국 오래된 본능이 졌고, 상자에 넣어져 치워졌다. 현대의 인간은 치명적인 공격을 마음대로 할 수 있게 되었다. 축제의 부설 게임장에서 오리 사냥을 하는 것 같았다. 오른쪽에 있는 남자가 엎드려서 총을 쏘았고, 왼쪽에서 두 명이 일어나 돌진했다.

리처는 첫 번째 남자를 맞혔다.

두 번째 남자도 맞혔다.

그들은 콘크리트 위에 쓰러졌다. 그로 인해, 한쪽이 엎드리면 다른 쪽이 일어난다는 계획의 한 부분에 과잉 해석이 생긴 것 같았다. 곧바로 오른쪽에서 두 놈이 너무 이르게, 엄호도 받지 않은 채로 뛰쳐나와 달려왔기 때문이다.

리처는 첫 번째 놈을 맞혔다.

두 번째 놈도 맞혔다.

놈들은 미끄러지듯 쓰러졌다. 큰대자로 넘어져 움직이지 않았다.

세 놈 남았다.

축제의 부설 게임장처럼.

그런데 그렇지 않았다. 리처가 생전 처음 보는 장면이었다. 다시는 보고 싶지 않은 장면이었다. 나중에 그는 애비가 머리를 숙이고 눈을 질끈 감고 있었다는 것에 감사했다. 불길한 침묵이 오래오래 흘렀다. 그러더니 남은 세 명이 동시에 뛰쳐나와 고함과 비명을 지르며 마구 총을 쏘았다. 머리는 뒤로 젖히고, 원시적인 광기가 서린 눈은 튀어나와 있었다. 고대 전설에 나오는 광전사狂戰士 같았다. 그들은 마구 총을 쏘고, 고함과 비명을 지르고, 영화에서와 같은 몸짓을 하며 차로 돌진했다. 기병대가 탱크에 도전하는 것처럼, 확실하게 죽는다는 걸 알고, 원하고, 필요로 하고, 구하고, 요청하면서 그 죽음을 향해 돌진하는 세 명의 광인이었다.

리처는 첫 번째 남자를 맞혔다.

두 번째 남자를 맞혔다.

세 번째 남자를 맞혔다.

길고 낮은 창고가 조용해졌다.

리처는 비틀어진 자세를 풀고 일어났다. 총 열두 명이 쓰러진 게 보였다. 15미터 뒤까지 지그재그로 널려 있었다. 콘크리트 바닥에 피가 보였다. 갈색 방부제가 넓게 웅덩이를 이루고 있는 게 보였다. 방부제는 아직도 드럼통에서 떨어지고 있었다.

뚝, 뚝, 뚝.

그가 말했다. "이제 다 끝났소."

애비가 그를 올려다보았다.

그녀는 입을 열지 않았다.

그는 재킷에서 유리 파편을 털어내고 입었다. 총은 다시 주머니에 넣었다. 머릿속에 적어두었다. 마흔네 발 남았다.

그가 말했다. "가서 뒤쪽 사무실을 확인해봐야 하오."

그녀가 말했다. "왜요?"

"거기 돈이 있을 테니까."

리처와 애비는 안으로 들어갔다. 시체들과 피, 흘러나온 화학약품을 피해 맨 뒤쪽 모퉁이로 빠르게 걸음을 옮겼다. 아치형 출입구를 지나자 앞쪽에는 길고 좁은 복도가 있었다. 왼쪽 첫 번째 방은 유리창이 없었고, 테이블 네 개가 끝과 끝을 맞대고 붙어 있었다. 회의실 같았다. 오른쪽 첫 번째 방은 책상과 의자, 파일 캐비닛이 있는 평범한 사무실이었다. 어떤 사무실인지를 보여주는 건 없었다. 캐비닛 안에는 현금이 없었다. 책상에는 일반적인 사무용품과 시가 한 갑, 주방용 성냥 한 통 말고는 아무것도 없었다. 왼쪽 마지막 문에 이르기까지 흥미로운 건 아무것도 찾지 못했다.

문 안에는 외부 사무실과 내부 사무실이 있었다. 스위트룸 같았다. CEO의 사무실 같았다. 지휘관과 참모를 위한 방처럼 보였다. 두 방 사이 출입구에는 시체가 높이 쌓여 있었다. 출입구 너머 방에는 더 많이 있었다. 총열두 구였다. 거대한 책상 뒤에 있는, 얼굴을 맞은 한 구와 가슴에 세 발을 맞고 의자에 널브러진 한 구를 포함해서였다. 기괴한 정지 화면이었다. 무한한 정지 상태, 절대적인 정적이었다. 무슨 일이 일어났는지 재구성하는 건 불가능했다. 모든 사람이 모든 사람을 쏜 것 같았다. 예상치 못했던 광란이었다.

애비는 내부 사무실 밖에 머물렀다. 리처는 안으로 들어갔다. 문설주 높이 손을 대고, 쌓여 있는 시체들을 넘어갔다. 등과 목, 머리 위를 밟고 지나갔다. 들어가서 그는 먼저 책상 옆으로 돌아가 보았다. 얼굴에 총을 맞은 남자는 바퀴 달린 가죽 의자에 쓰러져 있었다. 리처는 의자를 옆으로 끌어냈다. 책상 서랍을 확인해보았다. 맨 아래 왼쪽 서랍에서 바로 금속으로 된 현금 상자를 찾아냈다. 크기는 가족용 성경과 비슷했고, 중후해 보이는 금속 색깔로 페인트칠이 되어 있었다. 옛날의 시골 금고 같았다. 상자는 잠겨 있었다. 그는 의자를 다시 당겨서 죽은 남자의 주머니를 만져보았다. 오른쪽 바지 주머니에 열쇠가 있는 게 느껴졌다. 상당한 부피의 열쇠 뭉치였다. 그는 손가락으로 열쇠뭉치를 당겼다. 어떤 건 크고, 어떤 건 작았다. 세 번째로 작은 열쇠로 상자를 열어보았다.

상자 속 맨 위에는 들어서 빼는 칸막이함이 있었다. 칸막이함 안에는 지저분한 1달러와 5달러 지폐가 한 줌, 5센트와 10센트 동전 몇 개가 있었다. 좋지 않았다. 하지만 상황이 나아졌다. 칸막이함 아래에 종이 끈으로 묶은 백 달러 지폐 뭉치가 있었다. 신권이었다. 종이 끈은 뜯겨 있지 않았다. 은행에서 방금 가져온 돈이다. 지폐는 백 장 있었다. 1만 달러다. 셰빅이 필요한 금액에 거의 가깝다. 천 달러 부족하지만, 이거라도 있어서 얼마나 다행인가.

리처는 돈을 주머니에 넣고 문으로 돌아갔다. 다시 시체를 타고 넘어왔다.

애비가 말했다. "나가고 싶어요."

"나도 그렇소." 리처가 말했다. "한 가지만 더 하고."

그는 그들이 처음 봤던 사무실로 그녀를 데리고 갔다. 회의실 맞은편 오른쪽 방이었다. 담배를 피우던 자의 방이었다. 방금 죽었지. 리처는 생각했다. 하지만 폐암으로 죽은 건 아니다. 그는 책상에서 주방용 성냥을 꺼냈다. 그리고 종이를 찾았다. 종이는 사방에 있었다. 성냥을 켜고 종이에 불을 붙였다. 불이 붙을 때까지 기다리다 쓰레기통에 던져넣었다.

애비가 물었다. "불은 왜요?"

"단순히 이기는 것만으로는 부족하오." 그가 말했다. "졌다는 걸 다른 놈들이 확실히 알아야 하오. 게다가 이게 더 안전하지. 우리는 여기 있었소. 아마 흔적을 남겼을 거요. 나중에 일어날 혼란을 피하는 게 상책이오."

그들은 계속 성냥을 켜고 종이에 불을 붙였다. 불붙인 종이를 방마다 던져 놓았다. 복도를 나갔을 때 잿빛 연기가 흩날리고 있었다. 그들은 판자 주위의 압축 포장 비닐에 불을 붙였다. 리처는 방부제 웅덩이에 불붙인 성냥을 던져 넣었다. 하지만 곧바로 쉬익 소리를 내며 꺼졌다. 가연성 액체가 아니었다. 목재소이니 당연했다. 하지만 가솔린은 가연성이다. 그건 확실하다. 리처는 박살 난 차의 연료 뚜껑을 열고 주유구 안에 마지막 남은 불타는 종이를 집어넣었다.

그러고 나서 그들은 달려갔다. 파헤쳐진 경계석까지 30미터를, 첫 번째 길모퉁이까지 70미터를. 그러고는 떠났다.

애비의 휴대폰은 반트레스카가 건 부재중 전화로 가득했다. 그는 두꺼
운 검정 그물이 있는 튀어나온 건물 건너편 길에서 기다린다고 했다. 오랫
동안 기다리고 있다고 했다. 다음엔 뭘 해야 할지 모르겠다고 했다. 애비
는 그에게 전화했다. 그사이에 새로운 합류 지점을 생각해냈다. 그가 차를
몰고 한 방향으로 온다. 그들은 반대편 방향에서 걸어온다. 그러다 보면
어딘가에서는 서로 만나게 된다. 다시 출발하기 전에 리처는 뒤돌아서 그
들이 왔던 길을 보았다. 800미터 뒤 하늘에 연기 가닥들이 있었다. 1.5킬
로미터 거리에서 다음에 확인했을 때는 연기 기둥이 되어 있었다. 그러고
는 아래쪽에서 춤추는 불길과 함께 검은색 덩어리가 멀리서 타오르고 있
었다. 소방차가 사이렌을 크게 울리는 소리가 들렸다. 더 많이 들렸다. 소
리가 멀어지면서 낮은 울부짖음처럼 될 때까지 이어졌다. 경찰차의 사이
렌이 동쪽 도로를 메아리치며 지나가는 게 들렸다.

그리고 검은색 차에 탄 반트레스카가 나타났다. 차는 넓고 낮고 강력했
다. 후드에는 큰 고양이가 뛰어오르는 모양의 크롬 장식이 있었다. 재규어
일 것이다. 실내는 좁았다. 반트레스카가 운전하고 있었다. 호건이 그 옆
조수석에 앉아 있었다. 바턴은 뒷좌석에 있었다. 자리가 하나밖에 남지 않
았다. 애비는 리처의 무릎에 앉아야 했다. 리처는 만족했다.

호건이 말했다. "저기 불이 났나 봐요."

"당신 때문이오." 리처가 말했다.

"어째서요?"

"우크라이나인들이 무너지면 알바니아인들이 도시를 접수할 거라고

338

했잖소. 그런 일이 일어나게 하고 싶지 않았지. 결판을 내야 할 것 같았소."

"불타고 있는 건 뭡니까?"

"알바니아인들의 본부요. 목재소 뒤에 있지. 며칠은 탈 거요."

호건은 아무 말도 하지 않았다.

바턴이 말했다. "누군가가 접수할 겁니다."

"그렇지 않을 거요." 리처가 말했다. "신임 청장은 백지상태의 도시를 받게 되겠지. 새로운 놈들이 들어오는 걸 막는 건 있던 놈들을 쫓아내기보다 쉬울 거요."

반트레스카가 말했다. "다음엔 뭘 하지?"

"우크라이나인들의 신경 중추를 찾아야 합니다."

"물론이지. 하지만 어떻게?"

"신경 중추가 무슨 일을 하는 곳인지 정확하게 알아야 합니다. 그래야 뭘 찾아봐야 할지 알게 되니까요. 형태는 어느 정도 기능을 따릅니다. 예를 들어 그게 마약 제조소라면, 배기용 송풍기가 있어야 합니다. 가스와 물도. 이런 식인 거죠."

"나는 그게 뭔지 모르겠군." 반트레스카가 말했다.

"그 기자한테 전화하십시오." 리처가 말했다. "선배님이 도와줬던 그 여자 기자 말입니다. 적어도 무엇과 관련되었는지는 알고 있을 겁니다. 놈들이 필요로 하는 장소가 어디인지 알아낼 수 있을지도 모르고요."

"그녀는 나와 이야기하지 않을 걸세. 겁에 질렸어."

"전화번호를 알려주십시오." 리처가 말했다. "제가 연락하겠습니다."

"그녀가 왜 자네한테 얘기하겠나?"

"제가 성격이 더 좋으니까요. 사람들은 늘 저에게 이야기합니다. 가끔은 말릴 수 없을 때도 있습니다."

"난 사무실로 가야 하네."

"먼저 셰빅 부부의 집으로 가 주십시오." 리처가 말했다. "그분들께 드릴 게 있습니다. 우선 그분들을 안심시켜야 합니다."

37

그레고리는 아침 일찍 올라온 별개의 보고 세 개를 통해 상황을 파악했다. 하나는 뇌물을 받은 경찰관이, 또 하나는 돈을 빌린 소방관이, 다른 하나는 동쪽 지역의 비밀 정보원인 바텐더가 보내온 것이었다. 즉시 수뇌부 회의를 소집했다. 택시 회사 뒤쪽에 있는 사무실에 수뇌부들이 모였다.

"디노가 죽었다." 그레고리가 말했다. "제트미어도 죽었어. 놈들의 수뇌부가 전부 죽었다. 최고위층 열두 명이 그렇게 가버렸어. 더 될지도 몰라. 놈들은 완전히 오합지졸이 되었다. 다시는 재기하지 못할 거야. 새 두목이 나타날 가능성도 없다. 살아남은 놈 중에 제일 고참이 호자라는 덩치인데 병원에 있었던 덕분에 살아남았지. 말을 할 수 없는 상태라 목숨을 건진 거다. 그런 놈이 두목이 될 리 없고."

누군가가 물었다. "어떻게 된 일입니까?"

"러시아놈들 짓이 분명하다." 그레고리가 말했다. "중앙로 동쪽에 충격과 공포 작전을 펼친 거야. 전쟁터의 절반을 쓸어 버리고, 잠재적인 방어 동맹의 가능성을 제거했다. 이제 우리에게 전력을 투입하겠지."

"대단한 전술이군요."

"하지만 실행은 형편없었어." 그레고리가 말했다. "어리석게도 목재소에서 일을 벌였지. 도시의 모든 경찰과 소방관이 거기로 갔다. 동쪽 지역은 앞으로 몇 달 동안은 쓸모가 없어졌어. 감시가 너무 철저해졌다. 뇌물도 한계가 있어. 무시할 수 없는 게 있지. 이 사태가 이미 TV에 나오고 있을 거다. 말 그대로 스포트라이트를 받고 있어. 아무도 거기 있고 싶어 하지 않아. 그래서 이제 서쪽 지역이 알짜가 되어버렸지. 놈들은 어느 때보다도 더 여기를 원할 거다."

"언제 우리를 치러 올까요?"

"모르지." 그레고리가 말했다. "하지만 준비는 해야 해. 바로 지금부터 상황 C로 간다. 경비를 더 바짝 조여. 방어 지점을 확보하고 아무도 지나가지 못하게 해."

"상황 C를 무제한 유지할 수는 없습니다. 놈들이 언제 올지 알아야 합니다."

그레고리는 고개를 끄덕였다.

"애런 셰빅은 분명히 알 거다." 그가 말했다. "그놈한테 물어봐야 해."

"놈을 찾을 수 없습니다."

"그 할망구 집에 아직 우리 애들이 있나?"

"네. 하지만 셰빅은 그 집에 더 이상 나타나지 않습니다. 할망구가 귀띔해줬을지도 모르죠. 놈의 어머니거나 이모거나 그럴 겁니다."

"그래." 그가 말했다. "그게 답이야. 애들한테 연락해서 끌고 오라고 해. 할망구를 손봐주면 놈한테 전화하겠지. 놈은 달려올 거다. 오자마자 할망구의 비명을 듣게 될 거고."

반트레스카가 그들을 태운 장소는 목재소에서 1.5킬로미터 떨어진 곳이었다. 셰빅의 집까지는 남서쪽으로, 삼각형의 두 변처럼 1.5킬로미터를 더 가야 한다는 뜻이었다. 재규어는 으르렁거리며 도로를 가로질렀다. 때는 오전 나절이었다. 해가 중천에 떴다. 동네는 빛과 그림자가 현란했다. 리처는 반트레스카에게 간이식당이 딸린 주유소에 세워달라고 했다. 그들은 주유소 뒤쪽, 세차 터널 옆에 주차했다. 요동치는 브러시 아래를 흰색 세단이 조금씩 통과하고 있었다. 사방이 파란색 거품과 흰색 물방울 천지였다.

리처가 말했다. "이제 셰빅 부부를 동쪽 지역의 호텔에 모셔도 될 것 같소. 더 이상 숨을 필요가 없으니 말이오. 우리가 그분들과 함께 걸어가도 신경 쓸 사람은 아무도 안 남았소."

"그분들은 숙박비를 감당 못해요." 애비가 말했다.

리처는 게짐 호자의 감자 모양 지갑을 확인했다.

그가 말했다. "돈을 내실 필요는 없소."

"메그의 치료비에 쓰는 걸 바라실 거예요."

"새 발의 피도 안 되는 돈이오. 그리고 이건 다수결로 할 문제가 아니오. 그분들은 더는 집에 계실 수 없소."

"왜요?"

"일이 굴러가게 해야 되기 때문이오. 놈들의 두목을 불안하게 만들고 싶소. 그레고리라고 했나? 문을 두드리는 소리를 놈이 듣게 하고 싶소. 셰빅의 집 밖에 있는 놈들부터 바로 시작하는 게 좋을 거요. 놈들은 그 장소를 너무 오래 차지하고 있었소. 하지만 반응이 있을 거요. 그러니 셰빅 부부는 그 집에서 나와야 하오. 그저 당분간만이라도."

"차에 자리가 없어요." 바턴이 말했다.

"놈들의 링컨을 빼앗을 거요." 리처가 말했다. "셰빅 부부를 타운카 뒷좌석이라는 멋진 호텔에 모시고 드라이브를 하는 거지. 그분들도 좋아하실 거요."

"그분들 집은 막다른 골목에 있네." 반트레스카가 말했다. "집 앞쪽으로 가야 해. 놀라게 하면 안 되니까."

"선배님은 그렇게 하십시오." 리처가 말했다. "저는 다시 뒤쪽으로 들어가서 집 앞쪽으로 나오겠습니다. 그분들 뒤에서. 이 사람들이 대체 누군지 그분들이 생각하시는 동안에요. 그게 진짜 깜짝쇼죠."

재규어는 다시 중심가를 지나 미리 우회전하고 좌회전한 다음, 새벽이 되기 전에 리처와 애비가 크라이슬러를 주차했던 장소에 섰다. 셰빅의 이웃집 바깥쪽이었다. 정보원의 집 바깥쪽. 이제부터 정보원의 전화는 받을 사람이 없을 것이다. 상대방의 전화가 이미 불에 녹아 버렸기 때문이다. 크라이슬러가 그랬듯이, 재규어도 60미터 거리를 두고 링컨과 판박이처럼 나란히 섰다. 택지 두 필지의 폭이었다. 두 차 사이에는 집 두 채가 있었다. 하지만 서 있는 건 잠시였다. 리처는 내렸고 차는 계속 굴러갔다.

리처는 이웃집의 앞마당을 지나 울타리의 접이문을 비틀어 열었다. 이웃집의 뒷마당을 지나 쓰러질 것 같은 울타리로 갔다. 이웃집의 소유거나, 셰빅의 소유거나, 두 집의 공동 소유일 것이다. 다시 울타리를 올라갈 생각은 그다지 들지 않았다. 그래서 발로 차 넘어뜨렸다. 울타리가 셰빅의 소유라면 트룰렌코가 새 울타리를 사 줄 것이다. 이웃집 소유라면 정보원을 엿 먹이는 셈이고. 공동 소유라면 위의 것들이 반반이겠지.

그는 셰빅의 뒷마당을 통과해, 가족사진을 찍은 장소를 지나 부엌문 쪽으로 갔다. 유리창을 살짝 두드렸다. 반응이 없었다. 다시 조금 더 크게 두드렸다. 여전히 반응이 없었다.

손잡이를 움직여보았다. 안쪽에서 잠겨 있었다. 창문을 통해 안쪽을 들여다보았다. 아무것도 보이지 않았다. 난장판이 된 조리대와 식탁, 플라스틱 의자뿐이었다. 사진을 찍은 장소를 지나, 나란히 있는 다음 유리창까지 따라갔다. 침실이었다. 아무도 없었다. 정리된 침대와 닫힌 옷장뿐이었다.

하지만 문은 열려 있었다. 복도 쪽에서 움직이는 그림자가 보였다. 머리 둘과 다리 넷이 복잡하게 얽혀 있었다. 그림자 하나는 길고, 다른 하나는 그 절반 정도로 짧았다. 마지못한 싸움 끝에 손쉽게 제압한 것 같은 경미한 움직임이었다.

리처는 손을 주머니에 넣었다. 새 글록을 골랐다. 총알은 탄창에 열일곱 발, 추가로 약실에 한 발 있었다. 빠르게 부엌문으로 돌아갔다. 심호흡했다. 한 번 더 했다. 그리고 팔꿈치를 백핸드로 해 유리창을 깼다. 손을 집어넣어 한 번의 매끄러운 움직임으로 잠금장치를 돌렸다. 안으로 들어갔다. 아주 시끄러웠다. 복도로 통하는 문 쪽으로 머리를 들이밀고 대체 무슨 일이 벌어지고 있는지 알아보기 적절한 때라는 뜻이다. 창백한 얼굴, 옅은 색 눈, 옅은 색 머리카락. 검은색 정장 코트, 흰색 셔츠, 검은색 실크 넥타이. 리처는 넥타이 매듭 2.5센티미터 아래를 겨냥했다. 하지만 그는 공평한 사람이었다. 그래서 그는 상대가 얼굴 아래 1미터쯤에서 빠르게 원호를 그리며 총을 들고 허공을 휘두르는 것을 보기 전까지는 발사하지 않았다. 총을 본 순간 그는 방아쇠를 당겼다. 남자의 몸에는 엄지손가락을 쑤셔 넣어도 될 만큼 큰 구멍이 생겼다. 총알은 남자의 몸을 관통해 먼 뒤쪽 벽에 박혔다. 남자는 줄이 끊어진 꼭두각시 인형처럼 수직으로 쓰러졌다.

총성의 포효가 사라졌다.

복도에는 정적이 흘렀다.

그러고는 희미하게 소리 죽인 코맹맹이 소리가 들렸다. 약한 노인이 힘센 남자의 손에 입이 단단히 막힌 상태에서 비명을 지르려는 것 같은 소리였다. 그 소리는 신발이 긁히는 소리와 함께 허무하게 사라졌다. 미약한 저항이었다. 죽은 남자는 마루 위로 피를 흘리고 있었다. 피는 마루 이음매 속으로 스며들었다. 엉망이었다. 리처는 마루 몇 미터는 갈아야겠다고 생각했다. 물론 트룰렌코의 돈으로. 총알구멍이 난 벽을 메울 회반죽도 필요하다. 페인트도. 부엌문에 새 유리창도 끼워야 한다. 그 정도면 되겠지.

복도에는 정적이 흘렀다. *확실한 전술은 무리를 둘로 나누고, 하나를 뒷문으로 내보내 건물을 돌아 뒤로 들어오는 거지.* 그는 깨진 유리를 넘어 마당으로 나갔다. 오른쪽으로 돌았다. 그리고 또 오른쪽으로, 다시 오른쪽으로 돌았다. 집 앞에서 잠시 멈췄다. 도로에 주차된 링컨이 보였다. 차 안에는 아무도 없었다. 재규어는 올 기미가 없었다. 아직은. 머릿속에서 재규어의 경로를 그려보았다. 북쪽으로 주 교차로까지 가고, 서쪽 중심가로 간 다음 남쪽으로 가서, 좁은 도로와 우회전하기에 빡빡한 길모퉁이가 있는 주택 단지로 들어올 것이다. 아마 5분 정도 걸리겠지. 최대 6분. 헤매지는 않을 것이다. 애비가 길을 아니까.

벽에서 1미터 떨어진 잔디 위에서 집 앞쪽을 따라 움직였다. 기초 식재 때문이었다. 그는 좁은 각도에서 복도 창문 안쪽을 들여다보았다. 창백한 얼굴에 검은색 정장을 입은 두 번째 남자가 보였다. 남자의 두툼한 왼손이 마리아 셰빅의 입을 덮고 있었다. 오른손에는 총을 쥐고 있었다. 총구가 그녀의 머리 옆쪽을 강하게 누르고 있었다. 또 다른 H&K였다. 강하고 섬세하다. 손가락은 방아쇠 위에 단단히 올려져 있었다. 애런 셰빅은 1미터쯤 너머에 휘둥그레진 눈을 하고 서 있었다. 공포에 질린 게 분명했다. 입을 꽉 다물고 있었다. 입을 다물라는 명령을 받은 게 분명했다. 명령을 거부하는 위험은 감수하지 않은 게 분명했다. 아내의 머리에 총이 겨누어진 상황이었으니.

리처는 막다른 골목 끝을 확인했다. 아직 재규어는 나타나지 않았다. 마리아를 붙들고 있는 남자는 부엌문 안쪽을 응시하고 있었다. 그 안에 있는 자가 나타나기를 기다리고 있었다. 고전적인 교착 상태였다. *총을 내려놓지 않으면 할망구를 쏘겠다.* 하지만 남자는 쏠 수 없을 것이다. 리처가 방아쇠를 당기고 나면 1초도 되지 않아 머리가 날아갈 것이기 때문이다. 무한 삼각형이었다. 위협의 진로는 영원히 돌고 돌 것이다. 울부짖음과 비명을 동반한 피드백 루프*를.

리처는 각도를 계산해보았다. 남자는 마리아 셰빅보다 머리 하나는 컸다. 말 그대로였다. 그는 마리아를 자기 쪽으로 당겨 잡고 있었다. 그녀의 등이 그의 몸 앞쪽에 닿게 왼손으로 단단히 붙들고 있었다. 그녀의 머리 윗부분은 남자의 턱 아래 딱 붙어 있었다. 그리고 남자의 머리가 있었다. 그 지점에서 리처는 곁눈질로 그 머리를 보았다. 뺨은 대리석처럼 허옇고, 귀는 작고 분홍색이었다. 짧게 깎은 옅은 색 머리카락이 머리뼈 가장자리에서 빛나고 있었다. 서른 살은 넘었고 아직 마흔 살은 되지 않았다. 신경 중추가 어디 있는지 알 정도의 고참일까? 그게 리처의 중요한 의문이었다.

그의 생각에 대답은 '아니다'였다. 전과 마찬가지였다. *우리는 차에 앉아서 집들을 감시나 하는 똘마니다. 윗사람들이 우리에게 트룰렌코가 어디 있는지 말해줄 것 같나?* 남자는 쓸모가 없었다.

불행하게도.

---

* feedback loop, 변화를 시도하지만, 다시 원상태로 돌아오는 상황.

특히 이 남자에게는.

리처는 땅에 엎드려서 팔꿈치와 발끝을 움직여 좁은 콘크리트 진입로까지 기어가서 거기를 지나 그 너머로 전진했다. 앞문은 열려 있었다. 남자는 여전히 부엌을 보고 있었다. 아직 기다리고 있었다. 리처는 열린 문을 통해 보이는 시야각이 창문에서 곁눈질로 봤을 때보다 원의 4분의 1만큼 차이가 날 때까지 꿈틀거리며 이동했다. 이제 그는 남자의 뒤통수를 보고 있었다. 목은 하얗고 넓었다. 딱딱한 살이 단단히 말려 올라가 있었다. 짧게 깎은 머리카락은 두개골 덩어리 위에서 빛나고 있었다. 리처는 이 모든 장면을 매우 낮은 각도에서 보고 있었다. 그는 바깥쪽에서 계단 아래, 출입구 아래, 복도 아래에 땅과 같은 높이로 엎드려 있었다. 글록의 각도가 위쪽으로 급경사를 이루게 겨냥했다. 남자의 척추가 두개골과 만나는 곳이었다. 가능한 한 가장 높은 위치였다. 그는 총알이 찌그러지지 않고 파고들기를 바랐다. 좁은 각도에서 쏘는 경우 찌그러지는 일이 때로 생긴다. 두개골이 콘크리트처럼 단단한 사람도 있으니까.

그는 셋을 세고, 길고 느리게 숨을 내쉬었다.

방아쇠를 당겼다. 남자의 두개골은 땅에 떨어진 수박처럼 갈라졌고 총알은 두개골 위쪽으로 빠져나와 바로 위쪽 천장에 박혔다. 공기가 즉시 분홍색과 보라색의 안개로 가득 찼다. 즉각적인 뇌사였다. 부도덕하지만 필요한 일이었다. 상대가 손가락을 방아쇠에 단단하게 대고 있었기 때문이다. 단 하나의 안전한 방법이었다. 의학적으로 입증된.

남자는 마리아 셰빅의 뒤에서 쓰러졌다. 마치 그녀가 큰 겨울 코트를 벗어서 바닥에 그대로 떨어뜨린 것 같았다. 그녀는 남편과 1미터 거리에서 혼자 서 있었다. 부부 모두 입을 열지 못한 채 굳어 있었다. 총소리가 잦아들고 정적이 흘렀다. 분홍색 안개는 극히 느린 속도로 천천히 내려앉았다.

그리고 재규어가 나타났다.

리처는 호텔에 묵는 걸 재미있는 모험처럼 포장해 설명하고, 빳빳하고 냄새 좋은 백 달러 지폐 뭉치로 1만 달러를 건네면서 마무리할 계획이었다. 하지만 그런 식으로 진행되지 않았다. 마리아 셰빅의 머리카락에는 피와 뼛조각이 묻어 있었다. 애런은 덜덜 떨고 있었다. 정신을 잃기 직전이었다. 반트레스카가 그들을 데리고 나가 재규어 뒷좌석에 앉혔다. 애비가 짐을 쌌다. 방마다 다니면서 필요할 것 같은 물건들을 챙겼다. 리처와 호건은 시체들을 끌고 나가 링컨의 트렁크에 넣었다. 돈과 총, 휴대폰은 빼놓았다. 그때쯤에는 이미 익숙해진 작업이었다. 리처는 게짐 호자의 감자 모양 지갑에서 꺼낸 돈을 반트레스카에게 건네 셰빅 부부의 호텔 숙박비를 치르게 했다. 반트레스카는 셰빅 부부를 차로 호텔까지 모시고 가 체크인하겠다고 말했다. 함께 올라가 진정시키겠다고도 했다. 리처는 나머지 넷은 뒤에 남아서 링컨을 처리하겠다고 말했다.

"링컨을 어떻게 할 생각입니까?" 바턴이 물었다.

"몰고 갈 거요." 리처가 말했다.

"어디로요?"

"당신은 연주 일정이 있잖소. 가서 당신의 밴에 짐을 실어야지?"

"시체를 트렁크에 싣고요?"

"비행기를 타 본 적 있소?"

"물론이죠."

"비행기 화물칸에는 늘 관이 있소. 죽은 사람들은 언제나 본국으로 송환되니까."

"우리가 중앙로 서쪽 지역에서 연주한다는 걸 아는군요."

리처는 고개를 끄덕였다.

"라운지에서," 그가 말했다. "문지기가 있는."

38

바턴의 밴은 문이 사슬로 감긴 철망 울타리 뒤 공터에 주차되어 있었다. 바턴과 호건이 차를 꺼냈고, 리처와 애비는 링컨을 타고 그들을 따라 집 뒤로 갔다. 밴은 중산층 학부모가 몰았음 직한 낡디낡은 중고차였다. 뒷좌석은 철거되었고 유리창은 검은색 플라스틱으로 막아놓았다. 리처는 그들이 짐을 싣는 걸 도왔다. 군에서 전역한 뒤로 별의별 일을 많이 해 봤지만, 로큰롤 밴드의 로드매니저를 한 적은 없었다. 무기로 썼던 바턴의 펜더 프리시전을 하드케이스에 넣고, 예비 악기, 부자의 여행가방만 한 크기의 앰프 헤드, 마지막으로 거대한 8유닛 스피커 캐비닛을 실었다. 호건의 조립식 드럼 키트도 들고 와 차 안에 전부 집어넣었다.

그리고 그와 애비는 다시 링컨을 타고 밴을 따라갔다. 우크라이나인들의 영역인 서쪽 지역으로 향했다. 곧 정오가 될 참이었다. 하루가 거의 절반 가까이 지나가고 있었다. 리처가 운전했다. 애비는 트렁크에 있는 놈들에게서 가져온 돈을 셌다. 많지는 않았다. 전부 210달러였다. *우리는 차에서 감시나 하는 똘마니들이야.* 게짐 호자 같은 고참보다 돈을 못 받는 게 분명했다. 휴대폰에는 전에 본 것과 똑같은 수많은 문자에, 새로운 문자가 여러 개 더해져 있었다. 전부 우크라이나어였다. 애비는 몇몇 단어의 형태를 알아보았다. 지난밤에 반트레스카와 함께한 집중학습 덕분이었다.

"놈들이 상황을 다시 변경했어요." 그녀가 말했다.

"어떻게?" 리처가 물었다.

"읽을 수는 없지만, 글자는 알아요. 아마 C로 높이거나 A로 낮춘다는 내용일 거예요."

"낮추지는 않을 거요." 리처가 말했다. "이런 상황에서는."

"놈들이 러시아인들 짓으로 보는 것 같아요. 애런 셰빅을 러시아인이라고 부르고 있어요."

"문자는 어디서 발신된 거요?"

"전부 같은 번호에서요. 자동 발신 시스템 같아요."

"신경 중추에 있는 컴퓨터겠군."

"그런 것 같아요."

"통화 기록을 확인해보시오."

"뭘 찾아야 하죠?"

"좀 전에 전화로 마리아 셰빅을 잡아 오라고 지시했을 거요."

애비는 휴대폰을 터치해 최근 통화 기록을 스크롤했다.

"마지막 통화는 한 시간 전이었어요." 그녀가 말했다. "정확히 말하면 50분 전이요."

리처는 지금까지 일어난 일을 시간순으로 정리해보았다. 하지만 이번에는 뒤로 가는 스톱워치처럼 역순으로 했다. 밴을 따라 서쪽으로 간다, 밴에 짐을 싣는다, 밴으로 간다, 집을 떠난다, 집에서 약 4분 30초를 보낸다, 셰빅의 집 마당을 걸어서 통과한다, 이웃집의 마당을 걸어서 통과한다, 차에서 내린다, 링컨과 판박이처럼 나란히 섰지만 60미터는 떨어져 있는 재규어에서 내린다. 총 57분이 걸렸다. 두 놈은 리처와 정확히 같은 시각에 차에서 내렸을 가능성이 있었다.

그가 말했다. "그 전화는 어디서 왔소?"

그녀는 확인해보았다.

"이상한 번호예요." 그녀가 말했다. "잡화점에서 파는 일회용 선불폰 같아요."

"윗놈일 거요. 그레고리 자신일지도 모르지. 중요한 전술적 결정이었으니까. 놈들은 러시아인들이 언제 쳐들어올지 알고 싶어 하오. 내가 말해줄 수 있으리라 생각했겠지. 마리아를 미끼로 쓰려고 했던 거요. 우리가 친척이라고 생각했던 게 분명하오."

"어떤 종류의 미끼요?"

"안 좋은 거겠지. 그 번호로 걸어보시오."

"정말요?"

"해야 할 말이 있소."

애비는 스피커폰으로 돌리고 통화 기록에서 번호를 선택했다. 다이얼 소리가 차 안을 채웠다. 어떤 목소리가 외국어로 대답했다. '여보세요'나 '네', '뭐야?', '말해', 기타 사람들이 전화를 받을 때 하는 말일 것이다.

리처가 말했다. "영어로 말해."

목소리가 말했다. "누구냐?"

"네가 먼저다." 리처가 말했다. "이름을 말해."

"셰빅인가?"

"아니." 리처가 말했다. "너희들은 거기서 헤매고 있어. 많은 데서 헤매고 있지."

"그럼 넌 누군데?"

"네가 먼저다." 리처가 다시 말했다.

"뭘 원하나?"

"그레고리에게 전할 메시지가 있다."

"네가 누군데?"

"네가 먼저다." 리처가 세 번째로 말했다.

"내 이름은 다닐로다." 남자가 말했다.

조수석에 있던 애비의 몸이 굳었다.

"난 그레고리의 오른팔이다." 남자가 말했다. "전할 메시지가 뭐냐?"

"직접 전해야 해." 리처가 말했다. "그레고리에게 전화를 넘겨."

"네가 누군지 알 때까지는 안 돼. 어디 출신이지?"

"난 베를린에서 태어났어." 리처가 말했다.

"동독인이라고? 러시아인이 아니라?"

"내 아버지는 미군 해병이셨다. 대사관 무관이셨지. 거기서 태어났어. 한 달 뒤에는 다른 데로 갔고. 지금은 여기 와 있다. 그레고리에게 전할 메시지를 가지고."

"이름이 뭐냐?"

"잭 리처다."

"그자는 늙은이인데."

"말했지. 너희가 거기서 헤매고 있다고. 난 전처럼 젊지는 않지만 늙지도 않았어. 전체적으로는 아직 팔팔하지. 이제 전화를 넘겨."

다닐로라는 남자는 오랫동안 침묵을 지켰다. 오른팔. 중대한 결정. 참모와 마찬가지다. 사소한 일로 지휘관을 귀찮게 하지는 않는다. 하지만 그 사소한 일이 사실은 중대한 일일 수도 있다는 것도 확실히 알고 있을 것이다. 그러면 관료주의의 대원칙이 적용된다. 의심스러울 때는 안전한 방법을 따른다.

다닐로는 안전한 방법을 따랐다. 클릭음이 들리더니 한동안 침묵이 이어졌다. 그러고는 다시 클릭음이 들리고 새 목소리가 나타났다. '여보세요'나 '네', '뭐야?', '말해' 등등의 뜻을 가졌을 외국어와 함께.

리처가 말했다. "영어로 말해."

그레고리가 말했다. "원하는 게 뭐야?"

"발신자를 확인했나?"

"왜?"

"그래야 누가 전화한 건지 알 수 있을 테니까."

"넌 다닐로에게 네 이름이 잭 리처라고 말했어."

"지금 내가 누구 휴대폰으로 전화를 걸었는지는 아나?"

대답이 없었다.

"놈들은 죽었어." 리처가 말했다. "쓸모없었지. 네 부하는 죄다 그랬어. 날벌레처럼 쓰러졌지. 조만간 한 놈도 남지 않을 거야."

"원하는 게 뭐야?"

"지금 너에게 가고 있다, 그레고리. 넌 마리아 셰빅을 해치려고 했어. 난 너 같은 놈들을 좋아하지 않아. 널 찾아서 어린애처럼 질질 짜게 만들어주지. 그러고는 네 다리를 엉덩이에서 뜯어내 그걸로 널 죽도록 패줄 거야."

그레고리는 잠시 말이 없다가 입을 열었다. "네가 그렇게 할 수 있다고 생각하나?"

"꽤 확신하고 있어."

"내가 널 먼저 찾아내지 못하면 그렇겠지."

"넌 그렇게 못할 거야." 리처가 말했다. "지금까지도 못했으니까. 앞으로도 못할 거고. 넌 날 찾아낼 수 없어. 그럴 능력이 없거든. 넌 아마추어야, 그레고리. 난 프로고. 넌 내가 가는 걸 알지 못할 거야. 상황 Z까지 오만 가지 방법을 쓰겠지만 소용없어. 주변에 작별 인사나 하고 유언장이나 써둬. 그게 내 유일한 충고다."

리처는 전화를 끊고 창밖으로 던져버렸다.

애비가 말했다. "다닐로."

작은 목소리였다. 머뭇거리고 있었다.

리처가 말했다. "다닐로가 왜?"

"다닐로가 그놈이에요."

"어떤 놈?"

"나한테 어떤 짓을 한 놈이요."

39

애비는 빨간불일 때 이야기를 시작해 신호가 세 번 바뀔 때까지 계속했다. 그녀는 작고 조용한 목소리로 말했다. 조심스럽고 불안해했고, 고통과 당혹감이 가득했다. 리처는 귀를 기울였다. 거의 아무 말도 하지 않았다. 그게 최선인 것 같았다.

그녀는 13개월 전에 중앙로 서쪽에 있는 바에서 서빙을 했다고 했다. 새로 문을 연 데다가 힙한 곳이어서 엄청난 수입을 올리고 있었다. 간판 업소였다. 늘 그렇듯 문지기가 있었다. 대부분의 경우 그레고리의 몫을 수금하는 게 임무였지만 가끔은 경비원처럼 경비 일도 했다. 그게 그레고리의 방식이었다. 그는 어떤 것에 대한 환상을 대가로 제공하는 걸 좋아했다. 애비는 기본적으로는 이 모든 게 괜찮았다고 말했다. 그녀는 성인이 되고 나서 내내 바에서 일했고, 보호비는 불가피한 현실이라는 사실을 알고 있었다. 취객이 그녀의 엉덩이를 만지거나 음탕한 제안을 할 때처럼 때로는 경비원이 필요하다는 사실도 알고 있었다. 그녀는 악마와의 계약에 대체로 만족하고 있었다. 잘 지내기 위해 계약을 지켰고, 가끔은 외면했으며, 때로는 가끔 소소하게 이익을 얻기도 했다.

하지만 어느 날, 20대쯤 되는 젊은 남자 하나가 생일을 축하하려고 바에 들어왔다. 남자는 괴짜였고, 말랐으며, 자기 자랑을 늘어놓았고, 한시도 움직임을 멈추지 않았다. 아무거나 골라서 큰 소리로 비웃기도 했다. 하지만 전체적으로 봤을 때 해로운 사람은 아니었다. 그녀는 남자에게 정신적 문제가 있는 것 같다고 대놓고 말했다. 나사가 좀 빠진 것 같다고. 그 말에 남자는 펄펄 뛰며 흥분했다. 그가 정신적 문제가 있어 보인다는 건 분명 했다. 그렇기는 해도 손님들은 아무도 불만을 얘기하지 않았다. 하지만 천 달러짜리 정장을 입은 어떤 남자는 그렇지 않았다. 좀 다른 분위기를 기대하고 있었던 것 같았다. 더 세련된 분위기를. 그 남자는 천 달러짜리 드레스를 입은 여자와 함께 있었다. 그들은 불만을 온갖 몸짓으로 드러냈다. 신호를 보내고, 손짓하고, 씩씩거렸다. 몸짓은 점점 더 커졌다. 문지기조차 눈치챌 정도였다.

그래서 문지기는 자기가 할 일을 했다. 당사자들을 눈대중으로 보고, 신중하게 평가했다. 어느 쪽이 미래 가치가 더 높을 것인가, 어느 쪽이 장래 수입에 확실히 도움이 될 것인가를 기준으로 판단했다. 천 달러짜리 옷을 입은 커플 쪽인 게 분명했다. 그들은 비싼 칵테일을 마시고 있었다. 계산서는 수백 달러일 것이다. 20대 괴짜 남자는 국산 맥주를 아주 천천히 마시고 있었다. 계산서는 20달러 정도일 것이다. 그래서 문지기는 괴짜 남자에게 나가라고 말했다.

애비가 말했다. "그래도 그때까지는 괜찮았어요. 슬프고 엿 같은 일이지만 현실이 그런 거니까요. 다들 장사는 해야 하고요. 하지만 둘이 마주했을 때, 나는 문지기가 그 괴짜 남자를 정말로 싫어한다는 걸 알 수 있었어요. 정신적인 문제였다고 생각해요. 그 괴짜가 약간 맛이 간 건 분명해요. 문지기는 그것에 반응했어요. 원시적으로요. 그 괴짜는 적이고, 뿌리 뽑아야 하는 것처럼요. 아니면 문지기 마음 깊은 곳에 두려움이 있었는지도 모르죠. 어떤 사람은 정신병을 무서워하니까요. 하지만 어느 쪽이든 문지기는 그 괴짜를 바 앞이 아니라 뒤로 끌고 나가서 죽을 정도로 두들겨 팼어요. 정말로요. 정말 지독하게요. 두개골 골절에 팔, 갈비뼈, 골반, 다리가 부러졌죠. 난 그게 괜찮지 않았어요."

리처가 말했다. "그래서 당신은 어떻게 했소?"

"경찰에 갔죠. 그레고리가 경찰서 전체를 매수했다는 건 물론 알고 있었어요. 하지만 그레고리가 넘지 말아야 할 선이 있을 수도 있다고 생각했죠."

"시민들을 놀라게 해서는 안 되니까."

"하지만 이 일은 거기에 해당되지 않았던 게 분명해요. 아무 일도 일어나지 않았으니까요. 경찰은 날 완전히 모른 척했어요. 그레고리가 뒤에서 손을 쓴 게 분명했죠. 아마 전화로요. 나는 허공에 붕 뜬 상태로 남겨졌어요. 혼자서, 노출된 채로."

"무슨 일이 일어났소?"

"아무것도요. 첫날에는요. 그러고는 징계위원회에 불려갔죠. 놈들은 그런 걸 좋아해요. 범죄 조직은 우체국보다도 더 관료적이죠. 테이블에 네 명이 있더군요. 다닐로가 주재했어요. 그는 아무 말도 하지 않았어요. 지켜보기만 할 뿐이었죠. 처음에는 나도 입을 열지 않았어요. 엿 같았으니까요. 나는 그들 밑에서 일하는 게 아니었어요. 나에게 적용되는 규칙을 만든 건 그들이 아니에요. 내가 보기에 그들은 징계위원회를 열 자격도 없었어요. 그런데 그들이 나에게 현실을 말해줬어요. 만일 내가 협조하지 않으면, 다시는 중앙로 서쪽에서 일을 못하게 될 거라고. 내 일자리의 절반은 거기에 있어요. 그걸 잃을 수는 없었어요. 쫄쫄 굶게 될 테니까요. 여기를 떠나서 다른 데서 시작해야 하니까요. 그래서 결국 될 대로 되라 싶어 알았다고 해버렸죠."

"그래서 어떻게 됐소?"

그녀는 어깨를 으쓱하고 고개를 저었다. 질문에 바로 대답하지는 않았다. 한 단어로 설명하지는 않았다. 대신에 그녀는 말했다. "나는 내 잘못에 대해 상세하게 털어놔야 했어요. 동기를 설명하고, 내가 오해했던 걸 뒤늦게 깨달았다고 말해야 했어요. 진심으로 몇 번이고 사과해야 했죠. 경찰에 간 것에 대해서, 문지기를 비난한 것에 대해서, 잘난 척한 것에 대해서. 개과천선했다고 약속해야 했어요. 나를 다시 일하게 해도 괜찮다고 그들을 납득시켜야 했죠. 정식으로 청해야 했어요. '선생님들, 제발 저를 선생님들 구역에서 일하게 해주세요'라고 말해야 했죠. 말 잘 듣는 여자애처럼 고분고분하게요."

리처는 아무 말도 하지 않았다.

애비가 말했다. "그러고는 징벌 단계에 들어갔어요. 벌을 받을 거라고 하더군요. 내 진심을 보여줄 수 있는 것으로요. 그들은 비디오카메라와 삼각대를 가지고 왔어요. 나는 똑바로 서서 턱을 앞으로 내밀고, 어깨는 뒤로 빼야 했어요. 따귀를 마흔 번 때릴 거라고 하더군요. 왼쪽에 스무 번, 오른쪽에 스무 번을요. 그걸 찍는다고 했어요. 나보고 두려워해서도 안 되고, 울어서도 안 된다고 했어요. 움츠러들지 말고 당당하게 기꺼이 얼굴을 내놓으라고 했어요. 맞을 짓 해서 맞는 거니까."

리처는 아무 말도 하지 않았다.

애비가 말했다. "그들은 카메라를 작동시켰어요. 때린 건 다닐로였어요. 끔찍했죠. 손바닥을 쫙 펴고 죽도록 세게 때렸어요. 나는 대여섯 번 쓰러졌어요. 일어나서 미소를 지으며 '죄송합니다, 선생님'이라고 말해야 했죠. 다시 제자리로 기꺼이 의욕적으로 돌아가야 했어요. 숫자를 세어야 했죠. '한 대입니다, 선생님. 두 대입니다, 선생님.' 고통과 모멸감 중에 어떤 게 더 나쁜 건지 모르겠어요. 그는 절반을 때리고 멈췄어요. 원한다면 그만둬도 된다고 말했죠. 하지만 거래는 무효가 된다고 했어요. 그러면 도시를 떠나야 했어요. 그래서 아니라고 대답했죠. 그는 나에게 큰 소리로 청하라고 시켰어요. '제발, 선생님, 제 따귀를 계속 때려 주세요'라고 말해야 했죠. 끝났을 때 내 얼굴은 온통 빨갛게 부풀어 올랐고, 머리는 빙빙 돌았고, 입 안에는 피가 흘렀죠. 하지만 지금 내가 생각하고 있는 건 그 카메라예요. 인터넷에 올리려는 게 분명해요. 그러려고 찍은 거니까요. 포르노 사이트에요. 학대와 모욕이라는 서브 장르가 있어요. 이제 따귀를 맞는 내 얼굴이 온 세상에 영원히 퍼질 거예요."

앞쪽에서 바턴의 밴이 속도를 늦추기 시작했다.

"알겠소." 리처가 말했다. "다닐로. 알게 되어 반갑군."

40

　라운지는 도심의 첫 번째 고층 건물에서 세 블록 떨어진, 제법 괜찮은 거리에 있는 넓은 벽돌 건물 지하에 있었다. 1층에는 커피숍과 양품점이 있었고, 위층에는 다른 회사들이 있었다. 총 12층 정도 되어 보였다. 뒤쪽에 있는 화물용 출입구를 공동으로 이용하고 있었다. 바턴은 거기에 주차했다. 리처는 링컨을 그 옆에 세웠다. 짐들은 엘리베이터로 끌고 갔다. 그러고 나서 반트레스카가 재규어를 타고 나타났다. 그는 밴의 다른 쪽에 차를 세우고 나와서 말했다. "나도 밴드의 일원이네."

　바턴과 호건은 장비를 가지고 내려갔다. 리처와 애비는 거리에 그대로 있었다. 애비는 반트레스카에게 셰빅 부부 소식을 물었다.

　"거기 머물고 계시네." 반트레스카가 말했다. "고층에 방을 잡았어. 그게 안전하고 외딴 느낌을 주니까. 샤워하고 잠시 눈을 붙이고 계셔. 룸서비스를 이용하는 법을 보여드렸어. 괜찮을 거야. 꽤 회복하신 것 같네. 연로하셔서 그런지 덜 예민하신가 봐. 적어도 이제 TV는 볼 수 있게 되셨어. 그게 기쁜 것 같더군. 내색은 안 하려 했지만."

　애비는 그에게 우크라이나인들의 두 번째 휴대폰을 건넸다. 리처가 창밖으로 던져버리지 않은 휴대폰이었다. 반트레스카는 새 문자들을 죽 읽었다. 그가 말했다. "놈들은 알바니아인들이 무너졌다는 걸 알고 있네. 자신들과 알바니아인들 둘 다 러시아 범죄 조직의 공격을 받고 있다고 생각해. '상황 C'로 변경했네. 경비를 강화하고 있어. 방어 지점을 확보하고 있네. '아무도 통과하지 못하게 하라'고 말하고 있어. 느낌표와 함께. 아주 극적으로. 옛날 동유럽 국가들 게시판에 붙어 있던 슬로건처럼 들리는군."

"트룰렌코에 대한 언급은 없습니까?" 리처가 물었다.

"없네. 경비를 강화할 대상의 일부인지도 모르지."

"하지만 그를 가둬 두고 있지는 않습니다."

"그런 말은 없었네."

"그러면 그는 방해받아서는 안 되는 일을 하고 있는 겁니다. 러시아 갱단과 전쟁하는 와중에도요. 그게 단서입니다."

"어떤?"

"모르겠습니다." 리처가 말했다. "사무실에는 들르셨습니까?"

반트레스카는 고개를 끄덕였다. 바지 뒷주머니에서 종이 한 장을 꺼내 리처에게 건넸다. 이름과 전화번호가 적혀 있었다. *바버라 버클리. 『워싱턴포스트』 기자.* 워싱턴 D.C. 지역번호가 있었다.

"시간 낭비일세." 반트레스카가 말했다. "자네와 얘기하려 들지 않을 거야."

리처는 그에게서 우크라이나인의 휴대폰을 돌려받았다. 번호를 눌렀다. 전화기가 울렸다. 상대방이 받았다.

리처가 말했다. "버클리 씨입니까?"

"지금 안 계십니다." 목소리가 말했다. "나중에 걸어 주세요."

전화는 다시 끊어졌다. 거의 정오가 다 되었다. 하루의 반이 지나갔다. 그들은 화물용 엘리베이터를 타고 지하로 내려갔다. 바턴과 호건이 준비하고 있었다. 무대에는 함께 연주할 친구가 둘 있었다. 기타를 연주할 남자와 노래를 부를 여자였다. 일주일에 한 번, 점심시간에 만나서 공연한다고 했다.

리처는 그늘 속으로 물러갔다. 실내는 넓었지만 낮았다. 창문은 없었다. 지하였기 때문이다. 오른쪽 벽을 가로질러 바가 있었다. 직사각형의 댄스 플로어가 있었다. 의자와 테이블이 몇 개 드문드문 있었고, 서 있을 자리도 좀 있었다. 실내에는 이미 60명 정도 들어와 있었다. 몇 사람이 더 들어오고 있었다. 정장을 입고 스툴에 앉아 있는 남자를 지나쳐 들어오고 있었다. 남자는 실내의 제일 끝 왼쪽 모퉁이에 있었다. 엄밀히 말해 '문'지기는 아니었다. '계단 밑'지기에 가까웠다. 하지만 역할은 같았다. 사람 수를 세고, 터프하게 보이는 것. 덩치가 컸다. 어깨는 떡 벌어졌고 목은 굵었다. 검은색 정장에 흰색 셔츠, 검은색 실크 넥타이 차림이었다. 실내와 가까운 왼쪽 모퉁이에는 화장실로 이어지는, 폭이 두 배인 복도가 있었다. 그리고 화재 비상구와 화물용 엘리베이터가 있었다. 그들이 온 길이었다. 천장에는 색색의 스포트라이트 고리가 고정되어 있었다. 모두 안쪽으로 무대를 향하고 있었다. 그 외에는 빛을 내는 게 별로 없었다. 희미한 비상구 유도등이 복도 앞쪽과 스툴에 앉은 남자 뒤에 하나씩 있었다.

모든 게 다 좋았다.

리처는 무대로 돌아갔다. 장비는 전부 세팅되어 있었다. 부드럽게 웅웅거리고 있었다. 바턴의 펜더 프리시전은 거대한 스피커 캐비닛에 기대어 있었다. 연주 준비 완료. 예비 악기는 그 옆 스탠드에 있었다. 비상용이다. 바턴은 가까운 테이블에 있었다. 점심을 먹고 있었다. 햄버거였다. 밴드에게는 점심이 제공된다고 했다. 메뉴판에 없는 메뉴는 20달러 한도 내로.

리처가 물었다. "어떤 곡을 연주합니까?"

"대부분은 커버 곡이죠." 그가 말했다. "자작곡도 한둘 있고."

"크게?"

"우리가 원한다면."

"사람들이 춤도 춥니까?"

"우리가 원한다면."

"세 번째 곡에 사람들을 춤추게 만드시오." 리처가 말했다. "크게 연주하시오. 다들 당신네만 보게."

"보통 마지막 곡에 그렇게 하는데요."

"시간이 없소."

"로큰롤 메들리가 있습니다. 다들 거기에 맞춰 춤추죠. 일찍 시작하면 될 겁니다."

"그거면 되겠군." 리처가 말했다. "고맙소."

모든 게 다 좋았다.

계획이 섰다.

실내 조명이 꺼지고 무대 조명이 들어왔다. 밴드가 오프닝 곡을 연주하기 시작했다. 구슬픈 가사와 활기찬 코러스가 어우러지는 중간 템포의 록이었다. 리처와 애비는 실내에서 가까운 오른쪽 모퉁이로 물러갔다. 스툴에 앉아 있는 남자의 반대쪽 대각선이었다. 그들은 오른쪽 벽을 따라 바의 손님들을 헤치며 먼 오른쪽 모퉁이를 향해 갔다. 도착했을 때 밴드가 막 두 번째 곡을 연주하기 시작했다. 첫 번째 곡보다 더 빠르고 열정적이었다. 관객들을 예열시키고 있었다. 다음에 나올 로큰롤 메들리를 준비시키고 있었다. 밴드는 아주 잘하고 있었다. 제대로였다. 리처는 뜬금없게도 멈춰서 춤추고 싶었다. 뭔가 흥분시키는 박자였다. 애비도 같은 느낌인 걸 알 수 있었다. 그녀는 그의 앞에서 가고 있었다. 엉덩이에서 느낄 수 있었다. 그녀는 춤추고 싶어 했다.

그래서 그들은 뜬금없이 춤을 췄다. 어둠 속, 청중들 무리의 가장자리 바깥, 벽에 가까운 쪽에서 디스코 리듬에 맞춰, 직선 이동을 유지하면서 두 걸음 전진하고 한 걸음 후진하는 식으로. 하지만 기본적으로는 그저 즐기기 위한 것이었다. 일종의 해방이라고 리처는 생각했다. 안심, 기분전환, 위안일 수도 있다. 아니면 이게 정상인지도 모른다. 방금 만난 두 사람이 하는 것처럼.

주위의 다른 사람들도 그렇게 하고 있었다. 점점 더. 그래서 세 번째 곡이 시작되었을 때 실내는 광란의 도가니가 되었다. 사람들은 댄스 플로어로 몰려들어 펄쩍펄쩍 뛰어다니고, 카펫 위에 넓은 원을 만들어 테이블을 두드리고, 술을 흘리며 미친 듯이 춤을 췄다. *사람들을 춤추게 만드시오. 크게 연주하시오. 다들 당신네만 보게.* 바턴은 최고의 순간을 선사했다.

리처와 애비는 춤을 멈췄다.

그들은 뒤쪽 벽을 따라, 춤추는 사람들 뒤쪽에서 먼 왼쪽 모퉁이를 향해 나머지 거리를 소리 없이 이동했다. 도착한 위치는 스툴에 앉아 있는 남자 바로 뒤였다. 뒤늦게 온 손님들이 시끌벅적하게 계단을 내려올 때까지 어둠 속에서 2미터 거리를 유지하며 기다렸다. 스툴에 앉은 남자는 그 손님들을 올려다보았다. 리처는 남자의 뒤로 다가가서 손으로 어깨를 쳤다. 마치 친구 사이의 인사처럼, 또는 호들갑스럽게 놀란 척하듯 그렇게 했다. 그런 행동을 하는 사람들도 있으니까. 리처는 늦게 온 손님들에게는 그렇게 보이리라고 생각했다. 리처의 손가락이 남자의 셔츠 칼라 아래로 구부러져 들어가 비틀어 당기는 모습은 손님들 눈에 보이지 않았다. 뒤쪽으로 낮게 내려간 리처의 다른 손이 남자의 척추 밑부분을 총구로 세게 찌르고 있는 모습도 보이지 않았다. 아주 세게 찌르고 있었다. 방아쇠를 당기지 않고도 척추에 구멍이 날 만큼 세게 찌르고 있었다.

리처는 앞쪽으로 몸을 기대고 남자의 귀에 말했다.

리처가 말했다. "나가서 같이 좀 걷지."

그는 왼손을 당기고 오른손으로 밀어서 남자가 스툴에서 뒤로 내려가게 했다. 똑바로 세워 균형을 잡게 했다. 칼라를 더 세게 비틀었다. 애비가 앞으로 나와서 남자의 주머니를 톡톡 두드리더니 휴대폰과 총을 꺼냈다. 또 다른 강철 P7이었다. 밴드는 메들리의 두 번째 노래를 곧바로 이어 연주했다. 더 빠르고 더 크게. 리처는 다시 몸을 앞으로 기댔다.

그는 소리쳤다. "저 소리가 들리나? 바 쪽으로 너한테 네 방 쏠 수 있어. 여기 누구도 전혀 눈치채지 못할 거야. 그러니 시키는 대로 해."

그는 남자를 왼쪽 벽을 따라 밀었다. 발 네 개가 딱딱하고 어색하게 움직였다. 셰빅의 집 복도에서 본 그림자 같았다. 애비는 측면에서 호위병처럼 1미터 거리를 유지했다. 그녀는 주위를 두리번거리며 몸을 수그렸다 세웠다 했다. 밴드는 메들리의 세 번째 곡으로 바로 들어갔다. 더 빠르고 더 크게 연주했다. 리처는 남자를 더 세게 밀어붙였다. 복도 출구까지 내내 달리게 했다. 화물용 엘리베이터를 타고 거리로 올라왔다. 하역장을 나와 햇빛 속으로 들어갔다. 남자를 링컨의 뒤쪽으로 끌고 갔다. 똑바로 세우고 보게 했다.

애비가 스마트키의 버튼을 눌렀다.

트렁크가 열렸다.

두 구의 시체가 있었다. 같은 정장, 같은 넥타이였다. 축 늘어졌고, 피투성이였고, 악취가 났다.

남자는 고개를 돌렸다.

리처가 그에게 말했다. "1분 뒤에는 너도 저렇게 될 거야. 내 질문에 대답하지 않으면."

남자는 아무 말도 하지 않았다. 말을 할 수 없었다. 칼라가 너무 단단히 틀어 잡혀 있었다.

리처가 물었다. "막심 트룰렌코가 일하는 곳이 어디지?"

그는 멱살을 1센티미터 정도 풀어줬다. 남자는 두어 번 숨을 헐떡였다. 마치 선택지를 고려하는 것처럼 왼쪽을, 오른쪽을, 하늘을 힐끗 보았다. 그러고는 아래쪽을 내려다보았다. 트렁크에 있는 시체들을 보았다.

그러고는 입을 열었다.

그가 말했다. "저 애는 내 사촌이야."

"어느 쪽이?" 리처가 물었다. "머리 맞은 놈? 아니면 목에 맞은 놈?"

"우리는 오데사에서 여기로 함께 왔어. 뉴저지에 도착했지."

"난 질문을 했어. 막심 트룰렌코가 일하는 곳이 어디지?"

남자는 그들이 문자에서 봤던 단어를 말했다. 생물학적으로 부정확한 그 단어. 벌집 아니면 둥지, 또는 굴. 웅웅거리거나 윙윙거리거나 철썩거리거나 하는 어떤 것.

"거기 위치가 어디냐?"

"난 몰라." 남자가 말했다. "비밀 회사야."

"얼마나 크지?"

"난 몰라."

"또 누가 거기서 일하나?"

"난 몰라."

"다닐로와 그레고리가 거기서 일하나?"

"아니야."

"그들은 어디서 일하지?"

"사무실."

"사무실은 떨어져 있나?"

"어디에서?"

"네가 말한 단어에서. 벌집."

"물론이야."

"사무실은 어디냐?"

남자는 도로명과 교차로 이름을 댔다. 그가 말했다. "택시 회사 뒤쪽이다. 전당포 건너, 보석금보증사무소 옆."

"우린 바로 거기 있었어요." 애비가 말했다.

리처는 고개를 끄덕였다. 그는 손을 남자의 칼라 아래로 둘렀다. 뒤에서 시작해 옆으로 둘렀다. 손바닥 가운데에 남자의 넥타이 앞면 매듭 부분이 느껴질 때까지 손가락을 찔러넣었다. 칼라의 실을 통해 느낄 수 있었다. 그 지점에서 실크 넥타이의 폭은 4센티미터였다. 실크는 강철보다 인장 강도가 크다. 그 섬유가 마치 가늘고 긴 프리즘처럼 삼각형이기 때문에 빛을 잘 받아 반짝인다. 하지만 단단하게 결합되어 있어서 끝에서 끝까지 당겨서 끊기가 사실상 불가능하다. 강철 케이블이 더 빨리 끊어질 것이다.

리처는 주먹을 불끈 쥐었다. 조금의 느슨한 부분도 없었다. 먼저 그의 손이 직각을 이뤘다. 모든 손가락 관절은 칼라의 찌그러진 가장자리와 나란히 있었다. 사다리의 가로대에 한 손으로 매달려 있는 듯한 모습이었다. 그러고는 엄지손가락을 자기 쪽으로 회전시켰고, 새끼손가락 관절은 먼 쪽으로 이동시켰다. 마치 비행기 프로펠러처럼 사다리를 돌리려는 듯했다. 또는 말을 돌리려고 고삐를 틀어쥐는 모습 같았다. 이 동작으로 인해 리처의 새끼손가락 관절이 남자의 목 옆쪽으로 압박하게 되었다. 그 결과, 강철보다 강한 끈이 그의 목 반대쪽을 세게 조이게 되었다. 리처는 그런 상태를 잠시 유지하다가 약간 각도를 더 틀며 손을 돌렸다. 그리고 또 각도를 조금 더 틀며 돌렸다. 문지기는 조용해졌다. 압력은 앞에서 뒤가 아니라 옆에서 옆으로 가해졌다. 남자는 숨이 막혀 캑캑거리지 않았다. 공황 상태에 빠져 필사적으로 버둥거리지도 않았다. 대신에 그의 경동맥이 막혀 피가 뇌에 도달하지 못했다. 몸에 힘이 빠졌다. 평화로웠다. 수면제 같았다. 따뜻하고 편안했다.

졸음이 왔다.

다 와 간다.

거의 다 됐다.

리처는 만일을 위해 1분 더 그렇게 잡고 있었다. 그다음에는 남자를 사촌이 있는 트렁크 안으로 기울여 넣었다. 그리고 쾅 소리와 함께 트렁크를 닫았다. 애비는 그를 쳐다보았다. 놈들을 전부 다 죽일 거냐고 묻는 듯했다. 하지만 반대하는 것 같지는 않았다. 비난도 아니었다. 그저 대답을 청할 뿐이었다. 리처는 혼자 생각했다. 그러길 바라오.

그는 크게 말했다. "『워싱턴포스트』기자에게 다시 연락해봐야겠소."

그녀는 죽은 남자의 휴대폰을 그에게 건넸다. 화면에는 새 문자가 있었다. 아직 읽지 않은 상태였다. 큰 녹색 말풍선 안에 사진이 있었다. 사채업자의 바에서 갑자기 찍힌 사진이었다. 얼굴이 창백한 남자가 휴대폰을 들어 올렸지. 사진 아래는 키릴 문자 덩어리가 있었다. 무엇인가에 대한 긴 글이었다.

"대체 지금 놈들의 문제가 뭐지?" 그가 말했다.

"반트레스카가 말해주겠죠." 그녀가 말했다.

그는 머릿속에 기억하고 있던 기자의 번호를 눌렀다. 전화한 지 오래되지 않았다. 다시 전화가 울렸다. 다시 상대방이 받았다.

다시 그가 말했다. "버클리 씨입니까?"

"그런데요?" 목소리가 말했다.

"바버라 버클리 씨?"

"원하는 게 뭐죠?"

"당신에게 두 가지 줄 게 있습니다." 리처가 말했다. "좋은 소식과 이야기 하나."

41

버클리의 전화 뒤쪽에서 온갖 북적대는 소리가 들렸다. 넓고 개방된 공간이었다. 천장은 낮고 단단할 것이다. 키보드가 달가닥거리는 소리가 들렸다. 대화 소리도 많이 들렸다. 리처가 말했다. "편집국 책상에 앉아 있나 보군요."

바버라 버클리가 말했다. "장난 아니네요, 셜록 씨."

"사방에 있는 화면에는 자막 속보와 케이블 뉴스 방송이 나오고."

"수백 개죠."

"그중 하나에 당신이 아는 도시의 목재소에서 화재가 발생했다는 지역 뉴스가 나오고 있을 거요."

대답이 없었다.

리처가 말했다. "좋은 소식은 그 목재소가 알바니아인 갱단의 본부라는 거요. 거긴 깡그리 타버렸소. 갱단들 대부분은 그 안에 죽어 있지. 나머지는 도망쳤고. 이제 과거가 되어버렸소. 그러니 놈들이 당신한테 했던 얘기는 더 이상 의미가 없게 된 거요. 몇 달 전 놈들과 만났을 때 들었던 얘기 말이오. 레스토랑의 뒤쪽 방에서 들었던 그 위협은 영원히 사라졌소. 바로 오늘. 당신이 최대한 빨리 알아야 할 중요한 일이라고 생각했소. 피해자 권리보호 절차의 일부분이오."

"경찰인가요?"

"엄밀히 말하자면 아니오."

"하지만 법 집행기관 소속이죠?"

"거기에도 많은 단계가 있소."

"당신은 어느 단계인가요?"

"버클리 씨, 외람된 말이지만 당신은 기자잖소. 대놓고 말하지 않는 게 좋은 일도 있는 법이오."

"말은 해줄 수 있지만 내 입을 막겠다는 말인가요?"

"그렇게 말하진 않았소."

"지금 거기서 전화하는 건가요?"

"특정한 위치는 밝히지 않는 게 좋겠소. 하지만 여기가 아주 따뜻하다는 말은 해줄 수 있겠군."

"잠깐만요." 그녀가 말했다. "날 어떻게 찾아냈죠? 그 위협에 대해서는 아무한테도 알리지 않았는데."

리처는 심호흡하고 대본의 두 번째 부분을 말할 준비를 했다. 하지만 그녀는 그보다 앞서가고 있었다. 사건 취재 기자답게 빠른 연상과 가정, 그리고 다듬어지지 않은 추측을 연결한 끝에 그가 말하고 싶었던 결론을 끌어냈다. 그녀가 말했다. "잠깐만요. 이 일에 대해 알 만한 사람은 나중에 나를 공항까지 태워다줬던 사람뿐이에요. 내가 고용했던 지역 협력자. 전직 군인이고 계급도 꽤 높았죠. 사전에 확인해봤으니 분명해요. 그 사람이 알려줬겠군요. 당신 친구이거나 관계자일 거예요. 펜타곤이겠죠. 당신도 거기 소속일 거예요. 아무도 들어본 적 없는, 알파벳 세 글자짜리 비밀 기관."

리처가 말했다. "기자 양반, 거기에 대해서는 인정도 부인도 하지 않겠소."

"상관없어요." 그녀가 말했다. 그러고는 심호흡했다. 목소리가 조금 달라졌다. "고마워요. 당신네 권리보호 절차는 잘 작동하는군요."

"기분이 좀 나아졌소?"

"나한테 해줄 이야기가 있다고 했죠? 이게 그건가요? 알바니아인들이 무너졌다는 사실?"

"아니오." 리처가 말했다. "다른 얘기요. 당신도 포함되어 있소."

"공개하지 않을 거예요. 전에 일도 묻어버렸죠. 용기 있는 기자라면 그러지 않았을 텐데."

"이건 그 일의 반대되는 측면이오." 리처가 말했다. "용기 있는 기자가 밝혀낸 내용이지. 당신이 한 조사 덕분이오. 당신이 여기 온 건 이유가 있어서였소. 알바니아인들 때문이 아니었지. 당신은 우크라이나인들에게 훨씬 흥미가 있었다는 인상을 줬소. 덕분에 우리가 그 이해관계를 기본적으로 알게 되었고."

"이해가 안 되는데요."

"우크라이나인들이 어떤 일을 하고 있다고 생각하오?"

"그 질문은 알겠어요. 내가 이해할 수 없는 건 왜 그걸 묻느냐죠. 당신은 비밀 기관 소속이잖아요. 거기 간 이유가 있겠죠. 아니면 이런 식으로 일하나요? 실제 조사는 언론에 외주를 주나요?"

리처는 심호흡하고 대본의 세 번째 부분을 말할 준비를 했다. 그가 말했다. "분명히 당신은 어딘가에서 정보를 입수했을 거요. 물론 우리도 그렇게 하오. 하지만 당신네 정보의 출처는 우리와는 다른 곳이오. 그건 장담하지. 그러니 당신이 스타가 되더라도 우리는 그림자 속에 숨을 거요. 의심은 엉뚱한 방향으로 돌리고. 우리는 우리 정보원을 보호하오. 미래의 싸움을 대비해서지. 그게 중요하니까. 하지만 교전 수칙에 따르면 우리는 신뢰할 만한 사람으로부터 믿을 만한 근거를 들은 다음에 싸움을 진행해야 하오. 그냥 꾸며낼 수는 없소. 검토를 거쳐야 하니까."

"지금 녹음하고 있나요?"

"당신 허락 없이는 하지 않을 거요."

"내가 사건을 파헤쳤다는 사실은 인정할 건가요?"

"그래야 한다고 생각하오. 그게 최선이지. 우리네 사람들이 주목받지 않아야 하니까. 게다가 우리는 그런 것에 신경 쓰지 않소. TV에 얼굴을 내밀고 싶지 않거든."

"나는 기자예요." 버클리가 말했다. "아무도 우리를 신뢰하지 않을 텐데요."

"이건 그저 확인 과정일 뿐이오. 타로점을 보는 거나 마찬가지지."

"시작은 친구의 친구에게 들은 소문이었어요. 정치적인 얘기라고도 할 수 있겠죠. 어떤 정보 전문가 집단이 인터넷상의 가짜 뉴스를 추적하다가 그 출처가 모스크바에 있는 러시아 정부라는 걸 알아냈어요. 그리고 효과적으로 차단했죠. 그런데 갑자기 차질이 생겼어요. 러시아인들이 그 집단 안에 침투했다는 소문이 돌았어요. 그들이 미국 내부에서 활동하면서 가짜 뉴스가 더 이상 차단되지 못했죠."

"무슨 말인지 알겠소." 리처가 말했다.

"하지만 나는 생각했어요. 가짜 뉴스들은 러시아 대사관에서 나오지 않을 거라고. 그랬으면 우리가 알았겠죠. 감시하고 있었으니까요. 그리고 러시아는 프로젝트 전부를 미국으로 옮기지는 않았어요. 우리나라에만 손을 쓰는 건 아니니까. 전 세계를 다 해킹하고 있죠. 그러니 프로젝트의 미국 부문은 이미 여기 들어와 있는 누군가에게 외주를 줬던 게 분명했어요. 간단한 사업 계약처럼요. 프랜차이즈죠. 하지만 누구에게 줬을까요? 미국에 있는 러시아 마피아는 적합하지 않아요. 그리고 어쨌든 러시아 정부는 러시아 마피아와는 거래하고 싶어 하지 않아요. 난 알아내려고 했어요. 정보가 있었죠. 신문사에 있는 IT 전문가들이 추적했어요. 그들에게는 NFL National Football League 같은 순위표가 있었죠. 구소련 연방 소속 국가들은 IT 수준이 높았어요. 예를 들면 에스토니아가 있죠. 전문가들은 우크라이나라고 생각했어요. 하지만 러시아 정부가 우크라이나 정부에 직접 요청할 수는 없어요. 양국 사이에 불화가 이어지는 상황이니까요. 하지만 러시아 정부는 미국에 있는 우크라이나 마피아에게는 요청할 수 있죠. 사람도 재능도 같고 장소만 다르니까요. 그리고 완벽한 위장도 되죠. 연관성이 전혀 없어 보이니까. 그리고 전문가들은 우크라이나인들이 기술적으로 그럴 능력이 있다고 했어요. 그래서 나는 일이 그렇게 된 거라고 결론을 냈어요. 러시아 정부와 미국에 있는 우크라이나 범죄 조직이 연간 계약을 맺는 거예요. 규모가 최소한 천만 달러는 되겠죠. 증거는 없지만 바로 이거라고 생각했어요. 기자의 감으로."

"무슨 말인지 알겠소." 리처가 다시 말했다.

"그런데 몇 달 전부터 그들의 실력이 갑자기 좋아졌어요. 그냥 잘하는 정도를 넘어섰죠. 전과는 천지 차이였어요. 갑자기 정말 너무나 엄청난 실력을 보여주는 거예요. 전문가들은 새로운 인재를 영입한 게 분명하다고 했어요. 다른 이유는 없다면서. 모스크바에서 컨설턴트가 왔을지도 모르죠. 그래서 확인하러 갔어요. 시내에서 길을 잃고 헤매는 러시아인을 볼 수도 있겠다고 순진하게 생각했죠."

"그래서 기사로 터뜨릴 준비가 이미 되어 있었던 거군."

"하지만 그러지 못했죠."

"어디를 찾아볼 생각이었소?"

"그건 몰랐어요. 다음 단계에 그렇게 할 생각이었죠. 하지만 그 단계까지 가지 못했어요."

"알겠소." 리처가 말했다. "고맙소."

"이 정도로 충분한가요?"

"신뢰할 만한 사람, 믿을 만한 이유. 확인은 끝났소."

"처음에 해준 얘기 고마워요. 기분이 나아졌어요."

"정말 끝내주는 느낌이지." 리처가 말했다. "그렇지 않소? 당신은 살아 있지만 놈들은 죽었으니까."

바턴과 호건은 연주를 마치고 거리로 나왔다. 열정적인 공연으로 땀에 푹 젖었고, 장비가 한가득이었다. 반트레스카가 그들을 도왔다. 그는 새 문자를 읽었다. 큰 녹색 말풍선 안에 있는 사진이었다. 그가 말했다. "이건 이상하군."

리처가 말했다. "놈이 갑자기 찍은 겁니다."

"사진 얘기가 아니네. 그레고리 본인이 보내는 메시지야. 자네가 어떤 세력의 선봉장이긴 한데, 그게 어떤 세력인지 제대로 파악할 수 없다고 하는군. 우크라이나 정부 요원일 가능성도 있다고 하네. 그러니 무슨 수를 써서라도 생포해야 한다고 하는군. 산 채로 끌고 와야 한다고."

"죽이라고 하는 것보다야 낫군요."

"문지기가 무슨 얘기를 해주던가?"

"많이 해줬습니다." 리처가 말했다. "하지만 기자한테 들은 게 더 많습니다."

"자네한테 얘기했다고?"

"인터넷상의 가짜 뉴스 얘기였습니다. 러시아에서 퍼뜨리는 거죠. 이제 그게 미국 안으로 들어왔습니다. 더 이상 차단할 수 없게 되었죠. 버클리는 러시아 정부가 우크라이나인들을 대리인으로 고용했다고 생각합니다. 그런데 두 달 전부터 그 수준이 갑자기 높아졌다고 했습니다. 그녀 말로는 신문사 내의 전문가들은 우크라이나인들이 새 인재를 영입한 게 분명하다고 한다더군요. 달리 설명할 방법이 없다고요."

"트룰렌코는 두 달 전부터 숨었지."

"바로 그렇습니다." 리처가 말했다. "놈은 컴퓨터 천재입니다. 계약을 맺은 거죠. 러시아 정부는 그레고리에게 돈을 지불하고, 그레고리는 트룰렌코에게 돈을 지불하겠죠. 분명 자기가 상당한 몫을 챙긴 다음에요. 크리스마스 아침 같은 기분일 게 확실합니다. 버클리는 그 계약이 천만 달러 규모일 거라고 했습니다."

"문지기는 무슨 얘기를 했나?"

"트룰렌코가 일하고 있는 곳은 주 사무실과 물리적으로 떨어진 곳에 있는 위성 작전실이라고 했습니다. 위치가 어딘지, 규모가 얼마나 되는지, 누가 일하는지, 몇 명이 일하는지는 모르더군요."

"그게 많이 털어놓은 건가?"

"두 가지 사실을 결합해보면, 그들이 필요한 것에서부터 시작할 수 있습니다. 경비 인력, 숙소, 안정적인 전원, 안정적인 인터넷 속도가 필요합니다. 고립되어 있기는 하지만 자원이 쉽게 보급되고 재보급될 수 있을 만큼 가까워야겠죠."

"시내에 있는 지하실이라면 다 해당될 수 있겠군. 전원을 연결하고 간이침대만 가져다 놓으면 되니까."

"간이침대 가지고는 안 됩니다." 리처가 말했다. "이건 연간 계약입니다. 분명히 갱신될 거고요. 장기 프로젝트가 될 수 있습니다."

"무슨 말인지 알겠네. 전화선을 들여와야 할 뿐만 아니라 벽체도 세우고 페인트칠도 하고 바닥에는 카펫도 깔아야겠지. 킹사이즈 침대도 필요하고."

"찾기 시작해야겠네요." 애비가 말했다.

"다른 일이 먼저요." 리처가 말했다. "그 끔찍한 사진을 보니 생각난 게 있소. 먼저 그 사진을 찍은 놈을 만나야겠소. 12시가 넘었소. 놈은 우리한테 줄 돈을 가지고 있을 거요. 셰빅 부부는 오늘 돈이 필요하오. 우리는 아직 천 달러가 부족하고."

이번에는 애비가 운전했다. 리처는 차 뒤가 묵직한 걸 느낄 수 있었다. 차의 꽁무니 부분이 주저앉고 끌리는 느낌이었다. 트렁크 안에는 270킬로그램이 넘는 덩어리들이 들어 있었다. 링컨의 설계 과정에서는 고려하지 않았을 부분이다.

그들은 바 조금 못 미친 옆쪽 도로에 차를 세웠다. '상황 C'는 모든 장소에 경비 인력을 추가하는 것일까? 리처는 모든 장소는 아닐 거라고 생각했다. 인력이 부족한 상황이다. 중요한 곳에만 자원을 집중시키겠지. 높은 가치를 가진 목표에만. 사채업소가 거기에 해당할까? 확실히는 모를 일이다. 그는 나와서 길모퉁이 주위를 살펴보고, 건물 주변을 곁눈질했다.

거리는 텅 비었다. 바 바깥에 주차된 차는 없었다. 정장을 입고 벽에 기대어 있는 남자도 없었다.

차로 돌아갔다. 차는 다시 움직였다. 바가 있는 거리를 가로질러 그 뒤의 골목 주위를 돌았다. 도심의 오래된 지역이었다. 알렉산더 그레이엄 벨이 전화를 발명하던 19세기 말쯤에 건설되었고, 따라서 새로운 것이라면 무조건 뒤늦게 덧붙여졌다. 기울어진 전봇대에는 복잡하게 얽혀 있는 전선과 전화선이 늘어진 채 걸려 이리저리 흔들리고 있었다. 수도, 가스, 전력 계량기가 벽에 아무렇게나 고정되어 있었다. 뚜껑 달린 쓰레기통들도 있었다.

바 뒤쪽에는 검은색 링컨이 주차되어 있었다. 차 안은 텅 비어 있었다. 얼굴 창백한 남자의 차인 게 분명했다. 일을 마치고 집으로 타고 갈 차였다. 애비는 차를 그 뒤에 세웠다.

"내가 도울 일이 있을까요?" 그녀가 물었다.

"그러고 싶소?" 리처가 되물었다.

"네." 그녀가 말했다.

"걸어서 앞쪽으로 돌아가서 보통 손님처럼 문 안으로 들어가시오. 그러고는 잠시 서 있으시오. 남자는 안쪽 오른편 모퉁이에 앉아 있소. 당신은 뒤쪽 벽 방향으로 걸어가시오."

"왜요?"

"놈의 주의를 흩트리고 싶소. 내내 당신을 쳐다볼 거요. 새로 온 손님이라서도 그렇지만, 놈이 오늘 본 사람 중에 제일 미인인 게 큰 이유요. 평생 처음 봤을 수도 있겠지. 바텐더는 무슨 말을 하든 무시하시오. 개자식이니까."

"알았어요." 그녀가 말했다.

"총이 필요하오?"

"그래야 하나요?"

"손해날 건 없으니까." 그가 말했다.

"알았어요." 그녀가 말했다.

그는 그녀에게 라운지 문지기의 H&K를 건네줬다. 그의 손에서는 앙증맞아 보였지만 그녀의 손에서는 거대해 보였다. 그녀는 총을 몇 번 들어 올려 보고는 주머니에 집어넣었다. 그녀는 골목 아래쪽으로 출발했다. 리처는 바의 뒷문을 찾아냈다. 아래쪽 낮은 손잡이가 술통과 맥주 상자를 나르는 손수레에 의해 아래쪽이 찌그러지고 흠집이 난 평평한 강철판이었다. 리처는 손잡이를 돌려보았다. 잠겨 있지 않았다. 시의 규정 때문인 게 분명했다. 화재 비상구이기도 하니까.

리처는 미끄러지듯 안으로 들어갔다. 그는 짧은 통로의 제일 끝에 있었다. 좌우에 화장실이 있었다. 그리고 직원 전용문이 있었다. 사무실이나 창고일 것이다. 아니면 둘 다거나. 통로의 끝과 바의 실내가 반대 방향에서 보였다. 정사각형의 바는 이제 가까운 오른쪽 모퉁이에 있었고, 줄지어 늘어선 4인용 테이블들 사이로 바닥이 닳은 중앙 통로가 멀리 이어지고 있었다. 전과 똑같았다. 조명은 아직 어둑했고, 쏟아진 맥주와 소독약 냄새가 공기 중에 아직 남아 있었다. 이번에는 손님이 다섯 명이었다. 마찬가지로 제각기 테이블에 앉아서 초라한 모습으로 술을 마시고 있었다. 바 뒤에는 마찬가지로 그 뚱뚱한 바텐더가 있었다. 엿새는 면도를 안 한 듯했다. 하지만 이번에는 어깨에 새 수건을 걸쳤다.

얼굴 창백한 남자는 리처의 왼쪽에 있는 뒤쪽 테이블에 있었다. 전과 똑같았다. 어두운 조명 속에서 빛을 내고 있었다. 머리카락이 반짝였다. 두 툼하고 허연 손목, 크고 허연 손, 두꺼운 검은색 장부. 똑같은 검은색 정장, 똑같은 흰색 셔츠, 똑같은 검은색 실크 넥타이. 똑같은 문신.

애비가 도로로 난 문 안쪽으로 들어왔다. 그녀는 뒤에서 문이 닫히는 동안 그대로 서 있었다. 행위 예술이었다. 모든 눈길이 그녀에게 향했다. 그녀는 창문의 칙칙한 네온 불빛 옆에서 부드럽게 역광으로 빛났다. 자그마하고 깜찍하고 깔끔하고 날씬했다. 옷은 전부 검은색이었다. 어두운색 머리카락은 짧았고, 어두운색 눈에는 생기가 넘쳤다. 수줍어하지만 전염성이 있는 미소를 지었다. 환영받기를 바라며 우연히 들른 낯선 손님으로.

하지만 환영은 없었다. 다섯 손님 모두 시선을 돌렸다. 하지만 바텐더는 그렇지 않았다. 얼굴 창백한 남자도 마찬가지였다. 그녀는 걷기 시작했고 두 남자는 내내 그녀를 쳐다보았다.

리처는 한 걸음 앞으로 나아갔다. 그는 얼굴 창백한 남자의 2미터 뒤에 있었다. 그리고 옆으로 2미터의 공간이 있었다. 곁눈질로 보니 확실했다. 하지만 애비가 그 공간을 채우기를 바랐다. 그녀는 계속 다가왔고 그는 또 한 걸음 나아갔다.

바텐더가 소리쳤다. "이봐."

바텐더의 시야 안에는 그도 있었던 것이다. 2미터 뒤, 옆쪽으로 2미터 공간. 그다음에는 온갖 일이 일어났다. 복잡한 발레 같았다. 야구의 트리플 플레이* 같았다. 얼굴 창백한 남자가 뒤를 힐끗 보더니 일어나려고 했

---

* triple play, 하나의 타구에 한꺼번에 세 명이 아웃되는 것.

다. 리처는 바 쪽으로 걸음을 옮기고 바텐더의 뚱뚱한 머리를 양손으로 움켜잡았다. 그러고는 위로 뛰어오른 다음 바텐더의 머리를 아래로 끌어당겨 바의 마호가니 상판에 박치기시켰다. 마치 농구에서 고공 덩크슛을 하는 것 같았다. 그리고 뛰어올랐다 떨어지는 탄력을 이용해 얼굴 창백한 남자 쪽으로 몸을 돌렸다. 한 걸음, 두 걸음, 그리고 강력한 오른손 스트레이트를 날렸다. 자리에서 막 일어난 남자의 얼굴 중앙에 리처의 모든 운동에너지가 실린 스트레이트가 꽂혔다. 남자는 대포에 맞은 것처럼 뒤쪽으로 사라졌다. 미끄러져 바닥에 등을 대고 큰대자로 뻗었다. 코와 입에서 피가 흘러나왔다.

손님 다섯은 모두 일어나 서둘러 문으로 달려갔다. 이런 상황에서 주민들이 전통적으로 보이는 반응일 것이다. 리처는 그 반응에 박수를 보내고 싶었다. 목격자가 없어졌으니까. 바 상판에는 이빨과 피가 있었다. 하지만 바텐더 자신은 뒤로 쓰러지는 바람에 그걸 볼 수 없었다.

"바텐더가 내내 나를 보고 있었던 것 같지는 않네요."

"말했잖소." 리처가 말했다. "개자식이라고."

그들은 얼굴 창백한 남자 옆에 쭈그리고 앉아서 주머니에서 총과 휴대폰, 차키, 8천 달러쯤 되는 돈을 꺼냈다. 남자의 코는 심하게 부서졌다. 그는 입으로 숨을 쉬고 있었다. 입가에는 작은 피거품들이 부글거렸다. 리처는 남자가 뼛속까지 보일 정도로 허연 손가락으로 반짝거리는 머리카락을 톡톡 치던 게 기억났다. 위협이었다. 그는 생각했다. 센 척하더니 꼴좋군.

그가 말했다. "찬성이요, 반대요?"

애비는 잠시 말이 없었다.

그러고는 입을 열었다. "찬성이에요."

리처는 손바닥으로 남자의 입을 단단히 막았다. 피 때문에 미끄러워서 계속 막고 있기가 쉽지 않았다. 하지만 해냈다. 남자는 총을 찾으려고 주머니 쪽으로 손을 허우적거렸다. 시간 낭비였다. 총은 이미 거기 없었기 때문이다. 그러고는 발뒤꿈치로 바닥을 두들기고 리처의 손목을 헛되이 할퀴면서 남은 목숨을 낭비했다. 그가 마침내 축 늘어지더니 꼼짝도 하지 않았다.

그들은 얼굴 창백한 남자의 링컨에 탔다. 트렁크가 비어 있었기 때문이다. 승차감이 훨씬 좋았다. 그들은 시내로 차를 몰고 가서 셰빅 부부가 묵는 호텔의 길모퉁이에 있는 소화전 옆에 멈췄다. 애비는 새 휴대폰을 살펴보았다. 새 문자는 없었다. 그레고리가 보낸 음모 이론 문자 이후에는 아무것도 없었다.

"그레고리 본인 번호에서 온 문자요?"

애비는 이전의 문자들과 비교해보았다.

"그런 것 같아요." 그녀가 말했다. "일반적인 번호가 아니에요."

"놈에게 다시 전화해야겠소. 업데이트를 해줘야지."

애비는 문자 화면에서 단축번호를 누르고 스피커폰으로 돌렸다. 발신음 소리가 들렸다. 상대방이 전화를 받는 소리가 들렸다. 그레고리가 어떤 단어를 말했다. 짧고 다급했다. '여보세요'는 아닐 것이다. '네', '뭐야?', '말해'겠지.

"영어로 말해." 리처가 말했다.

"네놈이군."

"넌 방금 부하 두 명을 더 잃었어. 난 너에게 가고 있다, 그레고리."

"넌 누구냐?"

"우크라이나 정부 소속은 아니다."

"그럼 어디 출신이지?"

"헌병 110특수부대."

"그게 뭔데?"

"곧 알게 될 거다."

"원하는 게 뭐냐?"

"넌 실수를 했어."

"어떤 실수?"

"선을 넘었다. 그러니 준비해. 돌려받을 시간이 왔어."

"미국인이군."

"당연히."

그레고리는 한동안 말이 없었다. 생각하고 있는 게 분명했다. 뇌물을 먹인 광대한 네트워크, 매수한 사람들, 뒤를 봐줬던 사람들, 호의를 베풀었던 사람들, 그리고 즉각 경고할 수 있게 사전에 주의 깊게 놓았던 덫들을. 그것들의 일부나 모두는 오래전에 그에게 경고해주었어야 했다. 하지만 아무것도 듣지 못했다. 어디서도.

"넌 경찰이 아니야." 그가 말했다 "정부 요원도 아니고. 혼자 움직이지. 그렇지 않나?"

"그러니 네가 더 받아들이기 힘들게 만들어주겠다. 네 조직이 무너지고, 부하들이 모두 죽게 되면 말이지. 너만 살아남을 테니까. 그때 내가 문을 열고 들어가는 거야."

"내 근처에도 오지 못할 거다."

"내가 지금까지 어떻게 했지?"

대답이 없었다.

"기다려." 리처가 말했다. "지금 가는 중이니까."

그러고는 전화를 끊고 차창 밖으로 던져버렸다. 그들은 차를 계속 몰아 모퉁이를 돌았다. 그리고 셰빅 부부가 묵고 있는 호텔 바깥쪽의 임시주차 구역 안에 차를 세웠다.

42

리처와 애비는 엘리베이터를 타고 셰빅 부부의 방이 있는 층으로 올라
갔다. 뉴욕이나 시카고 기준으로는 중하층이었지만 이 지역을 기준으로
보면 주변 160킬로미터 반경 이내에서는 가장 높은 장소일 것이다. 그들
은 객실을 바로 찾았다. 마리아 셰빅이 문구멍을 통해 내다보고는 그들을
들어오게 했다. 스위트룸이었다. 별도의 거실이 있었다. 밝고 산뜻하고 깨
끗한 새 방이었다. 바닥에서 천장까지 이어지는 유리창 두 개가 모퉁이와
직각을 이루고 있었다. 이른 오후였다. 해는 높이 떴고 공기는 맑았다. 전
망은 환상적이었다. 발아래에 도시가 펼쳐져 있었다. 리처가 살펴봤던 호
텔의 지도가 지금 현실이 되었다.

애비가 돈을 꺼냈다. 목재소 뒤쪽의 시체 안치소에서 가져온, 종이 끈으
로 묶은 1만 달러, 사체업자의 바에서 가져온 약 8천 달러였다. 너무 많아
서 테이블에 떨어져 튀었고, 일부는 바닥에 흩어졌다. 셰빅 부부는 기뻐하
며 환하게 웃었다. 오늘의 문제는 해결되었다. 애런은 그 돈은 일단 은행
에 넣고, 일반적인 방법으로 병원에 송금하겠다고 했다. 마지막 남은 자존
심이었다. 애비는 시내 지점까지 함께 가겠다고 제안했다. 그저 동행인으
로. 다른 이유는 없었다. 동행인이 필요할 이유는 없었다. 지금 애런은 다
리 상태가 훨씬 나아졌고, 중앙로의 동쪽 지역은 집만큼이나 안전했다. 그

래서 그냥 바람 쐴 겸 함께 가는 것이었다. 그들은 함께 떠났고 리처는 창가로 돌아왔다. 다시 경치를 바라보았다. 마리아는 그 뒤에 있는 좁은 소파에 앉았다.

그녀가 말했다. "자녀가 있나요?"

"없습니다." 리처가 말했다. "제가 아는 한."

그는 발아래 도시를 내려다보았다. 조롱박의 큰 부분이었다. 모퉁이의 창에서는 북서쪽 사분면 전체가 보였다. 9시부터 12시까지의 방향이었다. 중앙로를 어느 정도 바로 위에서 볼 수 있었다. 그 너머 가까이, 반 좌향좌 방향에 사무용 고층 건물 두 채와 고층 호텔이 하나 있었다. 신축 건물인 것 같았다. 대부분 오래되고 단조로우며 비슷비슷한 3층 또는 4층 건물들이 카펫처럼 깔린 사이에서 그 고층 건물들은 대담하게 하늘을 찌를 듯 서 있었다. 저층 건물들의 지붕은 평평했다. 여기저기 때운 자리가 있었고, 은색 페인트가 칠해져 있었다. 건물에는 대부분 철제 앵글 프레임 안에 에어컨 실외기들이 있었다. 레스토랑 주방에서 올라오는 금속 배기 굴뚝, 트램펄린만 한 크기의 위성 안테나, 천장이 개방된 주차장들이 있었다. 도로는 좁았다. 어떤 곳들은 차들로 미어터졌고, 어떤 곳은 텅 비고 조용했다. 작은 사람들이 걷고 있었다. 왼쪽과 오른쪽으로 돌고, 출입구에서 들락날락하고 있었다. 거리는 흐릿하게 보였어도 경치는 아름다웠다.

시내에 있는 지하실이라면 다 해당될 수 있겠군. 반트레스카는 그렇게 말했다.

마리아가 물었다. "결혼은 했나요?"

"안 했습니다." 리처가 말했다.

"하고 싶은 생각은 없고요?"

"그 결정은 절반만 제 몫입니다." 그가 말했다. "그걸로 설명될 것 같군요."

그는 몸을 돌려서 경치를 바라보았다. 마치 지도를 보는 것 같았다. 유능한 지휘관이라면 비밀 위성 작전실을 어디에 숨길까? 어떤 장소에? 보안, 숙소, 전원, 인터넷, 고립, 쉬운 보급과 재보급. 가능성을 따져 보았다. 카펫처럼 펼쳐진 갈색의 소형 건물들. 깜빡거리는 지붕들. 교통.

"애비는 당신을 좋아해요." 마리아가 말했다.

"그런 것 같습니다." 리처가 말했다.

"인정하고 싶지 않나요?"

"애비는 여기서 힘든 시간을 보내고 있습니다. 이유가 있겠죠."

"그게 당신이라는 생각은 안 드나요?"

리처는 미소를 지었다.

그가 말했다. "제 어머니처럼 말씀하시는군요."

대답이 없었다. 리처는 계속 내려다보았다. 늘 그렇듯 답은 상황에 따라 다르다. 만일 남서쪽 사분면이 북서쪽과 같다면, 가능한 장소는 열 곳 미만일 수도, 백 곳 이상일 수도 있다. 기준에 따라 다르다. 보안, 숙소, 전원, 인터넷, 고립, 그리고 쉬운 보급 중 어떤 부분을 사람들이 이해하지 못했는가에 달려 있다.

그가 말했다. "메그 소식은 있습니까?"

그녀가 말했다. "분위기는 여전히 좋아요. 내일 할 검사에서 그게 확인되겠죠. 다들 그렇게 생각해요. 나는 우리가 도박하고 있다고 생각해요. 이제는 확실히 그렇게 되었어요. 압도적 대승이거나 참패겠죠."

"저는 그 이분법을 받아들이겠습니다. 승리 아니면 패배. 단순한 걸 좋아하니까요."

"잔인해요."

"질 때만 그렇죠."

"당신은 늘 이기나요?"

"지금까지는요."

"어떻게 그럴 수 있죠?"

"그럴 수 없습니다." 리처가 말했다. "늘 이길 수는 없습니다. 언젠가는 지겠죠. 그건 알고 있습니다. 하지만 오늘은 아닙니다. 그것도 알고 있죠."

"당신이 의사였으면 좋겠군요."

"저는 대학원 근처도 못 가봤습니다."

그녀는 잠시 침묵하다가 말했다. "당신은 그놈을 찾을 수 있다고 했어요."

"찾을 겁니다." 리처가 말했다. "오늘. 영업시간 끝나기 전에."

그들은 모두 프랭크 바턴의 집에서 다시 만났다. 집은 이전에 알바니아인들의 구역이던 곳 깊숙이 자리하고 있었다. 목재소에서 난 불의 연기가 아직 하늘에 있었다. 바턴과 호건은 일을 마치고 돌아와 있었고, 반트레스카는 그들과 시간을 보내고 있었다. 리처와 애비는 셰빅 부부를 방문하고 막 돌아왔다. 그들은 모두 앞쪽 거실에 모였다. 거실은 또다시 장비들로 가득했다. 밴에 둘 수는 없었다. 도난 위험이 있으니까.

호건이 말했다. "먼저 당신이 그레고리가 그냥 똑똑한 놈, 정말 똑똑한 놈, 천재 중에서 뭐로 생각하는지가 이 일의 핵심입니다. 그것에 따라서 장소가 세 가지로 달라지니까요."

"그레고리는 충분히 똑똑할 거요." 리처가 말했다. "어느 정도 쥐새끼 같은 교활함이 있다고 확신하오. 하지만 이걸 그가 결정했는지는 의심이 드는군. 외국 정부를 상대로 하는 천만 달러 규모의 공식적인 계약이라면 더욱 그렇소. 내 생각에 그건 판매자 절대 우위의 계약이오. 그런 계약에는 온갖 종류의 조항과 조건, 검토와 승인이 있어야 할 거요. 러시아 정부는 최고 중의 최고를 원했겠지. 그리고 그들은 바보가 아니오. 형편없는 아이디어는 보기만 해도 알지. 그러니 장소에 관해서는 천재 수준이라고 생각하고 시작해야 하오."

반트레스카가 말했다. "보안, 숙소, 전원, 인터넷, 고립, 쉬운 보급."

"제일 마지막 것부터 시작합시다." 리처가 말했다. "쉬운 보급. 그들의 사무실에서 몇 블록 정도면 보급이 쉬울 것 같소?"

"블록의 종류가 더 중요하죠." 호건이 말했다. "도심의 블록 전체일 겁니다. 상업 지역이 딸린 사무 지구죠. 이상한 물건들이 내내 들어오고 나갑니다. 아무도 신경 쓰지 않죠. 주거 지역과는 다릅니다. 도심의 끝 지역이 사실상의 경계선이라고 할 수 있어요. 중앙로의 서쪽이요."

"거기는 고립된 지역이 아니야." 바턴이 말했다. "북적대잖아."

"등잔 밑이 어두운 법이지. 물리적으로 고립된 곳은 아니지만, 익명성이 완벽히 보장돼. 같은 얘기야. 온갖 것들이 오고 가지만 아무것도 못 보지. 서로 이름도 몰라."

리처가 물었다. "인터넷을 깔려면 뭐가 필요합니까?"

반트레스카가 말했다. "케이블 ISP나 위성에 기계적으로 견고하게 연결되어 있어야 하네. 위성일 거야. 추적하기가 더 힘드니까."

"시내에는 위성 안테나가 수도 없이 많습니다."

"많은 사람이 사용하니까."

"전원을 연결하려면 뭐가 필요합니까?"

"기준에 맞는 최신 설비. 안전 마진을 위한 여유 용량을 갖추고 있어야하네. 정전을 대비한 자동 예비 발전기도 있어야 하지. 놈들은 전원 공급이 중단되는 걸 용납하지 않을 걸세. 장비가 망가질 수도 있으니까."

"숙소는 어떻습니까?"

"침실, 욕실, 식당. TV 시청실도 있어야겠지. 탁구 같은 걸 할 수 있는오락실도."

"연방 교도소처럼 들리는군요."

"난 창문을 생각했어요." 애비가 말했다. "지하실은 아니에요. 이 계약은 장기 계약이 될 수 있어요. 트롤렌코는 슈퍼스타예요. 지금 당장은 운이 나빠졌지만, 그렇다고 해도 자기 나름의 기준이 있어요. 정상에 가깝게 살고 싶을 거예요. 그걸 요구하겠죠."

"창문 얘기는 알겠소." 리처가 말했다. "그럼 보안이 문제가 되는데."

"창문에 쇠창살을 달겠죠." 바턴이 말했다.

"아니면 익명성이요." 호건이 말했다. "수많은 창문이 있지만 불이 켜져 있을 때도, 꺼져 있을 때도 있죠. 아무도 신경 쓰지 않아요."

반트레스카가 말했다. "통제할 수 있는 단 하나의 입구가 필요할 걸세. 사전에 확인해서 미리 차단할 수 있고, 사후에라도 최종 지원을 할 수 있어야겠지. 자네는 지하실을 통과해서 뒷계단으로 올라가야 할 수도 있네. 그 비슷한 거지. 내내 감시의 눈길이 있을 거고. 긴 터널을 통과하는 것과 비슷하네. 말 그대로가 아니라면 비유적으로라도."

"그럼 어디죠?"

"그런 건물은 천 개도 넘네. 자네도 봤을 텐데."

"마음에 안 들더군요." 리처가 말했다. "전부 연결되어 있기 때문입니다. 해군 특전대 때문이죠. 호건이 전에 전부 설명해줬습니다. 그들은 비상구, 배송 구역, 환기 장치, 배수관, 하수도 같은 것들을 찾죠. 하지만 대부분 그들은 인접한 구조물들 사이의 벽을 파괴하면 접근할 수 있는 장소를 찾으려고 할 겁니다. 도시계획 담당 부서의 노인네를 깨워서 먼지투성이의 오래된 청사진을 찾게 하죠. 그 청사진에는 아무개의 집 지하 창고가 다른 아무개의 지하 창고와 연결되어 있다는 게 나와 있습니다. 그런데 또 다른 아무개가 1920년에 그것들 사이에 벽돌벽을 쌓았죠. 하지만 한 겹뿐인 데다 싸구려 모르타르를 썼습니다. 재채기만 해도 무너지죠. 아니면 2층의 벽을 통과해서 측면으로 진입할 수도 있습니다. 창문이나요. 옥상에서 라펠 하강을 하는 방법도 있습니다. 이 결정을 내린 게 러시아 정부라는 사실을 잊지 말아야 합니다. 그러니 그들은 최적의 장소를 원했겠죠. 단순히 기준을 충족하는 걸 넘어서는 장소요. 그들은 우리의 수법을 다 압니다. 우리의 특수부대가 바로 여기 같은 도시 환경에서 훈련하고 있다는 사실을요."

"하지만 도심을 벗어나면 보급이 쉽지 않네. 한 번에 두 가지를 다 가질 수는 없어."

"불가능은 없습니다. 계획의 실패가 있을 뿐이죠. 제 생각에 그들은 원했던 걸 얻었습니다. 아주 가까운 곳에요. 그러니 보급 정도야 문제도 아닙니다. 게다가 아주 외지기까지 합니다. 제일 가까운 곳까지도 수백 미터 떨어져 있죠. 전화선, 전선, 자동 발전기, 기계적으로 견고한 인터넷 연결까지 기반 시설이 아주 탄탄합니다. 햇빛과 자연광이 쏟아지는 호화로운 숙소도 있습니다. 측면에서 침입하기가 구조적으로 불가능합니다. 심지어 접근 자체도요. 지하든 지상에서든 말입니다. 배수관이나 환기구를 통한 침입도 가능성이 거의 없습니다. 단 하나의 통제 가능한 입구가 있고, 사전 차단을 위한 경고의 기회가 많고, 원하는 경우에는 많은 지원 병력으로 방어할 수 있습니다. 러시아 정부는 꿈의 장소를 지정했고, 그걸 찾았다고 생각합니다."

"그게 어딘데요?" 애비가 물었다.

"호텔 창문을 통해서 바로 거길 보고 있었소. 마리아 셰빅과 함께. 나보고 결혼하고 싶냐고 물어보더군."

"그녀하고요?"

"일반적인 생각을 하시오."

"당신은 뭐라고 했어요?"

"손뼉도 부딪혀야 소리가 난다고 했소."

"트룰렌코는 어디 있죠?"

"둥지에 있소. 벌집이나 굴이 아니라. 공중에 있지. 그들은 신축 사무용 건물 중 한 곳의 꼭대기 세 층을 임대했소. 중앙로 서쪽에는 그런 건물이 두 개 있소. 그들은 세 개 층 중 위층과 아래층은 완충 지대로 사용하고, 가운데 층에 살면서 일하고 있소. 위에서도 아래에서도, 측면에서도 거기에 접근할 수가 없도록."

43

그들은 장애 요소를 하나씩 논의했다. 경비, 숙소, 전원, 인터넷, 고립, 쉬운 보급. 시내의 신축 사무용 고층 건물의 꼭대기 세 층은 모든 게 장애 요소였다. 엘리베이터 가동 프로그램은 다시 프로그래밍할 수 있었다. 트룰렌코에게는 일도 아니었다. 엘리베이터는 한 대만 가동될 것이다. 다른 문들은 용접되어 잠겼을 것이다. 바깥쪽에서. 계단통의 문들도 마찬가지일 것이다. 유일하게 작동하는 엘리베이터가 열리는 곳은 케이지cage를 향하고 있을 것이다. 복도 안쪽에는 허리케인에도 끄떡 않을 울타리가 설치되어 있을 것이다. 맹꽁이자물쇠가 걸린 문이다. 총을 가지고 있는 경비원들도 있을 것이다. 엘리베이터 문은 방문자의 뒤에서 닫히고, 그는 붙잡혀 철조망 뒤에 감금당하는 신세가 될 것이다. 꼼짝 못하고 샅샅이 검색당할 것이다.

방문자가 거기까지 갔다고 치자. 로비에는 경비원이 있을 것이다. 엘리베이터 버튼 근처에 기대어 서 있을 것이다. 상황 C라 그 수도 많겠지. 낯선 얼굴을 경계하고 있을 것이다.

"어떤 건물일까요?" 애비가 물었다.

"서류가 있을 거요." 리처가 말했다. "시의 어떤 부서에 말이오. 평범하고 잊기 쉬운 이름을 가진 수수께끼의 회사가 세 개 층을 임대했소. 건물 관리인과 얘기해볼 수도 있소. 이상한 물건들이 배송되었는지 물어보는 거지. 공사용 비계 부품이나 견사犬舍용 울타리 같은 것들 말이오. 케이지를 만들기 위한."

"문제가 될 거예요." 호건이 말했다. "우리가 어떻게 들어갈 수 있을지 모르겠군요."

"우리?"

"조만간 당신의 운도 다할 겁니다. 해병이 가서 구해줘야죠. 육군은 늘 그러잖아요. 내가 작전을 처음부터 검토해서 당신 운이 다하는 걸 사전에 방지한다면 작전이 훨씬 효과적일 거예요."

"나도 가겠네." 반트레스카가 말했다. "본질적으로는 같은 이유일세."

"나도요." 바턴이 말했다.

잠시 침묵이 흘렀다.

"솔직하게 말하겠소." 리처가 말했다. "이건 공원 산책과는 다를 거요."

아무도 반대하지 않았다.

"우선 무엇부터 하지?" 반트레스카가 물었다.

"선배님과 바턴은 어떤 건물인지 알아내십시오. 그리고 어느 세 개 층인지도요. 나머지는 놈들의 주 사무실을 방문하러 갈 겁니다. 전당포 건너, 보석금보증사무소 옆 택시 회사 뒤에 있는."

"이유는?"

"역사상 가장 큰 실수 중 몇 가지는 비밀 위성 작전실이 본진과 단절되면서 일어났기 때문입니다. 지휘와 통제가 사라진 거죠. 정보도, 명령도, 지휘 체계도 없어집니다. 재보급도 없고요. 완전한 고립이죠. 놈들을 그렇게 만들고 싶습니다. 그러기 위해 가장 빠른 방법은 정면 돌파로 본진을 파괴하는 겁니다. 망설일 필요가 없습니다. 이것저것 잴 시간은 예전에 지나갔습니다."

"자네는 정말 이놈들을 싫어하는군."

"선배님도 좋게 말씀하지는 않으셨을 텐데요."

"사방에 보초를 세웠을 걸세."

"지금은 두 배로 늘렸겠죠." 리처가 말했다. "저는 그레고리에게 전화해서 놈을 조롱했습니다. 물론 그레고리는 아주 용감한 놈입니다. 하지만 그렇기는 해도 분명히 병력을 보충했을 겁니다. 만일을 대비해서요."

"그렇다면 놀린 건 바보 같은 생각이었군."

"그건 아닙니다. 저는 놈들을 모두 한곳에 모으고 싶었습니다. 두 곳에 있는 놈들 모두를요. 본진과 위성 말입니다. 다른 곳에는 없습니다. 빈둥대는 놈들도 없습니다. 혼자 떠돌거나 헤매는 놈들도요. 이걸 '상황 D'라고 부를 수 있을 겁니다. 훨씬 만족스럽죠. 덩어리가 큰 표적을 맞히는 건 뿔뿔이 흩어져 도망치는 놈들을 쫓아다니는 것보다 더 효과적입니다. 개별적으로 추적하려면 이런 도시에서는 며칠씩 걸릴 겁니다. 사방으로 쫓아다녀야 하니까요. 그런 일은 피하는 게 최선입니다. 지금은 서둘러야 합니다. 놈들이 우리를 위해 몇 가지 일을 하게 만들어야 합니다."

"자네는 정상이 아니야. 알고 있나?"

"시속 40킬로미터의 탱크를 타고 핵미사일로 무장한 대전차 포대 앞으로 돌격할 태세를 갖추셨던 분의 말씀이었습니다."

"그건 다른 얘기일세."

"정확히 얼마나요?"

반트레스카가 말했다. "확실하게는 모르겠군."

"건물을 찾아내십시오." 리처가 말했다. "층수도 알아내시고요."

그들은 다시 사채업자의 링컨을 이용했다. 중앙로 서쪽에서는 아주 흔한 차였다. 그리고 누가 건드릴 수도 없었다. 애비가 차를 몰았다. 호건은 그녀 옆 조수석에 앉았다. 리처는 뒷좌석에 팔다리를 아무렇게나 뻗고 앉았다. 거리는 조용했다. 차도 별로 없었다. 경찰도 하나 없었다. 전부 중앙로 동쪽에 있었다. 확실했다. 지금 소방관들은 잔해 속에서 버석거리는 해골들을 줄줄이 끌어내고 있을 것이다. 엄청난 센세이션이었다. 다들 거기에 가고 싶어 할 것이다. 손자들에게 들려줄 이야깃거리가 되니까.

애비는 소화전 옆에 차를 세웠다. 전당포에서 바로 네 블록 뒤였다. 전당포는 택시 회사 바로 건너편이었다. 지도에서 볼 때 직선이었다. 그냥 직진하면 된다.

"보초가 얼마나 멀리까지 배치되었을 것 같소?" 리처가 말했다.

"멀리까지는 아닐 겁니다." 호건이 말했다. "놈들은 360도 방향을 다 커버해야 합니다. 병력을 낭비할 수 없어요. 촘촘하게 유지하겠죠. 사무실이 있는 블록의 길모퉁이 네 개 전부를요. 제 판단엔 그렇습니다. 차량 통행을 막을지도 모르죠. 하지만 그 이상은 아닐 겁니다."

"그러면 전당포 앞과 택시 회사 앞은 감시할 수 있겠군."

"도로의 양쪽 끝에서요. 길모퉁이마다 두 놈씩 있을 겁니다."

"하지만 전당포 뒤는 볼 수 없겠지."

"그럴 겁니다." 호건이 말했다. "사방으로 도로 하나씩만 넓혀도 병력이 세 배가 필요하니까요. 간단한 계산이죠. 놈들은 감당할 수 없습니다."

"좋소." 리처가 말했다. "알게 되어 다행이군. 우리는 전당포 뒤로 들어갈 거요. 어쨌든 그래야 하오. 마리아의 가보를 되찾아야 하니까. 놈들은 가격을 후려쳤소. 고작 80달러를 쳐줬지. 그게 마음에 들지 않소. 용납할 수 없다는 걸 보여줘야 하오. 놈들이 죄책감을 느낀다면 통 크게 병원비를 기부할 거고."

그들은 차에서 나왔다. 차는 소화전 옆 도로변에 내버려 두었다. 지금 그레고리에게 주차위반 딱지 정도는 문제가 아닐 거라고 리처는 생각했다. 그들은 첫 번째 블록을 걸어갔다. 그리고 두 번째 블록에 다다랐다. 여기서부터는 조심했다. 한 블록 더 병력이 배치되어 있지는 않겠지만 눈알을 굴려서 한 블록 너머를 내다볼 수는 있을 것이다. 극히 쉬운 일이다. 놈들은 가끔 시선을 올려서 먼 쪽을 응시할 수 있다. 한 블록 너머에 사람이 있는지를, 그 속도와 의도와 몸짓을 알아볼 수 있다. 그래서 리처는 상점 앞쪽 유리창에 가까이 붙어서 이동했다. 오후의 선명한 그늘 속에서 애비와 간격을 계속 넓게 유지했다. 그녀는 6미터 뒤에서 따라오고 있었다. 그 다음에 호건이 따라왔다. 셋 다 한가롭게 걷고, 때로는 발걸음을 멈추며 그들 사이에는 걸음 속도나 방향, 또는 의도 면에서 어떤 관련성도 없는 것처럼 보이려고 했다.

리처는 교차로의 입구 쪽으로 좌회전했다. 감시조의 시야에서 사라졌다. 기다렸다. 애비가 합류했다. 그다음에는 호건이었다. 그들은 대열을 이루어 먼 쪽 인도 위를 열 걸음 걸었다. 그러고는 다시 정지했다. 지리적으로 말하자면 전당포의 비상구는 앞쪽 오른편에 있을 것이다. 하지만 앞쪽 오른편에는 수많은 비상구가 있었다. 죄다 똑같았고, 하나같이 표시도 없었다. 비상구는 전부 12개였다. 건물마다 하나씩 있었다.

리처는 머릿속으로 전에 이곳에 왔던 때를 되돌아보았다. 애비의 낡은 토요타를 타고 했던 수색 및 구출 임무였다. 지저분한 전당포는 택시 회사와 보석금보증사무소에서 좁은 도로를 사이에 두고 건너편에 있었다. 마리아가 전당포 문에서 나왔다. 애비가 차를 세웠다. 애런이 차창을 내리고 마리아의 이름을 외쳤다.

"블록 중앙이었던 것 같소." 그가 말했다.

"12에는 중앙이 없다는 게 문제죠." 애비가 말했다. "12는 왼쪽으로 여섯, 오른쪽으로 여섯이고 중앙은 없어요."

"짝수니까. 중앙은 둘 중 하나를 고르는 거요. 첫 번째 여섯의 마지막과 나머지 여섯의 첫 번째 중에서."

애비가 말했다. "내 기억에 블록의 정중앙은 아니었던 것 같아요."

"중앙이 되기 전이오, 아니면 중앙을 지나간 뒤요?"

"뒤였던 것 같아요. 중앙을 지나서 3분의 2지점이었을 수도 있어요. 마리아를 보고 차를 세웠던 게 기억나요. 블록의 중앙을 지나서였을 거예요."

"알겠소." 리처가 말했다. "일곱, 여덟, 아홉 번째 건물을 살펴보는 것부터 시작합시다."

건물들은 모두 하나로 붙어 있었다. 그리고 건물들의 뒤쪽 파사드는 모두 똑같았다. 높고 초라하고 좁았다. 칙칙한 벽돌로 지어졌고, 빗장을 지른 창문들이 군데군데 제멋대로 나 있었다. 전화선과 전선들이 온통 덮여 있었다. 전화선과 전선들은 하나의 연결점에서 다른 연결점 사이에서 구부러지거나 늘어져 있었다. 모두가 기계적으로 견고하게 연결된 건 아니었다. 뒷문들 자체도 모두 똑같았다. 하나같이 백 년은 된 것 같았고 튼튼했다. 안쪽으로 열리는 나무 문이었다. 하지만 아마도 50년쯤 전에 누군가가 나무 문의 아래쪽 절반 위에 금속판을 나사로 덧붙였다. 내구성을 높이려고 그랬을 것이다. 새 건물주가 건물 상태를 개선하기 위해서. 금속판은 반세기를 거치면서 닳고 갈라졌다. 짐을 싣고 내리면서, 배달과 수령을 하면서, 발로 차서 여닫았을 것이고, 손수레와 카트가 드나들면서 부딪쳤을 것이다.

리처는 뒷문들을 살펴보았다.

여덟 번째 문이 일곱 번째나 아홉 번째 문보다 손상이 적었다.

사실은 훨씬 적었다. 50년이 지났는데도 완전히 멀쩡했다.

여덟 번째 문. 12개의 건물로 이루어진 블록의 정확히 3분의 2지점에 해당하는.

리처가 말했다. "내 생각엔 바로 여기인 것 같소. 전당포에 손수레나 카트로 나를 물건들이 많지는 않았을 거요. 가끔 있었겠지. 바턴이 스피커 캐비닛을 저당 잡힌다든가 할 때처럼. 하지만 물건들은 대부분 손에 쥐거나 주머니에 넣어진 채로 들어왔을 거요."

문은 안쪽에서 잠겨 있었다. 화재 비상구는 아니었다. 바나 레스토랑은 아니었다. 바나 레스토랑과는 다른 안전 규정이 적용된다. 문의 나무는 견고했다. 하지만 문틀은 그 정도까지는 아니었다. 훨씬 부드러운 목재로 만들었고, 자주 페인트로 칠하지도 않았다. 조금 썩기도 했고 작은 구멍들도 나 있을 것이다.

그가 물었다. "해병대라면 어떻게 할 것 같소?"

"바주카포를 쓰죠." 호건이 말했다. "건물 안 최적의 경로로요. 방아쇠를 당긴 다음, 연기 자욱한 구멍 속으로 진입하는 겁니다."

"바주카포가 없다면?"

"발로 차서 넘어뜨리죠. 한 방에 해치워야 합니다. 도와달라고 고함치면 듣고 달려올 놈들이 열은 되니까요. 상대할 수 없어요."

"해병대에서 문을 차서 넘어뜨리는 훈련을 받았소?"

"아니요. 바주카포 훈련을 받았죠."

"힘은 질량에 가속도를 곱한 거요. 도움닫기를 한 다음에 발이 문과 평평한 상태가 되게 구르듯이 차시오."

"내가 하라고요?"

"손잡이 아래를."

"손잡이 위쪽을 생각했는데요."

"열쇠 구멍 근처가 좋소. 자물쇠의 걸쇠가 거기 있으니까. 문틀에서 가장 많은 나무가 깎여 나간 곳이지. 그러니 가장 약한 부분이오. 당신이 찾아야 할 곳은 거기요. 부서지는 건 항상 문틀이오. 문이 아니라."

"지금요?"

"우린 당신 바로 뒤에 있겠소."

호건은 뒤로 물러섰다. 문과 직각을 이루며 3~4미터 뒤로 갔다. 그러고는 서서 앞뒤로 몸을 흔들고 나서는, 리처가 TV에서 봤던, 신기록을 노리는 높이뛰기 선수처럼 단호하고 힘차고 집중력 있게 출발했다. 호건은 연주자였고 나이도 더 젊었다. 신체적인 리듬과 우아함과 에너지를 갖추고 있었다. 그래서 시킨 것이다. 결과는 대성공이었다. 호건은 달려오다가 위로 뛰어오르더니 공중에서 몸을 틀어 발뒤꿈치로 손잡이 아래를 박살 냈다. 마치 요리사가 바퀴벌레를 밟아 죽이는 듯 강력하고 확실했으며 타이밍도 완벽했다. 문이 뒤쪽으로 무너졌고, 호건은 가속을 받아 팔을 풍차처럼 휘저으며, 더듬거리는 걸음으로 문을 지나 휘청거리며 안으로 들어갔다. 그리고 리처가, 그다음에 애비가 뒤따라 들어갔다. 짧고 어두운 복도를 지나, 금색의 '개인실Private'이라는 단어가 유리에 비쳐 거꾸로 보이는 반투명 유리문으로 향했다.

멈출 이유가 없었다. 멈출 가능성도 사실 없었다. 호건은 반투명 유리문을 박차고 돌진했다. 리처가, 그다음에 애비가 뒤따랐다. 전당포 실내, 카운터 뒤, 금전 등록기 바로 옆이었다. 금전 등록기 앞에 있던 조그맣고 족제비처럼 생긴 남자가 충격과 경악에 가득 차 몸을 돌렸다. 호건이 내려뜨린 어깨로 남자의 가슴을 들이받았다. 남자는 카운터 밖으로 튕겨 나가 곧바로 리처 쪽으로 밀려갔다. 리처는 남자의 몸을 잡아서 돌리고는 머리 옆에 H&K를 가져다 댔다. 어떤 H&K인지는 몰랐다. 되는대로 꺼낸 총이었다. 하지만 상관없었다. 전부 제대로 작동한다는 걸 알고 있었으니까.

애비가 남자의 총을 빼앗았다. 호건이 장부를 찾아냈다. 수기 작성한 대형 장부였다. 시의 규정 때문일 것이다. 아니면 그저 전당포 업자의 관습일지도 모른다. 호건의 손가락이 장부의 기록들 위로 미끄러지듯 움직였다.

"여기 있네요." 그가 말했다. "마리아 셰빅, 결혼반지, 작은 다이아몬드 반지, 유리에 금이 간 시계, 80달러."

리처가 남자에게 물었다. "저 물건들이 어디에 있나?"

남자가 말했다. "제가 가져다드릴 수 있습니다."

"80달러가 공정한 값이라고 생각하나?"

"시장에서 쳐주는 값이 공정 가격입니다. 사람들이 얼마나 절박한가에 달려 있죠."

"넌 지금 얼마나 절박하지?" 리처가 물었다.

"제가 확실하게 저 물건들을 가져다드리겠습니다."

"그밖에는?"

"몇 가지 물건을 더 드릴 수 있습니다. 좋은 것들로요. 큰 다이아몬드 같은 거요."

"현금은?"

"물론이죠. 네, 당연히 있습니다."

"얼마나?"

"5천 달러쯤 됩니다. 다 가져가셔도 됩니다."

"당연히 가져갈 수 있지." 리처가 말했다. "말할 필요도 없다. 우리가 원하는 건 다 가져갈 수 있어. 하지만 네가 걱정할 건 그게 아니야. 이건 단순히 치사한 거래 때문이 아니다. 넌 길을 건너가서 그 노부인을 일러바쳤어. 끝없는 문제의 시작이었지. 왜 그랬나?"

"우크라이나 정부에서 오셨습니까?"

"아니." 리처가 말했다. "거기서 닭요리를 먹은 적은 있지. 맛있더군."

"원하시는 게 뭡니까?"

"그레고리는 무너지고 있다. 너도 그와 함께 무너뜨릴지 결정해야겠어."

"문자를 받았습니다. 답을 해야 했어요. 선택의 여지가 없었습니다. 그게 조건입니다."

"무슨 조건?"

"여기는 전에 내 소유였습니다. 그레고리가 빼앗았어요. 그러고는 나에게 재임대했죠. 계약서에 쓰지 않은 조건들이 있었습니다."

"그래서 길을 건너갔군."

"다른 방법이 없었어요."

"거기는 어때?"

"어떠냐니요?"

"배치가 어떻게 되어 있지?"

"왼쪽에 있는 통로로 들어갑니다. 오른쪽에는 택시 배차실로 이어지는 문이 있고요. 거기는 진짜 택시 회사예요. 하지만 뒤까지 계속 똑바로 가야 합니다. 그러면 회의실이 나옵니다. 거기를 통과해 가면 반대쪽 뒤 모퉁이에 다른 복도가 있습니다. 거기 사무실들이 있어요. 마지막이 다닐로의 사무실입니다. 다닐로의 사무실을 통과하면 그레고리의 사무실로 들어가게 되죠."

"거긴 얼마나 자주 가나?"

"가야 할 일이 있을 때만요."

"놈들 밑에서 일하지만, 원해서 그런 건 아니다?"

"그렇습니다."

"다들 그렇게 말하지."

"그럴 겁니다. 하지만 제 말은 진짜예요."

리처는 아무 말도 하지 않았다.

애비가 말했다. "죽이지 말아요."

호건이 말했다. "죽이지 맙시다."

리처가 말했다. "가서 우리가 말했던 물건들을 가져와."

남자는 가서 가져왔다. 결혼반지, 작은 다이아몬드 반지, 금이 간 시계. 그는 그것들을 모두 봉투에 넣어왔다. 리처는 봉투를 주머니에 넣었다. 금전 등록기에 있던 현금도 모두 넣었다. 5천 달러 정도였다. 새 발의 피다. 하지만 리처는 현금을 좋아했다. 늘 그랬다. 그 묵직함이, 그 무심함이 좋았다. 호건은 선반들을 뒤지더니 먼지투성이의 낡은 오디오에서 케이블들을 뽑아냈다. 그러고는 그것으로 남자를 꽁꽁 묶었다. 불편하겠지만 죽지는 않을 것이다. 결국 누군가 발견하고 풀어주겠지. 그다음에 일어날 일은 본인에게 달렸다.

그들은 남자를 카운터 뒤의 바닥에 내버려 뒀다. 그리고 전당포의 앞쪽 통로로 나왔다. 먼지 낀 창을 통해 길 건너 택시 회사를 바라보았다.

44

그들은 전당포 안에 머물면서 블록 전체를 자세히 살펴볼 수 있었다. 그늘 뒤에 숨어서, 한쪽에서 다른 한쪽까지 비스듬한 각도로 쳐다보았다. 택시 회사 문 바깥쪽 인도에 두 놈, 어느 정도 거리를 두고 왼쪽 도로의 모퉁이에 두 놈, 같은 거리를 두고 오른쪽 모퉁이에 두 놈이 있었다. 보이는 건 여섯이었다. 안에도 아마 같은 인원이 있을 것이다. 최소한. 전당포 사장이 설명한 통로에 두 명, 회의실에 두 명, 사무실들로 이어지는 복도 입구에도 두 명이 있을 것이다. 모두 정예들이고, 주머니에 총 한 자루, 바지 속에 예비로 또 한 자루가 있을 것이다.

좋지 않았다. 사관학교에서 '전술적 난관'이라고 부를 상황이었다. 빡빡하게 제한된 전투 공간에서 수적으로 우세한 적을 상대로 정면 공격을 펼쳐야 했다. 여기에 길모퉁이에 있는 놈들도 후방에서 행동을 개시할 것이다. 앞에도 적, 뒤에도 적이다. 방탄복도, 수류탄도, 자동화기도, 산탄총도, 화염방사기도 없다.

리처가 말했다. "내 생각에 진정한 문제는 그레고리가 다닐로를 믿느냐는 거요."

"그게 중요한가요?" 호건이 물었다.

"믿지 않을 이유가 있나요?" 애비가 말했다.

"두 가지가 있소." 리처가 말했다. "첫째, 그자는 아무도 믿지 않소. 사람들을 믿었다면 그 자리까지 올라가지 못했을 거요. 뱀 같은 놈이오. 그러니 다른 놈들도 뱀 같다고 생각하겠지. 그리고 둘째, 다닐로는 단연코 그에게 가장 큰 위협이오. 이인자. 차기 두목. 매일 뉴스에 나오잖소. 장성들이 전역하고, 대령들이 그 자리를 차지하지."

"그게 우리에게 도움이 될까요?"

"그레고리의 사무실에 들어가려면 다닐로의 사무실을 거쳐야만 하오."

"그게 일반적이죠." 호건이 말했다. "다들 그런 식으로 합니다. 비서실 격이니까."

"역으로 생각해보시오. 그레고리가 자기 사무실을 나오려면 다닐로의 사무실을 통과해야 하오. 그리고 그레고리는 피해망상이오. 이유가 충분하지. 그 덕에 결과도 좋고, 아직 살아있으니까. 그레고리의 머릿속에서 이건 영화에서 나오는 CEO 같은 게 아니오. 퇴근하며 여비서한테 다정하게 저녁 인사를 하는 그런 게 아니란 말이지. 죽음의 덫 속으로 걸어 들어가는 거요. 책상 뒤에 암살단이 있는 셈이니까. 심지어 더 나쁠 수도 있소. 봉쇄망이 되는 거지. 그레고리가 부하들의 요구를 받아들일 때까지 차단되는 거니까. 부하들이 놈에게 위엄을 유지한 채 물러날 수 있게 해주는 조건으로."

애비가 고개를 끄덕였다.

"인간의 본성이에요." 그녀가 말했다. "대부분은 헛소리지만 가끔 쓸모 있는 것들도 있죠."

"그게 무슨 소리죠?" 호건이 말했다.

"비상 탈출구를 만들어 놨을 거란 뜻이에요."

그들은 카운터 뒤로 돌아와서 캐비닛들을 마주 보며 바닥에 앉았다. 묶인 남자와 멀리 떨어지지 않은 곳이었다. 고위 임원 회의였다. 이런 건 언제나 후방에서 열린다. 호건은 우울한 해병 역을 맡았다. 실제로 우울하기도 했고, 직업적인 의무 때문이기도 했다. 모든 계획은 가능한 모든 방향에서 스트레스 평가를 해야 했다.

그가 말했다. "최악의 경우, 우리는 완전히 같지만 180도 뒤집힌 위치에 처하게 될 겁니다. 다음 도로 너머의 인도에 있는 놈들이 뒷문을 감시하고 있고, 그다음에는 좁은 복도 안에 더 많은 놈들이 있는 거죠. 아주 똑같아요. 이런 걸 부르는 말이 있는데."

"대칭." 리처가 말했다.

"그럴 겁니다."

"인간의 본성." 애비가 말했다. "대부분은 헛소리지만 가끔 쓸모 있는 것들도 있죠."

"지금의 경우는?"

"나쁜 인상이요." 그녀가 말했다. "탈출구의 존재는 그레고리를 겁쟁이처럼 보이게 할 거예요. 최선이라고 해봤자 그 자신이 도입한 보호막이나 자기 앞에서 지키고 있는 충실한 병사들의 부대를 신뢰하지 않는 것처럼 보이게 하는 정도겠죠. 그는 이런 느낌을 절대로 용납할 수 없어요. 그는 그레고리니까요. 약점이 없어야 하죠. 그의 조직은 약점이 없어야 해요."

"그래서?"

"비상 탈출구의 존재는 비밀이에요. 아무도 지키고 있지 않아요. 아무도 그게 있다는 걸 모르니까요."

"다닐로조차도?"

"그 누구보다도 몰라야 하지." 리처가 말했다. "가장 큰 위협이니까. 이건 다닐로의 등 뒤에서 이루어진 일이오. 기록을 샅샅이 살펴보면, 다닐로를 어디론가 보내버린 다음, 그가 돌아오기 직전에 택시 회사가 2주간 휴무했다는 사실을 찾을 수 있을 거라 장담하오. 그리고 일꾼 몇 명이 끔찍한 사고로 수수께끼처럼 사망했다는 사실도."

"그래서 아무도 그 비밀 터널의 위치를 모르고 그레고리만 아는군요."

"바로 그렇소."

"'아무도'에는 우리도 포함됩니다. 우리도 그 위치를 모르니까요."

"아무개의 지하 창고는 다른 아무개의 지하 창고와 연결되어 있다."

"그게 당신 계획입니까?"

"그레고리의 관점에서 생각해보시오. 위험을 완전히 피하면서 탈출해야 하오. 지금 암살자가 쳐들어오니 빠져나가야 한다고 생각하고 있지. 극도의 스트레스 상황이오. 혼란을 감당할 수 없을 거요. 탈출구는 분명하고 단순해야 하오. 벽의 화살표 표시나 비행기 안의 비상 유도등 같은 것 말이오. 우리는 제일 끝에 있는 문을 찾아야만 하오. 그 안으로 들어가서 화살표를 거꾸로 따라가는 거지. 그레고리의 사무실 벽에 걸린 유화 뒤에서 나오게 될 수도 있소."

"우리 앞에는 똑같이 놈의 부하들이 있을 거예요. 역순이라는 것만 다르죠. 사무실 문을 통해 쏟아져 들어올 겁니다."

"바라는 바요."

"우리가 얻는 이점이 뭔지 모르겠군요."

"두 가지가 있소." 리처가 말했다. "우리 뒤에는 아무도 없다는 것, 그리고 윗놈부터 아랫놈 순서로 쓸어버릴 수 있다는 거요. 아랫놈부터 윗놈이 아니라. 훨씬 효율적이지."

"잠깐만요." 호건이 말했다. "길모퉁이에도 놈들이 있습니다. 대칭으로 요. 뒷모퉁이가 앞모퉁이가 되었죠. 들어가기가 쉽지 않을 겁니다."

"내가 쉬운 길을 원했다면 해병대에 들어갔을 거요."

그들은 들어왔을 때와 똑같은 길로 전당포를 떠났다. 뒤쪽 통로를 통과 해 뒷문을 지나 교차로로 나왔다. 처음에는 조심스럽게, 그다음에는 빠르 게 차로 서둘러 돌아갔다. 차는 아직 거기 있었다. 주차 딱지는 없었다. 교 통경찰까지도 중앙로 동쪽에 가 있었다. 애비가 차를 몰았다. 그녀는 길을 알았다. 택시 회사에서 보이지 않게 충분하게 넓은 곡선을 그렸다. 택시 회사에서 두 블록 뒤에 차를 세웠다. 세탁기 호스를 파는 구멍가게 밖이었 다. 시동은 켠 채로 두었다. 호건이 밖으로 나왔고 그녀는 조수석으로 건 너갔다. 호건이 후드 옆으로 돌아서 운전석으로 들어갔다. 리처는 뒷좌석 에 그대로 있었다.

"준비됐소?" 그가 물었다.

호건이 단호하게 고개를 끄덕였다.

애비가 굳게 결심한 듯 고개를 끄덕였다.

"좋소, 시작합시다." 그가 말했다.

호건이 차를 몰고 나머지 블록을 지나 끝에서 좌회전했다. 새로운 방향 의 앞쪽 블록에는 길모퉁이에 두 놈이 있었다. 먼 쪽 인도 위에 있었다. 검 은색 정장과 흰색 셔츠를 입었다. 아까는 먼 왼쪽 모퉁이였고 지금은 가까 운 오른쪽 모퉁이였다. 대칭. 그들은 지키고 있는 블록에 등을 대고 서서 바깥쪽을 내다보고 있었다. 훌륭한 보초라면 그래야 한다.

그들이 본 것은 그들의 차 중 하나가 그들 쪽으로 달려오는 모습이었다. 검은색 링컨이었다. 앞유리창 뒤의 얼굴들은 또렷하게 보이지 않았다. 뒷유리창은 검은색이었다. 차가 그들 앞에서 좌회전해 교차로로 들어섰다. 그레고리의 건물은 오른쪽에, 일반 건물은 왼쪽에 있었다. 앞쪽 다음 길모퉁이에는 두 놈이 더 있었다. 아까는 먼 오른쪽, 지금은 가까운 왼쪽이었다.

차는 속도를 줄이더니 길가에 멈췄다. 뒷좌석 유리창이 열리더니 손 하나가 나와서 오라고 손짓했다. 길모퉁이에 있던 놈들은 저도 모르게 그쪽을 향해 한 걸음 다가갔다. 반사적인 행동이었다. 그러고는 멈춰서 생각했다. 하지만 생각을 바꾸지는 않았다. 그럴 이유가 없었다. 그들의 차였다. 그리고 상황 C에서 밖에 나와 돌아다닐 정도의 중요 인사라면 기다리게 해서는 안 될 터였다. 그래서 다시 출발해 발걸음을 서둘렀다.

그게 실수였다.

그들이 3미터 거리에 왔을 때, 앞문이 열리고 애비가 나왔다. 그들이 차에 온 순간 뒷문이 열리고 리처가 나왔다. 그의 박치기가 작렬했다. 어떠한 힘이나 움직임도 없이, 오로지 타이밍과 탄력만을 이용한 박치기였다. 축구에서 포워드가 바깥쪽 멀리서 날아온 강한 크로스에 머리만 대는 것 같았다. 첫 번째 놈이 배수로 위로 쓰러졌다. 경계석에 부딪히면서 두개골이 깨졌다. 그에게는 운수 나쁜 날이었다.

리처는 두 번째 남자 쪽으로 움직였다. 아는 얼굴이라는 게 갑자기 생각났다. 조각 피자가 있고 애비가 서빙을 하던 바에서였다. 문지기였다. *당장 꺼져, 아가씨.* 그가 애비에게 그렇게 말했다. *또 보자고.* 리처는 그에게 그렇게 말했다. *그러길 바라겠소.*

기다리는 자에게 복이 있나니.

리처는 남자에게 짧게 레프트를 날렸다. 그저 툭 치는 듯한 주먹이었다. 두 번째 짧은 레프트를 날리기 위해 남자를 똑바로 세우기 위해서였다. 두 번째 레프트는 복부를 강타했다. 남자가 몸을 구부리게 하기 위해서였다. 그래야 남자의 머리가 치기 편한 위치로 내려온다. 리처의 가슴 높이였다. 조금 아래일 수도 있었다. 덕분에 리처는 남자의 머리를 잡고 상체의 회전력을 모두 사용해 홱 틀었다. 남자의 목이 부러지며 땅에 쓰러졌다. 동료 가까이였다. 리처는 그들 가까이에 쭈그리고 앉아 그들의 총에서 탄창을 꺼냈다.

링컨이 출발했다.

리처는 쳐다보았다. 먼 쪽 길모퉁이에 있던 놈들이 가까이 다가왔다. 피할 수 없는 일이었다. 대칭. 같은 이유에서였다. 그들은 아직도 가까이 다가오고 있었다. 이제는 달려오고 있었다. 호건이 속도를 높이면서 인도 위를 올라 그들을 곧바로 들이받았다. 보기 좋은 모습은 아니었다. 놈들의 몸이, 영화의 모든 클리셰가 사실임을 증명하듯 봉제 인형처럼 허공을 날듯 허우적대며 위로 튕겨 올라갔다. 치인 순간에 이미 죽었을 것이다. 추락의 충격을 완화하려는 시도는 하지 못한 게 분명했다. 그들은 땅에 충돌했다. 팔다리가 사방으로 미끄러지고, 구르고, 긁혔다. 호건이 차를 세우고 밖으로 나왔다. 리처는 일어나서 걷기 시작했다.

그들은 블록 가운데서 만났다. 애비는 이미 거기 있었다. 그녀가 호건이 왔던 길을 가리켰다.

그녀가 말했다. "저 길이에요."

"어떻게 아시오?" 리처가 물었다.

그가 예상했던 거리의 모습이 아니었다. 전당포 뒤와는 달랐다. 칙칙한 벽돌도, 빗장을 지른 창문도, 늘어진 전화선이나 전선도 없었다. 새로 리모델링한 건물들이 깔끔하게 늘어서 있었다. 변호사 사무실들이 있는 거리 같았다. 깨끗하고 밝았다. 대부분이 소매점들이었다. 택시 회사와 보석금보증사무소가 있는 거리보다 더 멋지고 더 나았다. 두 개의 정문이 있는 블록이었다. 하나는 나오기 위한 곳, 하나는 머물기 위한 곳.

애비가 말했다. "난 그가 밖에서 공사를 시작해 안으로 들어갈 거라고 생각했어요. 안에서 시작해 밖으로 나오면 비밀을 유지할 수 없으니까요. 공사 인부들이 택시 회사를 통해 무리 지어 나오게 할 수는 없어요. 질문을 해댈 테니까. 그래서 그는 리모델링 공사를 여기서부터 시작했어요. 완벽한 위장이죠. 세부 계획들과 측량 기록들에 접근할 수 있었을 거예요. 그는 어떤 건물이 어디에 연결되는지 알고 있었어요. 그렇게 알아낸 거죠. 이 상점 중 하나의 뒤쪽이 자기 사무실 뒤쪽과 연결된다는 걸."

"대칭." 호건이 말했다.

"원칙적으로만 그래요." 애비가 말했다. "실제로는 급커브로 가득한 토끼장일 게 분명해요. 이 블록은 백 년도 더 된 곳이니까요."

"어느 상점이오?" 리처가 물었다.

"인간 본성이죠." 애비가 말했다. "나는 그레고리가 결국 상점을 샀으리라고 생각했어요. 그는 절대적인 확실성이 필요했어요. 누가 진열장을 옮겨서 비밀 문을 막게 되지는 않을까 노심초사하고 싶지 않았겠죠. 통제가 필요했어요. 그래서 빈 상점을 찾아봤죠. 딱 하나 있더군요. 창문은 온통 종이로 가려놨어요. 그게 저기예요."

그녀는 다시 호건이 왔던 길 뒤쪽을 가리켰다.

빈 상점은 구식 스타일로 지어진 고전적인 건물이었다. 바닥에서 천장까지 닿는 정면 진열창은 안쪽으로 구부러져 있었다. 정문에 닿으려면 인도에서 3~4미터 정도 뒤로 가야 했다. 정문 끝에는 구경을 할 수 있는 통로가 있었고, 그 바닥에는 모자이크 타일이 깔려 있었다. 문은 틀이 있는 유리문이었고, 그 위에 종이가 발라져 있었다. 리처는 자물쇠는 단순하리라고 생각했다. 가정용 구식 자물쇠와 비슷할 것이다. 뭉툭한 자물쇠를 틀고, 당기면 들어갈 수 있다. 열쇠는 필요하지 않았다. 열쇠는 중요한 순간에는 엉뚱한 데 있는 법이니까. 그리고 열쇠는 느리다. 그레고리는 느린 걸 바라지 않았다. 죽기 살기로 뛰어야 할 것이다. 틀고, 당기고, 달려 나간다.

"경보 장치가 있을까요?" 호건이 물었다. "피해망상인 놈입니다. 누군가가 여기서 어슬렁거리지는 않는지 알고 싶어 할 거예요."

리처는 고개를 끄덕였다.

"분명 그렇소." 그가 말했다. "하지만 결국 놈은 현실적으로 생각할 거요. 경보 장치는 오작동할 수 있소. 자기가 사무실에 없을 때 경보 장치가 울리는 걸 바라지 않을 거요. 다닐로가 거기 있다가 들을 수도 있으니까. 어느 경우든 누군가가 분명히 물어보겠지. 비밀은 오래 감춰지지 못할 거요. 그래서 난 경보 장치가 없다고 생각하오. 하지만 분명 쉽지 않은 결정이었을 거요."

"그럼 됐습니다."

"준비됐소?"

호건이 단호하게 고개를 끄덕였다.

애비가 굳게 결심한 듯 고개를 끄덕였다.

리처는 현금카드를 꺼냈다. 이런 가정용 자물쇠를 여는 최고의 방법이었다. 틈 사이로 카드를 집어넣은 다음, 자물쇠의 걸쇠에 닿을 때까지 구부리고 틀었다. 경첩 쪽 방향으로 자물쇠를 당겼다. 전에 열쇠가 돌게 했던 메커니즘을 대충 짐작해 압력을 갑작스레 몇 차례 가했다. 그러자 자물쇠가 얌전히 뒤로 튕겨 나갔다.

리처는 문을 열고 안으로 들어섰다.

45

상점은 리모델링이 끝났지만 비어 있었다. 시공 냄새가 희미하게 남아 있었다. 벽판, 회반죽, 페인트. 유리창에 붙은 종이 때문에 빛은 부드럽고 흐렸다. 상점 안은 그저 텅 빈 흰색의 공간일 뿐이었다. 거대하고 텅 빈 정육면체. 설비는 아무것도 없었다. 리처는 소매 거래에 대해 아는 게 없었다. 그가 보기에 필요한 물품들은 판매자가 준비해 놓아야 하는 것 같았다. 카운터, 금전 등록기, 선반, 정리대 같은 것들.

뒤쪽 벽에 문이 하나 있었다. 딱 맞게 짜인 나무 문으로, 흰색 페인트가 칠해져 있었고 큰 황동 레버 손잡이가 달려 있었다. 벽 뒤에는 짧고 어두운 통로가 있었다. 왼쪽에 화장실이, 오른쪽에 사무실이 있었다. 통로 끝에는 문이 하나 더 있었다. 딱 맞게 짜인 나무 문에 흰색 페인트가 칠해져 있고 큰 황동 레버 손잡이가 달려 있겠지. 안 봐도 뻔했다. 문 뒤는 또 다른 텅 빈 공간이었다. 넓게 펼쳐졌고 깊이는 6미터 정도였다. 왼쪽 공간은 물품 보관용일 것이다. 오른쪽은 기계실이었다. 난방기, 온수기, 에어컨 실외기가 있었다. 난방기와 에어컨과 온수기는 같은 배관을 사용하고 있었다. 배관은 아직 새것이고 밝은색이었다. 연결 부분은 덕트 테이프로 감겨 있었다. 덕트 테이프는 원래 배관duct을 연결하는 용도다. 콘크리트 바닥은 수도관과 가스관이 가로지르고 있었다. 뒤쪽 벽에는 공조 시스템이 있었다. 리처는 호텔 방에서 비슷한 걸 본 적이 있었다. 좁고 긴 일체형 장치다. 어둠 속에서 배전반들이 열린 채 있었다. 차단기에는 레이블이 붙어 있지 않았다.

더 이상 문은 없었다.

애비는 아무 말도 하지 않았다.

리처는 몸을 돌려서 돌아봤다. 다른 건 전부 맞았다. 직선으로 통로를 지나간다. 소매점 실내를 통과한다. 손잡이를 튼 다음, 당긴다. 거리로 나간다. 빠르게. 방해받지 않고. 아무것도 없다. 전부 좋다. 문이 더 이상 없는 것만 빼면.

"그레고리는 피해망상이에요." 호건이 말했다. "이 상점을 샀더라도 여전히 때때로 사람들이 출입할 수 있다는 걸 알고 있었습니다. 시청 감독관, 병충해 방제업자, 누출이 생기면 긴급 호출을 받고 오는 배관공 등이요. 사람들이 문을 보며 저 뒤에 뭐가 있을지 궁금해하기를 바라지 않았어요. 그 뒤를 볼 수도 있죠. 직업적인 호기심에서요. 그러니 문은 뭔가를 위장하고 있는 겁니다. 어쩌면 아예 문이 아닐 수도 있어요. 차면 넘어가는 벽체일 수도 있죠. 그 뒤에는 아무것도 없고."

그는 벽을 따라가며 두드려보았다. 소리는 그대로였다. 텅 빈 소리와 꽉 찬 소리의 중간쯤이었다. 전부 그랬다.

"잠깐만." 리처가 말했다. "난방기와 에어컨이 같은 배관을 사용하고 있소. 벽 어딘가에 이것들을 제어하는 복잡한 온도 조절 장치가 있을 거요. 새로 설치한 것이겠지. 산뜻하고 반짝거리는."

"그래서요?" 호건이 말했다.

"왜 별도의 공조 장치가 필요했지? 여기에 온도나 공기 조절이 더 필요했다면 천장에 환기구 몇 개만 더 달면 될 텐데. 몇 푼 하지도 않고."

그들은 공조 장치 앞에 모였다. 화랑에서 조각품을 보듯 살펴보았다. 애비의 키 정도 높이였다. 아래쪽 3분의 2지점에는 평평한 금속판이 나사못으로 결합되어 있었다. 그리고 두 개의 회전식 제어 장치가 있었다. 하나는 난방-끔-냉방, 다른 하나는 저온에서 고온까지 온도를 조절하는 장치였다. 돌리면 파란색에서 빨간색으로 바뀐다고 그림으로 설명되어 있었다. 제어 장치 위에는 지시된 대로 더운 공기나 찬 공기가 빠져나가는 격자판이 있었다.

리처는 격자판에 손가락을 걸고 당겨보았다.

벽 패널 전체가 한 번에 떨어져 나갔다. 딸각하고 자석이 분리되는 소리가 나며 덜커덕 소리와 함께 바닥으로 떨어졌다. 그 뒤에는 어둠 속으로 이어지는 긴 직선 복도가 있었다.

벽에는 화살표가 없었다. 비행기에서와 같은 비상 유도등도 없었다. 애비가 휴대폰의 플래시를 켰다. 휴대폰의 어두운 빛으로 보니 복도는 앞쪽으로 3미터, 뒤로 3미터였다. 폭은 1.5미터 정도였고, 새로 단단하게 만들어졌다. 빈 상점에서와 같은 냄새가 났다. 벽체, 회반죽, 페인트. 복도는 잠시 이어지다가 90도 오른쪽으로, 그다음에는 90도 왼쪽으로 꺾어졌다. 다른 사람들의 방들을 둘러 가거나 그 사이로 가는 것 같았다. 이상하게도 원래보다 조금씩 좁아진 화장실과 사무실과 창고들이었다. 리처는 그레고리가 세부 계획도를 보면서 이쪽에서 30센티미터, 저쪽에서 30센티미터 빼고, 가짜 벽들을 가상으로 그려가며 조합하는 모습을 상상했다. 미로 같은 길이었다. 하지만 견고하고 깨끗하며 본질적으로는 모두 같았다. 넘어지거나 비틀거리거나 길을 잃을 염려가 없었다. 리처는 벽에 손전등이 클럽에 걸려 있고, 그레고리가 그 손전등을 붙잡고 서두르면서 모퉁이와 모퉁이를 달려 공조기 패널을 넘어뜨리고, 텅 빈 상점을 지나 밖으로 나가는 모습을 그려보았다.

그들은 계속 천천히 걸었다. 길이 구불구불해서 전체 거리를 가늠하기 힘들었다. 리처는 전체 블록이 정사각형이고 옛날의 도심 기준에 따랐기 때문에 꽤 컸던 게 기억났다. 아마 한쪽 면이 120미터 정도일 것이다. 택시 회사와 회의실, 그리고 그 뒤의 사무실들은 30미터 정도일 것이다. 널찍하면 45미터일 수도 있다. 그러면 75미터를 더 가야 한다. 급커브들 때문에 실제로는 150미터 이상일 수 있다. 그들의 느리고 조심스러운 걸음으로는 6분 정도 걸리겠다고 생각했다.

5분 30초가 지났다. 마지막으로 꺾자, 애비의 휴대폰 플래시 빛 위로 복도가 보였다. 끝 벽은 전체가 육중한 강철판으로 되어 있었다. 한쪽 끝에서 다른 쪽 끝까지, 바닥에서 천장까지. 벽에는 통로의 반대쪽 끝에 있는 공조기 패널 정도 크기의 출입구가 나 있었다. 잠수함에서처럼 허리를 숙이고 계단을 내려오게 되어 있었다. 문 오른쪽에는 강철판에 용접된 경첩이 있었다. 열기 탓에 금속의 색이 변해 있었다. 왼쪽에는 묵직한 철제 잠금막대가 있었다. 지금은 열려 있었다. 그레고리는 출입문을 밀고, 안으로 들어가서, 출입문을 닫고, 잠금막대를 가로지른다. 따라오는 사람은 없다. 열쇠도 필요 없다. 더 빠르다. 잠금막대 바로 옆에는 손전등 하나가 클럽에 걸려 있었다.

그들은 두 모퉁이 뒤로 물러나서 서로의 소리가 거의 들리지 않을 정도의 낮은 목소리로 이야기했다. 리처가 작게 말했다. "경첩에서 끼익거리는 소리가 날 것인지가 진짜 문제요. 만일 그렇다면 빠르게 열어야 하오. 그렇지 않다면 천천히 합시다. 준비됐소?"

호건이 단호하게 고개를 끄덕였다.

애비가 굳게 결심한 듯 고개를 끄덕였다.

그들은 왔던 길로 다시 돌아갔다. 두 번 꺾어서 강철 출입문이 있는 곳으로 돌아왔다. 애비가 휴대폰을 경첩에 가까이 댔다. 품질이 좋은 제품인 것 같았다. 단조강*이었다. 표면이 매끄러웠다. 하지만 그리스나 기름칠을 한 흔적은 없었다. 예측할 수 없었다. 출입문에는 손잡이가 없었다. 그런 건 없었다. 잠금막대를 끼우기 위한 굵고 둥근 테 두 개뿐이었다. 리처는 테 중 하나 안에 손가락을 걸어 넣었다. 머릿속에서 다음에 할 두 가지 일 중 하나, 빠르게 열기 또는 느리게 열기를 연습했다. 경첩은 안쪽에서는 위장되어 있을 것이다. 너무 멋진 것으로 위장되어 있지는 않을 것이다. 일꾼들의 눈에 띄는 것도 아니다. 방의 외형에 변화를 주는 것도 아니다. 다닐로가 돌아와서 눈치챌 만한 게 아니다. 기존에 있던 가구일 것이다. 애비의 키 정도 되는. 책장일 것이다. 출입문을 열고 책장을 한쪽으로 밀어야 한다. 빠르게 또는 느리게.

빠르게 밀어야 했다. 리처가 문을 열려고 양쪽의 경첩을 1센티미터 정도 움직이자 날카로운 끼익 소리가 났다. 그래서 그는 나머지를 한 번에 활짝 열어젖혔다. 애비의 휴대폰 불빛에 육중한 목재 가구의 거친 나무 뒤판이 보였다. 그는 그 뒤판을 강하게 밀었다. 책장이 앞으로 밀리면서 쓰러져 부서졌다. 너무나 불안정했다. 책장이 확실했다. 그는 책장을 타 넘고 재빨리 나와 방 안으로 들어갔다.

---

* forged steel, 강괴나 강편을 타격, 프레스 등에 의해 성형한 것.

그레고리는 책상 앞 녹색 가죽 의자에 앉아 머릿속으로 중요한 일들을 생각하고 있었다. 그때 뒤에서 경첩이 끼익 하는 소리가 들렸다. 그는 의자를 반쯤 돌렸다. 그 순간 책장이 그의 위로 쓰러졌다. 책장은 발틱Baltic 오크로 만든 것이었다. 아주 튼튼했다. 베니어 합판이 아니었다. 책장 안에는 책, 트로피, 액자에 넣은 사진들이 있었다. 먼저 책장 선반의 가장자리가 그레고리의 어깨뼈를 부러뜨렸다. 그리고 거의 감지할 수도 없는 1000분의 1초 만에 위쪽 두 번째 책장 선반이 그의 두개골을 깨뜨렸다. 그리고 나머지 책장 전체가 그를 쓰러뜨렸다. 그는 기울어지듯 의자에서 떨어지면서 머리 옆쪽이 책상 상판 가장자리에 걸렸다. 하지만 몸의 나머지 부분은 바닥으로 향했다. 그래서 그는 목이 기괴하게 구부러지면서 나뭇가지처럼 딱 소리를 내며 부러져 즉사했다. 그래서 리처가 쓰러진 책장 위로 기어 올라오면서 가해진 추가적인 무게는 그레고리에게 더 이상의 데미지를 입히지 못했다.

리처는 앞에 있는 책장의 뒤판을 보았다. 경사로처럼 비스듬히 위를 향하고 있었다. 책장은 책상을 향해 쓰러졌다. 그는 빠르게 그 위를 넘어갔다. 열려 있는 이중문과 그 너머의 외부 사무실이 보였다. 사무실에는 책상 뒤에서 어떤 남자가 충격과 경악이 가득한 표정으로 일어서고 있었다. 다닐로라고 리처는 생각했다. 외부 사무실에서 그 너머 복도로 이어지는 문이 하나 있었다. 그 문도 열려 있었다. 그 문을 통해 의자가 긁히는 소리, 발걸음이 리놀륨 바닥을 때리는 소리가 들렸다. 크고 날카로운 빽 소리, 뭔가가 부서지는 큰 소리가 사람들의 주의를 끌었다.

리처는 오른손과 왼손에 글록을 쥐고 있었다. 오른손으로는 다닐로를 겨냥했다. 왼손으로는 문을 겨냥했다. 호건이 뒤따라 들어왔다. 그다음에 애비가 왔다.

그녀가 말했다. "그레고리가 책장 아래 죽어 있어요."

리처가 말했다. "어떻게?"

"책장이 놈의 위로 쓰러졌어요. 책상에 앉아 있었나 봐요. 책장이 뒤에 있었던 거죠. 책장이 목을 부러뜨린 것 같아요."

"내가 놈 위로 민 거군."

"엄밀히 말하면요."

리처는 잠시 말이 없었다.

"운 좋은 놈이군." 그가 말했다.

그러고는 다닐로에게 고개를 까딱하고 호건에게 말했다. "이자를 묶어 두시오. 안전하고 다치지 않게. 나와 중요한 논의를 해야 하니까."

"무엇에 관해서요?"

"육군에서 누군가를 패 죽이려 할 때 하는 얘기."

"알겠어요."

그 이후의 일들은 부분적으로는 불가피했고, 심지어는 운명적이었으며, 부분적으로는 문화, 동료 집단의 압력, 맹목적 추종, 대안 부재의 절망 때문에 벌어진 것이라고 리처는 나중에 생각했다. 도무지 알 수가 없었다. 하지만 목재소 뒤쪽 출입구에 있던 시체 더미들을 이해하는 데는 도움이 되었다. 그들은 계속해서 들어왔다. 처음에는 몸이 단단한 남자 하나가 들어와 그의 총을 향해 달려들었다. 리처는 남자가 그렇게 하게 내버려 두었다. 남자가 자신의 의도를 숨김없이 드러내게 했다. 그러고는 그의 몸 한가운데를 쐈다. 한 발이었다. 그다음에는 두 번째 남자가, 내가 더 낫다는 터무니없는 허세에 잔뜩 고무되어 돌진해 왔다. 하지만 더 낫지 않았다. 리처는 그를 쐈고, 남자는 첫 번째 놈 위에 쓰러졌다. 시체 더미는 그렇게 쌓이기 시작했다. 아무도 단념하지 않았다. 시체가 쌓여갔다. 하나하나씩 연이어서. *우리 앞에는 똑같이 놈의 부하들이 있을 거예요. 역순이라는 것만 다르죠.* 호건의 말이 전적으로 맞았다. 처음에는 사무실에 있었던 고참들이, 그다음에는 건물 안에 있었던 똑똑한 놈들이, 마지막으로 바깥 거리 모퉁이에 있던 멍청한 놈들이 들어왔다. 모두 투지가 넘쳤고, 모두 끈질겼으며, 모두 불운했다. 리처는 처음에는 그들의 희생을 중세식 용어로 생각했다. 하지만 그다음에는 시간을 더 거슬러 올라갔다. 그들은 인류의 새벽인 수십만 년 전의 순수한 부족적 광기, 부족이 없으면 자신들은 존재할 수 없다는 극도의 두려움에 사로잡혔던 것이다.

그들은 그때까지는 그 덕분에 살아남을 수 있었다. 하지만 지금은 아니었다. 결국 더 이상 발소리는 들리지 않았다. 리처는 1분 더 기다렸다. 만일을 위해서였다. 끝없이 이어지던 총성은 분노에 차 식식거리는 침묵으로 사라졌다.

그리고 리처는 몸을 돌려 다닐로를 마주 보았다.

46

리처의 기준으로 보면 다닐로는 작은 남자였다. 키는 180센티미터가 조금 안 되었고, 육중하다기보다는 말랐지만 강인해 보였다. 호건이 그의 코트를 벗기고 어깨 권총집에서 총을 빼놓았다. 그렇게 되자 헐벗고 약해 보였다. 이미 패배했다. 호건이 그를 내부 사무실 안쪽 책상 옆에 서게 했다. 토피 색 나무들로 만들어진 커다란 책상이었다. 쓰러진 책장이 그 위에 솟아 있었다. 거대했다. 1톤은 나갈 것 같았다. 책과 장식품이 사방으로 쏟아져 나왔다. 리처는 바닥에 쓰러진 그레고리를 새로운 각도에서 볼 수 있었다. 그는 Z 모양으로 접혀 있었다. 찌부러져 있었다. 그렇지 않았으면 건강체였을 것이다. 키도 크고, 강인하고, 몸도 탄탄했다. 하지만 죽었다. 안타깝게도.

리처는 왼손 검지를 다닐로의 넥타이 매듭 아래 걸고 그를 빈 공간으로 끌고 나왔다. 그의 몸을 돌리고 자세를 취하게 했다. 어깨는 뒤로 빼고 턱은 앞으로 내밀게 했다.

리처는 뒤로 물러나 섰다.

그가 말했다. "인터넷에 있는 너희의 포르노 사이트에 대해 말해봐."

"우리의 뭐?" 다닐로가 말했다.

리처가 따귀를 때렸다. 손바닥이었지만 똑같이 무시무시한 힘이 실렸다. 다닐로는 리처의 발 바로 아래 쓰러졌다. 반쯤 공중제비하며 벽과 바닥이 만나는 곳에 구겨지듯 넘어졌다.

"일어나." 리처가 말했다.

다닐로는 덜덜 떨며 천천히 일어섰다. 손과 무릎을 먼저 세우고, 손바닥으로 벽을 짚으며 일어섰다.

"다시 말해봐." 리처가 말했다.

"그것들은 부업이야." 다닐로가 말했다.

"어디 있나?"

다닐로는 머뭇거렸다.

리처가 다시 때렸다. 반대쪽이었다. 손바닥으로 때렸다. 아까보다도 더 세게 때렸다. 다닐로는 다시 쓰러졌다. 옆 구르기를 하듯 옆으로 쓰러지며 반대쪽 벽에 머리를 부딪혔다.

"일어나." 리처가 다시 말했다.

다닐로는 덜덜 떨며 천천히 일어섰다. 손과 무릎을 먼저 세우고, 벽에 몸을 기대 가며 일어섰다.

"그것들은 어디 있지?" 리처가 다시 물었다.

"아무 데도 없어." 다닐로가 말했다. "어디에나 있지. 인터넷에. 전 세계의 서버에 비트 조각들로 존재해."

"어디서 통제하나?"

다닐로는 리처의 오른손을 쳐다보았다. 순서를 생각해보았다. 어렵지 않았다. 오른손, 왼손, 오른손. 대답하고 싶지 않았지만 해야 했다.

그가 단어를 말했다. 벌집도 굴도 아닌 곳. 공중에 있는 둥지. 그러고는 입을 굳게 다물었다. 이제 바위처럼 꿈쩍하지 않았다. 위치를 밝힐 수는 없었다. 가장 크고 가장 엄수해야 하는 비밀이었다.

리처가 말했다. "우리는 이미 거기가 어딘지 안다. 너는 거래할 게 남아 있지 않아."

다닐로는 대답하지 않았다. 그때 휴대폰이 울렸다. 멀리서 작게 들렸다. 먼 쪽 출입구에서 들렸다. 시체 더미 속 누군가의 주머니에서였다. 여섯 번 울리더니 멈췄다. 그러고는 또 울렸다. 똑같이 멀리서, 똑같이 작은 소리로 들렸다. 그리고 나서는 두 번 더 울렸다.

하지만 본진은 응답하지 않는다.

다닐로가 말했다. "미안해."

"뭐가?" 리처가 말했다.

"내가 한 일."

"하지만 넌 했어. 그건 바꿀 수 없지."

다닐로는 대답하지 않았다.

애비가 말했다. "죽여요."

호건이 말했다. "죽여요."

리처는 호건이 다닐로에게서 빼앗은 H&K P7으로 다닐로를 쐈다. 독일 경찰이 사용하는 총이다. 다른 총들과 완전히 똑같았다. 심지어 일련번호까지 똑같았다. 어떤 부패한 독일 경찰에게서 대량 구매한 것이다. 다닐로는 머리의 남은 부분은 자기 사무실에, 나머지 몸은 그레고리의 사무실에 두고 쓰러졌다. 리처는 좌우를 둘러보았다. *윗놈부터 아랫놈 순서로 쓸어버릴 거요. 훨씬 효율적이지.* 그대로 됐다. 그들은 마치 회사의 조직도처럼 쓰러져 있었다. 그레고리, 다닐로, 고참들 순서로. 사방에서 휴대폰이 울렸다.

그들은 도착했을 때와 같이, 비상 탈출구의 복도를 통과해 나왔다. 빈 상점을 지나갔다. 손잡이를 비틀어 당기고 나가 거리로 돌아갔다. 길모퉁이에 있던 놈들은 쓰러졌던 그 자리에 아직 그대로 있었다. 도시 서쪽의 뒷길에 있는 검은색 타운카 옆에 있는 시체들에 대해 경찰에 신고한다는 생각은 누구도 감히 하지 못할 것이다. 그건 타인의 개인적인 일일 뿐이다.

"다음엔 어디죠?" 애비가 물었다.

"당신 괜찮소?" 리처가 되물었다.

"잘하고 있어요. 다음엔 어디죠?"

리처는 도심의 스카이라인을 힐끗 보았다. 여섯 채의 고층 건물. 세 개는 사무용 건물이고 세 개는 호텔이다.

그가 말했다. "나는 가서 셰빅 부부에게 작별 인사를 해야 하오. 다음에는 기회가 없을 것 같으니까."

"왜요?"

"목재소가 영원히 타오르진 않소. 조만간 경찰들이 중앙로 서쪽으로 돌아오겠지. 일주일에 천 달러씩 받던 뇌물이 이제 없어졌소. 누군가에게 화가 나겠지. 물어보고 다닐 거요. 말려들지 않는 게 상책이오."

"떠날 생각인가요?"

"나와 함께 갑시다."

그녀는 대답하지 않았다.

그가 말했다. "반트레스카에게 전화해서 만나자고 하시오."

그들은 링컨을 그대로 두고 떠났다. 일종의 보험이었다. 도로 표지판 같았다. '통행금지'가 아니라 '질문금지'다. 해가 떠 있었다. 하늘에는 구름 한 점 없었다. 한낮이었다. 그들은 차로 왔던 길을 한가로이 걸어 되돌아갔다. 세빅 부부의 방까지 올라갔다. 마리아가 눈구멍으로 내다보고는 그들을 들여보냈다. 바턴과 반트레스카는 이미 와 있었다.

반트레스카가 창밖을 가리켰다. 중앙로 서쪽에 있는 두 개의 고층 건물 중 왼쪽이었다. 20층 정도 되는 평범한 직사각형 구조물이었다. 유리로 된 외장재에 하늘이 반사되고 있었다. 꼭대기 층 창문에는 특징 없고 무난한 회사 이름이 있었다. 보험 회사일 수도 있는 이름이었다. 배변 보조제를 만드는 제약 회사일 수도 있다.

"확실합니까?" 리처가 물었다.

"해당 시기에 새로 임차한 건 여기뿐이네. 꼭대기 세 층. 아무도 들어보지 못한 회사 이름으로. 온갖 종류의 이상한 것들이 엘리베이터로 올라간다는군."

"잘하셨습니다."

"바턴 덕분이네. 본업이 건물 관련 부서 공무원인 색소폰 주자를 알고 있었지."

반트레스카는 도착하자마자 룸서비스를 부른 것 같았다. 먹고 마실 것들로 가득한 카트를 끌고 웨이터가 나타났기 때문이다. 핑거 샌드위치, 컵케이크, 쿠키 접시는 전자레인지에 데워 아직 따뜻했다. 여기에 더해 물, 소다수, 아이스티, 뜨거운 차, 그리고 무엇보다 뜨거운 커피가 햇빛에 반짝이는 크롬 보온병에 담겨 왔다. 그들은 함께 먹고 마셨다. 반트레스카는 세빅의 집에 생물학적 위험물 전문 청소 업체, 인테리어 업자, 페인트공을 보냈다고 말했다. 그는 세빅 부부가 원한다면 내일 아침이면 집에 갈 수 있을 거라고 말했다. 그들은 당연히 그러겠다고 했다. 구멍들을 메워 줘서 고맙다고 했다.

그러고는 눈에 질문을 담고 리처를 쳐다보았다.

"오늘 일이 끝나면," 그가 말했다. "계좌 잔고를 확인해보십시오."

애런이 잠시 머뭇거리다가 정중하게 물었다. "얼마나 큰 액수요?"

"제가 나선 이상 0이 꽤 많이 붙은 금액이 될 겁니다. 너무 많다고 생각하시면, 비슷한 처지에 있는 다른 사람들에게 주십시오. 그 변호사들에게도 좀 주시고요. 줄리언 하비 우드, 지노 비토레토, 그리고 아이작 메헤이-바이포드에게요. 그렇게 거창한 이름을 가진 친구들 치고는 일을 잘하더군요."

그러고는 전당포에서 가져온 봉투를 꺼냈다. 그는 마리아에게 봉투를 건넸다. "전당포가 폐업했습니다."

그리고 그들은 떠났다. 리처, 애비, 바턴, 호건, 반트레스카는 함께 엘리베이터를 타고 내려와 거리로 나왔다.

사무용 고층 건물의 1층 로비에서 반 블록 떨어진 곳에 한 층짜리 넓은 커피숍이 있었다. 커피숍 뒤쪽에는 테이블들이 있었다. 그들은 커피숍 안으로 들어가 4인용 테이블에 다섯 명이 무릎을 맞대고 모여 앉았다. 반트레스카와 바턴은 알아낸 것을 풀어놓았다. 건물은 3년 전에 준공되었다. 층수는 20층이었다. 사무실은 총 40개가 있다. 지금까지는 상업적인 면에서 실패작이었다. 지역 경제가 불안했다. 알려지지 않은 회사가 18층, 19층, 20층을 거액에 임대했다. 다른 임차인이라고는 3층의 치과, 2층에 있는 상업용 부동산 중개업소뿐이었다. 나머지는 공실이었다.

리처가 호건에게 물었다. "해병대라면 어떻게 할 것 같소?"

"치과의사와 공인중개사를 대피시키고 건물에 불을 지를 가능성이 제일 큽니다. 고층 건물에 있던 표적은 비상계단으로 내려오거나 거기서 타 죽는 수밖에 없죠. 어느 쪽이든 원원입니다. 거의 거저먹기죠."

리처가 반트레스카에게 물었다. "기갑부대에서는 어떻게 합니까?"

"도시에서의 표준 수칙은 1층의 벽에 포격을 가하는 거지. 그러면 건물은 그 자리에서 바로 무너지네. 도로에 쥐새끼 한 마리도 없게 해야 하네. 그러고도 1분 후에 움직이는 게 있다면 기관총으로 쏴버리는 거지."

"알겠습니다." 리처가 말했다.

반트레스카가 물었다. "헌병대는 어떻게 하나?"

"절묘하고 기발한 방법을 씁니다. 상대적으로 자원이 부족하니까요."

"예를 들면?"

리처는 잠시 골똘히 생각하고는 말해주었다.

47

5분 뒤, 바턴은 가짜 치과 예약을 하기 위해 떠났다. 리처와 다른 사람들은 그대로 남아 있었다. 기지로 쓰기에 편리한 곳이었다. 목표와 가까이 있었다. 카운터 직원은 서쪽 지역의 정보원인 게 분명했다. 하지만 이제는 그 정보를 받을 사람이 없었다. 리처는 직원이 몇 차례 전화하는 걸 보았다. 보아하니 받지 않는 것 같았다. 직원은 혼란에 빠져 휴대폰을 쳐다보았다.

그러고는 호건과 반트레스카가 가짜 상업용 부동산 상담을 위해 떠났다. 리처와 애비는 테이블에 남았다. 그들의 얼굴만이 우크라이나인들의 휴대폰에 올라와 있었다. 파티를 너무 일찍 시작하지 않는 게 좋겠다고 생각했다.

카운터 직원이 세 번째로 전화를 걸었다.

응답이 없었다.

애비가 말했다. "오늘 밤에는 같이 내 집에 돌아가도 될 것 같아요."

"그러지 못할 이유가 없지." 리처가 말했다.

"당신이 오늘 밤 떠나지 않는다면요."

"상황에 따라 다르오. 우리 다섯이 모두 도망가야 할 수도 있소."

"그런 일은 없을 것 같아요."

"그럼 오늘 밤 당신 집으로 함께 돌아가겠소."

"하지만 얼마나 있을 수 있죠?"

그가 말했다. "그 질문에 대한 당신 대답은 어떨 것 같소?"

그녀가 말했다. "영원히는 아니겠죠."

"내 대답도 그렇소. 하지만 끝없이 이어지던 내 지평선이 어느 때보다도 가까워 보이오. 솔직히 말하자면."

"얼마나 가까이?"

그는 창밖으로 거리를, 건물들을, 오후의 그늘을 내다보았다. 그가 말했다. "여기 영원히 있었던 것 같다는 느낌이 이미 드는군."

"그럼 어쨌든 떠나겠군요."

"같이 갑시다."

"정착하는 게 뭐가 문제죠?"

"그렇게 하지 않는 건 뭐가 문제지?"

"아무 문제없어요." 그녀가 말했다. "불평하는 게 아니에요. 그냥 알고 싶을 뿐이죠."

"뭘?"

"얼마나 오래 함께할 수 있을지. 그것만 알면 다른 건 판단이 될 것 같아요."

"나와 함께 가고 싶지 않소?"

"그건 양자택일처럼 보여요. 처음부터 끝까지 좋은 추억으로 남는 게 하나죠. 또 하나는 길고 느린 실패예요. 내가 모텔과 히치하이킹과 걷기에 질려 버리는 거죠. 난 추억을 선택했어요. 성공적인 실험의 추억 말이에요. 그건 당신 생각보다 훨씬 드문 일이에요. 우리는 잘 해냈어요, 리처."

"아직 끝난 게 아니오. 샴페인을 미리 터뜨리진 마시오."

"걱정되나요?"

"프로로서의 염려요."

"마리아가 당신이 했던 말을 알려줬어요. 언젠가는 당신도 질 거라고. 다만 오늘은 아니라고."

"기운 내라고 했던 말이오. 그게 다요. 그녀는 진심으로 받아들였나 보군. 무슨 말이라도 해줘야 했소."

"진심으로 했던 말 같은데요."

"군대에서 가르치는 게 있소. 얼마나 열심히 하는가, 그 하나만이 통제가 가능하다는 거요. 다른 말로 하자면, 정말로 작정하고 일에 덤벼든다면 그 정보, 계획, 실행은 100퍼센트 정확히 맞는다는 뜻이지. 그리고 이길 수밖에 없고."

"힘이 되는 말이네요."

"군대에서 무슨 말인들 못 하겠소? 진짜 속뜻은 실패하면 전적으로 본인 탓이라는 거요."

"우린 지금까지 잘해왔어요."

"하지만 이제 판이 바뀌었소. 지금 우리는 러시아 정부와 싸우는 거요. 한 무리의 뚜쟁이나 좀도둑들이 아니라."

"그들도 사람이죠."

"하지만 장담컨대 더 나은 시스템을 갖추고 있소. 계획도 뛰어나고. 최정예지. 약점도 거의 없소. 실수도 거의 안 하고."

"느낌이 좋지 않군요."

"내 생각엔 반반이오. 이기거나 지거나. 괜찮소. 난 단순한 걸 좋아하니까."

"우린 어떻게 해야 하죠?"

"정보, 계획, 실행이오. 먼저 그들처럼 생각해야 하오. 어렵지 않지. 그들을 끊임없이 연구해야 하오. 반트레스카가 알려줄 거요. 놈들은 똑똑하고, 잘 조직되어 있고, 체계도 잡혀 있고, 조심스럽고, 주의 깊고, 기술에도 능하고, 지극히 합리적이오."

"그럼 우리는 어떻게 하면 이길 수 있죠?"

"그들 본성의 합리적인 부분을 노릴 수 있소." 리처가 말했다. "합리적인 사람이라면 꿈에도 생각해본 적 없을 무엇인가를 할 수 있소. 그들을 완전히 혼란스럽게 만들 수 있는 것."

그리고 첫 번째 정보원이 돌아왔다. 바턴이 들어와서 고개를 끄덕여 인사하고 카운터로 향했다. 커피를 받아서 테이블로 돌아왔다. 바턴은 자리에 앉았다. 하지만 그가 입을 열기도 전에 두 번째 정보원이 도착했다. 호건과 반트레스카가 함께 들어왔다. 그들은 곧바로 테이블로 왔다. 밀어서 자리를 만들고 끼여 앉았다. 4인용 테이블에 다섯이 모였다.

바턴이 말했다. "로비 앞쪽 벽은 전부 유리예요. 회전문을 통해 들어가죠. 로비 뒤쪽 벽은 건물 중심부의 정면이에요. 문이 다섯 개입니다. 비상계단으로 가는 문, 엘리베이터 세 대, 그리고 비상계단으로 가는 문이 또 하나 있어요. 그 사이에 보안용 회전문과 경비 데스크가 있습니다. 경비 데스크에 있는 사람은 민간인 경비원처럼 보였어요."

"그게 다요?" 리처가 말했다.

"건물 자체 경비는 그게 다인 것 같아요." 바턴이 말했다. "하지만 정장과 넥타이를 한 남자도 넷 있었어요. 다른 데 고용된 자들 같았어요. 그중 둘은 회전문 바로 뒤에서 대기하고 있어요. 나한테 무슨 일로 왔는지 물어보더군요. 치과에 왔다고 했죠. 그들은 옆으로 물러서고는 경비 데스크 쪽으로 가라고 손짓했어요. 경비원이 나에게 무슨 일로 왔는지 다시 한번 묻더군요."

리처는 호건과 반트레스카를 쳐다보았다.

"선배님 쪽도 같았습니까?" 그가 물었다.

"정확히 똑같았네." 반트레스카가 말했다. "상당히 훌륭한 사전 차단이지. 그러고는 더 삼엄해졌네. 다른 두 놈이 보안용 회전문 반대쪽에 있었어. 엘리베이터 옆에. 엘리베이터는 업그레이드되었네. 새로운 제어판을 달았더군. 수천 명이 있는 초고층 건물에서 보는 그런 패널이었어. 원하는 층수를 누르면 화면에서 몇 번 엘리베이터로 가서 기다리라고 말해주네. 그런 다음 그 엘리베이터가 말했던 층수로 올라가지. 엘리베이터 안에는 버튼이 없어. 아주 효율적인 시스템이네. 하지만 그 정도 크기의 건물에서는 전혀 필요가 없지. 이유가 있는 게 분명하네. 엘리베이터 제어판 옆의 두 놈은 자네가 원하는 층을 직접 누르게 하지 않을 걸세. 그놈들이 하지. 어디로 가는지 물어보고, 자네가 대답하면 버튼을 누른 다음, 어디로 가서 기다리라고 안내해. 그리고 자네는 엘리베이터에 들어가고, 문이 열리면 나오게 되네. 다른 선택은 없어."

"로비에 감시 카메라가 있습니까?"

"엘리베이터 제어판에 작은 유리공이 하나 있었네. 초광각 렌즈인 게 분명해. 영상은 곧바로 위층에 송출되겠지."

리처는 고개를 끄덕였다.

그는 바턴을 쳐다보았다.

리처가 물었다. "치과는 어땠소?"

"3층은 작은 사무실들이더군요. 전부 건물 중심부를 도는 직사각형의 복도 바깥쪽에 있었습니다. 중심부는 세 면이 비었더군요. 비상계단으로 4층에 올라가 봤는데 똑같았습니다. 5층은 안쪽으로 큰 방 두 개가 있었습니다. 큰 방으로 막혀서 중심부를 돌아볼 수는 없었어요. 제 생각에 비어 있는 면은 사무실 내의 벽이 될 것 같습니다."

호건이 말했다. "우리는 6층으로 올라가 거기서부터 시작했어요. 사무실들은 위층으로 갈수록 더 커져요. 19층은 층 전체를 쓰는 초대형 사무실이라고 생각하는 게 안전합니다. 엘리베이터는 중앙으로 다닙니다. 건물 구조상 그렇게 되어 있어요. 나머지 부분은 놈들이 원하는 대로 했을 겁니다."

"케이지부터 시작합시다." 리처가 말했다.

"당연하지." 반트레스카가 말했다. "생각보다 훨씬 단순했네. 건물이 높기는 하지만 크지는 않기 때문이야. 서비스용 중심부*는 하나뿐이고, 각층의 개구부는 다섯 개뿐이네. 전부 한 줄로 늘어서 있지. 케이지 하나로 전부를 제어할 수 있네. 굳이 용접까지 할 필요가 없어. 첫 번째 문 바로 앞에서부터 시작해 마지막 문 바로 너머까지 폭 2미터, 높이 2.5미터짜리 케이지를 만들 수 있네. 모든 문은 그 안쪽을 향해 열리지. 엘리베이터와 비상계단도 마찬가지네. 긴 직사각형의 로비와 비슷하지. 좀 좁기는 하지만. 거기서 1분 정도 기다리는 동안 무장한 놈들이 자네를 보고 있어. 나오는 문에는 무장한 놈들이 더 많이 있고. 전자 장치로 작동되는 메커니즘일 거

---

* 엘리베이터, 전기, 배관 등이 있는 부분.

야. 에어로크*처럼 문이 두 개 있을 것 같네."

"바닥과 천장은요?"

"콘크리트 슬래브네. 쓸 만한 침투로는 없었어. 대형 지름의 수직 관과 엘리베이터 샤프트**가 위아래로 있었네."

"좋습니다." 리처가 말했다.

"뭐가 좋다는 말인가?"

"조심성 있고, 주의 깊으며, 기술에 능하고 합리적이군요. 제가 애비에게 말했던 것들입니다."

"편집증도 있네. 놈들은 분명 18층과 20층에도 똑같이 했을 거야. 완충지대를 난공불락으로 만든 거지."

리처는 고개를 끄덕였다.

"아름다울 정도군요." 그가 말했다. "들어갈 방법이 없습니다."

"그럼 어떻게 해야 하나?"

"상황이 힘들어질수록 쇼핑하러 가야죠."***

"어디로?"

"철물점으로요."

가장 가까운 철물점은 전국 프랜차이즈의 지점이었다. 다 함께, 즉시 일하자는 열성적인 구호판이 가득했다. 러시아 정부도 혹할 만한 구호들이었다. 원하는 것들을 전부 찾을 수 있을 만큼 컸지만, 구비하고 있는 브랜

---

* airlock, 잠수함 등에 있는 이중문이 달린 출입 통로.
** elevator shaft, 엘리베이터가 승강하는 수직 방향의 공간.
*** '상황이 어려워질수록 더 강하게 나가야 한다'는 뜻의 관용구 'When the going gets tough, the tough gets going'을 바꿔 한 말장난.

드가 다양하지는 않았다. 덕분에 일이 빨라졌다. 리놀륨 자르는 나이프는 한 종류였다. 가로톱도 한 종류였다. 다른 공구들도 마찬가지였다. 공구 가방도 하나씩 샀다. 철물점 이름이 가방에 있기는 했지만, 그들은 나름 전문가처럼 보였다. 병원 신세를 지고 있는 게짐 호자의 감자 모양 지갑에 있는 돈으로 계산했다.

그들은 신중하게 공구 가방을 싸서 어깨에 멨다. 그리고 왔던 길로 걸어서 돌아왔다. 하지만 이번에는 커피숍에 들르지 않았다. 곧바로 반 블록 더 직진해 사무용 고층 건물의 1층 문으로 향했다.

48

바턴이 보고했던 것처럼 로비의 앞쪽 벽은 전부 유리였다. 문에 있는 남자가 그들을 일찍 발견했을 거라는 뜻이다. 아마 9미터 거리에서였을 것이다. 그들의 현재 속도로 봐서는 아직 몇 초 더 가야 했다. 리처는 그 시간 동안 놈들이 조금 혼란스러워했으면 했다. 생각하게 할 정도만. 다섯 명이 서둘러 걷고 있는 모습은 항상 수상쩍다. 공구 가방까지 메고 있다. 수상해 보이지 않을 수도 있지만. 누수가 생겨서 긴급 호출을 받고 온 배관공들일 수도 있다. 전기 기술자인지도 모른다. 여자가 한 명 있다는 것만 빼면. 하지만 그럴 수 있다. 그렇지 않은가? 여기는 미국이다. 한 사람의 얼굴이 우크라이나 정부가 보낸 자와 비슷하다는 것만 빼면. 그레고리가 문자로 사진을 보냈다. 그러고 나서는 잠잠하다. 우크라이나 정부가 보낸 자가 저 배관공인가? 머릿속에서 이런 식으로 생각이 이리저리 스치기만 해도 놈들의 속도와 최종 반응을 치명적으로 늦추기에 충분하다.

벌써 그때쯤에는 회전문이 이미 빠르게 돌면서 먼저 리처가, 그다음에는 호건이, 그러고는 반트레스카가, 그리고 바턴이, 마지막으로 애비까지 쏟아져 들어왔기 때문이다. 전부 공구 가방에서 총을 꺼내 들고 부채꼴 대형을 펼쳤다. 호건과 반트레스카가 앞서서 달려 나갔고 애비가 그 뒤를 따랐다. 리처와 바턴은 문에 있는 놈들에게 달려가 턱에 총을 대고 뒤로 밀었다. 호건과 반트레스카와 애비는 보안용 회전문을 통과했다. 남자들이 정장을 입은 놈들에게 돌진해 쓰러뜨렸다. 애비는 달려가 엘리베이터 제어판 앞에 섰다.

그녀의 클로즈업 영상을 보낼 시간이었다. 그녀는 잠시 가만히 서 있었다. 뒤쪽에서는 거리의 불빛이 비치고 있었다. 작고 깜찍하며 깔끔하고 날씬하고 엉덩이 한쪽을 내밀며 위아래 전부 검은색 옷을 입고 손에는 글록 17을 쥐고 있다. 행위 예술이었다. 악몽에서 나올 법한 모습이었다.

그러고는 몸을 앞으로 기울이고, 딸각거리는 캔에 든 페인트를 작은 유리공 위에 분사했다. 철물점에서 산 검은색 페인트였다. 그때쯤 바턴도 이미 유리로 된 앞쪽 벽에 똑같이 하고 있었다. 흰색 페인트인 점만 달랐다. 텅 빈 소매점에서와 같은 효과를 위해서였다. 정장을 입은 남자 넷은 한곳에 모여 있었다. 리처와 반트레스카가 총을 겨누고 있었고, 호건은 철물점에서 산 케이블타이로 그들을 꽁꽁 묶을 준비를 하고 있었다.

경비 데스크 뒤의 경비원이 불안하게 쳐다보고 있었다.

리처가 그에게 소리쳤다. "당신도 이놈들 밑에서 일하나?"

경비원이 소리쳐 답했다. "아닙니다, 선생님! 절대 아닙니다!"

"그렇지만 당신은 맡은 일이 있어. 적어도 건물주에 대한 책임이 있지. 서약도 했을 거고. 우리가 놔주면 당신은 경찰을 부를 거야. 원칙을 지키는 사람 같으니까. 그러니 당신도 묶어두는 게 최선이야. 눈가리개를 씌워서. 경비 데스크 뒤에 두고 가겠다. 당신은 나중에 전부 부인하면 되고. 동의하나?"

"그게 최선인 것 같습니다." 경비원이 말했다.

"먼저 문을 잠가."

경비원이 일어섰다.

그때 계획이 틀어지기 시작했다. 지금까지 순조롭게 이어지던 작전이 궤도를 이탈했다. 하지만 리처는 솔직히 나중에 되돌아보았을 때, 당시에 자신은 차라리 잘되었다고 생각했다는 걸 알게 되었다. 그는 그렇게 되길 원했다. 은밀히 바랐다. 그래서 가로톱이 등장하게 되었던 것이다.

그들을 완전히 혼란스럽게 만들 수 있는 것이.

호건이 허리를 구부려 첫 번째 남자의 발목을 케이블타이로 묶으려고 했다. 하지만 남자는 공황 상태에 빠져서 그랬는지, 아니면 마지막 기회라는 절박감에서였는지, 아니면 어떤 저항에서였는지, 이유는 알 수 없었지만, 갑자기 반트레스카를 향해 빠르게 달려들었다. 남자의 눈에는 광기 어린 감정이, 행동에는 광기 어린 에너지가 있었다. 그는 반트레스카의 총구 앞에 몸을 던지다시피 했다.

반트레스카는 제대로 대처했다. 그는 호건이 몸을 굴려 피하는 모습을 곁눈으로 보았다. 훌륭한 해병이라면 그렇게 해야 한다. 돌진하는 남자의 발길을 피하고, 아군의 유탄에 맞는 사태를 피해야 하기 때문이다. 관통한 총알에 맞을 위험은 더 이상 없었다. 반트레스카는 자신들이 콘크리트 건물 안에 있다는 걸 알고 있었다. 총알이 벽을 관통해서 생기는 사고의 위험도 없다. 근접사격임을 감안하면 심지어 소음도 크지 않을 것이다. 남자의 가슴이 거대한 소음기 역할을 할 테니까.

반트레스카는 방아쇠를 당겼다.

저항은 없었다.

나머지 세 놈은 그 자리에 그대로 있었다.

경비원이 말했다. "오, 맙소사."

"1분 뒤엔 당신 차례야." 리처가 말했다. "먼저 문을 잠가."

19층에서는 누군가가 로비의 화면이 깜깜해졌다는 걸 발견했다. 얼마나 오래 그런 상태였는지는 아무도 몰랐다. 처음에는 기술적 문제라고 생각했다. 하지만 누군가가 그 깜깜한 화면이 균일하지 않다는 걸 발견했다. 보드에 전기가 흐르지 않아서 생긴 문제가 아니었다. 다른 문제였다. 그래서 그들은 하드디스크를 돌려보았다. 젊은 여자가 캔에 든 페인트를 분사하는 게 보였다. 먼저 총을 들고 포즈를 취하고 나서였다. 다른 네 명과 함께 회전문 안으로 몰려 들어오고 나서였다. 네 명 모두 다른 복장을 하고 있었다. 하지만 어깨에 멘 가방에 있는 글씨는 똑같았다. 여자가 지휘하는 비밀 작전팀이다. 여기는 미국이다.

물론 그들은 먼저 로비에 전화했다. 혹시 몰라서였다. 네 명 다 휴대폰을 가지고 있었다. 네 명 다 받지 않았다. 예상했던 일이라 더 두려웠다. 지난 두 시간 동안 사방이 다 그런 상황이었다. 심지어 건물 경비원에게도 전화해 보았다. 번호를 알고 있었다. 우스꽝스러운 경비 데스크에 있는 유선전화였다.

받지 않았다.

완전히 고립된 상황이었다. 정보가 전혀 없었다. 심지어 로비에서도 보고가 없었다. 무슨 일이 일어나고 있는지 알 수 없었다. 세상에서 단절되었다. 뉴스에는 아무 일도 없었다. 루머 사이트에도 아무 소식이 없었다. 이례적인 군사 행동도 없었다. 백악관 대변인이 대기하고 있지도 않았다.

다시 모든 번호에 다 전화해 보았다.

아무도 받지 않았다.

엘리베이터가 웅웅거리는 소리가 났다. 가운데 샤프트였다.

공기가 쉬익거리는 소리와 함께 엘리베이터가 도착했다.

문이 매끄럽게 휙 소리를 내며 열렸다.

엘리베이터 뒤쪽 벽에 누군가가 스프레이 페인트로 '패배자'에 해당하는 우크라이나어를 적어놓았다. 줄줄 흘러내리는 키릴 문자 아래에는 로비에 있던 부하 하나가 있었다. 검은색 정장을 입고 팔다리를 벌린 채 비스듬하게 앉아 있었다. 가슴에 총을 맞았다.

머리는 잘렸다.

다리 사이에 머리가 튀어나와 있었다.

문이 매끄럽게 휙 소리를 내며 닫혔다.

엘리베이터가 웅웅거렸다.

엘리베이터는 다시 내려갔다.

완전히 고립되었다. 아무 연락도 없었다. 특별한 업무가 없는 사람들은 전부 엘리베이터 로비에 모였다. 케이지 바깥이었다. 감시 카메라 화면 가까이였다. 그들은 엘리베이터를 빤히 쳐다보았다. 마치 도박에서 돈을 거는 것처럼 자리를 잡았다. 어떤 사람들은 가운데 엘리베이터 맞은편에 있었다. 마치 엘리베이터가 다시 그 끔찍한 장면을 가지고 돌아오기를 기다리는 것 같았다. 다른 사람들은 첫 번째나 세 번째 엘리베이터를 골랐다. 튀는 사람 몇은 비상계단 쪽을 쳐다보았다. 온갖 추측이 난무했다.

그들은 기다렸다.

아무 일도 일어나지 않았다.

몇몇 사람들이 화면 앞으로 자리를 옮겼다. 마치 아무 일도 일어나지 않은 게 배당률을 미묘하게 바꾼 것처럼. 어떤 시나리오가 다른 것보다 아주 조금 더 그럴듯해지는 것처럼. 아니면 덜 그럴듯해지든지.

그들은 기다렸다.

세 개의 대표 번호를 골라 한 번 더 걸어보았다. 먼저 그레고리에게, 다음으로 다닐로에게, 그다음에는 1층 감시조 조장에게. 받으리라 기대하고 한 전화는 아니었다.

아무도 받지 않았다.

그들은 기다렸다. 화면 앞에서 자리를 바꿨다.

엘리베이터가 웅웅거렸다. 이번에는 왼쪽 샤프트였다.

쉬익하는 공기 소리와 함께 엘리베이터가 도착했다.

문이 매끄럽게 휙 소리를 내며 열렸다.

엘리베이터 바닥에는 로비에 있던 다른 부하가 있었다. 검은색 정장과 넥타이. 옆으로 쓰러져 있었다. 결박당해 있었다. 손목과 발목이 뒤로 돌려진 채 함께 묶여 있었다. 머리 주변을 두른 검은색 천으로 재갈이 물려 있었다. 꿈틀거리고 몸부림치며 눈으로 절박하게 호소하고, 재갈이 물린 입은 '와서 나 좀 꺼내줘, 제발 꺼내줘'라고 비명을 지르듯 뻐끔거렸다. 그러고는 손짓하듯 다급하게 고개를 끄덕거렸다. 마치 '그래, 그래, 여긴 안전해, 그러니 와서 나 좀 꺼내줘'라고 말하는 것 같았다. 그러고는 마치 입구에 닿으려고 하는 듯 몸을 버둥거렸다.

문이 매끄럽게 휙 소리를 내며 닫혔다.

엘리베이터는 다시 아래로 내려갔다.

처음에는 아무도 입을 열지 않았다.

그러다 누군가가 말했다. "저 친구를 구했어야 했어."

다른 누군가가 말했다. "우리가 어떻게?"

"서둘렀어야지. 그 친구는 어쨌든 빠져나왔잖아. 도왔어야지."

"시간이 없었어."

처음에 입을 열었던 남자가 주위를 둘러보았다. 지금 있는 자리부터 문까지, 그러고는 키패드를 보고 다시 문에서부터 안쪽에서 볼 때 왼쪽인 엘리베이터를 보았다. 머릿속에서 시간을 계산해보았다. 문이 열린다. 문이 닫힌다. 아니다. 시간이 부족했다. 처음 보는 순간 당황해 순간적으로 얼어붙었을 때는 특히 그렇다.

불가능한 일이었다.

"안타깝군." 그가 말했다. "그 친구는 빠져나왔는데 우리가 다시 내려보냈어."

"어떻게 빠져나왔지?"

"그 친구의 목을 자르려고 묶어뒀는데 어찌어찌 엘리베이터까지 굴러와서 여기로 올라온 거지. 우리가 구해 주길 바랐어. 2미터 거리에 있었다고."

아무도 입을 열지 않았다.

남자가 말했다. "들어봐."

엘리베이터가 웅웅거렸다.

이번에도 왼쪽 샤프트였다.

돌아오고 있었다.

남자가 말했다. "케이지 문을 열어."

"허가가 없었어."

"이번에는 엘리베이터에 가야 해. 열어."

아무도 입을 열지 않았다.

엘리베이터가 웅웅거렸다.

다른 누군가가 말했다. "그래, 저 빌어먹을 케이지 문 열어. 그 불쌍한 친구를 두 번이나 내려가게 할 수는 없다고."

완전히 고립되었다. 명령도, 지휘 체계도 없다.

세 번째 목소리가 말했다. "케이지 문 열어."

게이트에 있던 남자가 번호를 눌렀다. 프로그래밍된 지연 시간이 지난 후, 잠금장치가 딸깍 하며 열렸다. 패널이 뒤로 젖혀졌다. 네 남자가 케이지 문을 통과해 나왔다. 총을 빼 들고 발끝으로 조심스럽게 움직였다. 다른 사람들은 뒤에 남아서 화면을 통해 보고 있었다.

엘리베이터가 웅웅거렸다.

쉬익 하는 공기 소리와 함께 엘리베이터가 도착했다.

문이 매끄럽게 휙 소리를 내며 열렸다.

바닥에는 같은 남자가 있었다. 검은색 정장과 넥타이. 똑같이 결박당해 있었고, 재갈이 물렸으며, 꿈틀거리고 몸부림쳤고, 눈으로 호소하고, 절박하게 고개를 끄덕이고, 손짓하고 버둥거렸다.

안쪽에 있던 남자 넷은 도와주려고 앞으로 서둘러 달려 나갔다.

하지만 같은 남자가 아니었다. 반트레스카였다. 평균 체형이어서 놈들의 정장이 맞았다. 그는 결박당하지 않았다. 등 뒤에서 두 자루의 글록17을 쥐고 손을 맞잡고 있었다. 반트레스카는 총을 꺼내 빠르게 겨냥하고 신중하게 네 번 발사했다.

바로 그때 오른쪽 엘리베이터의 문이 열렸다. 그리고 리처가 밖으로 나왔다. 호건, 바턴, 애비와 함께였다. 네 자루의 권총도 함께. 호건이 첫 발을 쐈다. '반드시 없애야 할 표적은 케이지의 문에서 명령을 내리고 통제

할 수 있는 거리 안에 있는 놈이다'가 리처의 브리핑이었다. 호건은 세 발로 해치웠다. 그사이에 리처는 장애물을 걷어내고, 놈들의 등과 반쯤 돌린 등을 향해 총을 발사했다. 그들은 자기 동료들을 반트레스카가 엘리베이터 바닥에서 쏘는 모습을 보고 넋이 나가 있었다. 바턴이 로비의 한쪽 끝, 애비가 반대쪽에서 엄호했다.

빠르게 끝났다. 그렇게 되지 않기도 어려웠다. 연습처럼 쉬웠다. 공격자들은 적을 놀라게 하고, 그다음에는 직사각형인 전투 공간의 좁은 모서리에서 밀집해 집중 사격을 퍼부었다. 전장에서 유일하게 유리했던 점은 그들이 완전히 장악한 방탄 콘크리트 샤프트였다. 거기에서 효과적으로 일제사격을 할 수 있었다. 이 모든 것이 승리를 만들어냈다. 상품은 케이지 문이었다. 아직 열려 있었다. 복잡한 잠금장치가 지금은 열려 있었다. 전자식일 것이다. 기둥에 키패드가 있었다.

리처는 게이트를 지나 그 너머 비밀의 공간으로 들어섰다. 호건과 애비, 바턴이 뒤따랐다. 엘리베이터 바닥에서 명연기를 펼친 반트레스카가 빌린 정장의 먼지를 털며 뒤에서 나타났다.

49

리처의 뇌 뒷부분은 복잡한 계산을 하느라 바쁘게 움직이고 있었다. 여기에는 19층의 총 면적을 엘리베이터 로비의 전사자 수로 나누는 것도 포함되어 있었다. 말 그대로 전사자였다. 현실적으로 그들은 장교급 숙소를 중요한 IT 괴짜들에게 내준 뒤에, 사병들을 위한 막사급 숙소에 빽빽하게 몰려 있다가 전사한 셈이다. 그리고 그 수는 이미 크게 줄어 있었다. 그럴 수밖에 없었다. 더 이상 동원할 인력이 별로 없었다. 그들이 침대에 셋씩 몰려 자거나 바닥에 깔린 게 아니라면 말이다. 간단한 산수였다.

리처의 뇌 앞부분은 '신경 쓰지 말라'고 말했다. *오늘 내가 실패한다면 그건 내 탓이다.* 그는 복도 벽에 얼굴을 먼저 댄 다음, 한쪽 눈으로 모퉁이 주위를 훑어보았다. 다른 복도가 보였다. 폭이 같았다. 좌우에 문들이 있었다. 아마 사무실일 것이다. 아니면 침실이거나. 홀 건너편에는 욕실들이 있었다. 아니면 보관실일 것이다. 아니면 실험실이거나, 신경 중추거나, 벌집이거나, 둥지거나, 굴이거나.

그는 계속 이동했다. 호건이 따라왔다. 그다음에 애비가 왔다. 그러고는 바턴과 반트레스카가 따라왔다. 왼쪽 첫 번째 방은 보안 부서인 것 같았다. 비어 있었다. 버려졌다. 책상 하나와 의자 하나가 있었지만 비어 있었다. 책상 위에는 평면 스크린 TV가 두 대 있었다. 그중 하나에는 '로비'라고 레이블이 붙어 있었는데, 로비는 검은색 페인트 때문에 보이지 않았다. 그리고 다른 하나에는 '19층'이라고 표시되어 있었다. 엘리베이터들이 있는 반대쪽 벽 높은 곳에 설치한 게 분명한 카메라의 시점으로 화면을 보여주고 있었다. 각도는 아래쪽을 향하고 있었다. 바닥에 쓰러진 시체들을 보여주고 있었다. 10명도 더 되었다.

'내가 그렇다고 했잖아.' 리처의 뇌 뒷부분이 말했다.

그는 계속 이동했다. 오른쪽 첫 번째 방도 비어 있었다. 북쪽을 면한, 바닥에서 천장까지 이어지는 창문이 있었다. 발아래로 도시 풍경이 펼쳐졌다. 방에는 안락의자 네 개, 윙윙거리는 냉장고가 있었고 테이블 위에는 커피머신이 있었다. 대기실이었다. 또는 직원실이거나. 편리했다. 엘리베이터에 가까이 있었다.

계속 움직였다. 아무것도 보이지 않았다. 사람들이 없었다. 어떤 종류의 기계 장비도 없었다. 리처는 그게 어떻게 생겼을지 전혀 알 수 없었다. 그는 애비가 처음에 한 설명에 의존하고 있었다. 번쩍거리는 기계와 지직거리는 에너지들로 가득한 미친 과학자의 실험실 같은 거요. 리처에게 '서버'란 테니스를 하는 사람*이거나 음료를 서빙하는 사람이었다. 반트레스카는 전체 장비라고 해야 노트북 대여섯 개 이상은 아닐 거라고 설명했다. 클라우드 기반일 거라고 했다. 호건은 라미네이트로 둘러싸여 있고 실내 공기가 찬, 천장이 낮은 방이라고 예상했다.

그들은 계속 살금살금 이동했다.

아무것도 보이지 않았다.

---

* 테니스에서 서브를 넣는 사람을 '서버'라고 한다.

"잠깐." 리처가 말했다. "우리는 시간을 낭비하고 있소. 여기는 일반적인 회사가 아니오. 내 생각에는 이미 곧바로 최종 단계에 들어선 것 같소. 목 잘린 기수 때문에 예비 병력이 모두 엘리베이터 케이지로 몰려왔소 바로 그 당시에 일하고 있던 사람들은 살아남았을 거요. 그러니 지금 그들은 어딘가에 숨어 도사리고 있소. 최후의 저항이지."

"숫자가 얼마나 될까요?" 호건이 물었다.

"상관없소." 리처가 말했다. "그들 중에 트룰렌코가 있다면 말이오."

애비가 말했다. "장비가 노트북 여섯 대라면, 사람은 겨우 두셋일 거예요."

"경비원들도 더해야지." 리처가 말했다. "모스크바에서 규정한 인원은 늘 방 안에 있었을 거요. 아니면 적어도 그들 중에 원칙을 지킨 놈들이 있을 거요. 그러면 숫자가 달라지오."

반트레스카가 말했다. "모스크바라면 연대 병력을 동원했을 것 같군."

"방의 크기가 어느 정도인가에 달렸죠."

호건이 말했다. "만일 서버가 노트북 여섯 대라면 청소도구 보관실 정도의 크기로도 충분하죠. 어디든 가능합니다. 보관실 뒤에 있는 비밀 문일 수도 있어요."

"아니요. 트룰렌코는 창문을 원할 거예요." 애비가 말했다. "특히 이런 창문을요. 그는 경치를 보는 걸 좋아할 거예요. 여기 서서 창밖을 내다보며 발아래 평범한 인간들 위에 군림하는 걸 좋아할 게 분명해요. 현실에서는 실패자고 사실상 죄수지만요. 그러니 창문이라도 있어야 기분이 나아질 거예요."

"잠깐만." 리처가 다시 말했다. 그는 바턴을 보았다. "당신은 4층에서 건물의 중심부를 걸어서 돌아다닐 수 있었다고 했소. 3면은 텅 비었고. 하지만 5층에서는 전체를 다 돌아볼 수 없었다고 했소. 안쪽으로 더 큰 사무실이 있었으니까. 그 안에는 나중에 실내에서 벽이 될 수 있는 길고 텅 빈 면이 있었고."

"맞아요." 바턴이 말했다.

"그런 벽이 있으면 좋지." 리처가 말했다. "그렇지 않소? 엘리베이터 뒤에서 모든 장비가 가동되고 있으니 말이오." 그가 반트레스카를 쳐다보았다. "선배님이 현역으로 돌아가서 통신선을 깐다면 그 길이를 어느 정도로 하시겠습니까?"

"가능한 한 짧게 하지."

"이유는요?"

"통신선은 취약하기 때문이네."

리처는 고개를 끄덕였다.

"기계적으로 견고하지 않죠." 리처가 말했다. "게다가 그 벽은 비상시에 모든 전원과 급수, 비상용 발전기에 대해 우선권을 갖고 있습니다. 모스크바가 원한 게 바로 그겁니다." 그는 그 단어를 말했다. 웅웅거리고 윙윙거리며 요동치는 것들로 가득한 벌집 또는 둥지 또는 굴. 그가 말했다. "그들은 그 벽을 엘리베이터 중심부의 바깥쪽에 만들었습니다. 전부 창문 반대쪽으로. 모스크바가 그 벽을 원했고, 트룰렌코 같은 놈이 경치를 보길 원했기 때문이죠. 다른 방법이 없었을 겁니다."

반트레스카가 말했다. "큰 방이니까."

리처가 고개를 끄덕였다.

"크기와 모양은 아래층 로비와 똑같고." 그가 말했다. 정확히 같은 공간일 겁니다. 180도 돌아가 있는 것만 빼고."

"연대 병력이 들어갈 만큼 크지."

"기껏해야 소총 부대 2개 중대일 겁니다."

"아무도 없을 수도 있어요." 애비가 말했다. "인간 본성이죠. 이놈들은 우크라이나 출신이에요. 러시아는 시어머니 노릇을 하는 큰형님이죠. 그들은 자신만의 규칙을 만들었을 거예요. '방 안에 있는 게 무슨 소용이지? 케이지가 있는데. 어디든 안전하기는 마찬가지잖아.' 아마 트룰렌코도 놈들이 방 안에 있으면서 어깨 너머로 감시하는 걸 원하지 않았을 거예요. 그것도 인간 본성이죠."

"상황 C잖아요." 호건이 말했다. "누군가는 있을 거예요."

"더는 아닐지도 몰라요." 애비가 말했다. "그들은 이미 두 시간 동안 고립되어 있었어요. 본능적으로 나가서 바리케이드를 치고 싸우고 싶었을 거예요. 감시 카메라 화면 근처에서요. 어쩔 수 없어요. 인간의 본성이기 때문이죠. 어차피 올 적을 기다리며 복도에 숨어 있고 싶진 않을 거예요."

리처가 말했다. "먹물들이라면 그걸 '기본 전제가 지나치게 광범위하다'고 할 거요. '방 안에 아무도 없다'부터 '연대 병력이 있다'까지 있으니."

"당신 생각은요?"

"상관없소." 그는 다시 말했다. "그들 중에 트룰렌코가 있다면 말이오."

"진심이군요."

"비율의 문제요. 그들 중에 IT 괴짜들이 얼마나 있는가에 달렸지. 10명도 넘게 몰려 있을 수 있소. 줄지어 있겠지."

"아니." 반트레스카가 말했다. "여기는 주문생산 가게네. 비밀 개발실이야. 드론들은 다른 데 있네. 클라우드 속에."

"아니면 걔네들 엄마 집 지하실이거나요."

"아무튼." 반트레스카가 말했다. "트룰렌코는 아티스트일세. 그자 외에는 극소수의 인원만 있을 거야. 많아야 한둘일 걸세."

"알겠습니다." 리처가 말했다. "그러면 방 안에는 경비가 넷 또는 하나겠군요. 상황 C인 점을 생각하면 네 명이 조를 이뤄 코 닿을 거리에서 근접 경호한다고 보는 게 가장 그럴듯한 예측일 겁니다. 놈들이 원칙을 지키고 있다면 우리에겐 최악의 상황이겠죠. 애비 말이 맞고 트룰렌코가 근접 경호를 싫어하는 게 최선의 상황이고요. 이 경우에는 개인적인 합의가 있었을 겁니다. 그런 걸 자주 봤습니다. 보통은 감시조 조장이 마치 가구의 일부가 된 것처럼 구석에 앉아 있죠. 그러다가 트룰렌코와 친구가 됩니다. 안 봐도 뻔하죠. 그사이에 나머지 셋은 다른 데서 시간을 보냅니다. 상황 C라서 불려온 친구들과 함께."

"한 명과 네 명 중 어느 쪽일까?"

그의 뇌 뒷부분이 말했다. 한 명.

그는 큰 소리로 말했다. "넷입니다."

그들은 다음 모퉁이를 훔쳐보았다. 그리고 바턴이 해당되는 문을 가리켰다. 다섯을 그 뒤에 있는 큰 사무실로 가게 할 문이었다.

50

리처의 왼쪽 어깨에는 엘리베이터 중심부의 짧은 쪽 끝이 있었다. 문은 바로 앞이었다. 그러므로 중심부의 폭 바깥쪽이었다. 따라서 방 자체의 일부는 아니었다. 외부 통로거나 입구 로비였다. 리처는 손가락 끝을 펴서 천천히 조심스럽게 문을 밀었다.

대기실이었다. 비어 있었다. 의자가 셋 있었다. 이리저리 대충 배치되어 있었다. 리처의 뇌 뒷부분이 말했다. 여기가 놈들이 시간을 보내던 곳이야. 감시조의 나머지 셋. 그러다가 엘리베이터에서 일어난 소동을 들었다. 그리로 달려갔다. 이제 그들은 죽었다. 그의 뇌 앞부분은 다른 문을 보았다. 앞에서 왼쪽. 측면 벽에 있었다. 중심부의 짧은 끝부분과 나란히 있었다. 그러므로 이 문은 방으로 들어가는 문이다.

설비가 대단했다. 리처가 봤던, 녹음 스튜디오나 라디오 방송국에 관한 영화에서처럼 방음이 거의 완벽했다. 경첩은 바깥쪽으로 달려 있었다. 크고 무거웠다. 천천히 움직였다. 그 자체가 보안 시스템이었다. 그 문을 열려면 벽에다 한 손을 대고, 다른 손으로 90킬로그램 무게의 문을 당겨야 했다. 당기는 사이에 자기의 몸 중심부에는 취약한 공간이 생기고, 그 공간을 제 손으로 점점 더 넓게 된다. 야전 교범에 따르면 해서는 안 될 일이다. 안에 한 명이나 네 명이 있다면, 들어오는 지점 아주 가까이에서 지키고 있을 것이기 때문이다. 총을 빼 들고 준비한 채로. 교범대로. 최후의 저항이다.

리처는 수어로 전달했다. 자기 가슴을 톡톡 두드렸다. '내가 하겠다.' 그는 온 힘을 다해 문을 비틀어 홱 여는 시늉을 했다. 그는 애비의 어깨를 톡톡 쳤다. 문을 열면 생기게 될 공간을 무릎을 꿇고 겨냥하는 시늉을 했다. 그는 반트레스카의 어깨를 톡톡 치고, 쭈그리고 앉아서 애비의 머리 위에서 겨냥하는 시늉을 했다. 그러고는 호건을 반트레스카의 머리 위에서 겨냥하게 배치했다. 바턴은 90도 각도로 배치했다. 문이 열렸을 때 탄도가 달라질 경우를 대비해서였다.

다른 사람들은 자세를 잡았다. 무릎을 꿇고, 쭈그리고, 서 있었다. 리처는 양손으로 문을 잡았다. 발로 꽉 버텼다. 심호흡했다. 고개를 끄덕였다. 하나, 둘, 셋.

문을 비틀어 열었다.

애비가 총을 쐈다. 반트레스카가 쐈다. 호건이 쐈다. 모두 동시에 쐈다. 각각 한 발씩이었다. 그러고는 아무 일도 없었다. 총이 떨어지며 덜컥 하는 소리, 몸뚱이가 쓰러지며 묵직하게 부딪히는 소리, 쉿쉿거리는 침묵만이 가득했다.

리처는 문 주위를 돌아보았다. 한 놈이었다. 감시조 조장이었다. 더 이상 구석에 가구의 일부인 양 앉아 있지 않았다. 더 이상 친구가 되지도 않았다. 조금 전까지 문을 쳐다보며 경계 상태로 서 있었다. 양손으로 총을 잡고 있었을 것이다. 하지만 너무 오래 기다렸다. 시간은 천천히 흘러갔다. 긴장이 풀어졌다. 집중력이 흐트러졌다. 팔이 아파졌다. 총구가 내려왔다.

죽은 남자 뒤에는 호건이 말했던 것과 거의 똑같아 보이는 방이 있었다. 흰색 라미네이트와 차가운 공기. 방은 컸다. 1층 로비 크기였다. 바닥에서 천장까지, 벽에서 벽까지 창문이 있었다. 작업대와 보관대가 있었다. 기술 관련 시설에 대한 누군가의 아이디어였다. 작년이었을 것이다. 아니면 지난주든가. 늘어져 뒤덮인 통신선과 정체 모를 상자들로 업데이트된 이후였을 것이다. 작전실 중심부는 반트레스카의 예상보다 훨씬 폭이 좁았다. 노트북은 여섯 개가 아니라 다섯 개였다. 작업대 위에 나란히 연결되어 있었다.

작업대 뒤에는 두 남자가 있었다. 리처는 트룰렌코를 바로 알아보았다. 애비가 설명해주었다. 신문에 난 사진도 보았다. 곱상하게 생긴 조그만 남자였다. 젊었지만 머리가 벗어지고 있었다. 안경을 쓰고 있었다. *채석장에서 돌 깨는 일은 안 하겠군.* 치노 팬츠와 티셔츠를 입고 있었다. 옆에는 그보다 다섯 살은 어려 보이는 남자가 있었다. 키는 더 컸지만 호리호리했다. 타이핑 작업을 많이 해서 벌써 어깨가 구부정했다.

트룰렌코가 우크라이나어로 무슨 말을 했다.

반트레스카가 말했다. "자기 친구에게 아무 말도 하지 말라고 하는군."

"시작이 좋지 않군요." 리처가 말했다.

바턴과 호건은 두 남자를 키보드 뒤로 물러나게 했다. 리처는 창밖으로 사람들을 내려다보았다.

그가 말했다. "네가 프로그램을 짠다고 가정해 보자. 방정식의 우리 쪽 부분에 대해 알아야 할 게 있어. 우리는 어떤 정부나 기관과도 손잡고 있지 않다. 순수한 개인 사업자. 매우 구체적이고 개인적인 두 가지 조건이 있다. 그거 말고는 쥐뿔도 신경 쓰지 않아. 다른 싸움들에도 아무 관심이 없어. 그러니 시키는 대로만 해. 그러면 우리는 떠난다. 다시 볼일도 없다."

대답이 없었다.

리처가 물었다. "너의 그 잘난 소프트웨어 로직은 다음에 무슨 일이 일어날 거라고 얘기해주나?"

대답이 없었다.

"그러니까." 리처가 말했다. "우리는 어떤 정부나 기관과도 손잡고 있지 않아. 어떤 규칙도 따르지 않는다는 의미지. 우리는 네가 봤던 중 최고로 강력한 놈들 한 부대와 막 싸우고 온 참이야. 너의 최고 핵심 은신처에 침투했지. 우리가 너보다 더 강력하다는 뜻이다. 그러니 더 위험할 가능성도 크지. 네 잘난 로직은 네가 지금부터 고통받게 된다고 알려줄 거다. 시키는 일을 하지 않는다면 말이야. 우리는 여기 오기 전에 철물점에 들렀다. 체스를 두는 것처럼 할 수도 있어. 우리는 당연히 네 친구부터 먼저 시작할 거야. 너희가 이긴다고는 생각하기 어렵군. 어차피 너는 우리가 시키는 일 두 가지를 하게 될 거야. 지금 바로 그렇게 하라고 로직이 말해주고 있다. 우리 모두 고생을 훨씬 덜 하겠지."

트룰렌코가 말했다. "나는 저들과 한패가 아닙니다."

"하지만 저들을 위해 일했지."

"선택의 여지가 거의 없었어요. 하지만 이봐요, 난 전심전력으로는 하지 않았습니다. 해결 방법이 있을 거예요. 제가 두 가지 일을 해드리면 여기서 내보내 주는 겁니다. 그게 우리 거래죠?"

"하지만 속일 생각은 마." 리처가 말했다. "네가 하는 일에 대해서는 충분히 알고 있다. 철물점에서 유리 절단용 커터를 사 왔어. 유리창에 구멍을 낼 수 있지. 너를 그 구멍으로 던져 버릴 수도 있어. 우체통에 편지를 넣는 것처럼."

"어떤 두 가지 일입니까?"

"첫째는 포르노다. 너의 모든 포르노 웹사이트."

"그래서 여기 온 겁니까?"

"두 가지 다 매우 구체적이고 개인적인 조건이다." 리처가 다시 말했다. "첫 번째가 포르노다."

"그건 부업인데요."

"지워. 삭제해. 단어가 무엇이든."

"전부요?"

"영원히."

"알겠습니다." 트룰렌코가 말했다. "할 수 있을 것 같네요. 혹시 일종의 도덕적 십자군 운동입니까?"

"지금까지 우리가 한 일의 어떤 부분이 도덕적으로 보이나?"

트룰렌코는 대답하지 않았다. 리처는 걸어가서 그의 옆에 섰다. 바턴과 호건이 뒤에 섰다. 트룰렌코는 작업대로 다가갔다. 리처가 말했다. "이것들로 한 일을 말해봐."

트룰렌코는 손가락으로 노트북들을 가리켰다. 그가 말했다. "처음 두 개는 SNS입니다. 날조된 이야기를 끊임없이 올리죠. 거지 같은 웹사이트로도 연결됩니다. 이야기를 말 그대로 믿는 멍청한 곳으로요. TV 방송국과도 연결됩니다. 적당히 멍청한 곳만요. 세 번째는 신원 도용입니다. 네 번째는 잡동사니들이고요."

"다섯 번째는?"

"돈입니다."

"포르노는 어디 있나?"

"4번 노트북에요." 트룰렌코가 말했다. "잡동사니죠. 부업입니다."

"시작해." 리처가 말했다. "첫 번째 과제다."

다른 사람들이 주위에 모여들었다. 사실 그들은 기초적인 지식밖에 없었다. 일반인으로서 알고 있는 내용뿐이었다. 하지만 트룰렌코는 그 사실을 몰랐다. 그들의 감시가 그를 옴짝달싹 못하게 조이는 것 같았다. 그는 긴 줄로 된 코드를 입력했다. 모든 종류의 '정말 그렇게 하시겠습니까?'라는 질문에 '네', '네', '네'라고 대답했다. 화면 위로 텍스트들이 쏟아져나오다가 마침내 멈췄다.

트룰렌코는 뒤로 물러섰다.

"다 됐습니다." 그가 말했다. "컨텐츠는 백 퍼센트 확실하게 삭제됐어요. 그리고 도메인 연결도 없어졌고요."

아무도 불만을 말하지 않았다.

"좋아." 리처가 말했다. "이제 5번을 시작해. 돈을 보여봐."

"어떤 돈이요?"

"유동자산 전부."

"그래서 여기 온 거군요."

"세상을 제대로 돌아가게 하려는 거지."

트룰렌코는 오른쪽으로 한 걸음 옮겼다.

"잠깐." 리처가 말했다. "4번 자리에 좀 더 있어. 네 계좌를 보여봐."

"내 계좌와는 관련 없는 일이에요. 난 이자들과 아무 관계도 없어요. 완전히 별개라고요. 난 샌프란시스코에서 왔어요."

"어쨌든 보여봐. 잘난 로직을 작동시켜 보라고."

트룰렌코는 잠시 말이 없었다.

그러고는 입을 열었다. "내 회사는 유한책임회사예요."

"너만 빼고 다들 똥물을 뒤집어쓴다는 뜻이군."

"내 개인 자산은 보호돼요. 그게 회사 구조의 핵심이죠. 기업가 정신을 고취하니까요. 위험을 감수하게 격려하죠. 영광은 거기에 있는 겁니다."

"네 개인 자산을 보여봐." 리처가 말했다.

트룰렌코는 또다시 잠시 말이 없었다. 그러고는 불가피한 결론에 도달했다. 그는 생각이 꽤 빠르고 결단력이 있는 것 같았다. 다시 앞으로 나와서 입력하고 마우스를 클릭했다. 곧 화면이 바뀌었다. 부드러운 색상이었다. 숫자들의 목록이었다. 막심 트룰렌코, 당좌예금, 잔고 4백만 달러.

마리아 셰빅은 어머니의 반지를 80달러에 저당 잡혀야 했다.

"화면을 그 상태로 둬." 리처가 말했다. "5번 노트북으로 이동해. 그레고리의 잔고를 보여봐."

트룰렌코는 옆으로 옮겨갔다. 입력하고 클릭했다. 화면이 변경되었다. 그가 말했다. "이게 유일한 유동자산이에요. 소액 현금, 수입과 지출을 모두 포함한 거죠."

"지금 얼마가 들어 있지?"

트룰렌코는 화면을 보았다.

그가 말했다. "현재 2천9백만 달러요."

"네 돈을 거기에 더해." 리처가 말했다. "그레고리에게 송금해."

"뭐라고요?"

"들은 대로. 네 계좌를 비우고 돈을 그레고리에게 송금해."

트룰렌코는 대답하지 않았다. 움직이지도 않았다. 머리를 굴리고 있었다. 최대한 빠르게. 몇 초 되지 않아 그는 인정 단계로 들어갔다. 리처는 그의 얼굴에서 그 사실을 확인할 수 있었다. 파산한 채로 걸어 나가는 게 아예 못 나가는 것보다 낫다. 더 나쁜 일을 당할 수도 있다. 그런 생각과 함께 빠르게 안정을 찾았다. 한쪽 다리가 부러지는 게 둘 다 부러지는 것보다 낫다고 보는 것 같았다.

그는 4번 자리로 돌아가 입력하고 클릭했다. '정말 그렇게 하시겠습니까?' 질문에 '네', '네', '네'를 클릭했다. 그러고는 다시 물러났다. 4번 노트북의 잔고가 0으로 떨어졌다. 5번 노트북의 잔고는 3천3백만 달러로 올라갔다.

"이제 이 번호들을 입력해." 리처가 말했다. 그는 기억 속에서 애런 셰빅의 계좌번호를 불러냈다. 일전에 바에 사채를 빌리러 가기 전에 알아뒀었다. *교도소 문신을 한 남자는 당신을 애런 셰빅이라고 생각해요. 가서 우리 대신 돈을 좀 빌려다 주시겠어요?* 그때 필요했던 돈은 1만8천9백 달러였다.

제가 나선 이상 0이 꽤 많이 붙은 금액이 될 겁니다.

트룰렌코가 계좌번호를 읽었다.

전부 잘 되어간다.

리처가 말했다. "이제 송금해."

"얼마를요?"

"전액."

"뭐라고요?"

"들은 대로. 그레고리의 은행 계좌를 비우고 돈을 내가 방금 알려준 계좌로 송금해."

트룰렌코는 다시 망설였다. 돌아올 수 없는 다리다. 그의 개인 자산이 통제를 벗어난 곳으로 사라지기 직전이었다. 하지만 다리 하나가 부러진 게 둘 다 부러진 것보다는 낫다. 그는 입력하고 클릭했다. '네', '네', '네'. 그는 뒤로 물러섰다. 화면의 잔고가 0으로 떨어졌다. 3천3백만 달러는 여행을 떠났다.

리처는 다른 사람들을 쳐다보았다. "먼저들 가시오. 엘리베이터에서 봅시다."

다들 고개를 끄덕였다. 리처 생각에는 애비만 그 이유를 알고 있었다. 그들은 방을 나갔다. 죽은 남자를 넘어서 갔다. 반트레스카가 마지막이었다. 그가 한번 돌아봤다. 그리고 나갔다.

리처는 트룰렌코 옆으로 다가갔다.

그가 말했다. "할 말이 있다."

트룰렌코가 말했다. "뭡니까?"

"여기서 내보내 준다는 말."

"그게 뭐요?"

"가짜 뉴스였다."

리처는 그의 이마를 쐈다. 그리고 쓰러진 자리에 그대로 내버려 두었다.

51

리처와 애비는 애비의 집에서 밤을 보냈다. 부드러운 색조, 낡았지만 편안하고 아늑한 질감의 가구가 있는 거실에서. 커피머신과 흰색 머그잔이 있고 창가에 작은 테이블이 있는 부엌에서. 하지만 대부분 침실에서 보냈다. 먼저 길고 뜨거운 샤워를 했다. 말 그대로, 그리고 분명히 상징적인 뜨거운 샤워였다. 하지만 따뜻하고 편안하고 필요하고 실제적이기도 했다. 그들은 깨끗해져 산뜻하고 향기로운 냄새를 풍기며 나왔다. 마치 꽃들처럼 순결하게. 리처가 아직 확실하게 그런 식으로는 말하지 않았지만, 애비는 이 밤이 그들이 함께 보내는 마지막 밤이라고 받아들이는 것처럼 보였다. 후회하지는 않는 것 같았다. *영원히는 아니겠죠.* 그녀는 과감했다. 재미있었다. 유연했고, 실험적이었고, 예술적이었다. 가끔 품으로 파고들었지만, 보호해 달라고 하는 것 같지는 않았다. 대신에 가끔 고양이처럼 몸을 뻗었다. 태연하게 활짝 미소를 지었다. *정말 끝내주는 느낌이지. 당신은 살아있지만 놈들은 죽었으니까.*

그들은 셰빅 부부의 전화 때문에 일찍 깼다. 애비가 스피커폰으로 돌렸다. 먼저 마리아가 나와서 검사 결과가 아주 좋다고 말했다. 호전되는 조짐이 뚜렷했다. 그들의 딸이 낫고 있었다. 의사들이 춤을 출 정도로 기뻐한다고 했다. 그러고는 애런이 받아서 계좌 잔고를 보고 놀랐다고 했다.

심장마비 걸릴 뻔했다고 했다. 리처는 전에 했던 얘기를 반복했다. 나머지는 같은 처지에 있는 사람들에게 주라고. 변호사들에게도 일부를. 은행에 넘어갔던 집을 다시 사라고 했다. 메그가 회복되는 동안 같이 살 수도 있을 것이다. 새 TV를 살 수도 있다. 새 차도. 아니면 낡은 차를. 흥미로운 차나 재미있는 차를. 재규어일 수도 있다. 만족스러운 차다. 확실한 소식통에게서 들은 사실이다.

그리고 리처는 떠났다. 도심의 블록들을 따라 돌아서 중앙로를 건넜다. 그는 임대료 비싼 건물들과는 상당한 거리를 두고 걸었다. 8백 미터를 더 지나 버스 터미널에 도착했다. 시간표를 확인하고 표를 샀다. 아직 주머니에 5천 달러가 있었다. 전당포에서 가져온 돈이었다. 기분이 좋았다. 그는 지폐의 그 묵직함을, 그 무심함을 좋아했다. 이 정도면 지내기에 충분하다. 적어도 2~3주 정도는. 신중하게 쓴다면 더 버틸 수도 있다.

열흘 뒤, 그는 여름과 함께 북쪽으로 향하고 있었다. 버스에 우연히 『워싱턴포스트』가 한 부 있었다. 장문의 특집 기사가 실렸다. 어느 악명 높은 도시의 범죄 조직이 소탕되었다는 내용이었다. 오래된 골칫거리가 마침내 해결되었다. 두 라이벌 갱단이 모두 사라졌다. 갈취는 더 이상 없다. 마약도 범죄도 없다. 더 이상 마구잡이 폭력도, 공포의 지배도 없다. 신임 경찰청장은 그렇게 장담했다. 자신은 새로운 아이디어와 에너지로 무장한 새로운 청소부라고 했다. 언젠가는 출마할 것이라는 얘기가 있었다. 시장에, 어쩌면 주지사에. 그러지 못할 이유는 없었다. 지금까지 그의 경력은 번쩍번쩍 빛나고 있으니까.

하드보일드 액션스릴러의 진수, 리 차일드의 잭 리처 컬렉션

10호실 Past Tense   리 차일드 지음 | 윤철희 옮김

아버지의 고향인 뉴햄프셔 래코니아 도로 표지판을 발견한 리처는 충동적으로 래코니아로 향한다. 그 시각, 연인 사이인 쇼티와 패티가 중요한 물건이 담긴 여행 가방을 차에 싣고 뉴욕으로 가던 중 자동차가 고장 난다. 둘은 가까운 모텔을 찾아가는데 투숙객은 두 사람뿐이다. 모텔 관리자에게 자동차 수리를 부탁했으나 오히려 자동차는 완전히 망가져 버린다. 꼼짝 못하는 신세가 된 두 사람에게 모텔 관리자는 선택의 여지가 없는 끔찍한 제안을 한다.

웨스트포인트 2005 The Midnight Line   리 차일드 지음 | 정경호 옮김

잠시 들른 휴게소에서 산책길에 나선 리처는 전당포 앞을 지나가다 진열창에 놓여 있는 반지를 보고 걸음을 멈춘다. 웨스트포인트의 2005년도 졸업 반지. 4년에 걸친 혹독한 훈련을 이겨낸 자만이 가질 수 있는 영광스러운 반지를 전당포에 맡길 졸업생은 아무도 없다. 리처는 반지의 주인인 여자 생도에게 심각한 문제가 생겼음을 직감하고 추적에 나선다.

나이트 스쿨 Night School   리 차일드 지음 | 정경호 옮김

1996년의 어느 날 아침, 펜타곤이 리처를 정체불명의 '학교'로 보낸다. 그곳에는 FBI 요원 워터맨과 CIA 분석전문가 화이트가 먼저 와 있다. 왜 그곳에 있는지 영문도 모른 채 앉아 있던 그들 앞에 국가안보위원회의 두 거물이 찾아와, 독일 함부르크 신흥 불법조직에 심어둔 CIA 스파이가 보내온 의문의 메시지를 전한다. '그 미국인이 1억 달러를 요구합니다.' 1억 달러의 어마어마한 가치를 지닌 것은 대체 무엇인가.

메이크 미 Make Me   리 차일드 지음 | 정경호 옮김

"Mother's Rest"라는 독특한 이름에 끌려 기차에서 내리게 된 잭 리처. 그때 리처를 자신의 동료로 착각한 사설탐정 장이 다가와 말을 건네고, 그녀는 리처에게 예전 FBI 동료였던 키버가 이 마을에서 실종되었다며 도움을 청한다. 리처는 키버가 묵었던 객실에서 버려진 종이 뭉치를 발견한다. 거기에는 『LA 타임스』 기자의 전화번호와 "사망자 200"이라는 뜻 모를 메모가 적혀 있다.

퍼스널 Personal 리 차일드 지음 | 정경호 옮김

파리에서 벌어진 프랑스 대통령 저격 사건, 다행히 총알은 빗나갔지만 수사를 진행하는 과정에서 실수가 아니라 일부러 빗맞혔다는 사실이 드러난다. 대통령 저격 사건은 연습에 불과했고, 범인의 진짜 목표는 얼마 후 개최될 G8 정상회담에 참가하는 세계 각국의 정상들이라는 것. 사건을 파헤치던 리처는 이 모든 사건에 국제 범죄조직들이 연루되어 있음을 알게 된다.

1030 Bad Luck And Trouble 리 차일드 지음 | 정경호 옮김

잭 리처의 진두지휘 아래 각종 임무를 수행했던 최정예 특수부대원 8명. 그 일원이었던 동료가 고도 900미터 상공에서 산 채로 내던져진다. 사건의 전모를 밝히기 위해 리처는 예전 부대원들을 모으고 죽은 동료의 복수를 거행한다.

원티드맨 A Wanted Man 리 차일드 지음 | 정경호 옮김

오래전 폐쇄된 펌프장에서 벌어진 미스터리한 살인 사건. 이를 해결하기 위해 CIA와 국무성에서도 특수요원을 파견한다. 대체 살해당한 사람은 누구인가? 설상가상으로 목격자마저 자취를 감춰버리고 사건은 점차 미궁으로 빠져든다.

악의 사슬 Worth Dying For 리 차일드 지음 | 정경호 옮김

25년간 미제로 남은 한 소녀의 실종 사건과 맞닥뜨리게 된 리처는 마을 전체를 장악한 던컨 일가에게서 악의 기운을 감지하고 사건을 파헤쳐나간다. 단단히 꼬여버린 악의 사슬은 어디서부터 시작된 것인가. 밝히려는 자와 막으려는 자, 이들의 피 튀기는 혈투가 시작된다.

61시간 61Hours 리 차일드 지음 | 박슬라 옮김

갑작스러운 버스 사고로 낯선 마을에 머물게 된 잭 리처. 평화로워 보이는 마을에서는 마약 밀매가 성행하고 경찰들은 그저 속수무책이다. 우연히 마약 거래 현장을 목격한 한 노부인이 증언에 대한 굳은 의지를 보이며 증인으로 나서지만 적들은 시시각각 그녀의 목숨을 노린다. 노부인의 안전을 지킬 수 있는 사람은 잭 리처뿐이다.

사라진 내일 Gone Tomorrow 리 차일드 지음 | 박슬라 옮김

군 출신 유명 정치인의 수많은 훈장 속에 숨겨진 테러 집단과의 경악할 만한 비밀. 수수께끼에 싸인 우크라이나 출신의 미녀와 잭 리처의 만남. 이 모든 것들의 종착지에는 과연 어떠한 내일이 기다리고 있는가.

출입통제구역

초판 1쇄 인쇄 2023년 4월 21일
초판 1쇄 발행 2023년 4월 28일

지은이 | 리 차일드
옮긴이 | 정세윤
펴낸이 | 정상우
편집 | 이민정
디자인 | 김해연
관리 | 남영애 김명희

펴낸곳 | 오픈하우스
출판등록 | 2007년 11월 29일 (제13-237호)
주소 | 서울시 은평구 증산로9길 32(03496)
전화 | 02-333-3705 팩스 | 02-333-3745
facebook.com/openhouse.kr
instagram.com/openhousebooks

ISBN 979-11-92385-13-6 04800
      979-11-86009-19-2 (세트)

VERTIGO는 (주)오픈하우스의 장르문학 시리즈입니다.